ABOUT GRACE
Anthony Doerr

［美］安东尼·多尔
著

韩 阳
译

雪的恩典

北京时代华文书局

图书在版编目（CIP）数据

雪的恩典 /（美）安东尼·多尔著；韩阳译. — 北京：北京时代华文书局，2021.12
书名原文：About Grace
ISBN 978-7-5699-3976-7

Ⅰ.①雪… Ⅱ.①安…②韩… Ⅲ.①长篇小说－美国－现代 Ⅳ.① I712.45

中国版本图书馆 CIP 数据核字（2021）第 253471 号

北京市版权局著作权合同登记号　　图字：01-2019-4116

Copyright©2004 by Anthony Doerr

Anthony Doerr
ABOUT GRACE

雪的恩典
XUE DE ENDIAN

著　　　者	[美] 安东尼·多尔
译　　　者	韩　阳
出 版 人	陈　涛
策划编辑	韩　笑
责任编辑	黄思远
责任校对	初海龙
营销编辑	俞嘉慧　赵莲溪
封面设计	璞茜设计
责任印制	訾　敬　范玉洁

出版发行｜北京时代华文书局 http://www.bjsdsj.com.cn
　　　　　北京市东城区安定门外大街 138 号皇城国际大厦 A 座 8 层
　　　　　邮编：100011　电话：010-64267955　64267677

印　　刷｜三河市兴博印务有限公司　电话：0316-5166530
　　　　　（如发现印装质量问题，请与印刷厂联系调换）

开　　本｜880×1230 mm　1/32　　印　张｜13　　字　数｜336 千字
版　　次｜2022 年 10 月第 1 版　　印　次｜2022 年 10 月第 1 次印刷
书　　号｜ISBN 978-7-5699-3976-7
定　　价｜68.00 元

版权所有，侵权必究

献给我的父亲和母亲

一定有某种特别的原因，所以雪花降落时，最初都是六角星的形状。如一切只是偶然，为何雪花不是五角星形或七角星形呢？……是谁，在它降落之前，让冰晶生出六个角呢？

——《六角星形雪花》

约翰尼斯·开普勒，1610 年

目 录
CONTENTS

第一卷 001 — 第二卷 081 — 第三卷 137

第四卷 199 — 第五卷 257 — 第六卷 313

第一卷

1

他从连廊走过来,在一扇窗户前停下,看着外面的人拿着两根橙色的指挥棒,引导喷气式飞机开进飞机库。从停机坪眺望完美无瑕的天空,那种热带地区才有的蓝色澄澈清明,他似乎一直都没能适应。地平线上,云朵堆积起来:浓积云,这是海面不太平静的迹象。

来这里的游客都要逐一从金属探测仪窄窄的框架中穿过。休息室中充斥着各类纪念品:免税朗姆酒、裹在玻璃纸里的天堂鸟、贝壳穿成的项链。他从衬衫口袋中拿出笔记本和笔。

他写道:人的大脑中,百分之七十五都是水分。我们的细胞绝不仅仅是装水的容器。我们去世后,水会离开我们,进入土壤、空气和其他动物的胃中,再次被其他物体所容纳。液态水的性质如下:水的保温时间比空气长;有黏性,也有弹性;永远都在流动中。这些都是水文学的原理。一个人要想了解自己,首先就要了解这些内容。

他走进机库大门。在登机舷梯上,当他马上就要走进喷气式飞机时,一阵窒息感涌上喉头。他攥紧自己的行李,死死地抓住扶手。一群鸟儿——大概是地鸠吧——一只只落在远处跑道边被割下的草堆上。身后的乘客一个个走进机舱。一名乘务员朝他伸出手,扶着他走了进去。

飞机加速后升起,那感觉就像走进了一个生动但危险的梦境。他将额头抵在窗户上。机翼下，海面一望无际。地平线先是微微倾斜，之后就猛地坠落下去。机身侧倾，小岛重新出现在眼前，郁郁葱葱，周围环绕着礁石。有一瞬间，在苏弗里耶尔火山口，他看到了泛着柔光的绿色水面。这时，飞机飞到了云层里，小岛消失在视线中。

坐在他旁边的女人拿出一本小说读了起来。飞机爬升到对流层，内部窗格上结出了薄薄一层霜。窗户外的天空令人目眩，甚是清冷。他眯了眯眼，用袖子擦了擦眼睛。飞机朝着太阳的方向飞去。

2

他叫大卫·温克勒，时年五十九岁。这是他二十五年来第一次回家——如果他还能这样称呼自己的家的话。他曾是一位父亲、丈夫，也曾是一名水文学家。但现在，他也不知道自己是否还能以此自称。

飞机是从圣文森特的金斯敦飞往俄亥俄州的克利夫兰，中途在迈阿密转机。副机长的声音从机舱顶的喇叭传来，播报了风速和飞行高度，以及波多黎各的天气。机长没有熄灭系好安全带的指示灯。

温克勒在靠窗的座位上打量着机舱。乘客大部分都是美国人，有的在看书，有的在睡觉，有的正在小声交谈。坐在温克勒身边的女人握着挨着过道坐着的那个金发男人的手。

他闭上眼，头靠着窗户，逐渐进入昏昏欲睡的状态。醒来时，他满头大汗。旁边的女士正使劲摇晃着他的肩膀。"你做噩梦了，"她说，"腿一直抖。手也是。四肢紧靠着窗户。"

"我没事。"机翼下是缱绻的积云。他抬起手，用袖口擦了擦脸。

那位女士看了他一会儿，就继续看小说了。他坐着，紧盯着外面的云。终于，他用一种听天由命的声音说："你头顶上的行李架舱没扣好。飞机颠簸的时候，行李架舱会打开，行李会掉下来。"

那位女士看着他。"什么？"

"行李架舱。放行李的地方。"他一边说着，一边抬眼看着头顶上的行李架舱，"肯定没有完全扣好。"

女士探出身，越过旁边挨着过道坐着的金发男人。"真的吗？"她碰了碰金发男人，说了些什么。那个金发男人嘟囔了几句，往上看了看，说行李架舱没问题，紧紧扣好了。

"你确定？"

"别说了。"

于是，女士对温克勒说："行李架舱没事。谢谢。"接着，她又开始看书。两三分钟后，飞机开始颠簸，整个机舱向下俯冲了好久。他们头顶上的行李架舱咔咔作响，架舱门一下弹开，一个背包掉到了过道上。玻璃被打碎的声音从背包内传来。

金发男人拿起背包，打开往里看了看，骂了几句。飞机稳住了。背包很普通，上面印有帆船的图案。那个男人拿出一些玻璃碎片，摇了摇头，好像是当成纪念品的马天尼酒杯。一名乘务员蹲在过道上，把玻璃碎片收进呕吐袋中。

坐在中间座位上的女人一只手捂住嘴，难以置信地盯着温克勒。

温克勒还是盯着窗外。双层窗板之间的霜越来越多，由点成片，形成了一平方英寸[①]的精致羽毛——那是冰的二维仙境。

[①] 1平方英寸约合6.45平方厘米。

3

他称之为梦。不是预言,不是预见,不是预示,也不是预感。将之称为梦,能让他尽可能地接近这种感觉——甚至是体验,会在他睡着时出现,他醒来后就褪去——在之后几分钟、几小时或者几天内应验。

他花了几年时间,才终于摸清它靠近的规律——房间里的气味(雪松的味道、烟味,或热牛奶和米饭的味道),或公寓楼下柴油公交车驶过时的声音。这时,他便会察觉,这是自己之前经历的一件事,也是即将要发生的事——父亲的手指被沙丁鱼罐头划破,海鸥落在窗台上等——这些都是已经发生过的,过去发生的,就在他之前的梦中发生过。

当然,他也会有很正常的梦境,就是每个人都会梦到的内容,像是记录了各种矛盾梦境的卷轴——铺开——展现所有不可思议的事情,这其实都与大脑皮层对记忆的重组有关。偶尔,他也会在梦中看到一些不同寻常的内容(雨水淹没了下水道;水管工递过来一半火鸡三明治;口袋里的一枚硬币莫名其妙地消失了)——这些梦境极为罕见,但更清晰、真实,也更有先兆性。

他的一生都是如此。他在梦里总是能看到疯狂到令人难以置信的内容:钟乳石从天花板中长出来;他打开门,发现浴室里都是正在融化的冰块。这些都预测了日常生活中会发生的事:一位女士掉了一本杂志;一只猫把受伤的麻雀叼到后门;一个背包从上方的行李架舱中掉出来,里面的东西碎了,落在过道上。和梦境一样,这些幻象总是在难以安睡的梦中伏击他,随着幻象的结束,一切也渐渐消失,只剩下一堆他之后不知如何拼凑的碎片。

在他的生活中,也有几次能看到更完整的景象:这些体验的细节很清晰,但也因此让人觉得极为不真实——就像某个人一睁眼,发现自己就站在刚形成一层薄冰的湖面上,脚下传来冰层碎裂的声音——这些梦在他醒来之后的很长一段时间里依旧真切,在之后几天也会不断重现,仿佛即将来临的正迫不及待地想要成为过去,或者现在存在的正急不可耐地想要冲向未来——期待以后会发生什么。在大部分情况下,这些梦境都溢于言表:这些梦比普通的梦更深入,无须记忆。这些梦总是昭示着什么。

他在座位上动了动,看着朵朵白云从机翼下方飘过。记忆朝他涌来,就如前面座位上的纤维一样分明:他看到窗户上映着焊接弧的蓝色光芒;看到大雨冲刷着他那辆旧克莱斯勒的玻璃。七岁时,妈妈给他买了第一副眼镜;他急急忙忙地走进公寓检查一切:冰箱里结的霜,客厅窗户上溅到的雨水。多么神奇啊!看到大千世界中光怪陆离的细节——水坑中浮着的彩色油花;溪上浮着的小昆虫;还有白云卷曲的扇形边缘。

4

现在的他坐在飞机上,已经五十九岁了,但他同时也可以是二十五年前的自己——在记忆中是这样,那时的他躺在床上,身处俄亥俄州,正睡着。屋子里四下安静,逐渐变得昏暗。他身旁的妻子没盖被子,双腿自然打开,身体散发着热气。他们的女儿还是个婴儿,在客厅那头,很安静。当时是午夜,三月的雨打在窗户上,而他第二天早上五点就要起床。他听着打在玻璃上的滴答声,眼皮渐渐沉重。

梦里,水漫过街道高达三英尺[①]。他站在楼下的窗户边往外看,手贴在玻璃上,邻居们的房子就像一队即将沉没的方舟:洪水即将淹没一层的窗台,马上就要没过小树苗树干分杈的位置,栅栏早已被水吞没。

女儿不知在哪里哭了起来。他身后的床上空无一人,非常整洁——妻子去哪儿了?梳妆台上放着几盒麦片和几道菜;楼梯最上面的台阶上摆着一双长筒胶靴。他急忙地寻找女儿——没在摇篮里,没在浴室,楼上所有的房间里也都没有。他赶紧穿上靴子,下楼往前厅跑。楼下整整一层已经被水没过了两英尺,沉默、冰冷,就像牛奶咖啡的颜色。等他站到客厅地毯上的时候,水已经涨到了齐膝深。女儿的呜咽声在房间里回荡,很是诡异,仿佛她无处不在。"格蕾丝,你在哪儿?"

外面,越来越多的水拍打着墙壁。他在水中艰难地到处行走。水反射

[①] 1英尺约合0.305米。

出的苍白光斑，在天花板上飘忽不定。三本杂志撞了过来，让他回过神来；一包已经涨大的纸巾碰到了他的膝盖，然后就被水冲走了。

他刚打开食物室的门，厨房里马上就起了水浪，推得凳子摇摇晃晃。一组浮在水面的灯泡就像戴着帽子的小骷髅头，朝冰箱漂过去。他停下脚步。女儿的哭声已经听不到。"格蕾丝，你在哪儿？"

外面传来摩托艇经过的声音。他每次呼出的气都在面前停留一下才会消散。光线越来越暗。他胳膊上汗毛倒立。他顺手抄起电话——电话线就跟在后面浮着——但没有拨号音。胃里一阵反酸，一种不好的预感袭来。

他强行打开地下室的门，楼梯间已经全部被淹没，只剩下漂着泡沫的脏水。一页日历漂浮着，那是他妻子的物品，一张糖果条纹灯塔的照片，渐渐变暗，跟着泡沫旋转。

他心慌得很。大厅桌子下、扶手椅后面（扶手椅也快浮起来了）都找过了。他还找了很多奇怪的地方：装着银器的抽屉，特百惠的碗。他还在往前走，双手下垂，是为了摸索水下的东西，手指蹭着地面。他双腿在水中走路时的声音，还有随着他往前走，阵阵微波打在墙上的声音，这就是整栋房子里仅有的声响。

女儿找到了。他第三次在娱乐室中寻找的时候终于找到了。女儿在摇篮里，摇篮在绿植架的最高层，靠着已经满是雾气的窗户。女儿的眼睛睁得很大，毯子一直盖在肩上。黄色的羊毛帽子还戴在头上。女儿盖的毯子一点儿都没有湿。"格蕾丝，"他把女儿抱出来，"谁把你放在这儿的？"

女儿的脸色马上变了：嘴唇紧闭，皱着眉头。不过，她很快就放松下来。"没事了，"他说着，"我们这就出去。"他把女儿抱在胸前，穿过大厅，推开前门。

院子里的水涌进来。街道已经变成了一条刚刚汇成的河流，已经有些拥堵。街对面,萨克斯家草坪上的糖枫树已经被完全淹没。缠在树枝上的塑料袋随着水的流过而漂动,还发出怪异的嗡鸣——仿佛昆虫蜂拥而至。没有一盏灯亮着。两只他之前从没见过的猫在前院橡树较低的树枝上徘徊。好多东西都浮在水面:草坪躺椅、几只塑料垃圾桶、聚苯乙烯泡沫冷却器——所有东西里都灌着泥浆,慢慢地顺着水流沿着街道往前漂。

他走下门口小路的楼梯。一下子,水就到了齐腰深。他把格蕾丝扛在自己的肩上,双手划水。格蕾丝在耳边的呼吸很浅。他自己呼出的气总是先变成一团白色的雾才会散去。

衣服都湿透了,他忍不住发抖。水推着他的大腿,毫不手软,仿佛就是要让他站不稳,然后将他和女儿也带走——虽然水流速度不快,但水里的杂物、树枝和一块块草皮却增强了水的力量。沿着街道走一百码[①]就到了史蒂文森家的后面,他看到树丛中有一小束蓝色的光。他回头看看自己家的家门,黑黢黢的,已经相隔非常远了。

"格蕾丝,坚持住。"他对女儿说。女儿没有哭。昏暗之中从电线杆的位置判断,他大概分辨得出人行道位于何处,所以便朝那边走去。

他沿着街道艰难前行,一只手总是扶着灯柱或树干,仿佛正在爬一架巨大的梯子。仿佛他可以走到那束蓝光的位置,从而挽救自己和女儿的生命。仿佛他可以穿着干燥的衣服,清醒、安全地躺在自己的床上,安然无恙。

洪水发出嘶嘶的声响,像血液涌上耳朵的声音。他尝到了洪水的味道:土味还有其他什么,好像是铁锈的味道。有好几次,他都觉得自己可能会摔倒,于是不得不停下来,靠着邮箱,吐掉几口水,紧紧地抓住孩子。他的眼镜片早就脏了,看东西模模糊糊的;双腿和双脚已经麻木,

---

① 100码约合91.44米。

洪水早已灌满了他的靴子。

史蒂文森家后面的光晃了晃，绕过障碍物之后又出现了。一艘船。这里的水没有那么深。"救命啊！"他大声喊，"救救我们。"格蕾丝一声不吭：小小的身子安静地趴在他湿透的衬衫上。很远很远的地方，仿佛是从遥远的海岸，传来了警笛声。

又走了几步，他忽然脚底一滑。水猛涨到肩部。河水推着他的感觉，就好像风推着船帆。哪怕只是发生在梦中，他一生也都会记得那种感觉：被水吞没的感觉。下一秒，他就被冲走了。他尽量把格蕾丝高高举起，双手托住格蕾丝小小的大腿，大拇指抵着格蕾丝瘦弱的后背。他不断蹬水，绷直脚尖，想跐住地面。房子的上半部分从身旁向后退去。有那么一会儿，他觉得两个人就会这么一直被水往前冲，经过房子、小巷，最后被冲进河水中。这时，他的头撞上一根电线杆，在水中转了几圈后，他们俩都被卷入了水底。

夜晚即将降临，天空还剩下最后一抹蓝色。他把双手垫在格蕾丝的小屁股下面，努力把格蕾丝托在自己胸部以上，自己的头则在水面以下。

肩膀撞到了水下的树枝，十几种根本看不到的障碍物。暗流吸走了他的一只靴子。从街区走出去几百英尺，他们被带进了一片满是泡沫和树枝的漩涡。他蹬直腿，盘住一个邮箱立柱——这条街上的最后一个邮箱了。洪水流过街道尽头的林地，和水位高到吓人的沙格兰河汇到了一起。他终于站稳了脚跟，双手还托着格蕾丝。横膈膜一阵痉挛，他忍不住咳嗽起来。

史蒂文森家附近晃动的光点竟奇迹般地靠近了。"救救我们！"他一边喊着，一边喘着气，"在这边！"

邮箱撑不住他的重量，也开始摇晃起来。灯光越来越近，是一艘皮划艇。摇桨的那个人挥舞着手电筒。他能听见声音。邮箱逐渐撑不住两个人的重量了。"快点儿，"温克勒咬紧牙关，"快一点儿啊。"

船靠了过来。灯光照在他脸上。有人抓住了他的皮带,把他拽到了舷缘处。

"她还活着吗?"温克勒听到有人问,"还有呼吸吗?"

温克勒深吸了一口气。眼镜早就不知道去哪儿了,但他能看到格蕾丝的嘴半张着,头发湿透了,黄色的帽子也不知所踪。格蕾丝的脸上毫无血色。他好像没法松开手臂——好像这根本就不是自己的手臂,不听使唤。"先生,"有人说,"先生,先放下她吧。"

他真的想大叫,情绪就堵在喉咙里。有人让他放开,让他放手,竟然让他放手。

这是一个梦。还没有真正发生。

5

记忆在脑海中疾驰而过，接着是意想不到的变化和转折。对记忆来说，事情发生的顺序有很强的随意性。温克勒还在飞机上，向北飞驰而去，但同时他的记忆也在不断倒退，他深深地陷入无数重叠之中，回到他还没有女儿的日子，回到他还没想过有个女人会成为自己妻子的时光。

那时是一九七五年。他三十二岁，住在阿拉斯加的安克雷奇。他在市中心拥有一套带车库的公寓、一辆一九七〇年产的克莱斯勒纽波特和几个朋友，但尚未成家。要说他身上有什么与众不同的，那便是他的眼镜了：塑料眼镜架上架着厚厚的酒瓶底镜片。眼镜片后，他的眼睛显得有些空洞，而且稍有变形，好像眼前的并不是半厘米厚的曲面玻璃，而是两块冰、两个被冻住的水池——眼睛只是在冰面下浮着而已。

又到了三月，天空很早就泛起了鱼肚白。太阳还没完全升起，但已有和煦的西风吹来，带着新叶沁人心脾的清香，让人有春姑娘已经来到西部地区的错觉——在阿留申群岛的火山上或整条白令海峡——所有的树都冒出了嫩芽，像刚从冬眠中醒来，还眯着眼。欢庆的气氛、夜晚的欢歌和逐渐升温的浪漫情怀，以及对春分和第一粒种子的敬意逐渐蔓延——俄罗斯的春风吹过白令海，越过山丘，终于来到了安克雷奇。

温克勒穿着一套棕色灯芯绒套装，朝着第七大道上美国国家气象局砖房子里的办公室走去——他是一名分析师助理。整整一上午，他都埋头于用胶合板制成的办公桌上，编制积雪预报。每过几分钟，就会有一块雪板从屋顶上滑下来，闷声掉到窗外用篱笆围住的空地上。

中午，他走到雪雁市场，选了一份萨拉米香肠和芥末酱抹面包后，就去排队等着付款了。

离他十五英尺的地方是旋转杂志架，有位戴着玳瑁眼镜、穿着棕褐色涤纶西装的女士正站在那里。那位女士的购物篮里有两盒麦片和半加仑[①]牛奶。光线——从前面窗户照进来的光线，落在女士的腰间，落在她裙子下的小腿上。他能看到小小的灰尘在女士的两只脚踝之间飘浮，每一粒都一样，一会儿在阳光下，一会儿又飘到阴影里。一切都非常熟悉。

收银机发出响亮的声音。天花板上的自动风扇咔嗒一声吱扭着开始转动。突然，他知道了之后会发生什么——大概四五天之前的晚上，他梦到了这一场景。那位女士手里的杂志没拿稳，他自己则会走过去，捡起来，放回原位。

收银员给几个少年找了钱，等着温克勒来结账。但温克勒的目光一直落在那位看杂志的女士身上。女士把书架转了四分之一，拇指和食指犹疑地停在一本杂志上（《好管家》，一九七五年三月刊，封面上是穿着绿色上衣的瓦莱丽·哈勃，神采奕奕，皮肤呈小麦色）。接着，那位女士取出这本杂志。封面有点儿滑，杂志掉到了地上。

他的双脚像突然生出了自己的想法一样，径直走了过去。他弯下腰，那位女士也是。两个人的头差点儿撞到了一起。他捡起杂志，擦掉封面上的灰尘，递给那位女士。

两个人几乎同时站了起来。他发现自己的双手正不停地颤抖着。他没敢看那位女士的眼睛，目光一直在那位女士的下巴处徘徊。"杂志掉了。"他说。但那位女士没接过去。收银台那儿，一名家庭主妇已经排到了刚才温克勒的位置。一个背着书包的男孩打开背包，把一个鸡蛋塞了进去。

---

① 1加仑约合3.785升。

"小姐？"

那位女士倒吸了一口气，唇瓣轻启，露出一排不算特别整齐，但十分亮白的牙齿。她闭上眼睛，好一会儿才睁开，像是在等气血上涌的劲头过去。

"您要这本杂志吗？"

"怎么——"

"您的杂志？"

"我得走了。"女士突然说。只见她放下了购物篮，便往出口走去，风衣披在身上，她几乎是一路小跑，匆匆地走到外面的停车场上。有几秒钟，温克勒还能看到女士的双腿交替前行，接着她的身影就被窗户上贴的横幅挡住了，之后便彻底消失在温克勒的视线中。

他拿着杂志站了很久。商店里的嘈杂声渐渐恢复。他拿起那位女士的购物篮，把自己的三明治放进去，买了所有的东西——牛奶、麦片，还有《好管家》。

晚上，午夜已过，可他躺在自己的床上，辗转难眠。关于那位女士的细节（左脸颊上的三颗雀斑，锁骨之间的凹陷，还有耳后别着的一缕头发），一个个地出现在他的脑海。杂志在他旁边的地板上摊开：是狗狗饼干的广告，还有蓝莓翻转蛋糕的配方。

他起床，打开一盒麦片，站在厨房玻璃窗前，吃了一小把浅色的小圆圈——两盒都是家乐氏牌的苹果肉桂脆片——看着街灯随风忽明忽暗。

一个月过去了。那位女士不但没有从他的记忆中消失，反而变得更为清晰，更为流畅：两排牙齿，脚踝之间飘浮的灰尘。工作时，在一堆申雅岛空军基地地下水数据的数值模型中，他能看到那位女士的脸就在自己眼前。几乎每个中午，他都会去雪雁市场，要么扫视结账通道，要么满怀期待地徘徊在出售麦片的过道中。

第一盒苹果肉桂脆片一周就被他吃完了。吃第二盒时，他吃得很慢，每天给自己定量，只吃一小把，仿佛那是世界上最后一盒麦片，仿佛他把这盒麦片吃到只剩糖渣时，不仅是吃掉了他对那位女士的所有记忆，也吃掉了再次遇到那位女士的全部机会。

他把《好管家》带到了办公室，一页一页地看过去：关于土豆的二十三份食谱；品食乐牌坚果面包的优惠券；一份五胞胎的简介。这里会不会有关于那位女士的线索？周围没有人时，他把瓦莱丽·哈勒的封面照片放在同事的斯威夫特2400显微镜下，从取景器中仔细地看着瓦莱丽的锁骨。她由各种像素混合而成——黄色的、洋红色的，周围还有蓝色的——她的胸部是硕大而静止的光环。

过去三十二年里，温克勒几乎从未缺席过安克雷奇碗[①]。要是天气晴朗，他或许还会渴望地凝视着北边的阿拉斯加山脉，不只是那座耀眼的白色山体，还有大山后面一片白茫茫的空间。它们浮在地平线上，要说这些都是真正的大山，不如说它们更像山的幻影。可现在的温克勒，双眼竟然盯着广告上的完美厨房配置：铜锅、抽屉衬纸、折叠餐巾，等等。那位女士的厨房也和广告上的某张照片一样吗？她需要彻底清洁的时候也会使用布里洛牌超级钢丝球吗？

六月，他又遇到了那位女士，还是在同一家市场。这次，女士穿着格子裙和高筒靴。只见她轻快地穿过各条走道，看起来有些不一样，表情更为坚定。温克勒心里突然感到一阵焦虑。女士买了一小瓶葡萄汁和一个苹果，从带有黄铜扣的小钱包里拿出钱，一分不多，一分不少。不到两分钟，她就离开了市场。

温克勒跟着她走了出去。

那位女士步子迈得很大，走得也很快，目视前方，只关注前面的马路。温克勒不得不半跑着跟上。那天的天气温暖潮湿，女士束在脖子后面的头发似乎都快飘起来了。在D大街的街口，她停下来等着过马路，温克勒走到她身后，不知怎么就走得太近了——要是再往前六英寸[②]，

[①] 原文为Anchorage Bowl，直译为"安克雷奇碗"，即泛指阿拉斯加的安克雷奇区域。
[②] 1英寸合2.54厘米。

温克勒的脸就会贴到她的头顶。温克勒盯着她穿着靴子的腿，深吸了一口气。她身上的味道该如何形容呢？刚修过的草坪？羊毛衫的袖子？装着苹果和果汁的棕色小袋子被她紧紧地抓在手里。

绿灯亮了。那位女士走下人行道。温克勒跟着她走到第五大道上的第六个街区。在这里，那位女士右转走进了一家第一联邦储蓄贷款银行的营业厅。温克勒站在门外，想先让怦怦直跳的心平复下来。两只海鸥飞过，相互问候。透过窗户上的镂空，温克勒看到几张桌子（桌子后面坐着的职员们，正用铅笔往桌面月历上写着什么）。温克勒看见她拉开一扇核桃木的门，坐在出纳柜台后面。有些客户已经在等着了。女士放下手中的小袋子，拿开桌子上的小牌子，招手让第一位客户过来。

温克勒睡不着。满月高高地挂在城市上空，引得克尼克湾的潮汐随之涨起又落下。他读沃森的书，也读鲍林的书，熟悉的文字在他眼前逐渐分解。他站在窗前，拿了一本拍纸簿，动笔写道：我身体里一万亿个细胞蠢蠢欲动，蛋白质跟着 DNA 链，缠绕后又分散，重组后又离别……

可他划掉了这几句，重新动笔：我们可以自己选择要爱上谁吗？

要是第一个梦让他知道之后会怎样，知道杂志掉在地板上会怎样就好了。他闭上眼睛，想着那位女士的样子，想让那位女士伴着自己慢慢睡着。

早上九点，他又出现在同一条人行道上，透过同一扇窗户看着那位女士。温克勒的背包里装着还没吃完的第二盒苹果肉桂脆片和《好管家》。那位女士站在柜台后面，低着头。温克勒在裤子上蹭了蹭手，走进了大楼里。

没人排队，但那位女士的柜台上摆着一个标志牌：请移步至旁边柜台办理。她正在数十美元的纸钞，手指纤长细嫩——温克勒觉得自己早已熟悉了这双手。大理石的柜台面上有一个名牌，上面写着：桑迪·希勒。

"不好意思，打扰了。"

桑迪举起一根手指，没抬头，继续点钞票。

"我可以帮你。"另一位出纳说。

"不用了。"桑迪已经快要点完手中那一沓,她在手边信封的边角做了记录,才抬起头,"您好。"

桑迪的眼镜片反射了天花板上某盏灯的光,那束光有一秒也照到了温克勒的眼镜片上。恐慌感塞在温克勒的喉咙里。桑迪是个陌生人,完全不熟悉,温克勒究竟算是谁?竟揣度对方的不满,竟私自将对方带进自己的梦里?温克勒结结巴巴地说:"你记得吗?我在超市见过你,几个月之前。我们没正式见过,但……"

桑迪看着他。他从背包里拿出了麦片和杂志。桑迪旁边的出纳也往隔板这边看过来。

"我想,"温克勒说,"你可能还想要这些吧。你那天很快就走了。"

"这样啊。"桑迪没碰麦片,也没碰《好管家》,但目光一直停留在这两样物品上。温克勒不知道桑迪怎么想,但恍然觉得桑迪往前倾了倾身子。温克勒举起那盒麦片摇了摇。"我吃了一些。"

桑迪不明就里地笑了一下:"那你留着吧。"

她一会儿看看杂志,一会儿又看看温克勒,反反复复几次。温克勒也知道关键的几分钟正在一分一秒地流逝,他甚至觉得脚下的地板正逐渐陷落。"你想去看场电影吗?或者别的什么?"

桑迪的目光越过温克勒,看向银行大堂。她摇了摇头。温克勒觉得心情有些沉重。他已经开始退缩了。"哦,好的。那就这样。真对不起。"

桑迪拿起苹果肉桂脆片的盒子摇了摇,然后就放到了柜台下面的架子上。她小声说:"我丈夫在那边。"说这话的时候,桑迪第一次直直地看着温克勒,真正地看着他。温克勒甚至觉得桑迪的目光直直地看透了自己。

温克勒听见自己说了一句:"你手上没戴戒指。"

"是没有。"桑迪摸了摸无名指。她的指甲修剪得很短,"戒指正在修。"

温克勒明白,自己没时间了。整个场景正慢慢地溜走,逐渐液化,最后流进了下水道。"原来如此，"温克勒小声地应了一句，"我在气象局工作。我叫大卫。要是你改了主意，可以到气象局来找我。"说完，他就转身，拎着已经空了的包走了。面前明亮的银行落地窗只让他觉得晕眩。

两个月后：雨点敲在窗户上，温克勒公寓的桌子上放着一堆还没打开的气象学文件。不过，有史以来第一次，他觉得那在自己的生命中不过是琐碎之事。他煮了面条，穿了一套棕色灯芯绒套装——他有两套一模一样的，每天检查三次气压表，心不在焉地把读数记在从单位偷带回家的方格纸上。

大部分时间里，温克勒想到的都是桑迪的脚踝，还有一束阳光的照耀下，脚踝之间飘浮的尘埃。桑迪脸颊上的三颗雀斑形成了一个等腰三角形。温克勒非常确定，因为他梦见过桑迪。但谁知道他为何如此确定呢？镇上的某个地方，桑迪站在洗手池前或走进某个小房间时，温克勒的名字存储在她大脑里某个褶皱的神经元中，与数十亿神经分叉一起喊着：大卫，大卫。

时光流逝，日子一天天地过去：温暖的、清冷的、下雨的、晴朗的。温克勒一直都觉得自己像失去了什么重要的东西一样：钱包、钥匙，他甚至无法回忆的某段重要记忆。地平线看起来还和往常一样：同一辆脏兮兮的卡车吱嘎响着从路上走过；潮汐每天只会淹没同一片泥滩一次。在无数个气象局的电传打字机中，温克勒每次都能看到同样两个字：渴望。

银行出纳职业化的笑容背后，是否掩藏着桑迪脸上的一丝希冀？那该是她身体里的期待，只在她抬起眼睛的一瞬间才看得到。在市场的时候，她是否马上就要落泪？

《好管家》摊开在温克勒的厨房餐台上，里面是各种他看不懂的谜语：想知道保持年轻的秘诀吗？棉布可以变换多少种风格？大自然中有多少种金色运用在自然金发焗油膏中？

温克勒在街上走，看着天空。

6

九月,桑迪打来了电话。一位秘书接通了。"他有一场冰球比赛,"桑迪的声音很小,像是在说悄悄话,"四点十五分有一场午后电影。"

温克勒咽了下口水。"好的,没问题。四点十五分。"

四点三十分,桑迪出现在大堂,匆匆地从温克勒身边走过,去了优惠票柜台,买了一盒提子巧克力。接着,桑迪径直走进电影院,坐在一片黑暗之中,任屏幕上的光照在脸上,看都没看温克勒一眼。温克勒坐在桑迪旁边。桑迪一个接一个地吃着提子,几乎都没时间缓口气。温克勒觉得桑迪身上有股薄荷味,像口香糖的味道。整场电影,温克勒总是忍不住偷偷地看着桑迪:她的脸颊、手肘,还有她头顶上在光线中摇曳的碎发。

电影放映结束,桑迪看着演职员表出现在屏幕上,好像电影还在继续,故事尚未结束。她飞快地眨了眨眼。电影院里的灯亮了。桑迪说:"你是负责天气预报的。"

"差不多吧,我是水文学家。"

"跟大海有关吗?"

"主要是地下水,还有大气。我最感兴趣的是雪,我喜欢雪晶的形成和结构。但光靠研究这个可没法养活自己。我还得写备忘录,反复检查天气预告。基本上我就是个秘书。"

"我喜欢雪。"桑迪说。看电影的人逐渐离场,桑迪的注意力都在那些人身上。温克勒绞尽脑汁地想说些什么。

"你是银行出纳？"

桑迪没看他。"那天在市场……就好像我早就知道你会出现在那里一样。我没拿住杂志，好像我知道你会过来。感觉我已经掉过这本杂志，所有的场景都已经经历过一遍。"桑迪快速瞄了温克勒一眼，然后她拿起自己的外套，抚平裙子正面的褶皱，转头看向已经开始打扫电影院过道的引座员，"你也觉得不敢相信对吧？"

"没有。"温克勒回答。

桑迪的上嘴唇有些颤抖，她没看温克勒。"下周三我再打给你。"说完，桑迪就开始往下排走去，外套紧紧地裹在肩上。

她为什么要打给温克勒？她为什么总是一次接一次地等到周三才来电影院？为了摆脱生活的束缚？或许吧。但即便如此，温克勒还是认为，肯定是那天中午在雪雁市场的时候，桑迪对自己也有了感觉——时间已经沉淀，与地点交织在一起，未来与现在的重叠让人眩晕。

他们一场看过了《大白鲨》和《狗侦探》，说话也从不越轨。每周，桑迪都会买一包提子巧克力，每次吃的时候也都是大快朵颐的样子，屏幕的蓝光反射在她的眼镜片上。

"桑迪，"温克勒看电影的时候会悄声地问，"你还好吗？"心都提到了嗓子眼。

"是那个叔叔吗？"桑迪一边盯着屏幕，一边小声地说，"我还以为他死了。"

"工作顺利吗？最近都做了些什么？"

这时，桑迪会耸耸肩，嚼着提子。手指纤长细嫩：简直完美。

电影结束后，桑迪会站起来，深吸一口气，穿上外套。"我最不喜欢这个，"桑迪瞄着出口说，"电影院的灯一亮起来，感觉跟刚睡醒一样。"桑迪微笑着，"现在一切都得回到现实了。"

桑迪走后，温克勒会在座位上再坐几分钟，感受巨大电影院中的那种空旷。放映室里，有人正把刚播放完的电影倒回去，引座员把过道灰尘扫进簸箕时会发出空洞的声音。温克勒头顶上方，嵌在天花板里的小灯泡一直亮着，像北斗七星的形状。

桑迪也出生在安克雷奇，比温克勒大两岁。她嘴唇上的口红闻起来有香皂的味道。她很容易感冒。她的袜子总是很薄。一九六四年大地震的时候，一辆凯迪拉克从银行前窗冲了进来。桑迪承认自己觉得这件事和那次地震很刺激：突然出现的汽油味，还有第四大道马路中间大到能吞掉汽车的大裂缝。桑迪小声地说："我们有整整一周都不用去上班。"

桑迪的丈夫（冰球队的守门员）是分公司经理。桑迪从西部高中毕业之后，两个人就结了婚。她丈夫喜欢吃蒜盐，可桑迪觉得"他的口气熏死人了"，所以每次丈夫吃完，桑迪都不愿意看他，甚至不愿意跟他共处一室。

过去九年中，他们都住在一座牧场房子里。房子是米色的，屋顶铺着棕色瓦片，车库有黄色的门。两棵高低不对称的南瓜挂在前廊的前门上，像刚被砍下来的头。温克勒知道这些，是因为他查了电话黄页上的地址，有好几个晚上都会特意开车过去。

桑迪的丈夫不喜欢看电影，他宁可在家擦盘子。桑迪说，丈夫最爱的还是打迷你高尔夫。温克勒认为，就连桑迪丈夫的名字都让人觉得没什么激情：赫尔曼。赫尔曼·希勒。温克勒从未拨打过他们家的电话，但他知道号码是542-7433。最后四位数字对应他们姓氏的前四个字母，据桑迪说，赫尔曼曾在周五的员工会上宣称，这是十年之中发生在他身上最神奇的事。

"十年之中。"桑迪盯着屏幕上自下而上出现的演职员表说。

温克勒从没有过这种感觉——大眼镜片下藏着他的孤寂，他从未坠入爱河，从未与某个有夫之妇暧昧不清，也从未惦记过某个已婚女性。但他就是无法放手。这并非有意识的选择——温克勒从没想过"我们是天造地设的一对",也没想过"我们的人生注定会有交集",甚至都没想过"我一分钟一定要想她几次,想她的脖子、小臂、手肘。想她头发上洗发水的味道。想她穿着薄毛衣的胸部"。只是温克勒的双脚不听使唤,每天不是把他带到银行,就是晚上开着纽波特把他带到桑迪的房子前。温克勒也开始吃苹果肉桂脆片,并扔掉了自己的那罐蒜盐。

透过银行的玻璃,温克勒凝视着办公桌后的职员们:一个穿着蓝色西装,脖子上有胎记;另一个穿着V领衫,头发灰白,腰带上挂着一串钥匙。自己有一天会成为穿V领衫的男人吗?那个人的年龄应该是桑迪的两倍吧?那个有胎记的人一边抬头望着温克勒,一边咬着自己的笔。温克勒赶紧躲到了一根柱子后面。

十二月,他们又看了一遍《秃鹰七十二小时》后,桑迪说想去温克勒的公寓。她只是说赫尔曼"比赛结束之后要出去"。桑迪好像有些不安,咬着手指,她确实一直很紧张。温克勒觉得,部分原因是安克雷奇并不大,他们随时都可能被人看到、发现。

街道黑漆漆的,冷冷清清。温克勒带着桑迪快速往前走,灯光和阴影交替出现。外面几乎没有人。停车标志处的汽车,排气管一个劲儿地排放尾气。温克勒不知道自己该不该牵着桑迪的手。那天晚上,温克勒觉得眼前的安克雷奇异常明晰:人行道的接缝被冻住了,电话线上的冰凌泛着光,两个男人在满是雾气的餐厅窗户那一面正弯腰、低头看着菜单。

桑迪兴致勃勃地打量着温克勒的公寓:木板架,砰砰作响的旧散热器,弥漫着煤气味的小厨房。

桑迪拿起一个带有刻度的试管,对着灯光观察起来。"弯月面,"温克勒指着试管中液体表面的曲面解释道,"边缘的分子附着上玻璃。"桑迪放下试管,从架子上拿起一张打好字的纸:我在两个独立的气象站分别测量了大气可降水量和蒸汽压差的空间分辨率……

"这是什么?是你写的?"

"是我论文的一部分。不过没人看过。"

"关于雪花？"

"没错，关于冰晶的。"温克勒继续说，"先找一片雪晶。就是那种经典的六角星形的，你知道吧？它为什么看起来如此规整呢？其实，从极其细微的层级看，甚至比纳米还要细微几个层级，雪晶在冷冻的过程中会疯狂振动，在这种看不见的晃动中会燃烧掉数百亿个分子。"

桑迪伸手从耳后绕了一缕头发。

温克勒继续说："我认为，就是这种振动中出现的极小的不稳定性，才使雪花的形状各不相同。雪晶的外部看起来很稳定，其实在雪晶的内部一直都像在地震一样。"他把纸重新放回架子上，"是不是很无聊？"

"没有。"桑迪说。

两个人坐在温克勒家的沙发上，臀部碰在一起。接着他们喝了速溶热巧克力，杯子却不是情侣杯。桑迪郑重地向温克勒献出了自己，但没有什么仪式感：脱掉衣服，爬上温克勒的双人床，就这样。温克勒没有打开收音机，没有放下百叶窗。两个人的眼镜并排放在地板上——温克勒家里没有床头柜。桑迪拉起被单蒙住了两个人的头。

是爱。温克勒可以连续十五分钟一直研究桑迪手掌的血色和掌纹，觉得自己能看到毛细血管中血液流过的样子。"你在看什么呢？"桑迪笑着蹭过来，"我也没什么特别的吧？"

但她就是特别。温克勒看着桑迪在所剩无几的一盒提子巧克力中先选了一个，然后因为某些奇怪的原因又放回盒子里；温克勒看着她系好自己的皮大衣，看着她的手从领口伸进去挠了挠肩膀。桑迪在公寓门外的雪地上留下了脚印，温克勒干脆把雪撬起来，直接冻在冰箱里保存。

恋爱的感觉就好像早上起床后眩晕二十次：挡风玻璃上的霜、枕头中掉出来的羽毛、山顶上那束柔和的粉红色阳光都能让人觉得不可思议。温克勒每晚只睡三四个小时。有时候，温克勒觉得自己即将把地球表面剥落——山上的树冻着,水湾的水波动着——最后能看到底层的东西——最深层的结构,最基础的网络。

每个星期二都让人坐立难安,秒针围着表盘慢慢地爬过。每个周三是一周中的主轴,其他时间围绕着它转动。每个周四都是沙漠,是鬼城。到了周末,桑迪留在公寓里的每个微不足道的东西,在温克勒眼里都变得近乎神圣:洗手池边缘卷着的一根头发,盘子里留下的四块椒盐饼干的碎屑;她的口水——她的蛋白质、酶和细菌——可能还停留在这些碎屑上;她的表皮细胞留在枕头上、地板上,跟灰尘一样飘到角落里。沃森、爱因斯坦和路易·巴斯德[①]都教给了温克勒些什么?我们能见到的事物,实际只是面具,掩住了事物本身。

温克勒的手颤抖着抚平自己的头发,走进银行大厅时像小偷一样浑身发抖。他从背包里拿出了一束在商店买的雏菊,放在了桑迪面前的柜台上。

他们纵情云雨,窗户也不关,任由冷空气朝身上袭来。"你觉得电影明星会怎么过圣诞?"床单的边缘就抵在桑迪的下巴处,"我猜他们会吃小牛肉,或者六十磅重的火鸡。我敢说他们还会雇用好几个厨师来做饭。"窗外,一架喷气式飞机飞过天空,着陆灯闪烁着,桑迪的目光一直跟着飞机。

有时候,桑迪就像是一条温暖的河流;有时候,则像是一块刚烧红的金属。桑迪有时会从架子上拿起一份温克勒的文章,靠在枕头上浏览。"一维积雪算法,"桑迪会一本正经地读出来,好像自己念的是咒语,"C_d表示度日融化系数。"

"留下一只袜子,"温克勒小声说,"留下内衣。给我之后的一周留下些念想。"这时,桑迪会盯着天花板,若有所思。很快,桑迪离开的时候就到了:她会再次穿衣服,束好头发,蹬上靴子。

[①] 路易·巴斯德(1822—1895),法国微生物学家、化学家。

桑迪离开之后，温克勒会俯身凑近床垫，努力寻找着她留在床上的味道。他的大脑总会无情地将桑迪的身影映在他的眼睑：她额头上雀斑的位置；她手指的关节；她肩膀的弧度，还有内衣穿在她身上的样子，就那样贴合她的臀部，夹在她双腿之间。

每个周六，桑迪都会在行车取款柜台工作。桑迪，我爱你，温克勒会在存款单上写下这句话，放进银行外面的气力输送通道。现在先别闹，桑迪会这样回答一句，把纸条放在罐子里送出来。

但我爱你，温克勒会写下更大的字，现在这一刻我也爱你。

温克勒看到桑迪把自己的字条揉成一团，重新拿出一张纸，写了几笔，之后把这张纸条放进罐子里，放进输送通道。温克勒把罐子拿进车里，放在腿上，打开里面的纸条。桑迪写的是：多少？

多少，多少，多少？一滴水里有 10^{20} 个分子，每个分子都无时无刻不被扰动，与周围的分子聚合、分离，然后再聚合，每一秒都会更换数百万个聚合对象。任何物体中的水都想遇到更多，想与更多分子结合，想牵住其他分子的手，想寻找云朵或海洋，想通过茶壶嘴尖叫。

"我想当警察，"桑迪小声说，"我想整天开着小车，通过民用波段电台说暗号。要不，当医生也行！我要去加利福尼亚的医学院上学，之后就当儿科医生。不用去壮观的大型救援现场，也不用做什么大事，就是一些小事，比如检测血样中的病菌或病毒什么的，但一定要做得特别好，要成为所有家长都信赖的儿科医生。'小艾丽斯的血样一定要让桑迪医生亲自来。'家长们都得这么说。"她咯咯地笑了起来，捻起一缕头发绕圈圈。电影院里，温克勒得安分地坐在自己的座位上，与想用双手握住桑迪的手的冲动做斗争。"或者，"桑迪继续说，"不，我想当丛林飞行员。我可以搞到一本赫尔曼的存折，存够能买一架二手飞机的钱，还得是双座的好飞机。我会去上课。我会仔细地观察引擎，了解飞机的每个部分，阀门、开关什么的，然后肯定有人说：'这架飞机虽然飞了很久,但这个飞行员确实不错。'"

桑迪眨了眨眼,然后定了定神。小镇那头,她丈夫正蹲在球门里,看冰球滑过蓝色的线。

"或者,"桑迪继续说,"当个雕塑家。就这个了。我可以做金属雕塑家。他们放在办公楼前等着生锈的大铁疙瘩,形状那么奇怪,我也能做。我做的那些肯定有鸟儿站在上面,人们会看着我的作品相互问:'你觉得这是要表达什么?'"

"你可以的。"温克勒说。

"我可以。"

现在已经是一月,下午四点天就黑了,温克勒每个晚上都会穿上皮大衣,关紧引擎盖,开车去桑迪的房子那边转一圈:从街区的尽头开始,然后漫不经心地倒回去,树篱会出现在他的左手边,路边停着的几辆车,引擎盖都半开着,好把延长线插进结霜的接头中。温克勒的纽波特逐渐减速,最后在桑迪家车道旁停下来。

每天晚上九点半,桑迪家的灯就会逐个熄灭:先是最右边几扇窗户不再透光,接着是旁边房间的灯,之后是左边房间窗帘后的灯光——那时就是十点整了。温克勒想象着桑迪穿过每个黑暗房间的样子,双眼跟着她走过大厅、浴室,最后走进卧室——和那个男人一起躺在床上。最后,只有后院高大的灯还亮着光,白光中有点儿蓝色。所有停着的车都会从周围的房子里汲取能量,所有插座一会儿打开,一会儿关上。周围的空气变得特别冷,仿佛闪着光,不断收缩——好像正在凝固。这时,温克勒总会觉得,有谁会突然伸出手,打碎整个画面。

每次都要非常努力,温克勒才能下定决心踩下油门。他会开到街区尽头,打开加热器,独自穿过冰冷昏暗的小镇。

"他不差劲，也没什么不好，"那天，两个人看《逃离地下天堂》时，桑迪小声地说，"我的意思是，他人不错，挺好的，也很爱我。基本上我想做什么都行。就是有时候，我看着厨房的碗柜，或者看着衣柜里他的西装，就忍不住想：就这样了吗？"

温克勒眨了眨眼睛。这是看电影时，桑迪说得最长的一段话。

"我就是觉得自己彻底变了，好像手上套着枷锁。像这样——"桑迪一手抓着小臂往上拽，"我都抬不起胳膊来，特别沉重。但有时候，我又觉得自己很轻，能飘到天花板上，像个气球一样再也下不来了。"

电影院里的漆黑裹住他们。屏幕上，一个机器人正在展示几个被冰冻住的人。天花板上应该作为星星出现的小灯泡，正在灯罩中发光发热。

桑迪又开口了："有时候，办公室有年轻女孩子恋爱时，我心里也跟着高兴。毕竟跌跌撞撞了那么久，终于找到真命天子，所以休息时一直在讨论婚礼、孩子什么的。我有时候看见她们在外面抽烟，盯着外面来来往往的车，心里知道她们或许也不是百分之百开心，并不是一路都幸福。或许幸福感也就百分之七十吧。但她们忍了，没有放弃。

"我觉得自己一直很敏感。我也不知道。大卫，你有时候也这么敏感吗？"

"是啊。"

"我不应该跟你说这些。我本来什么都不应该跟你说的。"

电影到了飙车的一段，城市燃起大火，各种颜色都映在桑迪的眼镜片上。桑迪闭上了眼睛。

"问题是，"她小声说，"赫尔曼没有精子。我们前几年去做过检查。他没有精子。或者说基本没有吧，没有质量高的。医生打来电话，直接把结果告诉了我。我一直没告诉他。我就跟他说，医生说他一切正常。医生寄来的信让我撕了。我还把碎片带到了公司，扔到洗手间最内侧的垃圾桶里。"

屏幕上的洛根猛冲下一条人潮拥挤的街道。温克勒在想，西装在衣橱里。是那个有胎记的男人吗？

❄

温克勒几秒钟就可以畅游几个月的记忆。他想象着赫尔曼像趴在冰上的螃蟹一样蹲在地上守门，戴着手套的手拍在大腿的垫子上，队友围着溜冰场转圈。他想象着桑迪靠在赫尔曼身上，桑迪的头发尖拂过赫尔曼的脸颊。赫尔曼站在玛丽莲街房子的外面，城市上空有蒸汽带来的光圈——红色、紫色和绿色的——像一个个幽灵一样飘进苍穹。

现在从云彩中落下了小冰雹——是一块块软雹。温克勒打开所有窗户，关上暖炉，任软雹飞进来——穿过窗框，小小的雪球在地毯上滚动旋转。

快到三月中旬了。一片昏暗中，只有窗台上有一根点着的蜡烛。桑迪躺在温克勒身边。窗户外，垃圾清理员把垃圾桶里冻住的垃圾扔进卡车，温克勒和桑迪都听着叮叮当当的声音、垃圾被压缩的声音，还有随着卡车远离逐渐减弱的隆隆声。下午五点左右，镇上的人们都差不多结束了一天的工作。邮递员正在分送最后几封信，会计正在兑付最后一张票据，工作人员关上了金库。杯子也都放回到杯垫上。

"你曾经想离开过吗？"桑迪低声地问，"就往前往前再往前？"

温克勒点了点头。桑迪没戴眼镜，离温克勒的脸那么近。她的眼神透着一种进退两难的情绪，跟他们第一次在市场遇见时差不多——那时的她站在旋转杂志架前，内心波涛汹涌。桑迪的整个身体，数万亿个细胞都在暗自无形地颤抖，威胁着要离开彼此。温克勒梦见过桑迪，桑迪梦见过他吗？

"我要告诉你一件事，"温克勒说，"关于我们在市场上遇见的那天。"

桑迪翻身平躺着。再有五分钟，或者六分钟，桑迪就会离开，所以温克勒告诉自己一定要珍惜每一秒,珍惜她手腕上的脉搏,珍惜她抵在自己大腿上的膝盖。她一侧的鼻子上有很多个毛孔。借着微弱的灯光,温克勒看见桑迪的靴子放在磨损严重的地毯上,衣服整整齐齐地叠放在旁边。

温克勒会告诉她。现在,他就要告诉桑迪。他说:我曾梦见过你。有的时候,我会做这种梦。

"我怀孕了。"桑迪说。

窗台上蜡烛的火苗不停地跳动着。

"大卫?你听见了吗?"

桑迪现在看着温克勒说。

"怀孕了。"温克勒回答。但现在这只不过是三个字而已。

7

温克勒把纽波特停在车道上,从单证口拿了一张存款单。

你能出来一会儿吗?
不能。
就一个小时也不行?

温克勒只能从车道旁边的窗口看到桑迪的身影:穿着大领毛衣,低着头,手在写什么。气力输送管响了。

现在不是时候。大卫,别闹了。周三。

两个人之间隔着大约十五英尺的冰冷空间,隔着他们的是两个人面前的窗户玻璃。但窗户好像液化了,不然就是空气液化了,温克勒只觉得视线很模糊。他只能给纽波特挂上挡,慢慢开走,把位置让给后面那辆车。

温克勒无心工作,无心睡觉,无法忍受桑迪一个人待着。他每天都要开车去桑迪的房子,围着玛丽莲街绕圈,前前后后走了好几遍,直到午夜有个邻居拿着雪铲出来朝他比画,问他是不是找魂呢。

桑迪家的后院,一盏泛着蓝光的灯忽明忽暗。克莱斯勒不情愿地慢慢发动,好像它也无法忍受远离桑迪似的。

每次办公室的电话一响,温克勒血液中的肾上腺素就会迅速增加。"温克勒,"主管摔了一沓电传打印机打出来的天气预报,"问题很严重。单单今天的文件就有差不多五十个错别字。"主管上下打量着温克勒,"你是病了,还是怎么了?"

没错!他想大喊。没错!他简直病入膏肓了!午餐的时候,温克勒去了第一联邦银行,可桑迪不在自己的柜台旁。桑迪右边的出纳员歪着头看着温克勒,怀疑温克勒是不是真心关心桑迪的情况。最后,这个出纳还是告诉了温克勒:桑迪得了感冒,在家休息。接着还问自己帮温克勒处理行不行。

那个有胎记的职员正在打电话。灰头发的那个坐在椅子上,身体前倾,正在和一男一女说话。"不用了。"温克勒说。出来的时候,他扫了一眼桌子上的名牌,可即便戴着眼镜,温克勒还是没看清名字,也没看清职务,总之什么都没看清。

桑迪开门的时候穿着法兰绒的睡衣,睡衣上的图案都是站在雪橇上的北极熊。桑迪没穿鞋,站在门口,这让温克勒的心都漏跳了一拍。

"你来这里干什么?"

"他们说你病了。"

"你怎么知道我住这儿?"

温克勒看了看街对面,天气太冷,各家各户都闭门锁院。桑迪家的客厅看上去很温暖。

"桑迪——"

"你是走过来的?"

"你好些了吗?"

桑迪待在门口,眯着眼睛。温克勒明白她不会邀请自己进屋了。"我吐了,"桑迪说,"但我觉得还行。"

"看你脸色发白。"

"没错,是这样。你也是。大卫,放轻松。深呼吸。"

桑迪的双脚被冻得没有血色。温克勒真想跪下来把那双脚捧在自己的手中。"桑迪,这可怎么办?我们该怎么办?"

"我也不知道。我们该怎么办?"

"我们可以去别的地方。哪里都行。像你说的,我们可以去加利福尼亚。我们还可以去墨西哥。你想做什么都可以。"

桑迪的眼睛看着一辆奥兹莫比尔牌汽车慢慢地从路上开过,雪在轮胎下嘎吱作响。"大卫,现在不行,"桑迪摇了摇头,"在我家门口别这样。"

三月结束了。社区冰球活动也结束了。桑迪同意跟温克勒一起喝咖啡。在咖啡馆里,桑迪时不时地就要四处看看,还总是往窗外看,好像刚躲开了某个追击者。温克勒帮她掸掉了外套上的雪:恒星树突。故事书中才有的雪花。

"你一直没去上班。"

桑迪耸了耸肩。刚刚融化的雪水沿着她的眼镜框流了下来。女服务员端来了咖啡,他们抱着各自的咖啡杯。桑迪一言不发。

温克勒开口了:"我就是在那边长大的,街对面。天气好的时候,站在房顶上,能看到阿拉斯加山脉山峰的一半,可以认得出麦金利那边的每一座冰川。有时,我去房顶就为了看它,看没有人触碰过的雪。一切都那么轻松。"

桑迪又看了一眼窗外,温克勒也不知道她有没有在听自己说话。让温克勒百思不得其解的是,桑迪看起来还和往常一样,穿着牛仔裤的她,腹部毫无隆起的迹象,脸颊上的毛细血管依旧透着红色,然而在她身体里,两个人的结晶已经停留在她的子宫壁,现在可能已是葡萄粒大小,也或者是拇指大小,正疯狂地分裂着细胞,并从她体内疯狂地吸收着一切养分。

"我真正喜欢的是雪,"温克勒继续说,"我喜欢看雪。我之前会和妈妈一起收集雪花,之后还用放大镜仔细观察。"桑迪还是没有抬头。雪花一个劲地飘在咖啡店窗户上,"你知道吗,我从没和谁在一起过。我甚至连朋友都没有,没什么真正的朋友。"

"大卫,我知道。"

"我甚至很少离开安克雷奇。"

桑迪点了点头,双手握住自己的杯子。

"我上周开始找工作了,"温克勒说,"在全国各地找。"

桑迪低着头,仿佛跟咖啡说话一样。"要是我没去那家杂货店会怎样?要是我那天决定提前两个小时去会怎样?提前两分钟呢?"

"桑迪,我们可以一起离开。"

"大卫,"桑迪的靴子在桌子下面吱吱作响,"我今年三十四岁,已经结婚十五年半了。"

门把手上的铃铛响了,两个男人进来,跺了跺脚,抖掉鞋上的雪。温克勒的眼皮开始跳。十五年半确实无可否认,那是他从未踏足的领地,也是他从未攀过的阶梯。"超市,"温克勒说,"我们是在超市遇见的。"

桑迪再没去银行上班。她也不接家里的电话。温克勒每天都会打桑迪家的号码,到了晚上,赫尔曼·希勒热情的声音就会传来,几乎是半喊着的:"您好?"这时,在小镇另一端公寓中蜷缩着的温克勒,就会轻轻地挂掉电话。

他慢慢地走在玛丽莲街上。风从入口卷进来,又冷又咸。

雨,越来越大的雨。白天,地上的雪已经融化;夜晚,融化的雪水就会冻结成冰。冬天仿佛过去了,之后又来,然后再次离开。远处的山上,驼鹿、狐狸和熊已经苏醒。蕨菜冒出了绿芽。鸟儿也从南方的田野飞了回来。已经过了午夜,温克勒躺在自己的小床上,不知所措。

在一家焊接用品店,温克勒买了一套新手套装:克拉克弧焊机,钢丝刷,锡剪,凿锤,焊工手套、围裙和头盔,钢卷、铝条和铜丝,钎焊合金管,电极,焊接接线片等。店员将这一堆物品全部放在一个废弃的电视机盒子里。周二中午,温克勒开车到了桑迪家。把车停在车道后,他抱着盒子往前走,结果撞上了门把手。

他敲了三次门,没人开,所以他又敲了一次。他等待着。或许,赫尔曼把桑迪送上了飞往凤凰城或温哥华的飞机,让桑迪永远不要再回来。或许,桑迪现在正开车穿城,想放弃这个孩子。想到这里,温克勒不住地颤抖起来。他跪在前廊,推开放信件的小窗口。"桑迪!"温克勒的声音很大,他等了一会儿才继续,"我爱你,桑迪!我爱你!"

温克勒回到车上,一路向南,围着城市湖泊开车:康纳斯湖、德朗湖、桑德湖、珍珠湖和坎贝尔湖。四十分钟后,温克勒又回到了马里兰,经过桑迪的房子时,他发现之前放在前廊的大箱子已经消失了。

巴尔的摩、檀香山和盐湖城都拒绝了温克勒,但克利夫兰愿意要他,给了他一份入职通知:职务是电视网络的气象学家,此外还说明了工资、福利和搬家补贴。

他开车去了桑迪家,把车停在车道后,在车里坐了一会儿,想平复一下心情。那天是个星期六,来开门的是赫尔曼。原来赫尔曼是那个有着一头灰发的人:就是钥匙圈永远别在腰带上的那个。他才三十五岁,头发就成了灰白色。"你好。"赫尔曼的语气跟之前接电话时差不多。温克勒的目光越过赫尔曼的肩膀,刚好可以看到客厅:枫木镶板,最里面有一幅水彩画,画的是鳟鱼,镶着金色的框,"您有什么事吗?"

温克勒扶了扶眼镜。他马上就明白了:赫尔曼什么都不知道。温克勒说:"我来找桑迪·希勒,就是那个金属艺术家。"

赫尔曼眨了眨眼睛,皱着眉头说:"我的妻子?"他转身喊了一句"桑迪",之后就回到了屋里。

桑迪一边用毛巾擦手，一边走进客厅，脸色苍白。

"他找一位金属艺术家，"赫尔曼说，"怎么跟你的名字一样？"

温克勒对桑迪说："我想改造自己的车，怎么改造都可以。只要车开起来——"他指着克莱斯勒，大家都看过去，"更刺激就行。"

赫尔曼双手抱住头。他下巴上有痘痕。"我觉得你找错人了。"

温克勒后退了一步。他双手止不住地颤抖，只能藏在背后遮掩一下。他不知道自己还能不能说得出话来，看到桑迪走出来的一瞬间，他心里的大石头落地了。

"没问题。"桑迪点了点头。她折好毛巾，搭在肩上，"先开进车库吧，我怎么弄都可以吗？"

"只要能开就行。"

赫尔曼瞄了一眼桑迪的脸，看着她问："你在说什么？这是什么情况？"

温克勒背在后面的双手还在颤抖。"钥匙在车里。我可以之后再过来，一周怎么样？"

"没问题，"桑迪还是看着那辆纽波特，"一周可以。"

一周。他只去了玛丽莲街一次：午夜时分，他蹑手蹑脚地光着脚穿过泥泞的院子，透过车库的窗户往里看。从蜘蛛网看过去，他大概能看到自己那辆车的剪影，就停在阴影中一堆箱子中间。一切看起来都没什么不同。

他期望看到什么呢？精心雕琢的雕塑被焊接到屋顶？机翼和螺旋桨？焊接面罩的矩形镜片映着闪烁的火花？温克勒梦到桑迪在床上睡着的样子，小小的胚胎在她腹中醒来，扭动身体，一百条小信息像雪花一样掉落在周围，也像五彩纸屑。他还梦到过午夜焊接电弧闪过的场景，明亮的橙色焊料，锡和铅变成了光和热。温克勒醒了，朝天花板一个劲地喊桑迪的名字，仿佛他可以感受到小镇另一端的桑迪，能感受到她潮汐般的引力——他浑身上下每一滴血液都朝着桑迪的方向流淌。

在温克勒的公路地图集上，俄亥俄州的形状既像铲刀，也像叶子，或者衣衫褴褛的情人。克利夫兰东北角的黑点像是烟头烫的。他不是梦见过桑迪在超市的场景吗？他难道没能预见这一切吗？

距离上次去桑迪家已经有六天了。桑迪给温克勒打了电话，小声说了一句："晚些来，直接去车库。"

"桑迪。"温克勒刚开口，对方已经挂了电话。

他注销了自己的储蓄账户——四千美元多一点儿——还把所有能装的都装上了——书籍、衣服、晴雨表——都塞在祖父留下来的铁路行李箱里。最后，出租车把他带到了街区的一头。

他把车库门卷上去。桑迪已经坐在了乘客的座位上。后座上放着个两侧装饰有红色格子的行李箱。行李箱旁边是温克勒之前拿过来的装电视机的箱子，里面还有各种焊接工具：焊灯还没拆开过，铆钉盒也都还没打开。温克勒走过去，把自己的包放在后备厢里。

"他睡着了。"温克勒打开驾驶座的门时，桑迪说了一句。温克勒拉到空挡，让车滑到车道的尽头后，慢慢地滑到玛丽莲街中间，之后才挂挡开车。发动机的声音很大很响。

他们没关上车库门。"加热器。"桑迪就说了这一句。十分钟后，他们已经开过了飞机场，开上了苏厄德高速公路，远离了城市的灯光。桑迪靠在副驾驶的门上。挡风窗户外，繁星闪烁，仿佛嵌在天幕上的一粒粒冰晶。

8

生命的融合：搭乘飞机的温克勒五十九岁，圣文森特正飞速地朝身后退去。温克勒站在齐腰深的洪水里，下巴抵着皮划艇的下舷，几个人正要从他怀里抱走溺水的女儿；温克勒再次回到了三十三岁，朝克利夫兰飞奔而去，和另一个人的妻子一起——可能，这就是度量生命的方式，超越理性的一切放纵，都会最终得到和解。

从各个州的不同地点都能看到那座大山的身影：海岸山脉、黑泽尔顿的熔岩层、艾伯塔省钢蓝色的粮仓。每个小时，温克勒都能看到新事物，都要再擦擦眼睛：萨斯卡通、温尼伯。对这片大陆面积的敬畏之情溢满了温克勒的胸膛——他细胞里的水，终于开始环绕着各个州流动。他忍不住指出一路看到的一切：一辆中间折断的卡车、一个带有广告牌的破旧谷仓、一辆像搁浅在田野中的救生艇的拖拉机。

桑迪几乎没说什么。她整个人一直脸色苍白，还有几次，他们不得不停下来，因为桑迪要去洗手间。吃饭的时候，桑迪也只想吃麦片。

三天过去了，温克勒终于鼓起勇气问："你给他留过纸条吗？"那时的他们已经到了明尼苏达州，也可能是伊利诺伊州。有只被车撞了的母鹿不知被谁拖到了路肩，正好从大灯下闪过——血腥的一瞬——眨眼而过。

温克勒等着。或许桑迪睡着了。

"我跟他说了，"桑迪终于开口了，"我告诉他，我怀孕了，孩子不是他的,我要离开他。他开始以为我在开玩笑,说了一句:'桑迪,你没事儿吧?'"

温克勒双手握着方向盘。公路的中心线在车身下,车灯打出的锥形光照亮了前方。

终于,俄亥俄州东北部到了,伊利湖周围有一圈钢丝和砖块做成的围挡。冶炼厂的烟囱里冒着烟气。像斯拉夫人的警察体形壮硕,穿着利索的制服走在人行道上。路上,一股风起,吹着雨夹雪。

他们住在了东边的汽车旅馆,那里看起来像座真正的庄园:大学高地、奥兰治、索伦。桑迪悄悄地穿过各个房间,指尖从桌面上划过,好像对什么都不感兴趣。在一条山沟里,他们发现了一个叫影山的小地方,沙格兰河从一条小路的尽头流过,像是景观区路旁的一条小溪。街道两旁,林立的峡谷像一道道沟渠的护堤。

房子的形状很规整,跟相邻几间都是一样的:两层楼,楼上有两间卧室,地下室还没完工。前门台阶两侧种着两株还没长开的树苗。门上用螺栓固定着天鹅形状的黄铜门闩。

"属于你们自己的天堂。"房产经纪人说着,伸出手臂,展示周围的山坡、树木和天空中的云层。

"天堂。"桑迪重复了一遍,声音仿佛很遥远。"我们就要这个了。"温克勒说。

温克勒的工作非常简单:仔细阅读气象服务数据,研究气象站的雷达输出数据,之后编制天气预告。有时候,他们会让温克勒在大风天里站在镜头前观察:这时,他会紧紧地抓住一把干燥面朝外的伞,伞头在雨衣下面。温克勒有时还得在市政体育场顶部的观察间里坐上三个小时,预测比赛时的天气。

桑迪一直待在房间里。他们没什么家具,餐厅是空的,厨房也不过只有一张牌桌和几把小凳子。温克勒买了一台电视机,两个人就用两个牛奶箱架着它。桑迪会躺在电视机前好几个小时，电视里播什么就看什么。她会时不时地皱着眉头，好像看不太懂的样子。地下室里放着那箱她碰都没碰过的焊接用品。每隔几天，桑迪就得趴在厨房洗手池边吐一次。

凌晨四点，桑迪会醒来，同时也总会觉得饿。这时，温克勒就会摸黑下楼，走进厨房，给她先倒一碗苹果肉桂脆片，然后再倒半杯全脂牛奶。桑迪会靠在枕头上吃，身体瘦弱而温暖。"大卫，告诉我，没人能找到我们。"桑迪会小声说，"现在就告诉我，世界上没人知道我们在哪里。"

大卫看着她吃东西，看着她咽下去。几乎可以这样说，无论从哪个方面看，他们两个都还是陌生人，正努力了解彼此。

"你晚上梦游。"有一天，桑迪起床后告诉温克勒。

"我不梦游。"

"你真的梦游。昨天晚上我就看见你站在厨房窗户前。我说：'大卫，你干吗呢？'但你什么都没说。然后你就回来了，穿上袜子后又脱下，这才上床睡觉。"

但温克勒觉得这么做的人是桑迪，她才是那个每天晚上起夜从床上消失好几次的人，她才是那个在房子里走来走去或者溜进地下室的人。尽管桑迪说是怀孕的事才让她总是起夜，但温克勒觉得是赫尔曼的原因。桑迪不愿意接电话，也不愿意去开门，而且从来没收到过任何邮件。黄昏时分，桑迪总是会看着窗户。仿佛随着夜幕降临，燃烧着复仇之火的赫尔曼随时都可能出现在门前。

"我的电炖锅，"桑迪盯着橱柜，"我没带电炖锅。"

"桑迪，我们再买个新的。"

桑迪看着温克勒，没说话。

终于，她恢复了神色和力气，擦洗了水槽，清理了地下室。一天晚上，温克勒回到家，发现橱柜里添置了新的碗碟。

"你从哪儿买的？"

"希格比商店。"

"希格比商店？那可离这里有二十英里①呢。"

"我搭了辆车。"

温克勒盯着桑迪看。桑迪只是耸了耸肩。那天晚上，桑迪做了烤千层面，这是他们搬家以后，桑迪做的第一顿饭。

"太好吃了。"温克勒说。

"跟我结婚。"桑迪说。

温克勒答应了。他当然会答应。一股幸福感油然而生。他想象着未来的样子：之后会有孩子，还会有作为父亲给孩子的成千上万个小小的奖励和惩罚。还有很多惯例准备要做：要粉刷楼上的房间，要买婴儿床。问题很明显：你要跟赫尔曼离婚吗？不然不就是跟两个男人结婚了吗？但桑迪不是在洗碗，就是在看电视。所以温克勒没敢问。

桑迪在地下室里开始焊接，材料都是从房子上拆下来的金属片、炉盖和厨房橱柜的面板等。周末，温克勒开车带她去了废品回收厂和几个宅前销售的地方，让她买了许多金属材料：福特菲尔兰汽车的引擎盖、四十英尺的铜管、船长的黄铜船舵。到了晚上，温克勒就听见桑迪在地下室里敲敲打打：铝锤的撞击声和焊接枪的嘶嘶声，还能闻到烧焦的金属味——感觉就像房子建在铸造厂上面一样。夜里，桑迪会爬上床，浑身是汗，眼睛瞪得特别大。她浑身发烫，工作服就挂在衣柜门上。桑迪会把腿搭在被子上。"电视上说，孕妇体内的血量会增加百分之五十，"桑迪说，"还是那副身体，血量多了百分之五十。"

"你要小心一些，"温克勒小声地说，"你知道自己现在的状况吧？"

桑迪点了点头。温克勒能感受到她周身散发的热量。

在一位六点六英尺高的印第安治安官的主持下，他们结了婚。走出

---

① 1英里约合1.609千米。

来的时候，六个第三频道的雇员朝他们撒了几把大米。至于蜜月——桑迪坚持要度蜜月——就是桑迪在空荡荡的餐厅里摆满了她在别人搬家甩卖时买来的室内植物：观赏榕树、蔓绿绒，还有十几盆悬挂的蕨类植物。温克勒休息了四天，他们每天晚上都睡在地板中间，铺着毯子，周围都是植物。"我们是在热带丛林里，"桑迪小声地说，"我们是在亚马孙的木筏上。"两个人鱼水之欢时，桑迪流了泪。每天早上，温克勒都会给桑迪端来鸡蛋——是黄金炒蛋，一碗苹果肉桂脆片和半杯牛奶。现在，桑迪肚子里的孩子已经长出了眼睛、心脏的心房和心室，神经脉冲正沿着脊髓传输。

到了七月，桑迪会在楼下的工作室里待上五六个小时。她已经决定自己要做什么了：她说那是一棵"天堂树"。有一天早上，温克勒悄悄地下楼去看了看——只是一根九英尺长的大杆子，一部分还生了锈，各种形状也都焊在这根杆子上：衣架的部分和没抻开的弹簧是树枝，平整的灯罩和金属废料片是叶子。

对温克勒来说，每个小时都是克利夫兰和安克雷奇之间相差的一个小时，都是他们的未来和过去之间相差的一个小时。那个夏天，温克勒第一次感受到了天气的炎热：他沿着河岸散步，看渔夫钓鱼，呼吸着温暖泥土的芬芳，感觉湿气像网一样裹住自己。一对野鸭害羞地从漩涡处滑过。一只塑料袋顺流漂下。

温克勒认为，俄亥俄州的日常似乎更温润一些：没有凛冽尖锐的寒风，没有总盘踞在地平线的冬日，也没有衣衫褴褛的探矿者或胡子拉碴的管道工在杂货店里唠叨个不停。这里的生活很正常，一眼就能望得到边，清晰且有条理。后院有围栏，邻里之间也很有默契。每天晚上，桑迪在自己身边一直出汗，温克勒觉得自己总会进入一种浅淡无梦的睡眠状态。就算是他做了梦，醒来也什么都不记得了。有些日子里，他甚至可以假装自己从没做过之前那样的梦，也就是说，他的夜晚和别人的夜晚没什么太大差别，自己身上也没有更多值得桑迪了解的事情。

每天早上，他开车去第三频道之前，温克勒总会在门口停一下，瞥一眼峡谷斜坡上的屋顶：光线明亮，天气晴朗，甚至有些刺眼。云朵的边缘，被照亮的树叶，晨光落在树上，地上便有了浅浅的阴影——俄亥俄州充满了各种小奇迹。有几个清晨，温克勒置身在这样的环境中，想象着自己可以瞥见整个地球上的所有建筑，就像所有的事物下都埋着一张巨大的网，自始至终都非常明显——是宇宙的代码，是光线构成的矩阵。

温克勒心里想：我从未经历过如此清明透彻的时刻。

知更鸟在树叶间跳来跳去，啄食小虫子。河边的树林里传来欢快的虫鸣。泪水禁不住湿润了温克勒的双眼。

很快，桑迪就会到地下室去，肚子里的孩子会从自己的梦中醒来，他/她的耳骨逐渐变硬，还没睁开的眼睛正努力地在一片黑暗中找寻耀眼的亮光。

9

温克勒记得，自己母亲的皮肤非常苍白：双手就像一直浸在牛奶中一样，头发都是奶油般的银白色。就连眼睛也几乎都是纯白色的，虹膜是苍白的，巩膜上也看不到毛细血管，就像眼睛里的血色已被冲洗出来，要么就是母亲的血液已经非常清透。

生命中的前十三年，母亲都是在芬兰度过的，之后才跟着祖父来到了新世界——后来，祖父突然因肺炎过世了。一开始，母亲在一艘浮在海面上的鱼类加工船里给三文鱼去鳍，后来在丽都咖啡厅做侍者，然后在工程委员会医院洗床单。再后来，她去了护士学校，加入了妇女联盟，和一个送奶工结了婚。1941年，夫妻俩搬进了一家破产皮货商的仓库，把仓库改造成了四层小公寓。公寓的客厅里有三面大落地窗，可以俯瞰街道对面的药店和铁路码头，还可以远眺船只。第二次世界大战期间，P-36老鹰战斗机自左到右从落地窗前飞过，消失在政府山后面，最后降落在埃尔门多夫空军基地。此后的每个夏天，总有舒适的双座和四座飞机飞过，震得窗户嗡嗡作响。猎人和探矿者也会频繁出入丛林。男人们弯腰淘金，寻找石油，开拓荒野。温克勒母亲的余生都在那间公寓中度过。

公寓里房间的样子一直清晰地印在温克勒的记忆中：天花板上有大横梁，角落里还残存着皮毛的气味，仿佛隐身的狐狸和土拨鼠在墙里面无声地移动着。温克勒的卧室就是一个杂物间，门向里开——每次早上出门时，他都不得不先把床垫折起来。一天晚上，温克勒突然确定房间里的味道是驯鹿的味道。他想象着驯鹿的魂魄在起居室里闻来闻去，最后在食品室前停下并使劲地嗅了嗅。

温克勒的母亲很喜欢那栋建筑：它的管道和大落地窗，还有无论擦洗多少遍仍散发着单宁酸味道的地板。母亲会光着脚走在冰冷的木板上，拉开窗帘，让大卫看着，如果用别针在窗框上写下名字，冬日的冰霜就会围着这些字母冻结。他母亲还会去屋顶上，抓一把雪放进嘴里，然后品评一番：是甜的，还是没有味道的；是颗粒口感的，还是天鹅绒口感的。"回家吧，"母亲会说，"有一种雪，我爷爷叫它圣路易塔。一年中的某个晚上，这种雪会从天空飘落，通常是圣诞节前后。这时，我爷爷就会把雪收进小小的锡罐中，再把果汁倒进去。我们就把这个当甜点。跟冰淇淋差不多，但比冰淇淋更好吃。"

温克勒的母亲就是冰雪女皇。母亲留下来的物件中，温克勒留到现在的是一本书：W. A. 本特利写的《冰晶》。书里有成千上万张精心拍摄的照片，都是显微镜下的雪花照片，每张照片都是边长两英寸的正方形。冰晶呈白色，背景是黑色，在横四竖三的网格中排列，每页十二幅照片。这本书是1931年的布面首版书，是母亲的爷爷在一次清仓拍卖时买到的。母亲总会小心翼翼地翻阅着，非常专注，偶尔还会把大卫叫过来，问他最喜欢哪一张图。母亲会握住温克勒的手指，让他勾勒雪花中暗含的所有形状：六只河马的头部、六条龙的眼睛，还有六只小海马。

八岁的温克勒会用黑色毛毡裹住一块木板，爬上屋顶放好，等下雪的时候接住雪花。他会用高品质塑料手持放大镜仔细研究雪花。他很少能找到完整的冰晶，大部分冰晶从云层中落下来的时候都略有残损。温克勒会坐下来，尽量在冰晶融化前，用铅笔在潮湿的笔记本上勾勒出它的形状：雪花花冠、空隙，还有千变万化的冰片。画了二十张左右时，温克勒会把这些图拿下楼钉在一起，当作书一样郑重其事地拿给母亲看。

"大卫，真漂亮啊，"母亲总会这么说，"我一定会好好珍惜的。"说完，她会把这本小册子放在本特利的《冰晶》上，然后一起放在咖啡桌下面的架子上。

小学时，温克勒就会阅读有关灌溉、冰原和云层的内容。他还记得，四年级时，教室墙上有一张海报：水的循环——海洋云层飘到城镇上空，雨水落在屋顶和山坡上，之后，雨水在小河中汇集，河水漫过大坝的溢洪道，慢慢地流回海洋，天空中挂着一轮微笑的太阳，不断蒸发海水，蒸发之后的海水会再次在空中凝结成云朵。

到了高中，温克勒逐渐明白，对水及水分布现象的研究表明，同样的模式会一次次地重复出现——哈德里环流圈，对流层中的空气循环，雨层云中的暗带。无论水量多少，对水的研究总会遇到无数重复出现的小事件。有些是水带来的小奇迹：雨滴、雪晶、草叶上凝结的白霜等；有些则是神奇的大事件：全球风向、洋流，还有似乎要吞没整条山脉的暴风雨。温克勒对此实在着迷，他十七岁时就通过邮件预订了关于大海、湖泊和崩解冰川的海报。他会用面粉盘接雨滴，研究其形状，还会在手绘的网格上记录冰晶的大小。

上大学的第一周，温克勒遇到了一位辅导员，并决定以地球物理为专业。化学系中，让其他学生昏昏欲睡的水文循环在温克勒看来，简直就是一个朴素的奇迹：冷凝、降水、渗透、径流、蒸发——水随时随地环绕在我们周围。水从我们的细胞中被过滤出来，悄悄地出现在我们眼前。理论上说，水取之不尽，用之不竭，处在无限循环之中。温克勒母亲冰箱里的冰积年已久。埃及的狮身人面像则是由海底动物的压缩骨架制成的。

然而，在研究生学院的时候，研究水的机会非常有限——研究雪的机会更是屈指可数。教授们想让学生们学习液压技术，学生们则希望自己所学的内容能应用于具体的工程项目中。此外,等温克勒终于得到机会研究雪时,也不过只能使用最普通的方式:流量预测、降水评估等。雪是一种资源,是融水的储备。

温克勒在学校并不受欢迎。云杉背后的A形框架上,派对正在进行,情侣们手挽着手沿着泥泞的小路散步,树叶落下来,雪和雨也落下来。温克勒仿佛进入了一种永恒存在的孤寂中。他徜徉在书海之中,用显微镜观察斯彭纳德湖中的降水。水是一间庇护所——不只是淋浴流出的热水,不只是窗户上的凝水,也不只是秋日里看到的克尼克湾,而是阅读关于水的内容,用吸管收集水,把水冷冻,将水升华,等等。两个氢原子与一个氧原子结合在一起,键角是104.5度——总是如此。两个原子之间的距离是0.095718纳米——毫无偏差。每过三千一百年,蒸发进入大气层的数量就相当于地球上海洋水的总量。这些细节中自有神圣的规律:水有弹性,也有黏性;水的保温能力比空气强;水永远处于运动之中。

即使在当时,温克勒也能感觉到,以自己的能力,他永远无法真正理解水——越是研究水,越是观察雪,水和雪就越是变得神秘。冰总让人觉得难以预测,困惑不解。看不到的变量能让整个水温循环陷入困境之中:意想不到的水面或出人预料的事件(深海洋流、微暴流)都可能将正午的晴朗变成下午的洪水。一场预测之中的暴雪——铲雪车在路肩上隆隆作响,路边的工人们也把盐粒放在铁锹上——最终却失了约。收音机里正在播报天气晴朗的预报时,却有大滴大滴的雨水打在窗户上。科学家们使用了精心设计的模型、雷达、无线电信标等——现在,就连卫星也出现在大气层上空凝视着,可要测量雨滴的大小和形状仍几乎不可能。没人确切地知道为何液态水能储存这么多热量,也没有哪种计算方式能精确地测算出小水坑顶部的表面张力。

水是狂野、反复无常的物质:没有固定不变的实体,也没有永恒,跟表现出来的内容完全不同。

10

温克勒九岁时,梦见了一个自己之前从未见过的人——在三个街区外被公共汽车撞成了两截。在这个梦中,他根本一动也不能动,只能看着,看着帽箱从那个男人手中滑出,一个角先着了地,磕出了几处凹陷。箱子盖掉了,灰色的浅顶软呢帽掉了出来。温克勒醒了,看到母亲的双手放在自己的肩上。面前公寓的门半开着,他自己坐在门垫上,去学校时穿的鞋刚脱了一半。

"你一直在尖叫,"母亲说,"我晃了你半天。"母亲在浴室里浸湿了一块毛巾,压在温克勒的脖子后面,"我看见你了。你走到门口,打开门,想脱下鞋。接着就开始尖叫。"母亲双手颤抖。她让温克勒在床上休息,还给他倒了一杯浓蜂蜜茶,"喝一杯吧,要开着灯吗?"

温克勒摇了摇头。

黑暗之中,母亲转身走了。温克勒听到水龙头里哗哗的流水声和水流不出来时闷闷的声音,他还听见母亲往水壶里加水,听见她关上门并挂上安全链。不一会儿,母亲坐到了父亲的椅子上。这时,温克勒走到母亲身边,坐在她大腿上。母亲双臂环住温克勒的肩膀,他们就坐在那里,直到窗外天光初现。之后晨光渐渐照在云朵上,接着阳光照亮了小巷里的建筑物,最后是铁路站场和山坡下的船只。

母亲没让他去上学,而是带他去上班了,往文件上贴标签,每小时挣四十美分。两天之后就是周六,他们从金博尔商店回家,抱着一堆杂货盒，空气中弥漫着熟悉的气息：旁边餐厅里飘出像煮螃蟹一样的味道。冬日里暗暗的光直直地照在街对面的肯尼迪五金店的砖墙上。温克勒都经历过，这些场景早已经上演过。

冰，在路上耀眼，反射着令人炫目的光。整个场景都在颤抖，各种色彩全部融在一起。一位女士领着两个小女孩从店里走出来，白绿色相间的出租车压过路面上的坑坑洼洼，三个穿着橡胶围裙的阿留申人大笑着经过。每一件同时发生的小事都放慢了速度，一切极为了然：透过自己的眼镜，温克勒能看到小女孩羊毛帽上的每个蓝色圆点。他看着那辆出租车的黑色阴影刚好落在那块冰上。温克勒的母亲转身对他说："大卫，赶紧走吧。"她的眼睛眨了眨，一次，两次，呼出的气在空气中凝结。可温克勒脚底的鞋就好像被冻在人行道上一样。一个戴着绿色围巾的少年用力地拉着木制雪橇，吹着口哨从他们身边经过。没人看到吗？未来竟能如此彻底地偷袭人们吗？

温克勒的眼睛落在街对面的旋转门上。每扇门在旋转时都会反射光线。街上开来一辆公共汽车，慢慢地驶过这条街区。温克勒没拿住手里的杂货盒，里面的土豆滚了几圈才停下来。

母亲的声音出现在耳边。"怎么了？你看见什么了？"

"那个男人。刚从店里出来的。"

母亲蹲下来，面前抱着自己手里的杂货盒。"穿棕色西装的那个？"

"是的。"

一个穿着棕色西装的男人从旋转门走出来，走到街上，左手挎着一个帽箱。那个人使劲地抬着头，好像在看马路对面的某个地方——看着温克勒和母亲所在位置的左边。

"怎么了？你为什么要看他？"

温克勒没说话。他听到公共汽车的轮胎碾过冰面的声音。

"你看到什么了？"

那个人走下人行道,准备过马路。他走得很小心,以免摔倒。一辆面包车经过,在那个人面前留下一股尾气。可那个人没有放慢脚步。他脖子上的皮肤很是苍白,头发看起来很厚,也很有光泽,应该是抹了蜡。他的嘴唇几乎是橙色的。公共汽车的声音从那个男人的右侧传来。

"我的天啊。"温克勒的母亲说完,还用芬兰语说了些什么。母亲已经冲了出去,可一切为时已晚,她的手一直在挥舞,好像要把眼前的场景擦掉一样。公共汽车进入了温克勒的视野,朝前开过去,但那个穿着棕色西装的人还在继续往前走。他怎么可能没看到?太阳光从鞋尖的位置反射出来。帽箱还被他拎在手中。公共汽车按了一次喇叭,刺耳的刹车声传来,眼前的一切仿佛静止了。公共汽车的车身开始晃动,止不住打滑。一切发生得太快,那个人被撞倒了。帽箱被甩了出去,在空中画出一道弧线,在最高点闪了一下,就掉到了街上,一个角落先着地,磕出了一个坑。一顶灰色的浅顶软呢帽掉了出来,在路上翻了几圈。公共汽车终于停了下来——基本上转了九十度——往前滑了大概三十英尺。温克勒的母亲跪在地上,抱起那个气息奄奄的男人。那个男人握拳的手先是攥紧,继而松开,根本就是下意识的动作。第一道血迹从他的鼻孔里流出来。终于,就像温克勒胸膛中某处的锁被解开了一样,他惊声尖叫起来。

在那个夜里,夜色最深的时候,只有墙里面某处水管滴水的声音传来。温克勒的母亲和他一起站在大大的落地窗前。母亲已经换了衣服,但手腕上仍有那个男人留下的血迹。血迹是圆形的,周围有锯齿状,像是小小的棕色锯片。温克勒发现自己总是看向那滴血,根本移不开目光。在他的脑海中,帽箱在空气中划过,反射太阳光,之后落在地上的场景一直重演,一遍又一遍。那个人叫乔治·德尔普雷特,是从朱诺来的三文鱼商人。后来很多年,温克勒的铅笔盒里都留着乔治讣告的简报。

"你怎么知道的?"母亲开口了。

眼泪流了下来，温克勒抬手擦干净。

"没事，没事的。"母亲说着，抚摸着温克勒的头。温克勒的眼镜死死地抵在母亲的腰间。母亲看着窗外。城市的空间似乎在不断延长。月亮渐渐落了下来。仿佛随时会有什么东西将天空撕开一个口子，无论天的那边有什么，都会倾盆而下。

一年前，有一次，她和儿子一起坐在屋顶看太阳从苏西特纳山落下去时，儿子说自己手中的茶杯会掉到下面的街上。结果，不到三分钟，杯子就掉了下去，每一片冰都是旋转了几圈，被晒了一会儿才消失。茶水倒出来，最后掉在人行道上。她双手不住地颤抖着，赶紧从屋顶下来，拿了把笤帚。

尽管她无法理解，但面前有证据，直觉填补了所有的疑虑。乔治·德尔普雷特去世两周后，她和大卫坐在大餐桌前。母亲一直看着温克勒吃着全麦饼干，很有耐心，直到他最后吃完。之后，她把空无一物的盘子放进洗碗池，开口了："你是梦见的，对吧？那天晚上。就是你起床，打开门，脱了一半鞋的那天，对吧？"

温克勒的脸一下就红了，好像什么被憋住了一样。她走到温克勒身边，单腿跪下来，把温克勒的双手从椅子扶手上移开，紧紧地抱住了自己的孩子。"没关系，"她说，"没事的。"

从那时起，母亲便开始在主屋睡觉，就睡在大卫卧室门外的沙发上。她睡眠很轻，所以大卫的父亲也没有什么意见。直到生命的最后一刻，母亲一直都在那张沙发上睡觉。那时候，大卫显然还太害怕，不知如何将这件事说出口。母亲只是偶尔提到几句："你总是梦到这些吗？"或者，"晚上睡得怎么样？"有一次，母亲说："我真想知道事情会不会有什么变化。想知道你梦里发生的事，实际发生时会不会变成另外一个样子。"不过，乔治·德尔普雷特去世后，这种梦仿佛就不再出现了——就好像垫伏在某个地方很多年，直到另一件意义重大的事情接近，它们才会再次被拖出来。

11

灰尘在床的上方飘浮，一万个无限小的颗粒，红色的、蓝色的，就像飘浮着的原子。把它们从袖子上抖掉，从踢脚板处扫出来。桑迪拖着锡片走过地下室。温克勒清理了整栋房子，把各种不整洁的地方都整理了一遍：包括未经调试的引擎，还有未经修剪的草坪。世界上所有的混乱都只出现在后院篱笆之外，从木头上的节孔穿过去。沙格兰河蜿蜒而过，从树后面流走。擦擦脚，洗洗衣服，把账单支付好。看看天空，看看新闻，预测天气。温克勒的生活可以一直这样继续下去。

一九七六年十月，桑迪还有几周就要生产了，肚子已经鼓得老大。温克勒哄着她跟自己一起到小河那边的公园散步。风吹过树林，树叶飘落下来：橙色的、绿色的、黄色的、淡红色的，阳光能照出每一片树叶的叶脉——它们就像是在微风中飘动的小纸灯笼。

桑迪谈到了晨间节目的主持人。她说那个主持人总会在播报台底下点两根烟，但她却在屏幕上看不到烟雾。桑迪散步的时候，双手托住隆起的腹部。温克勒不时地注视着天上的两排云彩：波状高积云，缓缓地向东移动。他们爬上了一座小山。虽然温克勒从没有来过这里，但他很快就认出了一切：涂了油漆的钢制网状垃圾桶，光线照在树干上，前面有一个身穿蓝色风衣的男人正往前走。风中有纸张燃烧的味道，一只小鸟在前面几码的地方跳跃着——温克勒知道这一切都会发生，他早就知道了。

"桑迪，"温克勒抓住她的手，"那个人。你看那个人。"温克勒指着前面穿风衣的男人。那个男人走得很快,周围的地上留下了不少螺旋形痕迹。

"他想抓树叶。他一定想抓住树叶。"

不一会儿,那个人转过身,跳起来,想抓住从身边飘过的一片叶子。另一片树叶落下来,接着又是一片,很快,那个人就伸开双手,奋力地想抓住所有树叶。他抓住一片,拿在手里,举在眼前看了一会儿——是一片明黄色的枫叶,和手掌一样大。那个人举着树叶的样子,就像向周围欢呼的旁观者们展示奖杯一样。之后,那个人又转过身,开始登山。

桑迪站着一动不动,很安静。风将她的头发吹到脸上。她的脸颊微微泛红。

"他是谁?"

"我不知道。我在梦里见过他。大概是前天夜里。"

"你在梦里见过他?"桑迪看着温克勒,颈部的皮肤不由自主地收紧了——温克勒觉得,桑迪突然之间很像站在房子门口看着自己的赫尔曼。

"刚才再看见他,我才想起来之前的梦。"

"什么意思?为什么说再看见他?"

温克勒眨了眨眼睛。他深吸了一口气。"有时,我梦里的场景之后会真正地发生在现实生活中。就跟和你在杂货店里遇见那次一样。"

"嗯。"桑迪应了一声。

"我一直想告诉你。之前就想。"

桑迪摇了摇头。温克勒舒了一口气。他本来还想再说几句,可看到桑迪脸上有什么东西已经褪去,就知道自己已经错失了机会。

桑迪继续往前走,已经走在了温克勒前面。她的双手还是交叠在腹部,只是这次更像是保护性的姿势——是母亲抱着自己的孩子。温克勒扶住桑迪的手肘。"我们回家吧。"桑迪说。

父亲会把新烟斗泡在水槽里；妈妈回家的时候，制服上还会沾着病人的血；杂货店的工作人员会从柜台顶上的罐子里拿出两根椒盐饼干棒，然后眨眨眼。一个在公园里散步的男人会想抓住树叶。

谁会相信呢？谁会愿意认为时间不过是不间断的进展，是无限且不可分割的连续，是一年级学生的时间线，是一件事连着另一件事再连着下一件事？温克勒之前很害怕，没错，总是害怕，害怕到骨子里。但桑迪身上也带着一种不情愿，不想破坏自己的认知领域。她在克利夫兰的生活已经足够脆弱。温克勒从未提起之前的事情，只是问过一句："你会有似曾相识的感觉吗？就好像某件事之前已经在你的记忆中或者梦里出现过一样？""并没有过。"桑迪回答的时候根本没看他，只是看着温克勒身后的电视机。

但温克勒梦见过桑迪。他梦见过桑迪坐在自己身上，闭着眼睛，双手朝后，脸颊有泪水滑落。他梦见过旋转的杂志架，梦见过雪雁市场有灰尘浮着的光线，梦见过桑迪身上亿万个细胞几乎看不见的震动。难道桑迪没有梦见过自己吗？难道她没说过同样的话吗？

那是一根刺，一条裂缝，是客厅中的一颗榴弹炮，是两个人都告诉自己要视而不见的东西，是两个人都假装并不存在的东西。开车回家的路上，两个人谁都没说话。到了家，桑迪马上冲下了楼。很快，温克勒就听见焊接枪点火的声音，一阵阵的嘶嘶声传来，乙炔的味道也冒了出来。温克勒站在厨房窗户前，看着蜷起来的树叶慢慢地飘落。风景渐渐露出来，他可以一直看到树林深处，甚至可以看到那条河。温克勒检查了一下休息室墙上的晴雨表：气压正在上升。

12

一九七六年十一月四日,女儿降生到了这个世界上。她那么美,皮肤光滑,是深红色的:小小的嘴唇,小小的脚趾,脸颊上还有橙色的斑点,手掌上有细细的纹路,仿佛包裹着的掌骨尚未长成。女儿头上有一缕黑发,额头上还有小小的瘀青。

两个人给女儿起名叫格蕾丝。阿拉斯加的格蕾丝湾是桑迪曾经停留过的地方——那次,她和父亲因为管道业务而在格蕾丝湾待过几个小时。"这是我去过的最靠北的地方。"桑迪给温克勒讲述的时候这样描述格蕾丝湾——苍穹完全是白色的,地面也是白色的,从各个角度看,你只会觉得自己站在一个虚无的地方,仿佛站在梦中——这让温克勒想到了之前在公寓屋顶看着阿拉斯加山脉的样子,层层叠叠的白色。那种白色非常耀眼,看得太久还会头疼。"格蕾丝,"温克勒说,"就叫这个名字。"

每次看到自己的女儿,温克勒都觉得心跳加快。女儿嘴唇上的红色,还有她纤长浓密的睫毛,她头上的血管,她脖子上的味道。温克勒和女儿两个人是一样的,是朋友,是知己。以后,晚餐过后,两个人会看着自己的盘子,女儿还会给温克勒讲笑话。两个人会一起谈论女儿喜欢的东西,聊她的恐惧,聊她的梦。

桑迪躺在医院的床上,心情愉快,腹部扁平,臀部下面的垫布上有四滴血。桑迪抱着孩子,小声跟她说话。温克勒只觉得自己一次次地坠入了爱河。

接下来的几周时间里，桑迪似乎舒服多了。她的身形逐渐恢复，目光敏锐，充满了生气。每天，她只在地下室待一个小时，还抽时间做饭、洗尿布。第一场雪落下来，桑迪抱着孩子站在窗前，看着雪花轻轻地飘过街灯的圆锥形灯罩。和他们一起，温克勒的心里涌出一个概念：家庭。

邻居们送来了摇铃、配方奶粉和奶瓶。每次人们说格蕾丝很黏爸爸，说她漂亮，说她的眼睛长得和温克勒一样，温克勒心里就止不住地高兴。温克勒很想把她高举在空中，大声喊："快看，世界上最完美的东西！这是生命的奇迹！"格蕾丝咂摸着奶嘴，双腿和脚趾蜷在温克勒的胸口。她举起一只完美的小手往温克勒的下巴够了够：指甲周围是嫩粉色，每个关节都复杂到难以理解。

桑迪会把格蕾丝抱进地下室，她制作那棵金属大树的时候，就把格蕾丝放在摇篮里。小宝贝一声不吭，伴随着耀眼的蓝光、金属裂开的声音和火花四溅的声音，眼皮缓缓下沉。

温克勒睡不着，参加第三频道工作人员的会议时，他在会议议程上潦草地写了一句：我可以一直看着我女儿，看一个小时都不腻。

温克勒又开始梦游。或许他一直都在梦游。温克勒醒来的时候，发现自己脚上套着湿乎乎的袜子，满脚沾泥地在地毯上走来走去。他的外套没挂在当时他脱下放好的地方，梳妆台的一个抽屉被翻了个底朝天，他的T恤衫散落在地板上。在噩梦中，他被冰封住了，要么就是他站在沙格兰瀑布的边缘，小心翼翼地保持着身体的平衡，河水就从他膝盖的地方飞落下去。午夜过后，他醒了，是把头蒙在被子里憋的。这时，他听到格蕾丝在哭，于是连忙过去把女儿从摇篮里抱起来，带到楼下，在一片黑暗中，围着家具走几圈。百叶窗投下条纹状的阴影，在没开灯的房间里散步有一种置身海底的舒适感。

几周过去了。他的梦全都是关于格蕾丝的，一场又一场。温克勒梦见她的小手捏着自己的大拇指，梦见她站在咖啡桌边缘找平衡，试探性地迈出小步子。温克勒也不知道这些是不是只是梦而已——三十亿个神经元都在发射信号，动眼期睡眠时神经绽放的烟火——或许，这些不只是梦而已，而是关于未来的幻象。

温克勒把母亲留下的那本本特利的旧书《冰晶》带到了第三频道的小隔间，放在自己的腿上。一万片雪晶，黑色背景，白色雪花。一片雪花有一万种变化，每种变化的模式都让人感到不可思议：六角形平面，每两个分枝之间都是六十度。气象室的窗外，猛烈的风把伊利湖吹起了白浪。

格蕾丝眼中的虹膜已经褪去了黑灰色，变成了考究的灰色。婴儿肥渐渐消失，她的面孔更紧实了些。格蕾丝有着桑迪的脸颊、苍白的肤色和小小的鼻孔。但眼睛，格蕾丝有一双和温克勒一样的眼睛。眼睛的形状让温克勒觉得非常熟悉，就像两头稍稍下弯的杏仁，在她圆圆的小脸上显得很大。

圣诞节、新年、一月的雪和二月的雪都过去了，现在到了三月。桑迪的天堂树在地下室里不断地成长，最高的树枝已经出现在树干上，最上面是一个从奖杯上切下来的镀金天使。一轮铜制的太阳焊在上面，每束光线都非常刺眼。温克勒跟女儿说着话，听着桑迪在地下室里工作到深夜的声音，一会儿捶打，一会儿焊接。

大地冻住了，覆着一层冰。城市上空的天是纯净的蔚蓝色，毫无瑕疵。一团团蒸汽从雨水道中冒出来，也从建筑物屋顶上的通风口冒出来。沙格兰瀑布从崖壁处就冻住了，鼓成球状，呈棕色，挂着冰柱。

温克勒做了个梦：屋顶上积着雨水，街上的积水也有三英尺深。楼下已经被洪水淹没。格蕾丝在植物架子上大哭。温克勒找到了格蕾丝，带她走出房子。他们父女俩被困在洪水中。温克勒把格蕾丝抱在胸前。温克勒被卷进了水里。有人让温克勒放手、放手、赶紧放手。

13

午夜已过，格蕾丝房间的夜灯散发着橙色的光，温克勒在一旁看着格蕾丝，看着她身上的盖毯随呼吸起起伏伏。最近，格蕾丝的睡眠仿佛很隐秘，很空洞，仿佛某个看不见的猎人把她的意识装进了袋子里，天亮才会还给她。

格蕾丝已经五个月大了，她可以躺正自己的头，两只眼睛只看着温克勒。每次，只要温克勒高举起格蕾丝，或者把她放在双腿上摇晃时，格蕾丝都会笑——最单纯的微笑，嘴里一颗牙齿都没有，像是冰球运动员在抿着嘴笑。

三天了，距离温克勒第一次梦见格蕾丝的死已经过去了三天。这三天的每个晚上，同样的景象都会出现在温克勒的梦里。他站在窗前，凝视着车道上的纽波特。他可以带格蕾丝离开。无论去哪里都可以。他们可以先找一间酒店，等一切都过去。影山道上下，邻居们的房子都一片昏暗，显得很空洞。

几分钟后，温克勒转身去了后院，夏天的番茄已经变成了灰色，枯萎在泥地里。傍晚的雨已经停歇，峡谷上空的天空出现了裂隙，能看到闪烁的星星。院子角落里有脏乎乎的雪，已经冻成了冰。一阵风从树木间吹过，吹落了树上的积雪。一些雪花落在温克勒手臂的汗毛上。温克勒仔细地看了看：小小的穹顶非常好看，天空的蓝色反射在这小堆雪的最上面。突然之间，温克勒不知道该怎么站着——他的膝盖软了下来，不由自主地慢慢地跪在地上。他在院子里跪着的姿势非常奇怪。房子隐约出现在眼前，昏暗且棱角分明。温克勒感觉得到，薄薄的泥层下面有大量的冰凌，如针一样纤细。他突然想起，母亲浇水时，植物吸收水分的方式，水慢慢地消失，就像飞走了一样。温克勒当时想：原来就是这样。不是所有功能的突然崩溃，而是一种逐渐形成的背叛。

要是他和桑迪能吵吵架，一切都会变得多么容易啊：晚间的小冲突，刺耳的言辞，大声说出的某些真相。甚至还可能有最终的信念——这种希望是不是太过分了——"我相信你，"桑迪会这样说，"这不可能发生，但我相信你。我们得离开这里。"

但温克勒从没遇到过如此戏剧性的情况。一切之前看不到的东西，现在还是看不到；一切之前说不出的话语，现在还是说不出。之后的一周和之前的几周毫无不同：桑迪照顾着格蕾丝，做晚餐，往天堂树上焊接越来越多的枝条。温克勒甚至还没把这个梦告诉过桑迪。

温克勒尝试过各种各样避免睡觉的方法：咖啡因药片、俯卧撑、冷水浴，等等。他会坐在餐桌前，抱着一杯咖啡，跟桑迪说晚安，然后看着后院渐渐变暗，看着星星爬上峡谷的边缘，看着银河系围着自己的同心轮旋转。温克勒会玩单人纸牌游戏，会一片接一片地吃埃克塞德林止痛片，会爬上影山，站在光秃秃的树下，听着狗叫声，看着夜晚中安寝的各家各户。

但温克勒没办法坚持下去。他最终还是会睡着——有时睡在桑迪身边，有时是趴在纽波特的方向盘上，有时是手掌撑着下巴睡在餐桌旁——他还是会做梦，梦里他看到的一切会有微小的变化，但都是同样一场噩梦：格蕾丝浑身冰冷，在他胸前溺了水。有人把格蕾丝从他怀里抱走。放手，放手吧。未来正等着温克勒，等着一切成真。小溪从小巷旁边的水沟里流过，最终汇到小河中。

前一天，温克勒拿回来几张房地产的宣传单，全镇到处的房子都有。

他让桑迪去度假，去佛罗里达州或者北卡罗来纳州都行，两周、三周也都可以，只要她开心就好。"我们没那么多钱，"桑迪这么说，"你最近怎么有些奇怪？"接着，是最可怕的诅咒：温克勒想方设法把梦从自己的意识中赶走，可每次梦出现的时候（比如说打开食品室的门，就会想到涌进来的洪水），那种体验就会变得更为清晰，更令人痛心。温克勒发现自己时常思考这样一个问题：生活怎么就成了现在这样？有妻子？还有孩子？

是时间滚滚向前，从人们身边溜走，还是人们从时间的长河中蹚过，就像云朵飘过天空？

乔治·德尔普雷特被公共汽车撞死后的几个月里，温克勒每天只能睡几个小时。他会在一片黑暗中，徘徊在公寓里，想找到他曾经非常喜爱的驯鹿的味道。最后，他会静静地站在父母卧室的阴影里，想象着一头大驯鹿在厨房垃圾桶里使劲地嗅了嗅。每次，温克勒都会在窗前看到自己的母亲，母亲正看着外面的夜色。看到温克勒这么晚还没睡，她脸上既没有惊讶，也没有生气的神色——母亲会伸出手，让温克勒来到自己身边，两个人一起看着窗外，看着脚下沉睡的城市。母亲会让温克勒更靠近自己，仿佛在说："大卫，我相信你，你还有我。"不过，母亲很少说什么，只是一只手揽着温克勒，两个人看着远处天线上的灯时亮时灭，看着夜间的火车开到火车站。

现在，跪在自家后院冰冻泥地里的温克勒再次看到了这一场景：帽箱飞到空中，一个角先着地，把箱子撞出了坑。他挣扎着走出花园，抬腿走进房间，查看了一下晴雨表。气压下降。他看着窗外云层翻滚的银色天空，觉得上面什么都没有，没有谁同情的凝视。

有时，他会误把别人当成赫尔曼·希勒。他看见赫尔曼在第三频道的洗手间小便，看见赫尔曼走进比萨店，看见赫尔曼打开温克勒家的邮箱，往里面放了一本电话簿。每次，温克勒都要尽力冷静下来，等着赫尔曼的脸褪去，等着那张陌生人的脸出现在自己眼前。

赫尔曼第一次走进车库，打开壁橱，看见桑迪留下的所有衣服和鞋子，会是什么感觉？桑迪的内衣还留在烘干机里。他们结婚时买的银器。他们在西部高中时的年鉴。他们十五年半的婚姻纪念。

上班的时候，温克勒把咖啡洒到了价值六百美元的监控电视的散热孔里。他撞到了脚趾，把领带别进了裤子的前开口——他根本没注意，直到首席气象学家当着半个办公室的人说出来，温克勒才发现。

桑迪把格蕾丝放在自己的大腿上，看着温克勒吃晚餐。"你又开始梦游了，"桑迪说，"你去了格蕾丝的房间。昨天晚上，我正在喂她，你直接进来，就开始翻她的抽屉。你把她的衣服全翻出来抖开，然后堆在梳妆台上。"

"我没有。"

"你有。我叫了你一声，但你没醒。"

"之后呢？"

"我不知道。你下楼了。"

锋面突然来了。暖空气出现在湖面上方。从加拿大来的暴风雨随之而来。温克勒把预测交给早上的主持人：有雨。

站在第三频道的停车场上，温克勒看着黑色的小型公共汽车，像风力战舰一样开进来。高速公路对面，湖里的冰相互碰撞，之后裂开。恐惧涌上温克勒的心头。回家的路上，他把车停在附近的大学高地，摇下车窗等待着。

大雨欲来。风把路边排水沟里的叶子都吹了起来。刚开始的时候，雨滴从树枝的缝隙落下来。天空阴沉得可怕。树木被吹得东倒西歪。这时，大颗雨滴砸在了克莱斯勒的车顶。

"你都湿透了。"桑迪说。她把纸尿裤从女儿的双腿间折上去系好。大雨倾盆而下，打在窗户上，连灯光都跟着摇晃起来。

温克勒把衬衣左袖卷起来，堵在洗手池里。水很快聚集起来，朝排水口流过去。"桑迪，我一直在做这个梦。"

"大卫，我听不见，你说话声音太小了。"

"我说，我一直在做一个梦。"

"一个梦？"

从阴影判断，温克勒感觉格蕾丝转身看着自己，眼神阴沉奇怪，仿佛完全不是她的目光。温克勒不禁浑身颤抖，从洗手池边走开了。

"什么梦？"

"就是有事情会发生的那种梦。格蕾丝会受伤。"

桑迪抬起头。"格蕾丝？你觉得这个梦会变成真的？"

温克勒点了点头。

桑迪看了温克勒好一会儿："大卫，就是个梦。是个噩梦。你身上的水滴得到处都是。"

温克勒穿过客厅，站在浴室的镜子前，看着镜子里浑身湿透的自己，很久都没动。雨水从屋檐上流下来。"就是个梦而已。"温克勒说。过了一会儿，温克勒听见桑迪抱起孩子，脚步声消失在通往地下室的台阶上。

午夜时分，或者午夜刚过。温克勒醒来的时候在车道上。克莱斯勒轮胎上的泥泛着光。一片红叶粘在鞋底。雨水沿着排水沟汩汩流过。桑迪站在温克勒面前，浑身颤抖。"你在这儿干吗？你疯了吗？难道你刚才开车了？"

桑迪朝温克勒伸出手——温克勒意识到，自己正抱着格蕾丝，而格蕾丝正在大哭。桑迪抱走了格蕾丝（一下就从温克勒手里抱走了，手法很专业，比温克勒抱孩子的方式好多了），急忙走进屋里。从开着的门往里看，温克勒看见桑迪把格蕾丝身上的衣服脱下来，用毯子裹住了她小小的身体。刚才的哭声变成了尖叫，声音拖得很长，在车道上听起来都觉得非常响亮。温克勒又站了一会儿，感觉自己有了困意。刚才孩子待过的地方,衬衫还是温热的。他身后的汽车一直没熄火,驾驶位的门是开着的。他刚才一直在开车?格蕾丝刚才哭了多久?好像哭了有一阵了:温克勒集中精力的时候,他记起了格蕾丝的哭声,好像哭声还残存在空气中没有散去。

温克勒进屋之前,他看着雨水从屋檐下的照明灯前落下来:雨滴一颗接着一颗,像一队幽灵形成的雨帘,不断移动,不断掉落。

桑迪正在浴室放水。她胸口起伏很大,仍没缓过神来。格蕾丝平躺在桑迪旁边的地毯上,吮吸着自己的手指。"洪水快来了。"温克勒说。

"大卫,你究竟想干什么?我的天啊,你刚才都在干吗?"

"地面结冰了,不能吸水。你想去哪儿都可以。佛罗里达、泰国都行——哪里都行。待到这种天气过去就行,想待更长时间也可以。你要愿意,待一辈子都行。"

水在浴缸里聚集,还起了水泡。"你知道吗,刚开始的时候还挺有意思的,"桑迪说,"我是说梦游的事。而且你梦游的次数不多。但是,大卫,现在不一样了。我的天啊,你怎么了?你每天晚上都在梦游!竟然还把格蕾丝抱出去了!"

桑迪打开裹着格蕾丝的毯子,把她放进浴缸。"好了,"桑迪说,"没事了。"她用食指搅了搅水。

"桑迪。"温克勒想伸手,但被桑迪推开了。

"大卫,你差不多有五天没怎么睡觉了吧?去休息吧。我今天在孩子的房间睡。周一,你就去找奥布赖恩医生。"

雨一夜未停。桑迪在楼下小声地打电话。温克勒没睡觉。温克勒觉得雨滴打在屋顶上的声音就像某种昆虫在啃噬着屋顶一样。凌晨前有两次,温克勒都披上雨衣,走进车里,把钥匙插进点火开关,但就是没勇气打着火。水从眼镜片上流下来。车里阴冷潮湿。

第二天是星期天。雨丝毫没有减弱的迹象。安静的早餐时间,温克勒两次请求桑迪离开。桑迪戴着眼镜，抿着嘴。街上没有积水，电视上也没有提到洪水的事情，就连温克勒自己工作的地方也没说有洪水要来。邻居们也都按兵不动，没打算离开。

"我们的房子地势最低，"温克勒说，"离河最近。"

桑迪只是摇了摇头。"我帮你预约了时间，奥布赖恩医生，明天下午一点。"为了让温克勒平静下来，桑迪干脆把食物拿到食品室，放在台子上：三盒苹果肉桂脆片，一桶燕麦，还有面包和果酱。中午的时候，格蕾丝大哭起来，怎么哄都不行。温克勒受不了了，干脆钻进浴室站着，假装解脱自己。

桑迪戴着焊接面罩，站在地下室楼梯最上面一级朝温克勒喊："那位先生，你最好去看医生！你最好明天就去！你告诉他，你在梦游；告诉他，你可以预测未来。"

温克勒把格蕾丝的黄色帽子藏了起来。不到十分钟，桑迪就喊他："你看见格蕾丝的黄色羊毛帽子了吗？"

"没看见。"

"可是你刚才拿着它呢，我看见了。"

温克勒只好从柜子里的工具箱中把帽子拿出来，递给桑迪。

第二天的下午一点，温克勒没有去看奥布赖恩医生。那个梦就潜藏在他的意识之下，张牙舞爪，跃跃欲试。五十个小时了，除了在第三频道的文件室里小憩了一会儿，温克勒根本没睡觉。可这么长时间里，雨一直都没有停。下午三点，小河里的河水终于漫过了几条峡谷中的堤坝，整条街区都积了一层水。十字路口处，消防员正在指挥交通，或者踩在泥地里运送沙袋。路边的电线杆没有根，它们的底座已经被淹没了。河水没过了迈尔斯路上的一座桥，将它彻底掩藏。

温克勒在下班回家的路上下了车，看着水出现在河岸边缘。其他频道的摄制组人员也在这里停了车，从车厢里钻了出来。"你拍到了吗？"

制作人对摄像师大喊,"你拍到了没有?"

警察挥手让摄制组后退。之前的桥梁已经不见了,桥梁两侧边缘的混凝土非常干净,黑黢黢的,好像刚被烧过了一样。一个小朋友用的红色塑料雪橇漂了过来。

家里,水已经从地基渗了进来。桑迪已经把地下室里的很多东西都转移出来了。她的焊接工具箱、一箱低价买来的金属,还有一沓纸——墨水在纸上留下了长长的紫色水迹。但是她的树——现在已经很大的树,底部已经和纽波特引擎盖一样粗的树——却太宽了,搬不上楼梯。桑迪在他身边来回走过,一直挠头。

温克勒蹚着水走到洗衣机和烘干机旁边,拿了一个容量为五加仑的桶。之后,温克勒走到前廊,把桶扣在草地上。接着,温克勒又回到地下室。格蕾丝一直在哭。排水已经进行了半个小时,温克勒看得出来,一切只是徒劳——地下室里有无数个地方都在渗水。温克勒舀出来的水可能已经穿过表土,遇到冰层之后,又流回了地表。温克勒穿着靴子的双脚早已麻木。晚上,微雨就会变成雨夹雪。

"我们去酒店,"温克勒拿着一盒铜管往楼上走,"去镇子那头。"

"你没去看医生。"桑迪的手稍稍颤抖,"我给医生打过电话了。"

"桑迪,房子里都是水。"

"我们不会有事的。"但桑迪看起来有些憔悴,她脸上显露出疲惫,衬衫也湿了。她抱着格蕾丝,那姿势就好像随时都可能有掠夺者闯进厨房,把格蕾丝带走。"第五频道说今晚雨就会停。再说,邻居们也都没动静。"

"他们会走的。"

"我们早上再去酒店。如果雨还没停的话。"

雨还是打在屋顶上。他们能听到雨倾盆而下,积在屋顶上,沿着落水管哗哗地流下来。"桑迪,求你了。"

桑迪看着地下室的门,说了句:"我的树。"

但桑迪让步了。他们上了车,三个人。刮雨器"咔嗒咔嗒"地左右移动,水在窗户上蒙了一层雾。温克勒一下就觉得好多了,三个人一起在车里,周围一片黑暗,克莱斯勒的车门和窗户上都是水汽,湿衣物的气味很久都无法散去。闪电从某处闪过,也可能是掉下来的电线。一波一波的雨水落在挡风玻璃上。仪表盘显示出微弱的橙色光。

他们在伊顿路上的汽车旅馆找了一间房,离家有六英里。

"假如我开车上班的话,你明天能行吗?"

"我觉得没问题。我们可以去餐厅吃饭。"

温克勒看着仍紧紧地抱着格蕾丝的桑迪。"桑迪,很抱歉没法救你的树。"

"我们先熬过这次吧。"

大约午夜时分,雨变成了冰雹,汽车旅馆的屋顶被砸得叮当响,声音就像成千上万桶鹅卵石一股脑地被倒在塑料上一样。或许,桑迪现在已经相信了温克勒。或许,他们能熬过这一关,之后变得更为坚强。或许,有一天,桑迪会请求温克勒告诉自己一切。搭在胸前的毯子很沉重。眼皮终于承受不住,温克勒睡着了。

一阵刺痛惊醒了温克勒,他一下用手捂住嘴。温克勒正待在汽车旅馆的停车场上。头顶的霓虹灯标志在雨中发出噼啪的声音。汽车已经发动,驾驶位的门大开着——格蕾丝正在副驾驶座位上睡着。桑迪一拳打在他脸上。"你疯了吗?"桑迪大声喊着,赶紧冲向格蕾丝,把女儿抱在怀里。桑迪的头发渐渐被打湿,她穿着内衣和睡裤就跑了出来,连鞋都没顾得上穿。雨水落在他们身上。"你把她抱出来到底要干什么?"桑迪后退了几步,让格蕾丝的头靠在自己的肩上。温克勒抬起头,看着瓢泼大雨,五十万滴水正倾泻而下。

桑迪已经穿过了停车场。"大卫,你到底怎么了?到底为什么这么做?"

温克勒无法回答——他自己也不知道。睡意从他身上慢慢地消失了。他是在梦游吗？

温克勒跟着桑迪走到门口。桑迪只留下一条缝。"别进来，至少今晚别进来。别靠近我们。"门关上了——红色数字"7"写在窥视孔上方——他听到了防盗链滑上的声音。

温克勒站在雨中，过了很久才回到车上。他的下巴一直在打战。他能感觉牙齿总会咬到嘴唇。温克勒穿着西装，但衬衫扣子没有系好，领带被塞进裤兜里。一切都是湿的——衣服、头发、纽波特的座位和垫子，无一例外。温克勒的双手在眼前颤抖。

路上一个人都没有。在河道大桥上，温克勒意识到自己根本无法判断河流的源头在哪里——这条河已经变成流经树林的湖泊。一辆警车在深水池中停了下来。有一瞬间，温克勒甚至怀疑太阳是不是已经燃烧殆尽。

温克勒把自己锁在第三频道的气象室里，西装搭在两把椅子上。他穿着湿漉漉的内衣，看着雨滴打在窗户上，模糊了城市的灯光。早上，他披着带有第三频道标志的雨衣，确定了三个户外的观察点。整个流域的水都在集聚，都在汇合。他对着摄像机说，即使雨停了，河水降到洪水线也需要十五个小时。教堂和健身房里都挤满了人。住在排水小溪两岸的人们正在撤离。市长已经向州长提出申请，州长调动了国民警卫队。

温克勒给汽车旅馆打了电话，接通7号房间。但没有人接电话。直到傍晚，温克勒才回到了汽车旅馆。经理不得不让温克勒进入房间。

她们不见了。不在浴室，也不在床上。桑迪的毛衣挂在衣柜里，电视机旁边放着一沓纸尿裤。没有字条。房间里仿佛有一种不属于自己的熟悉感，仿佛他是擅自闯入的人，仿佛地上的红色格子旅行箱和洗脸池上的绿色牙刷不属于桑迪，而是属于他根本无权过问的陌生人。

温克勒也去餐厅看了，桑迪她们不在。他给家里打了电话，没有人接。离晚上值班还有半个小时——他应该在梅因街大桥上采访填沙袋的志愿者。

她们是在哪里吃东西吗？还是在散步？唯一说得通的就是桑迪还惦记着自己的天堂树——桑迪在家，想拯救自己的树。她想办法打了辆车，带着格蕾丝回家，想拯救自己的雕塑。

温克勒退出房间。街上，天光逐渐变暗。云层紧紧地挨在一起。温克勒开着克莱斯勒往家走。到了影山脚下，面前的积水量让他根本不敢相信。附近中学的停车场已经变成了一片脏乎乎的棕色湖泊。打着旋的杂物被推到了体育馆墙边。

车没法再往前开了。他把车停在一个小山头上，从光秃秃、湿乎乎的树中穿过，沿着街区高处的山脊匆匆前行。很快，他就离影山顶没多远了，离车道只有几百英尺。下面邻居们房子的屋顶，就像很多船屋的屋顶。三条不同的小溪在街道尽头汇合，在街区中心集聚。离沙格兰最近的前院和车道已经成了泥河。

水的声音无处不在：汩汩声、哗哗声、潺潺声，从山坡流下来，从树干上流下来——仿佛空气已经液化。温克勒努力地分辨着各家各户的屋顶：史蒂文森家的、哈特家的、科德里家的，以及每周六都过来烧烤的那户意大利人家的。萨克斯家的草坪已经完全被淹没了，只能看到他女儿们秋千顶上的条纹图案。在自己家的后院，唯一能看到的就是围栏的顶端，像标记岸边的木质浮标。

雨水沿着脖子流下来；他的鞋底沾满了泥土，感觉很沉。一堂记忆不深的课浮现在他的记忆中：水永远渴求，水永远都不满足——看看吧，留在花瓶中太久的玫瑰，其花枝会变成什么样。是谁说的这句话？某位教授？还是母亲说的？

山坡上升起薄雾。一架直升机飞过，在低云中若隐若现，闪着微弱的光。空气中已经弥漫着霉菌一样的味道，像潮湿的地毯，仿佛房子里发霉的茶包逐渐被浸透了。

淹没。格蕾丝淹死了。

温克勒穿着湿乎乎的衣服就睡着了，叫醒他的是内心深处的一股寒意，就好像他一直睡在冰水里一样。窗户旁边，两根被加热器吹起来的绳子敲在百叶窗上。他走到洗手池的地方，弯腰冲了把脸。

早上五点。温克勒再次拨打了电话，7号房间没人接，家里的电话根本打不通。他已经进入了这样一种状态，电话就一直响一直响，但就是没人接起来。第二频道的接线员说没接到有人动工的报告。"你什么时候来？"接线员刚问完，温克勒就挂了电话。

一切似乎都难以解决。温克勒还能有什么选择？难道是回家吗？成为加速女儿死亡的催化剂？那女儿究竟会被淹死多少次啊？未来像迫近的地平线，像路边逼仄的墙面，咆哮而来，黑黢黢的，欲壑难填，吞下了所有的房子和田地。

他把房间钥匙放在电视机顶上，坐进克莱斯勒，可他并没有开车回家，而是一路向东。温克勒双手牢牢地握住方向盘，直到天亮都没有回头。我之前就逃避过——温克勒心里想。事情很简单，脚踩在油门上不松开就行。云彩又聚集到一起，夜里只有偶尔几次卡车轰隆隆地经过的声音，风把秋天的落叶吹到了州际公路的那一边。

除了买汽油和巧克力棒，他一整天都在开车。就连吃巧克力棒的时候也是心不在焉，包装袋直接从双腿间掉到车里。斯克兰顿？费城？纽约？温克勒决定往纽约开，不只是因为纽约的面积，也因为它所谓的无情和位于高速公路出口的位置。黄昏时分，温克勒开着克莱斯勒走到了新泽西州北边，很快就到了哈得孙湾下面的林肯隧道——通风管道在车顶上方的黑暗中抱怨着。从隧道出来，温克勒就到了曼哈顿。此时的他已经精疲力竭，视线很是模糊。映入眼帘的只有一堆钢铁和玻璃，仿佛他走进的是某个巨大且可怕的游乐场，很快就会把他带到死胡同，掐断所有前路。

"一个人都没看见。你还好吗?对了,你买的谁家的保险?"

温克勒在浴室的洗手池里洗了洗脸和腋窝。镜子上刻着几个随意写的字:查克想起诉,但不能拥有她。坎迪比较好搞定。新闻方面,关于俄亥俄州洪水的片段播放了十七秒钟:飞流直下的瀑布,被淹没了一半的街道标志牌,两个消防队员在船上正想办法让车库顶上的杜宾犬下来。播音员再次出现:换成了股票指数在屏幕上滚动。

一封电报:

桑迪——

我知道你肯定觉得我的所作所为不可饶恕。可能真的如此吧。但我必须得离开,以防万一。我怕我留下来会伤害格蕾丝。只要一安全,我马上就回去。

第一家银行拒绝了温克勒转账的要求,第二家银行允许他每天最多提取七百美元。温克勒从角落里的书报摊买了一沓报纸,看到报纸上说洪水已经消退。解冻的土壤开始吸水,将水引到含水层。报纸上还说,遇难的只有两个人,都是不愿离开家的老人。

他用十几部不同的付费电话打电话,但接线员都没法接通。他走得够远了吗?时间会抚平一切吗?在某个地方,一份灵魂记录册上写着女儿的名字,那女儿真的会被带走吗?

要是桑迪在地下室里溺死了,两个人都没能逃出来怎么办?可这样的话,她们去世的消息不是应该被上报吗?可如果没人发现就不会有人报告。可如果上报的人是温克勒,就不会有其他人寻找她们了。

更令人害怕的还不是这个:要是温克勒的离开在某种程度上篡改了未来发生的顺序,删掉了某项进程,使得整件事障碍丛生,不得圆满怎么办?

也许事情会更糟糕——或许是最糟糕的:要是对水多年的研究进入

梦境，自己的梦不过是场噩梦，是应该清醒理智地应对的事情，是应该被摆脱的东西怎么办？如果这场梦只是一种恐惧，只是某种可能情况的极端案例呢？如果因为他离开，女儿才死在房子里怎么办？

不重要了。重要的是，他的女儿可能还在某处好好活着，会微笑，会睡觉，会抓住桑迪的耳朵，会发出一些难以理解的声音。

温克勒漫无目的地走在人行道上，抬头仰望天空：纽约已经迎来春天，树枝上冒出嫩芽，建筑物之间有薄薄一层蓝色。公园大道边上的郁金香探出了头，一扇敞开的窗户里，一位女士正开怀大笑——这些事情似乎很遥远，很不真实。

过去的三天半时间里，温克勒每次只睡了不到二十分钟。终于，他撑不住了，一下倒在床前的地板上。温克勒用尽最后的力气，拽了一把椅子抵在前门。睡意终于占了上风。他再次醒来时，已经是十二个小时之后。温克勒只记得梦中这样的场景：桑迪冲过客厅并朝他的房间走来，没有抱着格蕾丝的手臂疯狂摆动，一副遇鬼杀鬼的样子，头发乱糟糟地贴在头顶上，根本没梳理过。愤怒中的桑迪依旧很美，她抬脚踹门，靴子直接把门踹了个洞。在梦里，温克勒躺在婴儿床上，桑迪站在床边，低头看着他，恶言恶语。温克勒双手捂住脸：唾沫从桑迪的双唇飞溅出来。格蕾丝开始尖叫。温克勒一下就坐起来了。

"别在孩子面前这样。"温克勒说。梦中的他也感受到了幸福——女儿得救了，洪水消退，他们得以重新开始。但桑迪一直在摇晃着格蕾丝，温克勒站起来，从桑迪怀里抱走女儿，给女儿裹上小毯子就离开了房间，穿过了客厅。身后传来桑迪的声音，尖锐刺耳，跟焊接枪发出的声音有些像，嘈杂聒噪，怀里的孩子一直在大声喊叫。走到了铁质楼梯最上面的一级台阶——再迈一步，温克勒就能带着她们离开这里，三个人就可以坐在克莱斯勒里，开车回家；要是桑迪愿意，直接回安克雷奇也行——可就在这时，温克勒被绊倒了。恐惧席卷了温克勒的全身。毯子散开，格蕾丝从怀里被抛了出去，那一瞬间，格蕾丝皱起眉头。桑迪尖叫起来。温克勒想闭上眼睛，但在梦里，他的双眼却只能瞪得很大，像是被看不见的牙签撑住了一样。格蕾丝摔下楼梯，闷声落在地上——裹在毛巾里的鸡蛋碎了。

睡梦是什么？知觉又是什么？温克勒仔细地思考了自己脑海中的场景，惊觉自己也并不确定这究竟是不是一场梦——他会在某个时候醒来，发现自己身处他方？难道他现在也是在梦游？那天晚上，处于绝望边缘的温克勒蹲在门口，手里紧紧地抱着一杯咖啡。他把床和椅子都抵在了门上。

每次，楼里某个地方有柜子关上的声音，或者某处警笛响了，或者有从楼梯传来的脚步声，温克勒浑身上下就会有一种冲动：跑。再远一些。他会醒来，桑迪会出现在门口，他会害死自己的女儿——一切都只是时间的问题。

早上，温克勒在城市里如行尸走肉一般游荡。他又租了两个酒店房间，每次梦都是一样的，只是背景不同。在第二场梦里，温克勒睡在了人行道旁下水道的栅格边，身边还有蒸汽升起。他旁边还睡着另一个穿着橙色塑料雨衣的人。人行道上传来妻子的脚步声，高跟鞋敲在地上。桑迪使劲地把温克勒摇晃醒，大喊着什么。温克勒从桑迪怀里抱走孩子，可却没抱住，害死了女儿。

对睡觉的恐惧和对醒来的恐惧一样。温克勒的双手苍白，就像奇怪的工具——好像手不是手，就算是也根本不是他自己的。到现在为止，他和桑迪的钱已经被他花了五百一十一美元。然而，未来——那堵黑暗逼仄的墙——随时都会冲到他眼前。

他站在小旅馆一层的前台处。天花板上传来低沉的砰砰声。店员穿着开襟衫，身上有十几处文身。"订好了。下午三点过来办理入住。"

"我付双倍钱。"

"现在没床。"

"有什么都行。柜子也行。"

"都满了。你听不懂啊？"

温克勒在桌子前站了一会儿，转身出去了。晚上，天气很冷，冬天的尾巴还没离开，风从建筑物之间的缝隙吹过来。地铁从地下经过，人行道也会跟着轻微震动。温克勒披着西装外套。城市上空，雨云向大海飘去。开始下雪了：小小的、潮湿的冰晶从空中落下来，似有轻轻的吟唱。

温克勒在市中心一个整夜灯火通明的地方，他趴在桌子上，困得直点头。一个装着假鸢尾花的花瓶上落满了灰尘，之后是某个人进来时带来的一股味道。门开了，冷空气跟着入侵，掺杂着过油金属的味道，像润滑油一样。温克勒知道，自己马上就要进入梦境。他离开了餐厅。刚走过半个街区，他就看到一个穿着橙色塑料雨衣的人跪在下水道的排水栅格上。温克勒的眼睛眨巴着睁不开，他是硬撑着没睡着：就这么躺下来该多好啊，就在前面，还有升起的蒸汽，他可以打盹儿，给未来一些时间追赶现在。

可温克勒跑了。他躲进小巷，尽量不注意自己转了多少个弯。他双腿酸痛，穿着鞋的双脚也起了泡。走了十几个街区之后，温克勒从岸边市场已经褪了色的绿色遮阳棚下经过——这就到了岛屿的边缘。远处的码头上，一台起重机正在装载货轮，雪在探照灯的照射下，打着旋儿飘进起重机下面。温克勒停下脚步深呼吸，膝盖一个劲儿地颤抖着，小腿疼得仿佛马上要裂开一样。

温克勒已经九个晚上没有见到桑迪了。一个拿着笔记板的保安让他上了船，带他见了船长。这艘船是阿格尼塔号——一艘在巴拿马注册的英国商船，准备开往委内瑞拉。温克勒把身上仅有的二百三十美元全都拿了出来，船长终于同意带他上路。

"去加拉加斯[①]?"船长问。

"去哪儿都行。"这是温克勒的回答。

雪花在电报线之间飞舞,飞过港口的桅杆和天线,最后落在水里消失不见。温克勒爬到甲板上眺望眼前的城市,眺望成千上万条无声的廊桥。一艘警用汽艇开过来,灯光照到的地方,可以看到落雪的样子。小小的雪花颗粒在温克勒的肩膀和衣袖上集聚。他用袖口揉了揉眼睛:带有截角的三角形?六角形板?温克勒看着远方,感到一阵恶心。

大约一个小时后,装载起重机开走了,拖船将阿格尼塔号带离缆桩,带进港口。从船尾的位置,温克勒看到船穿过纽约湾海峡。引擎声轰隆而起,船尾冒出白色的大水花。拖船转向开走了,曼哈顿花花绿绿的颜色映照在水波中,仿佛汇集了十个城市的灯光。船朝着正等着他们的外港开去,前面一片漆黑,一望无际。货轮里两声巨响,大概是船身撞到了什么地方的浮标。他们开过了科尼岛,开过了微风点[②]。很快,温克勒就只能看到泽西海岸的灯火。最后,那些灯火也渐行渐远。

围栏上覆着一层薄冰。温克勒走到船身中有上下铺的房间。船开到了开放的水域,海波阵阵,船也渐渐稳定下来,轻轻颠簸摇晃。

[①] 委内瑞拉首都。
[②] Breezy Point,位于美国明尼苏达州。

第二卷

1

窗户底部的白霜反射着阳光，像一片小小的白色微缩森林。枝晶，晶体的聚集，冰的羽毛——无限神奇的一类。很难想象，几百万个水分子现在就冻在飞往迈阿密的757号机身上。这些水分子可能就是渗入房子地基的那些，可能是桑迪浸湿毛巾后到院子里拧出来的那些——它们蒸发成云，冷凝之后再次落到大地上。

时间是什么？温克勒在自己的本子上写道。时间一定是按照顺序发生的吗？从开始到过渡再到结束——还是这是我们感知时间的唯一方式？或许时间也会溢出、冻结、离开。或许时间就像水一样，以各种不同的方式循环，永无休止。

空乘走过来，让温克勒拉下窗户遮光板。电影开始了。中间的那位女士撕开一次性塑料袋，拿出耳机戴好。温克勒摘下眼镜，擦了擦镜片。

在达尔文出现之前，在巴拉塞尔苏斯出现之前，甚至在托勒密出现之前——从记忆存在的一刻开始，人们心中就一直记着这一点：我们生活在古代海洋的海床上。溺水是我们与生俱来的恐惧，关于祖先的传说就从洪水开始：起初，上帝分离水汽，上为天，下为海。世界末日也与水相关：不肯停歇的狂风暴雨；怀山襄陵之水；冰川碾压了一切。

重叠、继承、共时——挪亚一定是挥汗如雨才建造了方舟，刚刚完成，雨滴就落到邻居的屋顶上。

机窗外，挂在机翼下的发动机不断轰鸣，那声音一直在，反而让人觉得镇静心安。天空是淡蓝色的，无穷无尽，风轻云淡了过往。

二十五年前，阿格尼塔号行驶在灰色的大西洋海面上，朝着相反的方向。六个小时过去了，太阳跃出了海平面。温克勒爬上甲板，看着最后一只海鸥飞过货物吊杆。

布雷克海脊呈现出钢蓝色，海草随着墨西哥湾流漂浮。他从未见过如此渺远的天空，也从未见过如此辽阔的海面。靠近巴哈马群岛附近时，一阵大风吹来，浪花拍在船体上，温克勒紧紧地握住船舷扶手。他面色发黄，感觉很恶心。巨大的船只在脚下晃动。记忆的碎片浮出水面：桑迪从第一联邦银行走到寒冷的地方，用大帽子的边沿遮住自己的脸；温克勒走进房间，格蕾丝看着他的眼神；赫尔曼·希勒趴在桌子上，用铅笔在日历上写下日程：冰球，周三，下午四点。

温克勒觉得桑迪现在肯定快要崩溃到极点了。温克勒想象着桑迪回到家的第一晚，先把靠垫放在门廊上晾干，之后把窗帘搭在后院的篱笆上。她的地下室工作间里得有多少沉积物和污泥啊？

桑迪肯定会给警察和第三频道打电话；她会列出需要修补物品的清单；她会站在门口，看着树篱前本应停放着纽波特的空地。或许她会封上地下室的门，就让天堂树留在水底，就像被淹没在地下室里的亚特兰蒂斯岛。

电报会送到桑迪手上，或许她会直接撕碎，或许会盯着看很久，可能会摇摇头，也可能会点点头。有些时候，她不得不面对让人不舒服且很难回答的问题，邻居会问，保险公司的代表也可能会问。温克勒去哪儿了？也有另一种可能，桑迪现在也许已经把温克勒的衣服都收进箱子里，全部用胶带封好，永不打开。

或许桑迪正在准备葬礼。或许房子已经被冲毁，桑迪和格蕾丝正在去哥伦比亚、加利福尼亚——甚至阿拉斯加的路上。或许桑迪没能活下来，长眠于水下，躺在杂乱的树枝中，旁边就是格蕾丝——母亲和女儿，她们的头发像洇湿的墨水一样四散。

所有的猜想都很残酷。是温克勒太软弱了吗？是他太害怕了吗？是他想要逃离的吗？或许桑迪也跑了。也许桑迪希望温克勒离开：再不会有人晚上在床上辗转反侧，再没有人梦游，再也不会发现自己的丈夫眼神空洞地盯着放袜子的抽屉看。或许桑迪和赫尔曼一直有联系，比如温克勒工作或睡着的时候。也许，也许，一切都是也许。

光是想到格蕾丝，温克勒就头皮发麻。即使在当时，即使已经十二天没有看到自己的女儿，也仍是如此。陆地已经被远远地甩在身后，他心里似乎有一个角落也明白，自己可能再也回不去了。随着时间的逝去——一个月、六个月，也许一年吧——桑迪就会完全恢复，封闭自己。之后她会彻底忘记温克勒，完全忘记，选择活在当下，仔细地记录存款和贷款，制作自己的雕塑。温克勒只会成为过去的一部分，最好被永远埋葬，就像淹没在地下室的天堂树，像躺在湖底的尸体。格蕾丝会问起自己的父亲，桑迪则会说她的父亲是个无赖，不值一提——如果格蕾丝真的活下来的话。

温克勒就这样消磨了几个小时。夜晚中的星星散布在天空，掠过黑暗，一颗接一颗地落入大海，从地平线的另一边升起。

船员大多数是巴西人，大副是英国人。除了温克勒之外，付费乘船的还有三名马来西亚的香料商人。这几个人总会在前甲板偷偷摸摸地小声说话，仿佛在预谋劫船事件一样。温克勒刻意避开了所有人——不然要是有人想跟他说话可怎么办？你是做什么的？你要去哪儿？这些问题温克勒一个都回答不了。每天，厨房做什么，温克勒就吃什么：烤奶酪、煮香肠，或者布丁——由于船只颠簸而被切得乱七八糟的布丁。如果真的要睡觉，那他一定睡得很浅，他进入梦中，就像躺在阴沟里。每次醒来，温克勒都觉得无比疲惫。周围的人都在自己的床铺上打鼾，海水从船只的管道中咆哮而过。

拥有广阔蓝色田野的马尾藻海。之后是向风海峡、安的列斯群岛、加勒比海。开始能看到鸟儿的身影了：先是两只落在船头上的军舰鸟，接着是贼鸥，最后是落在前甲板上的一队海鸥。已是第七天，陆地进入人们的视野：朝东三十英里处，三座弥漫着雾气的岛屿露出海面。

阿格尼塔号停靠了六个港口。每次停靠后，海关人员就会上船，"劫掠"一番才肯离开：一箱箱单一麦芽威士忌、割草机、纽约洋基队运动衫，等等。船在圣多明戈装载上谷物，在庞塞装上糖，还在圣克罗伊岛卸下床垫，在蒙特塞拉特岛放下推土机，在安提瓜岛放下了三百个陶瓷马桶。

一天中午，船只再次准备从开放水域驶向港口时，温克勒走上甲板，站在船舷边。面前是一座地形崎岖的小岛，最北端能看到宽阔的绿色火山口。大海平静得异乎寻常，船头前方的海浪摇晃着。高大的灰色船体上，有右舷的锚链筒、一行行排水口、扶手处细细的横杆，最后是温克勒自己站在船上的渺小身躯。

这里是圣文森特的金斯顿货运港口。可能离俄亥俄州有两千英里远了吧，但也可能有一百万英里。足够远了。

温克勒从三个装着拖拉机零件的集装箱背风处下了船，钻进码头附近的一间破败的酒店——屋顶已经塌陷了一部分，六七只鸣鸟正在窗框上梳理羽毛。不到一小时，阿格尼塔号鸣笛两次，就开走了。温克勒远眺地平线，大船渐渐远去，之后他就只能看到白色的上部构造。最后，堆叠在顶部的物品也消失在海面。

2

圣文森特的山坡基本上是让人不寒而栗的祖母绿色，间或有云彩投下的阴影，还有如甘蔗田般的浅绿色。从窗户往外看，温克勒看到一排锡制仓库，一座竹芋加工厂，还有一个没有草皮的足球场——两边的球门上都没有球网。山腰上，色彩柔和的房屋三五成群地坐落在一起。空气中弥漫着熟悉的味道，像是配着老肉片的糖浆味，这让温克勒心中不禁平添了几分忧郁。军舰鸟在港口的高空中盘旋着。

第一天晚上，温克勒去了酒店后面废弃的九洞高尔夫球场，球道上生长着特殊的带穗植物，这种植物有六英尺长，正微微颔首。发球台上爬满了藤蔓植物，底座是另一种绿色，半永久营地中有一家吉卜赛人。沙滩上除了篝火外没有几束灯光，都是游艇桅杆上的灯。黑暗中看不清人，但能看到十几束手电筒光——像迷路的星星一样在叶子中穿行。

棕榈树沙沙作响。微笑的声音似乎有非比寻常的重要性：温克勒踩到了一粒鹅卵石，有什么东西从低矮的树丛中跑过。青蛙在树枝上高声叫着。温克勒在想，自己逃离的不只是纽约，还有现在。

邮局的外墙上有用螺丝固定着的公用电话标志牌。温克勒背靠大门坐下来，断断续续地做噩梦。早上，一个从头到脚都穿着牛仔服的女人用脚轻轻地碰了碰他，温克勒一下就醒了。那个女人脖子上戴着个十字架：十字架足有那位女士的手掌大，上面还焊着一个面容憔悴的耶稣像。

"我要打个电话，"温克勒说，"你会说英语吗？"

那位女士慢慢地点了点头，好像在思考着自己该如何回答这个问题。她颧骨很高，棱角分明，还有一头黑色直发。是西班牙人吧？还是阿根廷人？

"我要往美国打电话。"

"这里就是美国。"

"二十东加勒比海币。"

"东加勒比海币是什么？"

那位女士笑了。"就是钱啊，美元。"

"我可以打对方付费电话吗？"

"对方会同意吗？"那位女士又笑了，她打开门，带温克勒走进邮局。温克勒在一张纸上写了一串数字。女士走到办公桌那边，对着听筒说了几句，就把听筒给了温克勒。电话线里传出数英里长的电线的嗡嗡声和噼啪声，像是数千个开关开开合合的噪音。一种像螺栓滑过的声音响起后，接着，奇迹般地传来了电话接通的铃声。

让温克勒惊讶的是，多条电线可能真的是从这座岛装到了俄亥俄州的影山，或许还有卫星的帮助——这怎么可能？但温克勒并没有走得太远，还不够远。他想象着家里厨房墙上的电话铃声清晰地响起来：听筒上留着指纹，塑料反射着窗户透过的光，电话铃是机械的叮当声。家里那边几点了？电话铃声会吵醒格蕾丝吗？家里还是潮湿的吗？自己被开除了吗？保险支票已经送到了吗？

温克勒非常确定，自己已经离开了整整十八天。他脑海中出现这样的画面：桑迪穿着睡衣闷闷不乐地走向电话，打开灯，清清嗓子，拿起听筒——桑迪的声音下一秒就会传来。

可实际上电话一直嗡嗡作响：是温克勒不太习惯的铃声。他仿佛吞了口土似的。电话响了三十次，之后是第三十一次，第三十二次。温克勒想知道房子有没有被淹没在水下，想知道是不是有新形成的湖泊淹没了房子。电话还是死板地固定在墙上,电话线在水中漂着,小鱼在橱柜中游进游出。

"没人在家。"接线员说。事实很明显。邮局的女人满脸期待地看着温克勒。

"再等几声吧。"

邮局的外墙是白色的,被太阳晒得微微发烫。在墙边能看到镇上甘蔗厂高大的仓筒,在阳光下很是耀眼。在报摊旁,温克勒用西装外套跟一个人交换了些东西。那个人口音很重,说话很快,温克勒基本上什么都没听明白。最后,温克勒换来了一条腌鳕鱼、一个菠萝,还有两个装着可口可乐的果酱瓶——其实里面装的是朗姆酒。

两个挎着篮子的女人从温克勒面前走过,羞涩地朝他点了点头。温克勒跟着她们走了一会儿,到了一条没铺路的街道之后,就转弯穿过布满带刺植物的小路,去了沙滩。碧波微倾,轻轻地撞在礁石上。温克勒听到身后树林里偶尔有人说话的声音,但阳光照不到树林深处,所以他也不确定是不是真的有人。高高的山上,传来羊身上的铃铛声,说明羊在慢慢地走动。

微风吹过,带来腐肉的味道。鳕鱼很油腻,吃得肚子不太舒服。温克勒拿起一罐朗姆酒,盯着看了很长时间。圆瓶子中能看到小小的灰色沉积物浮在最上面。

之前,温克勒在大学化学系的聚会上喝醉过一次。那时的他还很内向,干脆把自己关在女主人的洗衣房里,坐在干衣机上,连喝了四杯潘趣酒[①]。之后,房间就开始缓慢地旋转起来,根本没有停下来的意思。最后,温克勒终于从房间走出去,跌跌撞撞地穿过车库,在雪堆上全都吐了出来。

一团一团蚊子朦胧的暗影出现在树林边缘。温克勒整天都在喝朗姆

---

① 一种果汁鸡尾酒。

酒，有时从沙地里站起来，就是为了走到海水里放纵一下自己。到了晚上，温克勒整个人就会被奇怪的梦搅扰：深色头发的女孩拖着袋子从树林中走过；一艘皮划艇在他身下倾覆；邮局的那个女人对着半个牛油果祈祷，大十字架在灯光下晃动。温克勒梦见逐渐冰冻的湖水，格蕾丝小小的身躯被困在冰层下，自己手里还抓着某种动物依旧温热且跳动着的心脏。最后，出现在温克勒梦里的是无尽的黑暗，完全没有任何灯光，令人窒息。而且，温克勒还觉得太阳穴像是在深水中一样，承受着无尽压力。醒来的时候，温克勒的嘴唇和舌头上都是沙子。太阳已经挂在小岛半高的地方——天空与前一天清晨的没有什么区别。同样的甘蔗厂筒仓还是很明亮，在阳光下泛着白。

又是一天。温克勒身旁有只小蜗牛正努力地往已经空了的朗姆酒瓶边缘上爬。温克勒的梦——那一片令人窒息的黑暗——慢慢地褪去。他的视线中出现了一个个黑色斑点。温克勒站起来，穿过沙滩后面的小树林。

在一排房屋后面的小巷子里，温克勒从挂满果实的树上摘了几颗柠檬，把它们当苹果吃了。这时，走出来一位老妇人，她一边喊着，一边朝温克勒挥笤帚。温克勒直接走了。

接下来的几天里，他给影山巷的房子打了十几个电话——每次都没人接。但他总是请求接线员多等一会儿。温克勒又开始想，难道货船把他带到新的时间点了吗？他现在或许在未来，或许在过去，总之与俄亥俄州的一切毫无关联吗？今天和其他日子并没有什么区别：炎热的天气，明亮的天空，从树林中朝他尖叫的黑色鸟儿，懒洋洋地进出港口的船只。那曾经是哪一天呢？或许是多年以后——也有可能还是在三月，或许温克勒还在自己的床上睡着，在楼上的卧室里，身旁躺着桑迪，格蕾丝在客厅也睡得香甜，雨滴正在云朵中聚集。

但那时是一九七七年的四月。家里的后院已经充满了生机，洪水已经成了过去的记忆。他们埋葬了格蕾丝吗？或许葬礼已经结束，只剩下自助付款登记册旁边的纪念基金的捐款箱、一块墓碑和之后的守夜计划了——邻居们会把这份计划放在厨房操作台上。时间过去了这么久,现在肯定乱成一团。格蕾丝·保利娜·温克勒:1976—1977,我们还没来得及了解你。

美国运通公司的工作人员说,他们也联系不到温克勒的妻子,也不知道他妻子是否会汇款。银行里那个身材高大、皮肤黝黑的男人则说没有有效护照,就没有办法拿到温克勒的支票,也没法取款。"先生,这么说吧,"那个人眨了眨眼睛,声音很小,"我现在打个电话,移民局的人就会把你关起来。"

温克勒抵押了自己的腰带,也扯下了鞋带。他吃的是从面包店抢来的不新鲜的牛角面包,还有十几个果肉发白的橙子。等终于耐不住口渴的时候,他就会喝几口朗姆酒:香甜、醇厚、痛苦。

借着片刻勇气,温克勒请求邮局的那位女士给第三频道《午间新闻》的制作人凯伊·伯格森打电话。凯伊接了这通付费电话。"大卫?是你吗?"

"凯伊,你听到什么消息了吗?"

"能听到吗?大卫,我听不清你说话。"

"凯伊?"

"听起来你像在非洲一样。赶紧回办公室。卡德韦尔都快气死了。我觉得他已经把你开除了——"

"你有桑迪的消息吗?"

"——你就像人间蒸发了一样。我们什么都不知道,你说我们会怎么想?大卫,你现在就得赶紧给卡德韦尔打电话——"

"桑迪,"温克勒颓败地靠着邮局的墙,"格蕾丝有消息吗?"

凯伊直接大喊起来:"——我听不清了,大卫。给卡德韦尔打电话!我没法隐瞒——"

离开俄亥俄州二十一天了。二十二天。温克勒给邻居蒂姆·史蒂文森打过电话，但没人接。他又给凯伊打了电话，可还没说完，电话就断了。邮局的那位女士只能耸了耸肩。

下午，暴风雨袭击了小岛，温克勒躲在小沙滩边缘低矮的棕榈树下。好像每过几个小时，温克勒的大脑就会更缺血，心脏似乎已经无力承担血液循环的任务，好像这个地方的重力作用更为强大。晚上，小水母会被冲上海岸，蜷在沙地里，就像谁奇怪而透明的肺部。温克勒的腿上爬着沙蚤。温克勒睡了很长时间，醒来的时候，梦中让人喘不过气的黑暗消失得很慢，像是不愿离开一样。不知在礁石附近的什么地方，一道闪电直劈下来，可温克勒只是翻了个身就继续睡了。

3

温克勒再次出现在邮局,把自己的表递给柜台后面那个女人的时候,是他在圣文森特的第六天。

"我要再打个电话。"

"这次还是对方付费?"

"换个号码。"

"这次有人在家吗?"那个女人笑了起来。

"真他妈该死。"

女人脸上的笑容僵住了。她伸手摸了摸自己的十字架。"对不起,"她说,"对不起,我不应该笑。"她拿着那块表看了看,像是在哑剧中研究它一样。之后,她上下摆弄了一会儿,眯着眼看着刚过9这个数字便动也不动的秒针。"这块表能干什么?"

"看时间,或者卖掉。我在市场上卖不掉。"

那个女人瞥了一眼身后负责这里的瘦小男人——他正在看报纸,根本没注意这边的事情。

"表坏了吗?"

"没有,就是进水了。把它弄干就行。"

"我不想要。"

"拜托了。"

女人又回头看了看。"两分钟。"

温克勒说出的号码是赫尔曼·希勒在安克雷奇的号码。那个女人拨了号，把听筒递了过来。第一次铃响之后，温克勒甚至想过把电话挂掉，告诉邮局的人没人在家。可就在这时，电话里传来对方听筒被拿起来的声音。是桑迪接的。

线路有卫星转接的延迟。桑迪说的"你好？"两个字重复了好几遍，听起来声音很小，像是在很遥远的地方通过涵管说话一样。不知道为什么，通话过程中总有蜂鸣声传来。温克勒的嗓子发紧，他甚至觉得自己无法发出任何声音。安克雷奇的四月天啊，温克勒心里想，风吹过车库门，也拂过屋顶。鳟鱼印在镶板的走廊上。

"你好？"桑迪又说了一遍。

温克勒的头靠在墙上。"我是大卫。"

沉默。温克勒能感觉到，桑迪一定是用手捂住了嘴巴。

"桑迪，你能听到吗？"

"可以。"

温克勒说："看来你还好。"

"我还好？"

"我是说你没事。还活着。我很高兴。"

电话线里传来嘶嘶的声音，蜂鸣声还在继续。"活着？"

"我一直给家里打电话。"

"我没在那里。"

"你离开多久了？你又和他和好了？"

桑迪没有回答。

"桑迪？格蕾丝在吗？格蕾丝还好吗？"

"你走了。你抬腿就走了。"

"格蕾丝和你在一起吗？她还好吗？"

那边传来听筒落在餐台或是落在地板上的声音。一秒钟之后，赫尔曼的声音出现在温克勒耳边。"别再打电话过来。去看医生。你需要看医生。明白了吗？"咔嗒一声，静电的声音也消失了。

温克勒站着没动。墙很温暖，他抵着墙的额头都是汗。空气里有湿油漆的味道。桑迪站在那栋房子门口的样子突然出现在温克勒的脑海：那时的桑迪穿着睡衣，睡衣上的图案是站在雪橇上的北极熊，寒冷的天气里，她的双脚冻得发白。

"信号断了。"温克勒挤出来一句话。

邮局女人的声音很低："我再拨过去。"电话响了，一声又一声。终于有人接了起来，可马上又被挂断。

温克勒待了一会儿，听着电话中空洞的声音，然后把听筒还了回去。"我的天，"那个女人说，"你坐一会儿。"她把听筒扣在自己胸前的大十字架上，"我去给你倒杯茶。"

但温克勒已经转身，走出大门，趁着绿灯过了马路。还剩下什么？他的衬衫因为汗水和污垢已经变得非常僵硬，裤子膝盖的位置也磨破了。兜里还有半瓶朗姆酒和三块东加勒比海币，买什么都不够：一袋饼干，或许一罐午餐肉吧。

小镇脚下的大海像一块巨大的白炽板一样反光，阳光凶狠地晒在上面。温克勒站在海湾街中段，双手放在膝盖上，坐了很长时间。沥青似乎在颤抖，映在水面上物体的图像也在颤抖。温克勒感到一阵眩晕。他有一种奇怪的感觉，天空中的光以某种方式渗入皮肤，穿透了他空洞的身体。他随时都可能无法再承受。

温克勒抬手刚到嘴边就开始吐。一个骑自行车过来的男人马上绕得远远的。两个小男孩对他指指点点，还用T恤下摆捂住了嘴。柔和的店面似乎逐渐倾斜。港口某处，有船只鸣笛。温克勒跟跟跄跄地往小镇南边走去：我身体里的细胞全部在拆解。所有神经元都被拆散了。

阳光太过强烈，温克勒每次只能睁眼几秒钟。一辆公交车驶过，车身上写着"耐心和上帝",车窗上靠着昏昏欲睡的女士们。车开过去,弄得温克勒更是灰头土脸。温克勒找到了一条小路,穿过茂密的树丛就能到大路上。在那片小沙滩上,温克勒双膝跪地,看着流云飘过天空,心想:我所知的一切皆无用啊。

温克勒蜷缩在沙滩上,不停地颤抖着。几个小时的时间里,他被另一个人翻口袋的动作弄醒。每次他伸手想抓住对方的手腕都没成功。第一个人抢走了他身上仅有的钱,但至于第二个人拿走了什么,温克勒就什么也不知道了。迷迷糊糊的,他也不知道自己是醒着,还是睡着。他看到几只螃蟹爬上沙滩,踮着蟹钳走进潮地,停了一下,又继续前行。

4

醒来的时候,温克勒闻见了烤肉的味道,还听到有人大快朵颐的声音。一个大腹便便的人蹲在他旁边,正在狼吞虎咽地吃米饭和羊肉,连仔细嚼几下的时间都没有。一束黄色的灯光照在小岛后面。岩石之间有一块块洼地,映出天空的影子。温克勒差不多两天没吃东西了,那个男人吧唧吧唧的咀嚼声让温克勒直想赶紧捂住嘴。

"本来想拿走你的东西来着。"那个人开口了。

温克勒跪在地上,想稳住头,可怎么都待不稳。"早就被偷光了。"温克勒的声音沙哑,根本就是陌生人的声音。那个肚子圆滚滚的人耸了耸肩,继续吃东西,天渐渐凉了。

"今天是星期几?"

"星期日。"

"什么星期日?"

"复活节的星期日。给你。"那个人带着西班牙口音。他递过来一份用光滑的黄色树叶包住的米饭。温克勒把米饭拿到鼻子前闻了闻,又递给了那个人。

"吃了它。"

温克勒又把饭举起来,闭上双眼,吃了一小口。他嘴里完全没有唾液,米粒就像是臼齿之间的小骨头一样。

"我妻子,"那个人说,"就是索玛。"他停下来,好像在等着温克勒说句话。那个人皱起眉头。"她一个星期没睡觉了,说复活节就是遗忘。不对,不是遗忘——"他仔细地回想着那个词,终于打了个响指——"原谅。是原谅。"

温克勒细嚼慢咽地吃着,牙齿有些松动,好像随时都可能掉下来一样。"把叶子也吃了。"那个男人说。温克勒仔细地看了看叶子:厚实,有光泽,像是宽大的黄色杜鹃花的叶子。他摇了摇头。

那个男人从温克勒手里拿过叶子,小心地对折,再对折,之后就直接吃掉了。"对肠道好。"那个人笑着说。他在小腿背后蹭了蹭手指,站了起来。"我叫费利克斯,费利克斯·安东尼奥·奥雷利亚纳。"他抓住温克勒的手,也把温克勒拉了起来。温克勒的视线中慢慢地出现了一道道树叶缝隙透出来的阳光。

"我是个厨师,之前在智利圣地亚哥的莫内达工作。我还为古巴总统菲德尔·卡斯特罗做过一次饭呢。那次我做了卡拉罗汤,结果总统还把我从厨房里叫了出来,夸我做得非常好吃。他原话说的是'棒极了',还说希望我能把菜谱寄给他自己的厨师。"费利克斯点了点头,"当然,我把菜谱寄过去了。"

"跟我来吧。"他带着温克勒沿着沙滩走,还经过了几艘布满马尾藻的海船。温克勒的脚在鞋里胀得难受,感觉脖子很难承受住头的重量,头随时都能掉下来。虽然费利克斯的肚子不小,但走路倒是非常轻快,身体架在像鸡腿一样的腿上,很是敏捷。有好几次,费利克斯都不得不停下来,等着温克勒。他们走到了一条长长的独木舟旁边,一个大约五岁的小女孩光脚坐在宽阔的船头,朝大海扔石头。

费利克斯对着女孩说了些温克勒没听懂的话。只见女孩跳进水里站好,一只手搭在舷缘上,想解开帆脚索。

"赶紧过来。"费利克斯一边说着,一边朝小船挥了挥手。"我们带你回家。"他朝大海的方向努了努嘴,"离这里不远。"

外板上装满了一箱箱食物和木炭。温克勒躺在中间的长凳上，费利克斯则在箱子上坐下来，开始掌舵。那个女孩引着船离开沙滩，跟着它一起走进大海，直到小船能自己浮动了，她才回到船上。船尾有一个生锈的小马达，费利克斯使劲拉了两下马达，马达响了两声，冒着烟就发动了。

船速越来越快，船头随着翘起来。温克勒看着身后，圣文森特的绿色山坡正飞速地离他远去。飞鱼在船波前跃出水面，往前滑翔了一段，之后猛地扎回水中。费利克斯从衬衫里的什么地方摸出来一只酒瓶，一手打开瓶盖，咂摸着喝了几口。他应该是朝一座小岛开去，就是前面地平线上那块黑色的陆地。

上午的阳光已经有些刺眼，温克勒有时会看不清东西，况且还有被溅起的水花，鼻梁上的眼镜还经常撞到船身。地平线一直跳动，忽高忽低。温克勒侧过身，吐了口水。他抬起头时，正好迎上女孩明亮的目光。"你晕船？"她大声问。温克勒只是转过身，把想呕吐的感觉强压了下去。

小岛越来越近，温克勒能看到树、甘蔗筒仓，还有散落在山脊上的房子。这座岛似乎比圣文森特小一些，而且比较平缓，三座绿色的小山边缘很暗，与大海和蓝天相比，显得很小。

温克勒刚刚觉得自己想吐的感觉已经过去时，费利克斯就松开油门，倒车。"有礁石。"费利克斯说了一句。船头前面，岛屿随着船的颠簸消失又重现。后面的涌浪泛起白沫，最后破碎掉。往船侧看去，温克勒能看到船底珊瑚的暗影。他们经过了一个破旧的绿色航标，小船随着水波起伏不定。船偏航了，螺旋桨脱开了一段时间，一声尖锐的声音过后，又开始正常工作。女孩一边大声喊了一句"危险！"，一边朝温克勒微笑。

费利克斯好像有些困惑。他让发动机提速，任由小船冲过珊瑚最上面，几乎就是在海上冲浪的样子，满载的船只极为倾斜，角度让人害怕得心慌。有一瞬间，温克勒发现自己一直盯着船头附近的白色泡沫。这时，他们开出了这片水域，进入了一个潟湖。船停了。身后的碎浪也逐渐平缓。女孩看着温克勒，温克勒则点了点头，表示自己没事。女孩笑出了声。"没事了？"她问，"彻底没事了吗？"

他们在一个码头停了下来，海湾一片平静，码头有些陈旧，散落在几处的独木舟还涂有各种颜色。远处的树下有几座渔民的小屋。"大家都出海了，"费利克斯说，"今天有帆船比赛。"

他关上马达，女孩跳到海堤上，把船绑好。几个人都没说话，就开始往岸上运送货物。很快，他们三个人就带着箱子和水壶出发了，这条一米宽的小路两旁长满了高高的草。偶尔，有几座白色的房屋出现在草丛里，很小，也很粗糙，屋顶是瓦片。几只山羊跟在他们身后，黑黢黢的孩子们看见他们从门前经过，便跟女孩喊话，女孩也大声地回应了几句。太阳跟着他们一直爬上天空最高的地方。走在路上，他们脚边总有红色的尘土扬起来。温克勒抱着一箱茄子，跟在大腹便便的费利克斯和女孩身后——那两个人拿的东西都比他多。

终于，他们在一间小小的浅蓝色房子前停了下来，墙面上有一条裂缝，从一角斜穿至另一角，就像某只大手从天空垂下，毁掉了上半部分，然后又修复了它一样。费利克斯放下自己手里的箱子说："到家了。"

走到门前，费利克斯停了下来，弯腰跟女孩说了些什么。女孩从箱子里拿出一条干净的白色连衣裙套在了自己的T恤衫上。一种看起来肉很结实的母鸡在院子里扑棱着翅膀，时不时还低头啄食几下。费利克斯又拿出了自己的酒瓶，这次一饮而尽。接着，他拿出一把梳子梳了梳头发，就把梳子递给了女孩。女孩拿着梳子使劲地梳了一下头发，就递给了温克勒。

家里有三个男孩子，大概八九岁的样子。他们穿着一样的白衬衫，正坐在脏乎乎的地上玩纸牌。男孩子们背后有一个穿着黄色连衣裙的女士，她很瘦，系着围巾，正坐在椅子上看书。温克勒认出来了，眼前的这位女士正是他在圣文森特邮局遇到的那个。只见那位女士放下手中的书，站起来，伸出手。"我是索玛，复活节快乐。"

温克勒愣在那里一会儿，使劲地眨了眨眼睛。索玛大笑起来。温克勒赶紧握了握索玛的手。索玛让孩子们都过来排成一排，一一给温克勒做了介绍。孩子们害羞地跟温克勒握了手，但都没好意思直视他的目光。

之后，索玛走到孩子们前面，施了个半屈膝礼。"对不起，"她说，"我在邮局的时候不该拿你开玩笑。请你一定要原谅我。"

❄

费利克斯让男孩子们都去院子里后，打开了装着食物的箱子。"你，"他朝温克勒挥了挥手里的刀，"把这些切了。"他递给温克勒一小袋黄洋葱。温克勒便拿到餐台那边，去皮，切碎。有两次，他不得不靠在餐台上，眼睛被刺激得直流泪，还得一个劲儿地咽口水。那个小女孩简直就是她妈妈的迷你版，她在窗外看着温克勒，手指一直在玻璃上画圈。

房子的四面墙都没有刷漆。有些地方挂着照片：一幅城市照片，背景是陡峭的蓝色大山；一幅是绵延起伏的大草原，偶尔点缀着些帐篷；还有一幅是圣母披着蓝色斗篷，凉鞋边有条蛇，这幅照片是被塑封过的。客厅的角落里有一堆书，大部分是西班牙语的：《反叛的教堂》《自由之军》《拉丁美洲的社会主义》等。窗台上有制作粗糙的小船：单桅帆船和小帆艇的模型、帆船上的大艇、平底大驳船等——有些有黄铜做的升降索、巴杉木做的舵柄和螺纹做成的索具。

费利克斯烹饪食物的时候有一种近乎癫狂的状态：一会儿敲打平底锅，一会儿猛吸蒸汽，偶尔还会高歌两句。他抬起手擦了擦额头上的汗，拿出炭盒后面藏着的酒，偷偷地喝了几口。他让温克勒把茄子切成长条，每条都要亲自指导一下。"薄一些，再切薄点儿。"费利克斯拿起茄条，那其实已经很像奇怪的湿纸条了。费利克斯把茄条放在锅里炸脆，放在报纸上吸油。接着,他精心制作了一瓶梡果酸辣酱。忙完这些,他把已经去掉内脏的小母鸡烫了一下,用胡椒腌制后放在木炭炉里烤了起来。远处的树林里传来烟花的声音。一个小时后,男孩子们都回来了,小脸通红,大汗淋漓。费利克斯把吱吱冒油的小母鸡从烤盘中拿了出来。"好啦。"他说。

他们在房间另一头的野餐桌上吃了饭。费利克斯在茄子条上裹了酸辣酱,把烤好的小母鸡放在上面。索玛低头祈祷,孩子们也跟着一起:感谢上帝赐予美食,感谢上帝赐予丰饶的小岛,感谢上帝让所有男孩子都顺利地通过了上周的数学考试。接着,索玛一手举杯,一手按在心脏的位置说:"祝愿我们的客人身体健康,心情畅快。"孩子们也举起牛奶杯,纷纷碰杯。

大家都吃得很饱,连站起来都困难。温克勒面前是一扇窗户,透过玻璃,他看到雨燕在院子里啄小虫子吃。小鸡很安静,一只壁虎安静地趴在天花板上。一切都难以置信:温克勒刚才在这里,听着这家人吃烤鸡的声音,心满意足。费利克斯问了几个关于美国奶牛饲养、奶牛体形和产犊率的问题,但温克勒根本不知道这些事,所以费利克斯有些失望。男孩子们已经吃完了,对着空盘子有些闹腾。女孩还在用叉子叉肉吃。终于,费利克斯擦了擦嘴,打了个饱嗝,往前推了推盘子,拿出之前藏在凳子底下的礼物:三个木质的单桅小帆船。小帆船的船体很简单,甲板上粘着钉子,作为桅杆和位于船尾前方的舵轮。男孩子们争先恐后地拿走了礼物,为了小船的颜色还争了一番。不过,他们最后都对自己的选择心满意足。费利克斯给女儿准备的是一个玻璃罐,玻璃罐里放着的金属丝网冒出罐子口。女儿看到之后开心极了,伸手抱住费利克斯。

索玛笑了:"没有我的吗?"

"你的礼物,"费利克斯伸手指了指孩子们,"一会儿就知道了。"索玛大笑起来。

三个男孩假装将自己的单桅帆船撞到墙上。女孩则钻到桌子底下，想把甲虫引诱到自己的罐子里。

索玛让男孩子们洗碗，他们便从架子后面拿了水桶出去了。温克勒听到他们在后院泼水的声音，还听到碗碟碰在一起，发出叮叮当当的声音。

光线越来越暗。院子里的雨燕飞走了，现在来的是蝙蝠。索玛点了一盏油灯，放在桌子最中间，任它一会儿发出嘶嘶声，一会儿又噼啪作响。费利克斯靠在凳子上微笑着，带着一种无忧无虑的满足感：一切都在意料之中，他的小王国充满温馨。

费利克斯把女儿从地板上抱起来，放在自己腿上。女孩抬起头，没看罐子，反倒是看着温克勒微笑，快速眨着眼睛。

"这是娜莉娅，"费利克斯说，"我们的女儿。"蚊子落在女孩的手臂上，吸血的时候，女孩就仔细看着。蚊子吸饱了血，抽出口器消失了。娜莉娅满不在乎地揉了揉手腕。她的罐子里，一只黑蚂蚁用触角碰了碰玻璃。

"她很漂亮。"温克勒应了一句。他还想知道更多关于这个女孩的事，想知道她几岁了，有没有上学，可眼泪涌上来，他只能站起来，走到外面的夜色中。

他们让温克勒睡在最里面的房间，和男孩子们一起。房间的墙上贴着一张褪色的海报，海报上是一位智利的足球运动员。墙里嵌着两张上下铺，梯子上只有一根横木。孩子们一个挨一个，安静地躺在厨房地板上，三个人枕着一个枕头。女孩则躺在野餐桌旁靠窗的长椅上，还穿着白色的连衣裙，眨着大大的眼睛，看向温克勒。

温克勒钻进下铺。上铺的下沿有星星，在黑暗中闪烁着暗暗的光。空气里弥漫着香甜的味道：是干净衣服的味道，也有男孩子们的汗味。

树叶像御风而行的乘客；空气中的细丝被困在雪晶的角里；温克勒的母亲将土壤夯成一个陶罐。梦像影子一样，从后院边缘爬过来。他问起格蕾丝的情况时，桑迪扔下了听筒。

索玛踮着脚尖轻轻地走进来，手里拿着本书，看书时戴的眼镜架到了头发上。"大卫。"

温克勒坐起来。"我不能……"温克勒刚开口，索玛就伸出了手。

"费利克斯今天上午发挥了十成功力。你会留下来吧？"

温克勒摇了摇头。

"嘘……"索玛把被单拉到温克勒脖子的地方，"就当是看在我的分上。"

有只小甲虫一头撞上墙，落在了地上，四脚朝天转圈圈，仿佛要摆脱冲击力。温克勒看索玛从门口经过，亲吻了女孩的额头说晚安，就消失在窗帘后，走进了另一个房间。很快，房子里陷入了一片寂静。温克勒能听到男孩子们睡着后平稳浅淡的呼吸声，还能听到小路上小昆虫们从罗望子[①]中钻出来的声音。

温克勒想睡觉了。可一段记忆就这样肆无忌惮地冒了出来：那时的他还是个孩子。一天晚上，母亲正在熨衣服，温克勒就蹲在熨衣板下。棉花落在温克勒周围，白色的小团散发着香气，带着温暖。透过衣服，温克勒看见父亲穿着汗衫抽烟，翻报纸的时候声音很大。

---

① 即酸角。

5

刚刚黎明，母鸡就飞上屋顶啄了一下。温克勒听到纱门被打开又被关上的声音。温克勒再次醒来的时候，天光已经大亮。费利克斯正在炉子边上唱着歌。温克勒起床叠好被子，放在小床垫上。他做梦了吗？他自己也不记得了。

温克勒戴上眼镜。窗外，天空低低的位置有几朵云聚在山尖。"要下雨了。"温克勒说了一句。

娜莉娅从门口看着温克勒。她凑到窗前也往外看。"有太阳。"

温克勒点了点头。娜莉娅接着说："不下雨。"

"现在天气很好，"温克勒解释着，"但你看到山顶上的云了吗？它们是怎么聚到那里的？像不像帽子？这就说明有对流沿着山坡爬升——就是暖空气。那边的空气并不稳定，就说明有可能会下雨。"

女孩踮起脚尖，手指按在窗台上。"真的吗？"

温克勒走进厨房。费利克斯戴着一顶用羊毛线织的帽子，穿着一件青色T恤衫，上面还有丝网印刷的迈阿密海豚队的图案。费利克斯切了个杧果，给了温克勒半个，还给他拿了个勺子。

温克勒看着费利克斯细细的腿在厨房里走来走去，头发从帽子的小洞中冒了出来。费利克斯喝了一口瓶子里的酒。

"你不是本地人。"温克勒说。

费利克斯转过身。"不是。我在蓬塔阿雷纳斯出生。索玛是从圣地亚哥来的。"

"智利。"

"没错,是智利。"费利克斯说这些词的时候慢吞吞地,好像要仔细咀嚼一下。他看着女儿,"但现在这里是我们的家了,娜莉娅,你说对吗?"女孩耸了耸肩。

费利克斯继续说:"索玛说这个岛上的所有人都是难民。从非洲、南美洲来的,还有从亚洲来的。还有加勒比人,这个岛也不是他们的故乡。"费利克斯转身继续煎蛋。

"你的儿子们呢?也是从圣地亚哥来的?"

"他们都不是我儿子,不是亲生的。但没错,他们都是从圣地亚哥来的。他们的父母在那边。"

温克勒皱起眉头。他吃了口杧果,开口问:"从这里飞到美国要多少钱?"

"可能四五千吧?挺贵的。"

"那我怎么回圣文森特。"

"男孩子们可以带你过去。他们去上学了,回来了就行。他们会把妈妈送到邮局去。但你可以再待一段时间,索玛已经跟你说过了。"

"我会回报你们的。"

"不用,你不欠我们什么。"

温克勒反复思考着这句话。他欠了些债。但他有什么立场报答?他甚至都不知道这座岛叫什么。

费利克斯喝了口酒。过了一会儿,他开口了:"我们正在建一座小旅馆。我会当主厨——不如你也来旅馆工作吧?"

费利克斯和娜莉娅带温克勒从小鸡中间穿过,走上另一条路。这条路上能看到的房子比较多,每栋房子都带着一种偶然的气息,仿佛是大洪水褪去之后才出现在那里的。他们登上一座小山,穿过一个被清理出来的围场,最后进入了一片茂密的灌木丛,朝小岛西边走去。在独木舟上休息的时候,温克勒瞥见了波光粼粼的大海和珊瑚锯齿状的边缘。每过几分钟,娜莉娅就会回头看看山顶上聚集着的流云。

所谓的旅馆——或者是温克勒认为即将成为旅馆的东西——根本还没雏形:只有一堆木块和砖头。灌木丛底下塞了个锡罐。大概离撞击在珊瑚上的碎浪有四分之一英里远吧。这个地方周围都是棕榈树,所以没什么风。整片区域都是棕色的沙质土壤,角落里有一棵面包树,树下都是掉落的果子。海滩上有漂上岸的圆木,大片大片的牵牛花和电缆线轴——大小和倒置的咖啡桌差不多。

有六个男人挨个儿跟费利克斯打了招呼,然后就在原地等着。有几个人蹲着抽烟,烟尾燃着的部分冒着橙光,在阴影中很显眼。娜莉娅则追赶着在阴凉处窜来窜去的蜥蜴。

终于,一辆吉普车出现在视野中,在颠簸的路上朝这边开过来。穿着黄色西装的人下车打开后备厢后,其他人都围过去各自取了铲子和镐。费利克斯走到吉普车后保险杠的位置,那个穿黄色西装的人弯下腰,他们说了会儿话。之后,费利克斯转身,招呼温克勒过去。

"他是南顿,是他的旅店。"

南顿上下打量着温克勒,转身盖上了吉普车的后备厢。"你能干什么?"

温克勒瞥了一眼那些人,他们闷闷不乐地拖着工具朝木堆走去。"他们能干什么,我就能干什么。"

南顿好像是考虑了一下。"你今天就负责打地基。先工作两周,要是你两周后还来,我就考虑留下你。"南顿的牙有些黑,口气有些腥咸的味道,好像这辈子一直喝海水一样。"毕竟,你今天工作,"南顿微笑着说,"或许明天就不来了。"

南顿让两个人把一张看起来像是救生员坐的椅子搬到阴凉处。他爬到椅子最上面,打开遮阳伞坐下来,一边俯视着工人,一边嚼古柯叶。

温克勒拿起一把铁锹,跟着费利克斯走到一堆木头处,但南顿把他叫了回来。"不是,"南顿对温克勒指了指潟湖,"你去那边。"温克勒走到湖边,但南顿还让他继续往里走。"湖里,浮标那边。"小小的橙色浮标漂在潟湖的浅水区,静静地随着水流晃动。"你就负责挖地,每个浮标下面都挖。"

"浮标下面?"

"没错。现在就开始吧,趁着还没涨潮。"

温克勒眯起眼睛,扶了扶眼镜,朝第一个浮标走过去。水大概没过了他大腿的一半。浮标拴在细轴上,细轴固定在沙袋上。温克勒朝下面的岩石和珊瑚动手了。铁铲在水中的角度有些倾斜,所以基本上很难撬动什么东西。

太阳已经完全升起来了,阳光洒在整个小岛上,炽热而无情。其他人都在沙滩尽头的地方撬石头,正好在阴凉处,手中的铁锹砸石头都砸出了火花。

南顿拿出一份报纸翻着,悠闲自在。在树下待着总给人一种慵懒的感觉,带着点点愁绪。中午时分,大多数人都躲到树下,有的睡觉,有的喝朗姆酒,有的就只是凝视着海面。温克勒那把铁铲卷刃了,潮水已经涨到了他的大腿处。记忆难以遏制,席卷而来:水漫进地下室,桑迪在车道上怒视着自己。

那或许是他最脆弱的时候。没错,温克勒当了逃兵,但他这么做事出有因。格蕾丝的生命受到了威胁,但能肯定现在危险都过去了吗?然而,温克勒却在这里,跟一群陌生人一起,拿一把快没法用了的铁锹撬石头。再没其他方法回家了吗?或许他可以去乞讨,去偷,去用劳力换一趟旅程,或者悄悄地搞一张飞机票。他可以偷一只木筏,划水回家。他可以游泳。流逝的每一分钟不都是背叛吗?

是恐惧吗?是害怕自己回去之后,发现格蕾丝还活着,而自己很可能会在无意中杀死格蕾丝吗——女儿的命运就是等着被自己终结吗？还是温克勒只是害怕面对之前抛却了的身后的一切？是他一直都想离开吗？每一刻都被责任和欲望之间的艰难选择而消磨：留下来，还是满足逃离的渴望？桑迪从电话那边说的话一直回响在他耳畔：你走了。你抬腿就走了。不是这样的。温克勒真的爱过桑迪。温克勒也深爱着格蕾丝——每每想到女儿，他的心里就隐隐作痛。

温克勒盯着浮标下面的水，擦了擦额头，发现自己没什么实质性的进展。

午后不久，原本空中的云层消散，飞云从海面上飘过来，下起了雨。大多数工人都躲到棕榈树下，可娜莉娅却站在一小块空地上，看着温克勒，向上伸出手掌。雨滴打在温克勒的眼镜片上，他没有理会，继续工作。

南顿傍晚的时候才从自己的避风港上下来，收齐了铁锹和镐并放到吉普车后面。温克勒浑身湿漉漉的，站在一个小坑边上，看着费利克斯和南顿低声说着什么。后来，吉普车开走了。

雨小了一些，云层也没那么厚了。温克勒回到了费利克斯和索玛的家。男孩子们正在院子里洗餐盘。费利克斯从最里面的屋子拖出来一个破旧的工具盒，放到野餐桌上打开。盒子里是制作各种小船模型的物件：小锯子、螺丝刀、销子、小刷子、几管胶水和几桶漆。温克勒拿起一小块木头专心打磨着。索玛问了问温克勒这一天的情况。

娜莉娅拽了拽温克勒的袖口，问道："你还知道云彩的什么知识？"

每天，南顿都让温克勒去潟湖里撬水底的石头。"得挖半米深。"南顿没说别的。为南顿工作的人里面，温克勒是唯一一个白人，所以南顿似乎也觉得这种历史性的讽刺有种不同寻常的乐趣。有时候，南顿会从救生椅上下来，让温克勒给他看看刚铲起来的石头，检查一番，笑一笑，然后朝旁边的海水里吐一口古柯汁。温克勒的手指已经被磨到蜕皮，手掌生疼。

温克勒任由工作的重担压在自己身上，铲石头、捡石头，直到潮水涨到齐胸高。这时，他就会上岸，滴滴答答地和其他人一起干别的活。每天晚上，温克勒都会和费利克斯还有娜莉娅一起回家，穿过森林和围场，之后下坡。温克勒睡在餐厅地板上，好让男孩子们好好睡在自己的床铺上。睡醒之后，他会和男孩子们和索玛一起走到院子里，看着晨光渐渐明朗，听着蛙声渐渐消失，等着公鸡在山坡上打鸣。远处有一片片田地，温克勒看那甘蔗田就像是被整整齐齐地砍了一刀的木料。海风吹在脖子上，温克勒甚至觉得自己回到了八岁的时候，和母亲坐在某个小公园里：那个安克雷奇的早上，空气凉爽，天空一片蔚蓝色。

一天过去了，日子就这样一天又一天地过去了。只要温克勒不想格蕾丝，那一天就会过得还算轻松。有二十五天了吧？还是二十七天了？一个月了吗？日出日又落。桑迪没有怒气冲冲地出现在费利克斯和索玛这栋蓝色小房子的门口。根本没人出现。温克勒想到了自己和桑迪在影山的那一年，想到桑迪看着外面的眼神，想到一切未说出的话带来的绝望——每次对话中都有无数空隙和缺口，过去局限于现在，未来却又被过去包裹。温克勒仔细地想象了一下赫尔曼的生活，想象着赫尔曼必须熬过每一天，必须去银行，陷入不可避免的流言蜚语中，每个小时都和自己的妻子有更远的距离。或许赫尔曼找到了新工作。或许赫尔曼从未放弃过希望。

温克勒在旅店工作的第一个星期过去了：阳光和海风在他身上留下了印记，皮肤先是变成了红色，最终变成了棕色。手掌上被磨出的水泡破了之后，又会有新的冒出来。费利克斯说南顿在委内瑞拉投资建公寓时赚了不少钱，这间旅店就是为了退休之后攒些钱。

"南顿是个正派人。他会给你工钱的，现在就是测试你。"

"但敲石头有什么意义呢？他为什么总让我在水里干活？"

"这个啊，"费利克斯笑了，"这是南顿的秘密。"

"秘密？"

"没错，非常特别的想法。"费利克斯朝整片潟湖挥了挥手，"这会吸引全世界的客人过来。"

旅店潟湖的湖面上，颜色鲜艳的渔船来回穿梭。岸上，树顶奇怪的长嘴鸟朝工人们大声地叫个不停。云朵盘在北边远处的圣文森特火山上。晚上，金斯顿的灯光会映在水面上。费利克斯会把米饭、咖喱或者木瓜裹在树叶里带过来当午餐，温克勒就和费利克斯坐在一起吃，看着娜莉娅在沙地上或者棕榈树下跑来跑去，要么追逐昆虫，要么用手捉寄居蟹。"爸爸，"娜莉娅小声地说着，捧起正在交配的一对蜻蜓，"快看它们结合的样子。"

许多个夜晚过去了，温克勒拼凑出了费利克斯和索玛的经历。两个人都曾在莫内达工作。费利克斯说，莫内达就像华盛顿的白宫，只是"更有智利风情"。当时的总统因政变被罢免后（总统可能是中枪了，也可能是自己在地下走廊开枪自杀的），所有员工都逃走了，厨师也不例外。有些人失踪了。他们两人的几个朋友被带走了，从此再无音讯——其中就有费利克斯的主管。索玛不会谈论这些往事，她会闭上眼睛，一直抚摸自己的十字架项链。

费利克斯说这是国际大新闻，还大声感慨说温克勒大概是世界上唯一一个没听说过这件事的人了。

费利克斯正用生锈的指甲剪修剪某个小船模型的锁具，眼睛盯着双手，动作很小心。他总是弄不准，所以锁具就会从小孔中垂下去，他也只能从头再来。

政变发生后，费利克斯和索玛去了巴塔哥尼亚，在费利克斯亲戚家躲了一阵。后来，智利前商务部部长的三个儿子出现在门口。前商务部部长是两个人共同的朋友，所以费利克斯和索玛就收留并抚养了他们。至于他们是如何离开巴塔哥尼亚，如何抚养四个孩子的，如何上的飞机，费利克斯都闭口不言。两个人在加拉加斯遇到了南顿。南顿雇用了费利克斯，为他们支付了来文森特的船只低等舱的费用。

"你们还回去吗？如果一切都结束了？如果现在的领导人被赶下台了？"

索玛在门口停了下来，转过身。"这里现在是我们的家。我们住在这里。"她打开纱门，走进院子里。

费利克斯的双眼一直没离开过小船模型。温克勒走到阳光底下。远处传来孩子们在路上玩冰球的叫喊声。

"你呢？"费利克斯问，"你也在逃避吗？"

温克勒的脑海中再次浮现出桑迪甩手的样子：那是桑迪的习惯，是她的一种暗示，好像要把生命中所有的错误全都甩到一边。"没错。"温克勒就说了这两个字。窗外，索玛一边撒谷种喂着小鸡，一边仔细地看了看罗望子。

温克勒当工人的第二周快结束了，南顿从救生椅上下来，走到岸边，叫温克勒到吉普车那边去。南顿从吉普车后座拿出一卷蓝图。"你肯定奇怪我为什么让你顶着太阳在潟湖里工作，"他的牙齿还是灰乎乎的，"你肯定以为我疯了。你铲浮标下面的石头时，肯定觉得我是在浪费时间。"

温克勒耸了耸肩。"不过，你想不想亲眼看看你正在做的事？"南顿小心翼翼地把那份平面图铺在后门上，仿佛那是什么秘密，要么就是违法的勾当。温克勒仔细地研究着那张图，南顿就看着温克勒。大梁搭成格子状，有暗淡的斑点，蓝色的长方形代表窗户。温克勒又耸了耸肩："我看不懂。"

南顿的脸上露出了笑容。"这是透明地板。这样客人们就能看到海底的生物了。"

温克勒翻过这一页，研究了一下海拔问题。南顿又咧嘴笑了。他对这一计划的热情非常明显：前厅里铺着大玻璃地板，小鱼儿可能会从客人们的脚下游过。前厅往里走是高大的不锈钢餐厅，十二间客房立在沙滩上，另有一间餐厅，甲板上挂满灯笼。小溪上搭着小桥，小路两边有低矮雅致的灯具，水下还有聚光灯，方便客人们晚上观看珊瑚礁。

但现在，一切都只是一片干燥的土地，几堆煤渣和堆在防水布下的竹子及屋顶材料。

"要是你能一直这样工作，"南顿指了指温克勒手里的铁铲，"完工之后我可能会雇用你。或许就清理管道吧，"南顿大笑起来，又露出脏兮兮的牙齿，"或者给我当美国洗厕所的专家！"

"我待不了那么久。"温克勒说。

无论如何，现在连地基都没完成一半。温克勒会弄碎石头，然后铲出去，再把沙子回填。一群群小鱼从他腿边游过，潮汐涨涨落落。别的人都在观察温克勒，但很少跟他说话。就算是说了话，温克勒基本上也听不懂。黄昏时分，回费利克斯家之前，温克勒会看着那些人在沙滩那头生的火——沙地上的人影被拉长变形，人们的说话声很低，仿佛树木之间的喃喃低语。

这是新生活的开始。温克勒感觉新的生活正在孕育之中。日复一日，没什么不同——时间仿佛并不是前后相继的，反倒像重复的节奏：日出、公鸡、吉普车、铁铲和岩石。没有打扰，没有研究，没有预测。温克勒的身体逐渐变成一种工具，一种器械——他走进水里，沉浸在工作之中，每一天都是一样的：晴朗的早上，落雨的午后，晚上在枝头闪烁的繁星。

当然，回忆仍会浮现：格蕾丝脸颊上柔和到难以察觉的粉红色，桑迪吹风机散发的烧焦味弥漫在浴室里，温克勒双手搭在格蕾丝的婴儿床床边。

在阴凉处的娜莉娅看着温克勒。小小的橙色浮标底下，洞越来越深了。有的时候，温克勒挥着铁铲，觉得挖的正是自己的水下墓地。

6

为南顿工作已经整整十四天了——离开俄亥俄州也已经有一个月了——温克勒和其他人在吉普车后站成一排,等着领薪水:六十东加勒比海币。温克勒在伊丽莎白港游艇商店买了一条裤子、一双二手靴子和一包航空邮寄的信封。

亲爱的桑迪——
　　我还记得很多事。我记得在河流里的岩石上跳来跳去,记得你的手拂过厨房的餐台,记得你脸颊上的雀斑。我记得你讨厌我的鼻子碰到你的眼镜时在镜片上留下痕迹,也记得我们碰见孩子时,你总是不再说话,呆呆地看着那个孩子。
　　我只请求你告诉我,格蕾丝是否还活着。请告诉我到底发生了什么。
　　我每天都会给你写信。我会努力工作,攒够钱之后就回去。如果你还能接受我,我们可以重新开始。我们总有机会可以从头再来。

温克勒白天跟水下的石头较劲,晚上写信。趴在费利克斯的野餐桌上,借着噼啪作响的油灯,他快速地写了几句,之后又划掉重写。

之后的信还不如第一封信丰富:杂乱的请求,让人根本没法理解。温克勒划掉自己写的内容,再重新写下一样的话。有的时候,就算是把他的名字写在信封正面,似乎都是无法忍受的举止。但有的时候,另一种选择——永远不尝试，永远离开——似乎更糟糕。温克勒想到了自己离开圣文森特邮局时的感觉：仿佛自己的身体会融化在阳光下——头骨开裂、无尽的叹息和被撕裂的感觉。

温克勒写信的时候，娜莉娅会凑过来看着他用铅笔在纸上划来划去。"你是给家人写信吗？"娜莉娅问，"你是给自己家里写信吗？"

亲爱的格蕾丝——

有的时候，我真希望你妈妈会跟你说谎。或许她会告诉你，我驻扎在海外：是潜艇上尉或外交间谍。或许她会告诉你，跟你生活在一起的男人是你的父亲。不过，我也不知道你有没有跟他生活在一起。

有的时候，我能看到一些事，而这些事也会真正发生。总是这样——我也不知道为什么。在我一个人孤单的时候，我在想你有可能也会梦到这些终有一天会成为现实的东西。如果这是真的，我希望你能看到更美好的地方和更美好的生活。如果你觉得我疯了也没关系。这可能会帮你明白些什么。我爱你。一直都爱你。

温克勒会把信寄到玛丽莲街，偶尔——怀抱着乐观的心态——会寄到影山巷。可无论寄到哪里，他每次把信给索玛的时候，都会有一些恐慌。"请寄走，"温克勒请求道，"哪怕我之后告诉你不要寄走，你也要寄走。"一封，两封，有的时候是一天三封。或许温克勒可以写很多封信，可以把很多封信寄给桑迪。最终，他会把自己寄过去，比起在这里，他在那里仿佛更鲜活。

温克勒想象着赫尔曼撕碎每一封信，然后把碎片扔进脚踏式垃圾桶里的样子。给我进去，垃圾桶盖砰地合上。窗外安克雷奇的夏天已经渐渐过去。

但温克勒还在继续，每天至少一封信，把金斯顿的邮局作为回信地址。有的时候，他写下的不只是道歉信，他会描述费利克斯精心准备的晚餐，会写费利克斯的家人们，写娜莉娅在路上追蝴蝶，在岩石边捉蜥蜴的样子。她让我想起格蕾丝，温克勒写道，她的眼睛总是睁得很大。

几个铺轨工人来了，皮肤黝黑的他们一言不发，把卡车开到沙滩上，把好多片三英尺厚的树脂玻璃板卸下来。不到一小时，他们就组装好了一台简易起重机，把一个螺旋钻沉入温克勒最开始挖好的一个洞里。他们还从驳船上滚下了几个大桶，把它们和混凝土、石头和珊瑚礁固定在一起，沉入潟湖作为底桩。不到一周，整个钢结构框架就已经在潟湖上橙色小浮标曾经待过的地方立好了。六名木匠乘船而来，在沙滩上安营扎寨。七天过后，整个建筑物的框架也搭建完成。南顿在自己休息的救生椅上，看着眼前的一切，不停地在拍纸簿上计算，一会儿皱着眉，一会儿又把数字全都擦掉重写。

后来，温克勒负责引导一个装着焦矸石的木筏往返潟湖。他把自己赚来的钱塞在一个塑料盒子里，帮男孩子们洗碗，一如既往地写信。

星期天，他会在岛上散步。娜莉娅会跟在后面，保持一段距离。不过，温克勒最终都会把娜莉娅叫过来，让娜莉娅坐在自己肩上。温克勒给娜莉娅讲了几种自己认识的植物：竹子、加勒比松、树蕨、伞树，等等。"这样的云，"温克勒告诉娜莉娅，"叫浓积云。每朵云彩下面都是一大团缓慢冷却的空气，就像一个巨大的隐形冰淇淋蛋筒。那一朵小云彩可能有五十万磅重。"

"不可能，"娜莉娅说，"它可是浮在天上啊——什么重量都没有。"尽管如此，娜莉娅的目光也一直不曾从云朵上移开。

滴答着水的小树林，高地的田野。龙舌兰和管风琴式仙人掌。从山脊上看，这座小岛是座六英里高的山丘，地形崎岖，环绕着棕榈树和珊瑚礁。海水从珊瑚礁上面漫过来。天空的颜色变幻无穷：一天之中，黎明的天空还是青色，中午时分就变成了浓到微微发黑的蓝色，到了下午会变成亮银色，可傍晚时就成了勃艮第酒红色。夜幕降临前，天空会染上花朵的颜色——是打着哈欠的紫罗兰色，是大片的桃粉色，边缘缀着紫红色——仿佛是什么迷幻的药物，而不单单只是某种颜色而已。

"看到地平线上那条深色的线了吗？那是风线，说明那边有暴风雨。"

娜莉娅靠在温克勒身上，顺着温克勒手指的地方看过去。"那它会过来吗？暴风雨会来吗？"

"有这种可能。"

两个人经过了一座废弃的糖厂：废弃的水车轮，生锈的脚踏轧机，都是奴隶制时留下的痕迹。温克勒心想：影子就是我们的历史。走到哪里，它就跟到哪里。娜莉娅站在外面抬头看，等着大雨落下来。温克勒回味着娜莉娅在自己怀抱中的重量，回味着她纤弱但紧实的臀部，心中涌起一阵愧疚。

小酒馆里，南顿坐在昏暗的桌子前，把精心绘制的图景用铅笔誊到厚纸上，面前的酒瓶映着点点光线。"好了，"他伸出一根被古柯叶染了色的手指，"得有鲜花。这里是皇家棕榈树。我要在小溪边种一排。"

温克勒看得出来，南顿总有好的想法，他能想象得出事物之后可能的样子。

"这样好吗？"南顿皱着眉头问，"水应该够吧？"

"够，这样会很美。"

亲爱的桑迪——

用双手劳动的感觉真好。一天结束的时候，我真的觉得很疲惫。现在，我理解父亲为什么喜欢自己的工作了。他之前会把卡车停在街区一头，一步一步慢吞吞地走上台阶，进门的一刻还会叹口气。他期待着每天在椅子上打瞌睡的时候，一天结束的时候，他身边总会有烟斗陪着。

我之前跟你提到过的朋友费利克斯会制作小船的模型，漫长的一天过去之后，竟还能用双手制作物件。可他不太擅长做这个——桅杆总是歪的，索具总是掉下来——不过，他看起来很开心，借着灯光摆弄小东西，身边还放着一瓶酒。

我在这边睡得很好，会做梦，但醒来就都忘了。你还好吗？你会想到我吗？

娜莉娅有时会跑进水里，挂在很快就会撑起玻璃地板的大梁上玩，有时则会爬上升降机——化蛹的毛毛虫已经将自己裹了起来，贴在机器外壳上；黄蜂在阳光下飞来飞去，娜莉娅伸出小手，总想抓住它们。黄昏时分，娜莉娅、费利克斯和温克勒会从工地往家走，女孩坐在父亲的肩膀上。一路上，棕榈树随风摆动，遮住了小路，身后的海水哗哗而来，撞在礁石上。

"温克勒先生，下雨的时候，飞蛾会做什么呢？它们的翅膀会被淋湿吗？"

"娜莉娅，这个我就不知道了。"

"我猜它们会躲在大片的树叶底下，"娜莉娅说，"我猜它们会待在那儿，看着外面的雨。就像兔子一样高兴。"

娜莉娅会主动过来找温克勒，口袋里装满了地衣、各种植物种子和贝壳。"快看，"娜莉娅满脸兴奋，把自己带来的东西一样一样地摆在地上，"这个是我在水箱边上找到的，这个是在立管下面的泥里……"有一次，娜莉娅给温克勒带来了一块蓝色的海水玻璃，温克勒问这会不会是蓝宝石或者什么稀有珠宝，但娜莉娅摇了摇头。"温克勒先生，这是瓶子碎片，水把它冲刷得很光滑。"

关于世界点点滴滴的真实围绕在他们周围。娜莉娅双手捧着小小的蜗牛。她会拽拽温克勒的衣袖问："温克勒先生，蚂蚁会睡觉吗？"有一次，温克勒醒来，发现娜莉娅站在厨房的窗前，戴上温克勒的眼镜，眨着眼睛看向外面的夜晚。

桑迪，总有问题会冒出来。我当然会想这些问题。时间一天天地流逝，我唯一确定的就是各种问题的存在。要是我能拦住公交车救了德尔普雷特先生呢？要是我能带着格蕾丝安全地回到街上呢？要是仅仅知道就够了呢？要是我能更小心地抱着她呢？

可笑的是，人们并不想知道未来究竟如何。人们会去找看手相的人或者算命师，但他们最终想听到的只是自己过得不错，一切都会好起来这种话。他们想听到的是孩子们会成为世界的主宰。没人想听人说未来的一切早已命定。目前为止，人百分之百都会死去，但我们仍说死亡非常神秘。

温克勒想起来母亲葬礼时的感觉：邻居们看了看周围的长椅，想知道还有谁会来。有个温克勒之前根本没见过的女孩站在门廊处微笑着，跟朋友小声说自己的外套太小，要带回科斯洛斯基商场想办法退掉。斯人已逝，对活着的人来说，他们的影响也只是暂时的。你会吃不下、睡不着，但终有一天，你会吃饭、睡觉——你可能会因此埋怨自己，但身体的需求非常诚实，不可违抗。温克勒总是觉得有些愧疚：他就这样继续生活，吃着番茄三明治，和父亲一起去看艾迪塔罗德冠军赛，团雪球，等等——可他的母亲却永远做不到了。

温克勒要做的只是闭上双眼。他看到前门处栽了两棵树苗，屋顶还和最后一刻他从影山顶上看到的一样，还有成千上万滴水汇聚到一起，看不到格蕾丝是否曾在水底。温克勒的眼前一直回放这样的场景，一遍又一遍：萨克斯家高大的枫树倒下了，被带出草坪，树根已经断裂，树干溅起大量水花，大大小小上百根树枝来回摇动，相互碰撞，最后归于寂静。

所有从地平线开来的货船——所有会降落在圣文森特的飞机——都可能带着一封信，就在某个舱室里，是注定要到温克勒手里的。索玛每天都会经由水路到圣文森特上班，好让男孩子们去更好的学校念书。每天回来后，索玛都会稍稍耸肩，摊开手掌：什么都没有。索玛的手掌就像空空如也的邮箱，温克勒被关在了外面，下午剩余的时光会显得更为苍白。不过，每天早上，这个想法就又会浮现出来：金斯顿的某个信件分拣机可能正把某封信朝自己的方向分过来，平平整整地放在某个小房间里，等着索玛拿给温克勒。太阳从地平线上升起，带来了无限希望。在某个地方，桑迪可能正给信封封口，舌头舔舔邮票背面，把它贴在写着温克勒名字的信封上。

克利夫兰的银行说温克勒所有的账户都已经销户。美国驻金斯顿的领事馆会负责重新给他签发护照。温克勒给格林纳达的一家货运公司、伊丽莎白港的一家货运公司和金斯顿的美国航空办事处分别打了电话，要到洛杉矶的话，最便宜也需要1100东加勒比海币。一共需要2900东加勒比海币，温克勒还要继续努力工作。

7

一个梦：娜莉娅长大了，或许是她二十五岁的时候。她把一块煤渣砖从船尾沉入水中。砖上绕着的锚链从她手中滑下去。煤渣砖越沉越深，链条没入水中的速度越来越快。这时，一段链子绕上了娜莉娅的脚踝，把她猛地掀倒，拖着她走过横梁。水没过了娜莉娅的头顶。温克勒就在一百码外的沙滩上，清楚地看到了这一切。小船被雾气漫过。娜莉娅没有浮上水面。温克勒赶紧跳进潟湖，朝娜莉娅游过去，可小船却似乎远去了。水呛进温克勒的肺部。小船太远了。温克勒的胸腔已经积满了水。

温克勒喘着粗气惊醒过来，娜莉娅之前就睡在野餐桌的长凳上。温克勒没穿衬衫，光着脚，身上只有那条破烂的工作裤。三个男孩挤在自己房间的门口。残存的炉火把厨房映成了暗红色。娜莉娅的脚踝被温克勒攥在手里，温克勒发现自己抱着娜莉娅的腿抵在自己的下巴处，好像要咬一口一样。娜莉娅的眼神非常认真，充满了信任。娜莉娅转了转脚，温克勒感受到她小腿肌肉的收缩。尽管当时光线很暗，温克勒也没有戴眼镜，但他仍能看到长凳上方圣母那张照片反射的光。温克勒正好和圣母目光相对。

费利克斯拉开自己卧室的窗帘。温克勒放下娜莉娅的腿。"回去睡觉。"费利克斯对男孩子们说完，就把女孩像抱猫一样抱了起来。他把娜莉娅抱回卧室，拉上了窗帘。费利克斯再次出现的时候，温克勒听到索玛正轻声地对娜莉娅说着话。这时，温克勒意识到，娜莉娅，或者是某个男孩子，大喊了几声。费利克斯走进院子，示意温克勒跟着一起。

天色已经暗了，头顶上的银河呈带状，颜色温润。一颗星星坠落下来。费利克斯弯下腰，从小路上拾了几块石头，一个个往草地里扔去。

"我会梦游，"温克勒开口了，"我——"

费利克斯抬起一只手。他没戴导烟帽，头发乱糟糟的，朝向四面八方。费利克斯又扔了一块石头。"你找个别的地方住。明天就找。总有人会收留你。"

"我现在就走。"

"不用。早上走。"

但温克勒晚上就走了，带着他的航空邮件信封、铅笔和装着积蓄的塑料盒。他带着这些物件走出大门，翻过小山，走到工地。那时，旅馆的结构框架黑黑的，空无一物，只有从房间木结构中吹过的风。温克勒从棕榈树下拖来一块篷布，夜晚剩下的时间就躺在沙滩上。海浪冲到他的脚边，身下的布被风吹得啪啪作响，温克勒只觉得心里充满最凄凉的落寞。

8

桑迪——

现在的安克雷奇应该快到秋天了。树叶都落了吗?你还会在哪里看这封信吗?这里的每一天都和前一天没太大差别,人在这种地方,很难相信季节的变换。我想念凉爽的天气。我想念落下的雨。这里也会下雨,但跟家里那边没法比。这里的雨从来不会超过二十分钟。云飘过来,落下巨大的雨滴,之后很快就消散了。热气跟着卷土重来。海面那么明亮,让人没法直视。

现在往远处看,我能看到水面上空的幡状云——雨幡——如果云层里的水落了下来,但还没到地面就蒸发了,就会出现这种情况。幡状云看起来就像飘起来的头发。每隔几分钟我都会想到格蕾丝。真的很对不起,我就这么走了。

另一天:

桑迪——请给我回信。给我寄一张照片,让我知道她还活着。哪怕只写一个字也好。

另一封信中,温克勒的字迹颇为潦草,一页只写了一句话:

她还活着吗?

9

午餐的时候,他们还是会坐在一起吃,费利克斯会带来一包米饭或者干酪裹着的煮鸡蛋。不过,到了工作的时候,费利克斯似乎总要离温克勒越远越好,有时去未来的厨房那边工作,有时去前廊附近,有时候则帮着搭框架的工人,把装饰墙壁用的竹子劈成两半。六岁的娜莉娅再也没跟父亲来过工地。几周时间过去了,温克勒都再没见过娜莉娅。终于,温克勒鼓足勇气问娜莉娅的情况时,娜莉娅的父亲只是说把孩子送到岛上的学校上学了。

有的晚上,温克勒会走在满是尘土的路上,经过蓝色的小房子时,可能会看到院子角落里的母鸡在乱蹿。或许透过纱门,温克勒能听到里面传来某个男孩子的叫喊声,或炉子门被关上的声音,但他再也不能多靠近这个家一步。温克勒还是会写信,还是会把金斯顿邮局当作回信地址。他会用一个捡来的锅煮豆子吃,基本不和其他人接触。黑暗之中,温克勒待在沙滩上,听着远处山坡上牧场里的山羊羔的叫声。雨水不紧不慢地落下来,小小的浪打在客栈的框架上。四下没有灯光,只有洒在水面和树叶上的月光;周围也没有其他声音,除了羊羔的叫声,风吹过树木的簌簌声,雨滴落入树林的声音和两只青蛙的呱呱声,就只剩下大海的声音——大海的声音一直都陪伴在他身边。

和安克雷奇的大多数人一样,温克勒的父亲也会把夜晚关在屋外。他会拉上窗帘,关紧门窗,然后打开灯。隆冬时节,大概二月中旬吧,温克勒会看到父亲脸上表现出来的压力，看到他仔细地研究报纸上某篇旅行广告时那种掩藏不住的渴望：一个冲浪的女孩，在茅草伞下微笑着，皮肤沐浴在阳光之中。

不过，温克勒的母亲很喜欢暮光。"霍华德，说真的，"她会这样对温克勒的父亲说，"我们有必要开这么多灯吗？"母亲说医院已经够亮的了，她眼睛都受不了。九月下旬，天色变暗，漫长凉爽的夜晚到来后，母亲会带着温克勒到房顶上远眺。铁路站场的灯光一会儿亮，一会儿灭，一群鹅正慢悠悠地走过。远处的大山会变成深蓝色，让人有些看不清，就像白日时光消逝之后，它们也变得略显消瘦，似乎要融入另一个空间。母亲集装箱花园里的气味会再次出现——之前已经结过一次霜，花儿们也败了。星星一个接一个地出现，很快就能看到好几百颗了——在天空闪烁着亮光。

"冬天的光线也很充足，"母亲告诉大卫，"绰绰有余。只是你父亲没注意到。"

现在看起来，那座建筑物的屋顶和当时的一样真实：背阴处的积雪，粘着焦油的烟囱里冒出的烟雾，母亲种的番茄在西南角被果实压弯了枝头。很偶然的情况下，晚上能看到英仙座流星雨，或者猎户座流星雨——他们会坐在毯子上，看着陨石从大气层中落下来。"大卫，数数看，看你能不能数清楚。"大卫会在一个小笔记本上记下这些小石头。之后，父亲总会在各种地方发现这些画满了破折号的纸页，想知道这孩子到底是在数什么。

温克勒问过母亲，星座上是否会留下黑洞。母亲说不会，因为流星只是在空气中燃烧的铁块而已，不过就图钉大小，而头顶上的星星很大，很古老，永远不会离去，也永远不会变换位置。接下来的夜晚，温克勒看到的和母亲说的一模一样。

桑迪——

我又梦游了。昨天晚上醒来的时候，我发现自己在大海里。水齐腰深,我就站在那里,手里拽着铺着睡觉的防水布,肯定之前也拿着自己的衬衫来着,因为我到处都找不到它。防水布上都是蜗牛,回到岸上后,我不得不一只只地摘下去。你说得对——我应该去看奥布赖恩医生的,要不去睡眠实验室,要不去看别的医生也行。

每天晚上,我都希望自己能梦见格蕾丝。要是能梦见她一次,无论她是在你的怀里,还是在摇篮里,我可能就会觉得格蕾丝还活着。但我从没有梦见过她。最近,我的梦里都是一片漆黑。我在这里做什么?我是走了一条已经为我注定的路吗?还是我自己正把这一切变成注定的事?

我吓到你了吗?这并不是我的本意。我们还有好多事要谈。

要想在信封上写下玛丽莲街的地址,然后走到村里寄出去几乎不可能:温克勒想象得到,赫尔曼在客厅里翻看账单,突然发现一个不一样的信封,盖着不同的邮戳,上面还有类似温克勒的笔迹。那赫尔曼一定会烧掉这封信,他会把信撕成碎片,深埋在后院里。

赫尔曼会让桑迪睡在卧室吗?桑迪自己愿意吗?赫尔曼还会再接纳桑迪吗?格蕾丝会走出门,坐上出租车,在某个寄养家庭里撕心裂肺地尖叫吗?温克勒想到了一些事:桑迪再次走进第一联邦储蓄贷款银行的营业厅时,其他出纳看她的眼神,还有别人的窃窃私语。赫尔曼坐在自己的大桌子后面看着桑迪。桑迪抬头挺胸。

温克勒只要一个小时就能到金斯顿。他可能在一年内就能回到俄亥俄州。再攒八百美元就够了。

温克勒闭上眼睛,觉得自己是在房子所在的山坡上,高大的树木有些潮湿,随风摆动着,喃喃自语。穿过草坪,透过玻璃门往厨房看去:高脚椅还在,桌子周围摆着不配套的椅子。一盏灯亮了。桑迪带着格蕾丝走下楼梯——哪怕看到她们落在楼梯侧墙上的影子也好啊。

记忆,梦境,水。一个纸袋随风从旅馆没完工的大厅里飞走了。

10

一九七八年三月，旅馆落成。温克勒已经离开快一年了。温克勒觉得，这家旅馆并不像南顿想象得那样吸引人。旅馆有十二间客房，餐厅尽头有一间酒吧，还有一个之后会变成泳池的大蜜糖桶。地面还不平整，沙滩还是一团糟，到处都是圆木和尼龙绳。每个周三，大家在垃圾场烧垃圾时，风就带着烟雾吹过客房，还有塑料烧焦后的臭味。

不过，到了晚上，旅店确实有一定魅力。餐厅的灯笼亮了起来，大厅里也开了几盏灯，旅店建在桥塔上，潟湖的水半没过它，就像被洪水淹没的大都市里某座摩天大楼的顶层：从窗户向外能看到壁灯，黄色的光徘徊在水面上。

旅店里面铺着正方形的树脂玻璃，能看到下面的珊瑚礁和慢慢游过的小鱼。潮水涨落，沿着地板底部带来很大的气泡，就像浑身是泡沫的催眠水母一样。濑鱼、狗鱼、北梭鱼——南顿坚持说还见过一次燕魟——足有餐桌那么宽，扑腾着游过去。温克勒仿佛看到南顿和娜莉娅趴在地上，看着地板底下，相互指认下面游过的生物，仿佛海底正在播放一部引人入胜的电影，永不落幕。

客人们可以乘坐小艇往返于自己的游艇和沙滩。车道旁还有铺设好的沙狐球场。大型木质躺椅嵌在草坪里，航海地图就固定在旅馆大堂的墙上。岸边和餐厅之间由绳索桥连接。音乐会通过户外扬声器播放。餐桌旁边摆着海扇和木质烤架。费利克斯已经订购了食材，南顿把一张海报贴在前台后面。

客人们来了,有的是乘船来的,有的是从圣文森特搭乘水上出租车来的。他们会在这里住几晚,为这里的好天气和玻璃地板惊叹不已。他们走后,另一拨客人就会过来。作为留下来打理地面、维护玻璃地板的条件,南顿同意温克勒搬到旅店角落那个破旧的舢板棚里住。舢板棚是锡制的,架在生锈的铝合金轨道上,有一扇没有玻璃的窗户。里面的地板很脏,整个西侧都是门。南顿帮温克勒找来了一张小床、一把椅子和一个盆。"这里挺好的,"温克勒坚持说,"我不会在这里待太久。"

每天晚上在高低不平、长满霉斑的床垫上躺下之前,温克勒都要在门和导轮之间楔入一块小物件来锁好舢板棚。

温克勒工作很勤奋,给户外家具染色,撒种子,铺石板,培植从山上采下来的蕨类植物和鲜花。晚上,他在黑暗中散步,穿过灌木丛,回到自己的小棚子,断断续续地睡上几个小时。第二天天还没亮,温克勒就会起床,推几车土,然后把沙滩上一丛丛的杂草锄掉。

温克勒不会把钱花在买衣服或者买朗姆酒上。他的塑料盒里已经攒了大约2000东加勒比海币了。他会在沙滩上计算自己的工资。或许是六月吧。六月就回家。温克勒允许自己想象一切和解的样子:他拉了拉鹅头形门环,桑迪打开了门。一个害羞的小女孩躲在桑迪的腿后面——是格蕾丝——她微笑着叫了一声:"爸爸?"这只是一种希望。但他的梦从没出现过这样的场景:他的梦境里有时是无尽的黑暗,有时出现他不认识的人,还有就是水缓缓漫上来,没过他的头顶,似乎还带着几分仁慈。

❄

五月的一个晚上,索玛站在厨房附近的花坛边,把温克勒叫了出来。她胸前的十字架起起伏伏的。"我尽快赶过来了,昨天晚上有你的东西寄过来。"从纱门往里面看,索玛手里抱着个纸箱。纸箱一角已经被挤坏了。纸箱上有温克勒的名字，都是小写字母。是桑迪的笔迹——温克勒不用想就知道——桑迪写"D"这个字母时，第二笔的弧线很大，写"I"的时候会在上面画一个小圆圈。字迹很深，但很坚定，桑迪用了很大力气，像是要把纸箱戳破一样。温克勒感觉有些喘不上气，他从索玛手里接过纸箱摇了摇。

里面叮叮当当的。便宜的棕色包装胶带。安克雷奇的邮戳。

"是家里来的吗？是你一直等着的吗？"

温克勒的眼睛一直盯着自己的名字，好不容易才说了一句："是的。"

索玛叹了口气。"我真高兴，大卫，我真为你高兴。我为你祈祷了很久。"不过，温克勒已经转身要走了，"拿好，"索玛说，"你肯定会拿好的。"

温克勒穿过院子，朝舢板棚走去。他抬起门，进去之后又关好。舢板棚里几乎什么都看不见，温克勒把椅子拖到窗户底下坐好，衬衫都是湿的。温克勒盯着箱子上自己的名字，浑身止不住地颤抖。

十二个月了。外面院子里的甲板上有几个客人大笑了几声，之后一切都安静下来。一只黄蜂在窗户周围嗡嗡地飞来飞去。温克勒觉得自己已经忘记了如何呼吸。几分钟之后，他从衣服后面的口袋里找出了一把修剪花枝用的剪刀，划开了盒子。

箱子里面是厚厚一沓信。是温克勒的信：是他寄到安克雷奇的信，以及大部分寄到克利夫兰的信。很多封信都已经被打开过了，最初的几封都是打开过的，不过有些——大概有一百封吧——都没有被拆开的痕迹。一月之后的信全都没有被拆开过。桑迪用两根皮筋绑住这些信，所以这一沓是两头夹紧，中间凸出的。一根皮筋下面还勒着一张折起来的正方形纸，折痕很是锋利。纸箱里的东西就是这些。

温克勒的胸腔"砰"地响了一声。棚子里的空气微微带着垃圾燃烧的味道，是垃圾场那里飘来的烟雾味。他打开了这张纸条：永远别回来。别再写信。想都别想。你已经死了。

桑迪甚至没有签名。舢板棚外面,最后一丝光线逐渐淡去,云彩透出微弱的红色,军舰鸟长长的影子掠过草坪,擦过舢板棚的屋顶,之后飞向大海。有十分钟吗?那捆信件从温克勒的大腿上掉了下去。温克勒手拿着那张纸条,内心被阴霾笼罩着。很快,天就完全黑下来。青蛙在树林中大叫。客栈里的一扇窗户猛地关上了。

大概一个小时过去了。又一个小时过去了。客厅里的游客们还在聊些无关紧要的东西,夸赞自己的家族,夸赞自己所居住的州,最后佯装打起哈欠,各自回屋休息。南顿合上书,关上台灯。沙滩往内一英里的地方,费利克斯俯身看着睡着的娜莉娅,在女儿的额头上轻轻一吻。

温克勒起身打开门的时候已经过了午夜。他借着夜色走向沙滩。旅馆牢牢地固定在水中,一动不动,所有的灯早已熄灭。一条小船翻在沙子上,船桨扣在船身下。温克勒把船翻过来,拖进水里。

远处礁石上的碎浪很大,可在潟湖里,浪头很低,浪也很小,小船随着水微微地上下波动。温克勒爬进船里,小小的浪碰在船头。桑迪写的所有便条都有同样的笔记:买牛奶。玻璃滑门坏了,抑或是多少钱?夜空中的星星在海面上投下光影,一条条银色线条摇摆不定。旅店里没有灯光,万籁俱寂。锚地里的几艘游艇在晃动,似乎要离开停泊的地方。在这个纬度,地球以每小时1000英里的速度旋转着,和整个银河系一起,每秒围着太阳转18英里,围着银河系的20亿颗星星旋转135英里。然而,温克勒心想着,一切都太过静默,围绕着地轴私语,在浩瀚的史前空间中无声嘶吼。

永远别回来。想都别想。温克勒解开船桨,划着船往外走。

整整二十分钟,他才划到礁石的边缘。碎浪朝大海扑过去时发出巨大的声音。船桨在水里划动,小船则在白色泡沫中摇晃。三只海鸥一边飞着,一边叫着,蹭过温克勒的头顶,朝小岛飞去。

温克勒在凹陷的地方看到了大块的蓝色斑点，或许是水母吧。一只色彩颇多的螃蟹横着穿过阴影，身形巨大，步履匆匆。就算有什么声响，温克勒也根本听不到，耳朵里都是波涛的声音，根本容不下其他——浪起浪落，猛烈且永不停歇，这最不知疲倦的水元素啊。

母亲去世后的那年春天，温克勒想重新修整她留下的花园。温克勒带着剩下的种子，踩在屋顶上的烂泥里，把它们按进花盆里的土壤中。但不知为何，有的幼苗就算终于长了出来，也是一副弱不禁风的样子，仿佛种子也知道是谁播种了自己，好像悲伤深入了它们的根须。或许是温克勒浇水太多了吧。

为什么是他？为什么是现在？如果回忆注定会褪色，那还要回忆有什么用？盒子里空气只透着空空如也的气息，是旧纸板和破纸的味道。

温克勒划着桨，桨叶在潟湖留下漩涡，摇晃着粼粼微光。小艇侧向一边，让人颇不舒服。温克勒身后，又一波碎浪撞在了珊瑚上，声音很大。格蕾丝死了。肯定是。每个人的生命竟都如此短暂，不过还剩下几天。还剩下几个小时。

温克勒摆正了桨，穿过层层叠叠的泡沫，朝礁石划过去。大概划了三四下吧——船体就越过了岩石，温克勒随意往前划桨，进入海浪之中。第一波浪低低的，猛地打在船体上，海水一下就打湿了温克勒的脚。第二波浪则直接朝着船头拍过来，最后拍到了温克勒的背上。海浪的幅度和力量让温克勒心下震惊。海岸上的人或货船甲板上的人，绝不可能体会到其中的厉害——必得身处海浪之中才行。温克勒努力地稳住船桨，但感觉船桨已经被水泥裹住，桨架在上上下下地滑动着。

温克勒的胳膊支撑不住了。满是白色泡沫的海水从船底流过。不过几秒钟的时间，船就开始掉转方向。桨柄在压力之下总是碰到船身，咣咣地响。第三波浪砸到了船身上。小船到波谷的短暂一刻，温克勒看到礁石的边缘倒落在自己身下，星光照亮了它，任它坠入暗蓝色的深水之中。接着，小船从船头被掀起来，船倾覆了。

船桨已无处可寻。温克勒心里想着：带我走吧。小船整个颠倒过来，温克勒被压在船身底下，被拖着穿过珊瑚带。

水下逆流带着温克勒在海面上上下下地漂浮着。接下来的几波海浪都是从温克勒的头顶越过，把他卷进大概两英寻[①]深的水下。透过眼前的水泡，礁石架已隐约可见，可逆流又将他拖远了一些。温克勒看着自己经过一片沙坡，沙坡上长满随水摇动的细小蕨类植物，之后有一群小磷虾从身旁游过，可他自己只能随波逐流，任水带着漂荡。很快，眼前的一切瞬间消失了，就像窗帘一下被拉上一样——温克勒被卷进深水之中。海水的压力折磨着他的耳朵：来势汹汹，轰隆作响，夹杂着无数波浪碎裂的声音。眼镜被卷走了。海面仿佛在一英里之外——如起伏的水银面。

海水如此温暖，几乎都有些发烫。面对黑暗和波浪的感觉和面对潮湿且持久的风不一样。温克勒心里涌起一股紧迫感，除此之外，还有一种诱惑弥漫而来。张开嘴，任海水侵入肺部该是很容易的事吧？

头顶上方的波涛来来回回。疼痛挤压着下巴尖。温克勒的肋骨突突地疼，会厌[②]像活板门一样抵在喉头的位置。

在海面漂浮着的尸体。走向光明的长廊。突然之间，温克勒开始思考，像是拥有了无穷无尽的时间。于过往游艇的推进器而言，于飞鸟、天空而言，温克勒很快就会死去，成为漂浮在海面的某个物体，比木头稍小一些。无数有机体从他的窍孔逃出，没有了他，世界也会如常运转，甚少有什么改变：波浪打在岩石上，太阳在东边的天空散发着光芒。血液从尸体中渗出，朝海底沉下去，掠过他的脸，他的舌头。浮游生物大概会钻进他的耳道，只当是一次冒险。

[①] 两英寻约合 1.83 米。
[②] 下咽部的软骨结构，与舌根部相连。

对水文学家来说，这些事并不难想象，甚至也很好接受：温克勒会溶解在这口蓝色的大锅中，他的皮肤会进入海洋生命体的胃部，骨头会变成贝壳和动物的外骨骼，肌肉会变成能量，从爪子或鱼鳍中快速穿过。

他身体周围的水，他身体里面的水。两个氢原子，一个氧原子——毕竟，这就是最后的溶剂。他曾经是谁？失败的父亲，失控的丈夫。他曾是某个人的儿子。一沓没有拆开的信。温克勒已经死了，他已经死了。

温克勒看到梦幻般的蓝色和绿色从眼前闪过。之前看到的星星，现在就好像缓慢开过的海底车辆的泛光灯，在昏暗的水底艰难前行。一幅画面一闪而过：格蕾丝和桑迪一起坐在餐桌旁。桑迪把橙色的麦片盒递给格蕾丝，格蕾丝小心地接过来。桑迪往两个人的碗里倒进了牛奶。她们身后的电视开着。温克勒真的只能看到这些了：角落里有一株室内植物，植物上方有一幅画，但温克勒根本看不到画上的内容。桑迪和格蕾丝身后还有一扇玻璃门，反射着灯光，灯泡上也没有灯罩。母女两人正在说话，但温克勒听不到她们在说什么。可能格蕾丝已经两岁了吧，她拿起勺子，把牛奶麦片送到自己嘴边。

腥咸的海水灌进嘴里。温克勒本想回望自己的生命，继续观察每个片段。小格蕾丝的卷发贴在脑后，她的睡衣上衣太小，紧紧地裹住她的小肚子。格蕾丝正大口大口地吃着麦片。

但海水让温克勒烦恼不已。他的头在涌浪中，整个人露出水面。水呛进了肺里，温克勒咳嗽起来。

整个晚上，温克勒都在和看似光明、实则无望的厄运抗争。海浪已经带着他走了大约四分之一英里。被打碎的小艇横梁从身边漂过，这根横梁还跟小艇的舱底板钉在一起。温克勒赶紧抓住了它。每过一会儿，就有一颗星星从小岛那边升起来，同时另一颗则会消失在另一侧的地平线下。是星系在转动，还是地球在转动？

早上的时候，温克勒已经漂到了靠近小岛的地方。大海平静下来，如不停流动着的清澈玻璃。看过去，小岛一会儿出现在海平面之上，一会儿又沉落到海平面之下。鸟儿在潟湖湖面上飞过。就算没戴眼镜，温克勒还是能分辨出芒特普莱森特的样子，还能看到糖厂冒出的浓烟。温克勒朝糖厂蹚水游过去，累得喘不上气，心动过速时就休息一会儿，紧紧地抓住浮板，趴着恢复一下。几个小时后，他借着一波浪进入了珊瑚地带。膝盖在礁石顶撞到了又尖又硬的东西，温克勒被冲到了海岸滩涂紧实的沙地上，一边咳嗽着，一边继续往前。好不容易，温克勒才到了浅滩，他的双腿早已支撑不住。他爬着走出水浪，一下倒在沙滩上。小艇的碎片也被冲到他身边。

脸上粘着的沙子滚烫起来。膝盖传来的疼痛几乎让他晕眩。深沉优雅的蓝色出现在温克勒的视野边缘。

11

两名潜水员把温克勒带到了北边一英里远的旅店。南顿帮忙把温克勒从沙滩上带回来。在餐厅用餐的医生缝合了温克勒膝盖上的伤口,另一名住店的客人送来了一瓶止痛药。索玛带来了枕头、纱布和水,费利克斯拿来了牛肉茶。就连男孩子们也过来帮忙了,帮温克勒完成旅店周围要做的工作。

不过,守夜的是娜莉娅。她睡在温克勒身边的地板上,把蚊子从温克勒脸上赶走。每过一段时间,娜莉娅还会给温克勒喂些水。温克勒眼皮颤抖,额头冒汗,可他还在睡着。

整整四天四夜,温克勒只醒过两次。无数个故事片段从眼前闪过:浅滩沙地的表面形态;从树间吹过的雪花;动物的内脏在他手里冒着热气。这是记忆,还是梦境?温克勒看着一个男孩种下一排树苗,看着气泡在浴缸里循环,看着拇指上待着的螳螂正有条不紊地用前臂洗脸。

终于,温克勒清醒了过来。空气里有磷和硫黄的味道,好像谁划着了一根火柴。树上的水滴滴答答地落在屋顶上。娜莉娅在地板上睡着了,裹着被单。娜莉娅身旁是那盒被寄回来的信件,就放在窗户下。

温克勒站起来,把娜莉娅抱到床上就走出了门。半月悬在地平线上方,水面上的倒影呈锥形。脚下的草地湿漉漉的,水在看不到的小溪中呢喃,朝沙滩流去。

旅店的灯都没亮,潟湖里也没有帆船。圣文森特的灯光从六英里外照过来,被雨模糊了不少。雨滴从林下叶层中流过,从水分饱和的地面冒出泡来——有一瞬间,温克勒在想是不是潮汐已经冲毁了格林纳丁斯群岛,把所有人都拖走了。桑迪这么写的:永远别回来。你已经死了。或许他确实已经死了。或许温克勒确实死了,这座小岛是一座炼狱,他只能看着更值得的人走进各自不同的伊甸园中。说到底,究竟什么是死亡?只是与世界的失联吗?是与所爱之人和爱你之人的分离吗?

格蕾丝在洪水中死了。那天晚上,站在旅店旁边,温克勒确信了这一点。回去也是徒劳。再也没有回头路了。

温克勒回到舢板棚,从窗台上拿了那沓信和一盒纸板火柴,走回到沙滩上。在潮汐线附近的一个空洞旁,温克勒把所有纸都撕成碎片,点火烧掉了。

大海在月光下翻腾。烟雾从棕榈树缝隙间冒了出来。微风吹起一片燃着的纸片,带着它飞过潟湖,纸片的边缘泛着火光,逐渐变暗,接触水面后就消失了。

尽管已到如此境地,温克勒还是对世界的冷漠、对它继续存在的方式感到惊讶不已。

第三卷

1

之后的二十五年，温克勒都没有离开格林纳丁斯群岛。四分之一个世纪，一个人一生的三分之一。年月就这样过去，如同流云一般转瞬即逝：蒸发、凝结、飘动，之后如鬼魅一样消散。温克勒负责修补漏水的地方，负责植树，负责用磁铁系统清理大厅玻璃地板下的珊瑚沉积物。温克勒还会打理草坪，种植小树苗，移走已经枯萎的树木。此外，清洗沙滩巾、修理马桶也是他工作的一部分。

膝盖上的伤口愈合了，只留下相互交叉的疤痕。圣文森特的一位验光师送了他一副新眼镜。他在塑料盒里攒下的2100东加勒比海币中，有1100东加勒比海币都用来买小船，弥补南顿的损失。没有人问过他那天晚上究竟发生了什么，也没有人问过他为什么会划着一条十英尺长的小艇到礁石那边——南顿没有问，费利克斯没有问，小岛上认识他的人都没有问过。或许，是原因太过明显了吧。

温克勒买了一台短波收音机，在窗台上摆放了一排蜓螺壳，还用丙烷罐和旧燃烧器造了一个发热板。每天，温克勒都会穿着一条帆布长裤和一件T恤出现。他的肤色被晒得更深了，头发渐渐变白。失眠让他的眼周渐渐凹陷，眼眶似乎总是青色的，而且他的视力也渐渐不如从前——远处的物体总是在光环中颤动，视野周围也开始出现彩色的小斑点。要是不戴眼镜，温克勒连三十英尺之外的东西也看不清。

但这些不过都是身体方面的问题，似乎离他很远：感觉并没有太真实，仿佛是另一个人的行动和时光。温克勒的思想会自动屏蔽桑迪,尤其是格蕾丝,好像她们俩是让温克勒倒地不起的致命耻辱。观察云彩依旧是温克勒的习惯,他会注意循环往复的天气,看彩虹落入大西洋,看月球周围的水晕。可是,这些信息的魅力已经大不如往日。新家庭流放了他,他也流放了自己的好奇心。某处的冰山从冰川上碎裂下来。某地正在下雪。

一九七九年,圣文森特正式独立,岛民们站在屋顶上发射罗马焰火筒,但这对温克勒来说,不过是时间走到了十月底而已。南顿将风车钉在棕榈树上,费利克斯多喝了五分之一瓶朗姆酒;马尔维纳斯群岛的战争只是传言,清风吹来,一对从英国来度假的夫妻正共品咖啡。

小昆虫在温克勒耳边嗡嗡地飞过。云朵环绕在半山腰。这些年里,苏弗里耶尔火山喷发过两次白色蒸汽和火山灰,大概有一英里高吧,圣文森特北部西坡上的加勒比人匆匆地穿过水道,等着它彻底喷发——其中有些人再也没回来。

温克勒差点被淹死的事情过去大概半年后,索玛带着一篮子鸡蛋出现在舢板棚门口。"这是给你的。"索玛说。

"谢谢。"

索玛走到窗前,指着窗台上那一排蜒螺壳。"是因为那个盒子对吗?邮局送来的那个?"

温克勒点了点头。

"真对不起,是我拿给你的。要是我直接烧了它就好了。"

"我得知道真相。"

"那你现在没事了吗?"

温克勒耸了耸肩。

"其实你也知道,有时间可以来家里坐坐。"索玛说,"我们都欢迎。"

温克勒点了点头,摸了摸下巴。索玛还在把玩着蜒螺壳,一会儿把它们翻过来,一会儿又旋转几次。

"你想跟其他女士接触接触吗？"费利克斯问。那时是十二月，有可能是一月。一九八一年。或者一九八二年。那时是晚上，餐厅已经打烊，费利克斯出现在温克勒舢板棚的门口，用围裙擦着手。"去参加……怎么说来着？相会？"

"约会吗？"

"没错，就是约会。约会比较有意思。我认识圣文森特的女孩。还有些是教堂里的。好像还有一个，是个女佣吧？她们都喜欢约会。"费利克斯眨了眨眼睛。

温克勒坐在床上。"参加聚会。"

"没错，参加聚会。"

"我不太想去。"

"你可以去啊。她们肯定喜欢你。"

"费利克斯，现在也挺好的。"

"嗯，"费利克斯说着，摘下导烟帽，翻来覆去地摆弄着。"是因为你家人吗？"

"我也不知道。可能是吧。差不多。"

"你当时是睡着了。就是你抓着娜莉娅脚踝的时候？在我们家的那次？"

温克勒没说话。

"没事的。"费利克斯说。旅店里的百叶窗被风吹得啪啪响。餐厅酒吧里传来几个人的大笑声。

"好吧，"费利克斯终于开口了，"在巴塔哥尼亚的时候，我们总会说：上帝既需要牧师，也需要隐士。"

"需要什么？"

"隐士。就是山人。像寄居蟹一样，明白吗？背着壳到处跑。"

之后，温克勒才思考起来：隐士？所以我现在在别人眼里就是这样吗？他忽然想到，费利克斯何尝没有自己的困境？破旧的蓝色房子里摆满了模型小船；还有他工作的状态，仿佛自己建造的是能带他扬帆跨海回到智利的方舟。

温克勒还是会做梦，梦里是他早已熟悉的黑暗或标准的人类恐惧症：他报名了地质学课程，可从没去上过课；他莫名其妙地把自己的论文变成了空白页。他从未梦到过俄亥俄州或阿拉斯加，也从未梦到过桑迪或格蕾丝。就像温克勒已经把桑迪和格蕾丝封印在水下，禁锢在树脂玻璃的地板下。尽管温克勒一直踩在地板上，距离她们母女只有几英尺远，但他就是无法低头往下看。她们终有一天会停止挣扎。她们终有一天会远去消失。

生活中还是有各种各样的快乐：服务员会定期把费利克斯在厨房做饭剩下的菜放在温克勒的家门口——南瓜汤、蒜蒸海螺、蒜蒸蜗牛、蒜蒸鲷鱼、肉豆蔻酸橙烤龙虾、小虾、炖菜、烤佛手瓜，还有尚且温热的黄油香蕉面包片。雨水落在屋顶上的啪嗒声，风吹过树叶的簌簌声，都令人心安——树都是他栽种的，有芙蓉花、火鹤、箭叶姜和夹竹桃，还有一种树，树叶呈对称状，和旅行者的手掌一样大——天空和海洋会变换成千上万种色彩，在小岛上方停留的云彩千变万化：积云变化无穷，层云不规则地伸展，一抹卷云轻涂在空中。那里的天空就像魔术师手中的大碗，每个小时都能看到不同的奇迹。

那时还有娜莉娅。有时候，接连几周，温克勒都见不到娜莉娅，但某个周日早上，娜莉娅会过来敲敲温克勒的窗户。每次看到娜莉娅，温克勒的心都会敞亮起来。娜莉娅会带来挂着雨水的叶子，会在岩石上打开海胆，会在浅湾处捉鳗鱼，会拖着温克勒一起到潟湖里营救受伤的章鱼。温克勒帮娜莉娅用旧T恤和铁丝做了捕蝶网，会给娜莉娅讲他所知道的波浪，讲人们如何通过观察波浪判断海底的地形，如何判断海上是否有风暴，等等。温克勒看着娜莉娅一点点地长大：娜莉娅的身体渐渐长高；她开始涂口红，抱怨母亲的种种限制。没过多久，娜莉娅就开始站在百货商店的台阶上大笑，从比她大的男孩子们手里接过啤酒罐，大口喝酒。娜莉娅有学校，有朋友，有自己的兴趣——都是温克勒不知道的。百叶窗被敲响的次数越来越少。

桑迪家的男孩子们一个接一个地辍学，搬到金斯顿工作。假期的时候，他们会穿着干净的衬衫回来，戴着金边太阳镜，礼貌地低声讲话，还会给索玛和费利克斯带来礼物：收音机、科尔曼灯笼、一包包电池等。娜莉娅上中学时，大部分时间都在圣文森特度过。温克勒只是偶尔才会见到她一次：娜莉娅穿着圣玛丽学校的校服（白色衬衫、海军蓝色短裙和高筒袜），沿着沙渡路往前走，头发打着结，像头盔一样缠在头上；衬衫有些脏，怀里抱着的书紧紧地挤在胸前。"大卫，你好。"娜莉娅会跟温克勒打招呼。而温克勒则会尽可能地站直，微笑一下，就赶紧走开，好像有什么大事要忙的样子。

费利克斯告诉温克勒，娜莉娅把男孩子们房间里的足球运动员的海报取下来，换成了从智利杂志上撕下来的照片：棚户区、百内国家公园、戴着防毒面具并扛着枪的男人。"她把离开智利这件事怪在她妈妈头上，"费利克斯说，"她觉得我们离开得太草率。但她根本就不明白，不明白当时有多少士兵，不知道我们有多害怕接电话，也不知道索玛的朋友都是怎么被带走的。"

娜莉娅十四五岁了。她和温克勒一起坐着，观察了一百多只小鸟。一只温克勒不知名字的棕色麻雀落在旅馆的屋顶上，就在排水沟旁边休息，翅膀半折着，喘了一分钟气才再次高飞——三千英里大迁徙中短暂的休息。

晚上，温克勒听短波收音机的时候，有时会碰到这样一个频率：一个讲西班牙语的女孩一直在念着看似随机的数字：24，92，31，4，229。3，8，16。她发音时有些生硬，好像每个数字都是至关重要的脆弱之物。温克勒听到女孩的声音就不再换频道了，而是坐下来一直听到女孩不再念为止。通常，女孩会念两个小时。过了一阵子，温克勒发现自己竟开始主动搜索这个频道，他会在刻度盘上搜寻，就为了寻找这个声音，还有那些神秘的数字。

南顿神秘兮兮地告诉温克勒，那些广播是间谍在敌对国家时要听的代码。每个序列都对应一些来自祖国的消息：你母亲患有痛风。你儿子吃了第一顿圣餐。

温克勒会带着收音机到沙滩尽头，躺在棕榈树下的蓝色阴影中一直调频。某个地方，自己的女儿正在某个频道播报数字——这个希望来得并不突兀——总有一天，温克勒能破译女儿播报的数字。56，71，490：爸爸，我去了水族馆。我打算加入游泳队。我喜欢比萨，不喜欢意大利辣香肠。

午夜已过，百叶窗被轻轻地敲响。是娜莉娅。她大口喘着气，穿着T恤，胸口起起伏伏不定。不知为何，娜莉娅看着黑了一些，仿佛在沉思，在做梦。娜莉娅的头发变成了参差不齐的短发。风从门缝吹进来。娜莉娅局促不安，像是着急要走。

"你没事吧？"

"我要离家出走。"

锁骨凸起的地方就在她衬衫领口的上方。温克勒想起周日和娜莉娅一起散步的样子。那是好多年前了，娜莉娅的双手按进温克勒的头发里，骨盆抵在温克勒的后脖颈。

温克勒煮了茶。门开着，两个人并排站在一起，抱着各自的杯子，透过棕榈树晃动的树顶看星星。娜莉娅咬着自己的食指。阴影围着他们一直转。"你要去哪儿？"

"美国是什么样的？"

"这个，我也不知道该怎么说。美国很大，有成千上万个不同的地方。"

"你的家是什么样的？你在哪儿出生的？"

"听说过阿拉斯加吗？那里并不像大家想象得那么冷。十二月和一月的时候，天空很暗。但并没有完全黑透，更像是紫色吧，一整天都仿佛是黄昏的样子。那里还有山，真正的大山，还有冰川。风从东边或者北边吹过来的时候，你能闻到它的味道：混杂着树木、石头和雪花的味道。"

"可能我会去那里。"

"可能你应该等到明天。"

娜莉娅没有笑。微风乍起，潟湖上的游艇随着晃动，锚链也吱吱作响。娜莉娅的声音从旁边的黑暗中传来。"雪是什么样子的？"

温克勒的内心一阵激动，他只能先等自己平静下来。"雪里充满了空气。还有光：每一粒冰晶都像是一面棱镜，所以太阳光照在雪花上时，只要反照率没问题，雪就会闪闪发光，像里面有火在燃烧一样。"

娜莉娅点了点头，认真地看着温克勒。"你想念那里了。"

温克勒抿了口茶。

"就是。我看得出来。"

"可能吧。"

"我甚至不记得我从哪里来，我想念那个地方。我爸妈离开了朋友，放弃了历史，抛下了一切，来到这里。"娜莉娅指着棚子的墙壁，指着远处的小岛。已经褪色的记忆中传来桑迪的声音：我看着衣柜里他的西装，忍不住想，就这样了吗？

"我爸爸很想念那里，"娜莉娅说，"他们离开完全是因为我妈。"

"他们离开是因为总有人死去。"

娜莉娅耸了耸肩。"可那是很久之前的事了。"

"那边有很多还不如这里的地方。"

后来，看着轻轻从黑暗中走过草坪的娜莉娅，看着沉睡的客栈，温克勒想知道有些东西是不是就深嵌在人们的骨子里。或许我们根本无法改变自己——或许我们出生的地方早已决定了我们终了的地方。

温克勒关上门，锁好后坐回了自己的床上。娜莉娅当时十六岁。

不久之后，娜莉娅去圣文森特定居了。温克勒后来在岛上就只见过她一次：那天，温克勒沿着小路去镇上，停下来系鞋带，卡车驶过，娜莉娅的脸出现在拥挤的人群中。娜莉娅朝温克勒挥了挥手，可能还微笑了一下。接着，她就消失了。车带起的一阵风吹动树叶。一会儿，树叶渐渐平静下来，只有卷起的尘埃还浮在空中，最后落在了温克勒的衬衫上。

费利克斯只是摇了摇头，温克勒也没有勇气问索玛。他只是听说娜莉娅退了学，再也没去上过课。一天晚上，费利克斯给温克勒看了娜莉娅那一背包不再需要的课本。笔记本边缘画着的都是贝壳的图案，不然就是抓在叶片底下若虫的外壳。但再没别的了——她没再记下其他内容。背包最底下是乱七八糟的几何试卷：卷子上只有娜莉娅的名字，其他的就只是各种图案，每道题下面都有无聊的草图。关于斜角三角形的问题下面是一只海葵，关于勾股定理的问题下面是一只蟋蟀。

整整几个月过去了。温克勒与娜莉娅父母唯一的交集就是：如果温克勒在厨房附近工作，可能会听到费利克斯朝洗碗工大喊的声音。工作日晚上，索玛就在圣文森特邮局上层的公寓里休息；周日晚上，索玛会坐在旅馆背面的台阶上吃些剩饭，大盘子放在腿上，细嚼慢咽，边吃边盯着远处昏暗的树林。索玛很少开玩笑了，跟她说话时，也觉得她心不在焉——裙子下摆甚至还粘着母鸡的毛。

费利克斯也是，眼神里明显透露出某种空洞。温克勒看得出，他会盯着烤架上面或者小船模型的小木板发呆，仿佛有什么隐形的东西浮着一样。温克勒知道，那是费利克斯的思绪飞回了智利，在当下拥有的一切和之前被迫放弃的一切之间不断权衡。

每逢圣诞节，温克勒就会和他们两个人去圣保罗教堂。这座教堂建在一座小山的半山腰上，屋顶是茅草搭的拱顶。温克勒会在他们身后后排的座位坐好，听五六个农妇唱圣歌——她们每个人的肤色都不太一样，不过，她们的声音很柔和，嘴里的牙齿也都一样泛黄。圣坛周围会摆一排花篮，里面都是盛放的黄色花朵。飞蛾会扑向蜡烛的火焰。等牧师用谨慎的声音讲道时，教堂里就会出现汗水的味道——或许要是牧师的声音太大，教堂就会坍塌，会滚落山坡吧。教堂里所有的受众都会点点头，整座教堂仿佛也跟着晃动，大概是牧师已经点明了大家终其一生都在寻找的真理吧。

离开教堂后，能看到面前圣文森特映在水面上的灯光随着海水波动。索玛会握住费利克斯的手，两个人一起往前走。青蛙叫得很大声，夜间大朵大朵的云彩从星星面前飘过。温克勒会跟着朋友们沿着陡峭的小路下山，去蓝色的小房子里吃饭。有时候男孩子们也会一起。他们戴着鲨鱼牙齿做的项链，晚餐后一边喝啤酒，一边用混合口音大谈着自己的投资计划、贸易法案或圣地亚哥的真相与和解委员会——谈它的进展，谈家庭怎样获得赔偿。但娜莉娅从来都没出现过。

每次趁着夜色离开，沿着牧场旁边沾满露水的小路走到旅店，温克勒都有一种感觉：自己既没有沿着时间线往前走，也没有后退，只是单单忍受着同一天不同的变化，日复一日。或许他才是那个被困在水下的人，或许树脂玻璃地板下的人是他自己。世界不断前进，男男女女入住又退房，拖着塞得满满的行李箱，鞋底从温克勒头顶轻轻地踩过。

2

13。72。49。收音机里的女孩渐渐变得年长,声音也愈发低沉,但是她的发音吐字——哪怕是有静电的干扰——还是一如既往地小心翼翼。或许这是娜莉娅,是在地球另一端对着话筒说话。我在伊尔库茨克。我在利马。我在多伦多。告诉所有人,我爱他们。

当然,飞短流长总少不了:娜莉娅和一位法国船长私奔了,现在正在北冰洋的某个地方;娜莉娅有好多男朋友,排队都能排到古巴;娜莉娅在巴巴多斯当女侍者。温克勒想象着娜莉娅在智利蒙特港的样子:她肯定穿着深色外套,走过久经风霜的广场,看着教堂塔楼的尖顶。

季节带来了生意。客人会乘坐租来的双体船到旅店的餐厅用餐,他们会欣赏星星、品尝汤品,赞叹海水的清澈。费利克斯背着手,挨着桌子走过,介绍晚餐的餐品;南顿会站在前台后面翻看报纸;温克勒则会在夜晚结束时,把小灯笼里的小小火焰挨个熄灭。

每周,都有一艘游轮冒着蒸汽经过。大概是一英里开外吧,船体上有很多舷窗,泛着温和的光。海浪平静的时候,温克勒能听到潟湖上飘来音乐的声音。整座小岛都起了变化。度假屋如雨后春笋般出现在山坡上,当地的男孩子们都成了旗鱼猎手,大摇大摆地沿着码头叫卖。甘蔗糖厂关闭了;森林已被砍伐一空,好给椰林、简易机场,甚至是高尔夫球场腾出空间。提供住宿和早餐的简易别墅纷纷出现,还配备了藤椅、精美的栅格以及免费的美国报纸。

旅店大概就像在一口大锅里炖煮了太久，开始走下坡路。海星攀上了墙壁，偷偷地钻进了灰泥的缝隙，就像一只只无形的手，要把这个地方拆解。洗手间的阀门总是出问题；淋浴喷头生了锈；马铃薯虫在油毡下面建造了自己的隧道帝国。树脂玻璃地板微微有些变形，所以客人坐上扶手椅，也会觉得向一侧倾斜。

更糟糕的是，南顿的方形珊瑚礁逐渐消失。阳光的缺乏和灯光的照射使得珊瑚渐渐死亡，鹿角蕨变成了碎块，海藻乘虚而入，挥舞着黑黑的海藻叶，包裹住已废弃的鱼鳍和支撑物。地板下仍有鱼游过，不过大部分都是贪婪的鲢鱼，只会在水里待着，看到倚着栏杆的游客身影才过来，等着撒下的面包屑。

暴风雨袭来，鸡尾酒杯从大堂桌子上掉了下来；厨房的锅具一个劲地摇晃着，叮当作响。偶尔，高高的浪头会打过来，摔在前廊门边，然后海水灌进去。南顿捶胸顿足，口出恶言，紧紧地攥着留言簿，才爬上了救生椅。温克勒把扶手椅挪到一边，用橡皮刮刀把水都推出去。

有些日子里，温克勒会穿上橡胶靴蹚进潟湖，用油漆刮刀把树脂玻璃底下的海葵或海胆刮掉。他觉得自己就像守坝员，尽力地控制好永无止境的海水，努力让平静的时间再久一些——哪怕最终注定会失败。

小老鼠在薄薄的茅草屋顶啃出了一条隧道，屋檐下有植物发的芽，潮水在大厅的透明地板下打着旋，世界的某处——外面的某处——战争还在继续，停火协议尚在制定中，而温克勒则竭尽全力地只想默默无闻地度过余下的生命，低着头，不想抬头看——或许是害怕抬头看。同一个西班牙女孩还在对着麦克风读数字，某条天线通过能量巨大的电磁波将它们送入电离层，跨过海洋，穿过舢板棚的墙壁，透过温克勒的衬衫、皮肤、骨骼、细胞、细胞核和更微小的组成成分——无线电信号走进了他的梦里，他的灵魂深处。

温克勒得忍受南顿的种种不体面：每天都穿着同一件印花衬衫；向

客人出租满是牙印的呼吸管和漏水的面罩；把永远会被脏毛巾塞满的篮子从海滩推到洗衣房，再把装满干净毛巾的推回来。盯着棚顶上的天空——如同泛着明亮绿光的大碗——温克勒心里会想，或许这就是一个梦吧。我随时都可能醒来，醒来之后的我还是三十三岁，在俄亥俄州，躺在床上，外面还是黑夜。桑迪温热的身体就躺在我身边，我能感受到她的呼吸；我能听到格蕾丝在摇篮里喃喃自语。我会掀开毯子，去看看格蕾丝。

或者，温克勒醒来的时候，还发现自己躺在小时候大衣壁橱里的床上，能闻到所有动物出没的味道——柜子里的大衣都是动物们的：狐狸、水貂和驯鹿的。温克勒会打开门，听到火车在覆满白雪的战场上分流的声音。温克勒的母亲会从公寓中走过来，倒一杯水，站在窗前吃一片吐司，准备开始一天的工作。

这只是一种可能。可每次温克勒醒来，面对的都是尘土飞扬、狭窄逼仄的舢板棚。床下的弹簧吱吱作响，脊椎从下往上三分之二处有些疼痛。铁锈闻起来就是失败的味道；床上铺着凉丝丝的空虚感；大海在礁石上的叹息声传来；一只苍蝇在墙角的蜘蛛网上扭动：温克勒四十八岁了，五十岁了，独自一人，孑然一身。

之前——一九九三年或者一九九四年的时候——温克勒走在旅馆北边去码头的路上，他站在费利克斯和索玛的家门外。那是个周二，索玛在圣文森特的邮局里工作，温克勒知道费利克斯在旅馆，忙着制作午餐的点单。

大门上绕着铁丝，被锁住了。温克勒还没想明白自己要做什么，就不由自主地解开了铁丝，走进院子。母鸡满院子到处跑，时不时地低头啄地，还用小"恐龙腿"刨地，弄得到处都是灰尘。温克勒从母鸡中穿过，到了纱门前。

"有人吗？"温克勒大声问。但没人在家。温克勒也知道没人在家。

他伸手摸了摸墙上的裂缝，裂缝旁边的白色罐子里装着蓝色油漆。

家里面很暗，也很凉爽。温克勒记得大多数场景，还跟之前一样，没什么变化：每样物品上都放着制作粗糙的小船，涂着冰棒的颜色；索玛的书摞在角落里；浅蓝色的野餐桌还在那里，下面的层压板有仿佛要脱落的长木片。餐台上平放着两打鸡蛋，等着被擦干净。

但家里也有些变化，或许这是因为温克勒不请自来，才会有这种感觉：厨房没有任何声响，也没有谁在忙碌着。所以感觉更空，更没有希望。并非说这里像被遗弃的鬼屋，而是像里面的鬼魂都已离开，忙着处理更紧急的问题。

费利克斯安了个水槽，几个有缺口的盘子堆在里面，其中一个盘子里还放着一块快被吃完的玉米饼——就像浸在水里的四分之一个月亮。外面，邻居家的院子里，有只狗叫起来。

炉子里有焦糖洋葱的味道。木炭盒装得很满，但很干净。角落里的卧室开始是男孩子们的，后来成了娜莉娅的，墙上还挂着智利百内国家公园的海报。不过海报有些褪色，天空成了白色，花岗岩都成了粉色。几只毛绒兔子安静地坐在架子上；一大堆干枯的草药从一个装满鹅卵石的酒瓶中露出头。上铺床板的底面还挂着夜光的星座贴，但已泛白、僵硬，胶水快要失效了。

温克勒记得，有一整个夏天，娜莉娅都想倒立着走。每天，娜莉娅都会穿上背带和下摆都略有磨损的紫色连体泳衣，弯腰、抬腿，以手撑地，然后让温克勒攥住自己的小腿，带着她用手掌在沙滩上行走。娜莉娅双腿绷得很直，泳衣的蝴蝶边从她的小屁股上倒垂下来。两个人会这样走上几十码，直到最后娜莉娅的胳膊再也撑不住了为止。"这次走了多远？"娜莉娅抖着手，气喘吁吁地问。

"我觉得有十五码。"

"十五码，"娜莉娅似乎在咀嚼这几个字，"好的，我们下次走二十码试试。"

外面,有人带着收音机从小路走过,温克勒赶紧缩在卧室拱门下,一动都不敢动。索玛的晾衣绳在微风中响了两声。音乐很长时间后才慢慢消失。

他们睡觉的时候仍会拉上帘子。床没铺好,床单垂到了地上。衣橱里的木钉上挂了一排裙子;皱巴巴的厨师长袍叠在一个角落。那台小电视顶部的天线复杂极了。卧室里还摆着内置电池的时钟收音机和一杯看似放了很久的水——杯底已经起了一排排气泡。

温克勒从地板上捡起一件索玛的衬衫,凑到自己鼻子下,深吸了一口气,憋了差不多一分钟才呼气。之后,他小心翼翼地放下衬衫,退出卧室。温克勒走得很快,迅速从野餐桌旁和圣母警惕的眼神中走过,轻轻地关上身后的纱门,免得弄出太大声响。最后,他匆匆地走出了院子。

3

一九九九年十二月，天还没亮。有些早起的客人已经出门——温克勒可以听到门打开时的声音，也能听到水从水管流过的声音。他站在舢板棚门口，听着鸟儿叽叽喳喳。金星在南边的小山处铺了一片白色。黑色的天空渐渐变成淡青色，三朵小小的云朵出现了——积云——云朵最下面镶着粉色的边，向西飘去。

温克勒沿着珊瑚石小路走向沙滩。最后一次出来觅食的蝙蝠像黑色微粒一样从头顶上飞过。很快，地平线出现了，非常平直，大抵是被天空的重量压的。一艘帆船从那边驶过。温克勒走进厨房，穿过旅店，经由玻璃地板到了前廊。他拉开所有的百叶窗，打扫木板上的沙子——沙粒从缝隙中掉落，消失在旅馆底下的海水中。

回到自己的舢板棚时，天已经大亮，温克勒发现门口有个蓝色的文件夹。里面似乎是一份实验室报告，也可能是某份报告的草稿。封面上有一只小虾的图案，虾的爪子很肿很大。手写的标题是"海绵寄居枪虾的社会结构"。这一行字下面有个名字：娜莉娅·奥雷利亚纳。标题页上，有人潦草地写了这样一句话——会是娜莉娅本人写的吗：你觉得怎么样？

温克勒把报告拿进小棚子里，放在桌子上，一页一页仔细地阅读起来。

这是娜莉娅的成果，温克勒一眼就能看出来。几乎每句话后面都有感叹号：虾几乎只以其寄居的海绵为食，但从不会给海绵带来任何威胁——仔细想想吧！共生现象无处不在！难道是进化选择了美食方面禁制最严格的虾吗？

显然，娜莉娅从珊瑚礁上收集了表面的海绵，也从海绵的管孔中寻找甚至不如一粒米大的小虾。娜莉娅在某个受控环境中——显然蛰伏了两年——根据她的研究，甲壳类动物的某些物种会像白蚁或蜜蜂一样群居，只为单独一个负责繁殖的"女王"服务。

可以说，这一研究非常大胆，令人赞叹，不过也有些业余的成分。娜莉娅将小虾数量的减少归咎于游船排放的污染物，但并未证明这些污染物存在于水中。而且这份报告结构性比较差：没有摘要、引言，也没有引用部分。

借着烛光，温克勒又看了一遍。有些观察结果让人眼前一亮：喂养过负责繁殖的雌性体后，某个年轻的雄性体会转身躺下，弯曲尾节。很像一只顺从的狗！我曾见过雌性体爬到雄性体身上，多次用大螯足轻拍雄性体的胸部。这是雌性体表现统治地位的方式吗？或许这是雌性体取笑雄性体的方式！

过去几年中，温克勒接触的科学研究越来越少，后来到了除非偶然，否则根本不会接触的地步——早上，薄薄一层晨雾弥漫在海面上，水管上水汽凝结，大厅东边的墙上会留下春潮高涨的痕迹。要是某个快艇的主人把某期《自然》杂志忘在了大厅，或者温克勒正好听到船长讨论鱼类，温克勒也只是有淡淡的好奇心而已，就像对此真正在意的是自己的某个远方表兄。但现在，温克勒面对的是娜莉娅，是如大人一样写作的娜莉娅，是像科学家一样的娜莉娅——被送到门口的是娜莉娅的一部分。费利克斯知道吗？索玛知道吗？

直到深夜，温克勒还在读报告，一边读一边用铅笔在旁边空白处做笔记。

二月来了又离去，温克勒并没有见到娜莉娅本人。索玛清理鸡舍时，温克勒带走了一些物品，把没用的垃圾扔到了胶合板地板上：娜莉娅从巴巴多斯中学毕业后，在加勒比海洋研究所找了份工作，负责水族馆的擦洗和研究船的维护等。娜莉娅有时会去蹭课，阅读导师的文章。终于，有位导师同意娜莉娅早上使用汽艇记录她自己的研究。现在，经过整整四年的努力，娜莉娅来到了研究所位于圣文森特的卫星学校攻读学位。

索玛只见过娜莉娅一次，正好从邮局包裹柜台那边看见娜莉娅匆匆忙忙地从后街走过，肩上还搭着一根花园里会用到的软管。索玛说娜莉娅看起来成熟了一些，不太一样了。但再往下追问，索玛也说不上来娜莉娅到底哪里变了。

二十三年前那个梦的残余扼住了温克勒的意识：娜莉娅的脚踝，一圈链子。

"这次离得那么近。"索玛说。

空气中弥漫着废弃物中含氮物辛辣刺激的味道。温克勒不禁眨了眨眼睛。

天气炎热，待在阴凉处的索玛看起来比以往更娇小。"生着气的女儿就像生气的母鸡，"索玛拖着铁铲走过胶合板，"你追得越紧，就越难捉住。这个时候就得等着，要有耐心，等着她终有一天回来找你。"

温克勒揉了揉眼睛。旧梦的阴影再次搅得温克勒内心不宁——空荡荡的小船，一条绷紧的锚链。温克勒看着鸡舍里飘浮的尘土，三束阳光斜照进来，小小的颗粒在阳光中转着圈。

娜莉娅曾遇到过危险吗？果真如此的话，梦境不是还会出现吗？温克勒做了这个梦，醒来之后却基本上什么都不记得：高中储物柜上的绿色油漆，一根电线和小时候下雨时找到的镀铬轮毂罩。

旱季果然名不虚传。整整三十天，滴雨未降。又等了十天，还是如此。风卷起尘土吹向大海。尘土如红色的微型龙卷风一样，旋转着走出很远才落下。温克勒的花都枯萎在花床。"该死。"南顿踮着脚尖，看着旅店后面的水泥仓库，嘴里不干不净地嘟囔个没完。但游客还是会来，只是很不满意万里无云的天空。他们会冲澡，在蜜糖罐改造的池子里游泳，还一直开着水龙头——温克勒很怕听到这种声音：越来越多的水从水管中消失，涌入大海。

小虾生活在寄居海绵扭曲的云和网络中——成百上千条弯弯曲曲的通道，但它们总能知道自己要去哪里。达菲等人认为，是海绵本身把水送到各个通道中，为小虾提供了足够的氧气。因此，小虾也会保护海绵，免受其他生物的侵害。有的时候，小虾还会拼上自己的性命！它们就是小小的士兵！它们就是雄狮！

三月的时候，温克勒见到了娜莉娅。娜莉娅当时开着一艘机动汽艇，围着海角转。她的手挡在眼前，遮住阳光。温克勒当时在沙滩上。前一天晚上有个排球派对，温克勒正忙着清理用过的花火和塑料杯。他倚着自己的耙子，抬起一只胳膊。娜莉娅没看到温克勒，或者假装没看见。汽艇船头有看似用生锈的鸡笼铁丝做成的陷阱，就堆在娜莉娅面前。娜莉娅坐在船尾，一手放在舵柄上。黄色的T恤衫在娜莉娅胸前起了褶。尽管离得很远，温克勒的视力也不太好，但他仍能看出来索玛说得没错——娜莉娅确实显得老成了：她待在船舱里的感觉，还有驾船时的自信，都透露出这一点。温克勒还记得娜莉娅小小的身躯压在自己肩上，扭动身体避开高处树枝时的感觉。

究竟有多少次，在温克勒没注意到的时候，娜莉娅这样出现过多少次？温克勒放下手，看着船沿着最远那一道珊瑚线开过潟湖，直到最终消失在自己的视线中：只有船的尾流朝岸边推来，马达的轰鸣声渐渐消失。

4

二十四年前，温克勒和桑迪从安克雷奇开着克莱斯勒到了克利夫兰。他们当时应该是从马尼托巴经过，或者是明尼苏达州北部某个地方。凌晨的时候，车爬上缓坡，朝东开去，天色很暗，远处只有一丝白光。高速公路旁边长满青草的山坡山有八只小鹿，像小黑斑羚，正站在那里吃草。它们全都看向西边，盯着渐渐退去的黑夜。它们身前长长的影子，渐渐缩短。

"桑迪，"温克勒说着，用手肘碰了碰靠着车门的桑迪，"桑迪，快看。"但桑迪甚至没抬头，一直睡着，要么就是装睡。很快，那群鹿就走到了山坡背面，看不到了。温克勒记得自己当时想停车，觉得应该再绕回去，把桑迪强拉下车，然后两个人爬上山坡，看看那群鹿。但温克勒几乎没有减速。焊接工具在后座上相互碰撞，纽波特的引擎盖破风前行。温克勒有一种奇怪的想法：自己刚才看到的并不是鹿，而是鹿的幻影。要是桑迪看，就只能看到山坡，看到一片空旷的草地。

仅仅离开安克雷奇两天，他们看到的世界就不一样了吗？当时，赫尔曼·希勒给警察打电话或雇用私家侦探的样子并不难想见。

那天稍晚一些，温克勒看见了更多的鹿，但这些鹿都已经死了，尸体就赤裸裸地躺在高速公路的路肩，像在沥青上留下的黑色杂物。桑迪坐在温克勒旁边，按着自己的膀胱，一言不发。

❄

　　复活节周一。黄昏时分。温克勒站在沙滩上，看着太阳无声无息地渐渐褪去所有色彩。光线照在被吹向海面的尘埃上，被折射了成千上万次。

　　温克勒还没看到娜莉娅，就听到了舷外发动机的嗡鸣声。接着，汽艇进入视野，这次是从南边穿过潟湖而来。生锈的陷阱依然堆在船头，尾波从船尾处翻滚出来。快到这边的时候，娜莉娅掉转船头，关掉引擎，在海滩上停下来。只见她下了船，把煤渣砖船锚扔到沙滩上，就光着脚走来了。温克勒站在一旁，看着地平线那边最后没有消失的一抹光辉。娜莉娅穿着一套印着玉兰花的连体泳衣和一条牛仔短裤：看来，她的手指曾被割伤过好几次，有些地方都留下了疤痕；她的脸更宽，更光滑，皮肤晒得更黑，也更成熟了。但娜莉娅还是如此年轻，她还是那个之前会戴上温克勒眼镜的小女孩。

　　"怎么了？"娜莉娅笑着问。

　　温克勒根本无法移开自己的视线。娜莉娅笑起来，拥抱了温克勒。温克勒感受到娜莉娅的胸口贴在自己的胸口，感受到娜莉娅手臂微小的力量环在自己背上。上次被人这样拥抱是什么时候呢？他根本回忆不起来。

　　温克勒脸红了。娜莉娅歪着头，看向厨房。"他……"

　　"在做晚餐。"

　　"你收到我的论文了吗？"

　　温克勒点了点头。

　　"那只是个草稿。之后我又收集了很多数据。"

　　站在餐厅的甲板上，他们能听到银器碰撞的声音。一位侍者拖着餐盘在餐桌间穿梭。温克勒不知道要说些什么，也不知道从何说起。娜莉娅已经是个大人了。太阳已经快沉入海平面，金色的阳光愈发刺眼。"我们一起散散步吧。"娜莉娅开口了。两个人在逐渐暗淡的灯光下走上了一条小路。大概走了一百码，小路突然转向，朝芒特普莱森特的山顶延伸——娜莉娅还是个小女孩时,他们沿着这条路走过很多次。

这是一次短暂的徒步,山坡有些陡。一路上,两个人都没说话。最后,温克勒终于努力稳住了呼吸。站在山顶紧实但稍稍凹陷的空地上,他们能看到小镇的灯光仿佛给南边的诸多小岛戴上了一条项链。风终于吹来了,带来了北方的热空气,也把尘土吹向天空。太阳已经西沉,天色还没黑透,地平线那边还是蓝色的。地平线之上,对流层呈玫瑰色,有些朦胧,仿佛是远处燃起的大火。市场上和山坡上公寓里的灯光亮了起来,远处海港上,船只索具随风摆动,晃来晃去。山顶,两个人旁边的微波塔发出轻微的响动。烟花在西边绽放。

前一天,圣保罗的牧师用沉稳的声音告诉会众,复活的主此刻正在众人之中,让大家展示自己手上的伤口。讲《尼西亚信经》的时候,合唱团升高了一个音调,温克勒真的开始担心,这个复活节大概就是教堂要坍塌滚落山坡的时候了。

娜莉娅闻到了一丝贝类的味道。她双手插着兜:"你得帮我个忙。"娜莉娅从短裤口袋里拿出来六个信封,都是对折的,地址已经写好,邮票也已经贴好。"我需要信。"

"信?"

"我正在申请读博的学校。"

温克勒接过信封,拿到眼镜前仔细看。信封上的地址都是美国高校的地址:得克萨斯农工大学、麻省大学波士顿分校、波特兰州立大学。甚至连安克雷奇的阿拉斯加大学分校都有。"研究生的学校,"娜莉娅说,"和你一样。和你之前做的一样。当然,我也得需要学费,但导师觉得我有机会。"

"娜莉娅……"光线渐渐暗淡。一朵烟花盛放在海港上空,留下自己的印记后,退出了舞台。关于帮助娜莉娅读研,温克勒究竟了解多少?他现在还有什么影响力?从最开始,他就一直很渺小。

"你会帮我吗？这个月底之前写好就行。"

两个人脚下的树冠随风晃动，泛着光。一串鞭炮声在某处响起。娜莉娅一直在说自己此前一直很努力，她希望论文能带来某种突破。

"研究所的导师怎么说？"

"我也请他们帮我了。但我希望有一封是你给我写的……"

温克勒靠着微波塔的水泥底座。"我试试。"

"谢谢。"两个人又站了一会儿，看着脚下小小的烟火绽放，转瞬即逝，只留下几缕青烟。温克勒觉得自己应该跟娜莉娅说说她父母的事情，说说她父亲有时会站在沙滩上，凝视着六英里外大海那边的圣文森特，再说说她母亲会在周一早上独自沿着小路走到岛际码头，小路两旁都是茂密的树林。

"你的论文，"温克勒开口了，"不知道我能不能这么做，但我做了些笔记，还……"

娜莉娅握住温克勒的手。"大卫，他们会要我的对吧？总有学校会让我入学的对吧？"海港上，烟火表演已接近尾声，压轴的绿色或胭脂红的烟花消散后，留下了慢慢逝去的金色火花。"对啊，"温克勒回答，"当然会有。"温克勒有一种感觉，娜莉娅本可以翱翔天际，可把她困在地面的正是自己。

那天晚上，之前的梦境再次出现。哪怕梦才刚开始，温克勒就已经觉得自己进入了一个熟悉且无法忍受的场景。他匆匆忙忙地走在满是荆棘的小路上。左手边是大海，娜莉娅把煤渣砖从小船的船尾沉下去。每个细节都增强了像素，十分清晰：云母在沙地中闪着光，海面上有天空的倒影，还有汽艇荡起的每一圈涟漪。一条链子快速地沉入水中，可绕在了娜莉娅脚踝处，把她绊倒了。娜莉娅紧紧地抓住横梁。船体倾斜，娜莉娅跌入水中。温克勒大概在一百码开外。他冲进潟湖，用尽力气游过去，但娜莉娅离得太远了。链子在船尾处绷紧，汽艇则抗拒着这股力量。娜莉娅没有露出水面。温克勒奋力向前游，可他越往前，船就仿佛越向后退。醒来的时候，温克勒肺里呛了不少水。

5

一种趋势反复出现:温克勒在飞机上,二十五年后终于踏上了回家的路;温克勒在小岛上,梦境中都是未来。乔治·德尔普雷特走到一辆公交车前面;帽箱被抛飞在空中。格蕾丝闷死在自己怀里。现在——又一次——娜莉娅在自己眼前溺亡。所有这些死亡事件,或许是偶然,或许人为,或许可以归因为某种宏大模式的复杂性而难以捉摸——其中有差异吗?温克勒会被迫一遍遍地重温同样的事件吗?温克勒会不得不接受不同的变化后相同的结果吗?

还是研究生时的他通过研究冰晶,终于发现了其基本的设计(等边等角六边形),冰冷无情地重复,分毫不差。温克勒只感到不寒而栗:美丽之下——灿烂的花朵,微小的星星——竟如此可怕地蕴藏着必然性。冰晶无法逃过其注定的蓝图,人类也是。一切在酝酿中的都会遵循某种僵化的模式——死亡无法逃脱。

温克勒应该在6号房间修理坏掉的马桶,可他疯狂地跑到了一英里半外的小镇,给了一位渔民60东加勒比海币,搭船去了金斯顿。温克勒的心狂跳着,跳动的声音在耳朵里砰砰地响个不停。睡梦的碎片再次浮现:空荡荡的汽艇,一动不动的链条。浪打在小船的船体上,破碎了。

到了邮局,温克勒根本没排队,直接冲到了第一个的位置。索玛皱起眉头:"你一路跑来的?"

"娜莉娅住哪儿?"

"市场附近。大卫,你先喘口气。"

"没事,你有地址吗?"

"没有。"

"你可以找找吗?之前都没去过?"

那是栋混凝土建筑,一共有八个公寓,屋顶是平的,草坪一直延伸到黏土的地方。街对面,肉店的屠夫正在满是油渍的窗户后面切牛排。温克勒冲上楼梯,使劲砸门。"娜莉娅!"他大声喊,"娜莉娅!"

不一会儿,一个赤裸上身、头发打绺的男人拉开了门。男人身后,音乐声从昏暗的房间里飘出来,屋子里的窗户上盖着床单,破旧的沙发上堆着喜力啤酒瓶,桌子上放着一个碎了个角的玻璃咖啡杯。"你找谁?"

"娜莉娅在哪儿?"

"上班去了。"那个男人指着楼梯那边的街道,"你是有病吗?"

"哪儿?在哪儿上班?"

"研究所。码头旁边。大哥,"他用拇指蹭了蹭臀部,"你有事吗?你就是她说的那个老头?"

但这时温克勒已经转身跑下了楼。公寓的窗户打开了,那个没穿上衣的男人探出身子:"听着,娜莉娅很好!你放松点儿!"那时的温克勒已经跑过了半条街。

所谓的研究所其实就是沿着码头停靠的几条船外加一辆带水槽的拖车。拖车外面的两个人正小心地把大块大块的珊瑚放进水流较急的水族箱中。温克勒大喊着娜莉娅的名字。那两个人指了指大海。"采集去了。一时半会儿回不来。"

"有无线电吗?"

两个人相互看了一眼,大笑起来。"你要捐款吗?你送无线电的话,我们就要。"

温克勒跑到码头的尽头。藤壶植物。白色的岩石向下延伸了二十英尺。几条颌针鱼游过,鱼身昏暗,泛着银光。海水慢悠悠地涨起又落下,有些沉重,神秘莫测。娜莉娅现在在哪个水湾?她已经沉下锚链了吗?温克勒的心不住地颤抖着。当年那场噩梦的点点滴滴重现在脑海中:水到了窗台的位置,他的双腿勾住了邮箱柱子。

他的小腿生疼,好像小腿骨已经跑没了。跑了这么久——究竟是为了什么?他的记忆中浮现出娜莉娅的样子,那时的娜莉娅十二岁左右,小手在黎明时分轻轻地敲响了自己的百叶窗。娜莉娅大口喘着气,胸前的T恤衫起起伏伏。娜莉娅没穿鞋,碎草叶粘在她的脚上,她仿佛触电了一般站在温克勒面前:手指不住地颤抖着,牙齿泛着微光。温克勒划了一根火柴,点亮蜡烛,马上打开了门。

娜莉娅摔在横梁上,链条紧紧地缠住她的脚踝。气泡像一粒粒珍珠一样浮上水面。

天快黑的时候娜莉娅才回来。她把汽艇稳稳地靠在码头边缘的轮胎上,然后拉出一架梯子。看到温克勒时,她停下了手里的动作。"你好像有些不对劲。"

温克勒握住娜莉娅的手,可他根本站不住,结结实实地跪在了木板上。或许面前的娜莉娅只是魂魄而已。"娜莉娅,你不能再去采集了。你不能再出海了。"

"这是什么意思?"

"研究不是已经完成了吗?"

"完成了?我工作不仅仅是为了写论文,你也知道的,我还想继续读书。"

"那你现在开始就不能在实验室研究吗?不是有足够的标本了吗?"

"到底怎么了?是我爸让你来的吗?"

"不是,不是。"温克勒一手捂住额头,"求你了,别再出海了。你得好好留在陆地上。"温克勒跟着娜莉娅走到研究所门口,但他没进去,手指碰了碰娜莉娅的手肘，有些犹豫。

"大卫，"娜莉娅说，"我们现在该担心的是你。你该回家了。"娜莉娅手里拎的那一网兜珊瑚标本一个劲地滴着水，"拜托了。"

❄

温克勒靠着肉店的前窗，等在娜莉娅公寓前。娜莉娅先上了楼，大概一个小时后，跟着那个头发打绺的男人一起下来了。温克勒跟着他们去了咖啡店，远远地看着。温克勒看着娜莉娅一边吃着米饭，一边笑着；她的男朋友凑过来亲了亲她的脖子。温克勒浑身燥热。他的眼睛有些刺痛。一条瘦弱的猎犬从餐厅旁边的空地走出来，大叫着，逼得温克勒退回了阴影中。

温克勒走去了邮局。邮局已经关门。二十多年前，他在小镇上度过第一晚时就是在这扇破旧的门前，现在和之前的并没有差别。南顿快气疯了，用尽力气砸着舢板棚的门。沙滩躺椅需要有人折叠之后放好；遮阳伞需要有人收起来；餐厅甲板上的灯笼已经熄灭。毛巾叠好了。草坪浇过了水。走道也打扫过了。

码头上，挂在起重机上的两根缆线在紫色的天空中猛烈摆动。温克勒周围，万家灯火在百叶窗遮住的屋内点亮。

温克勒找了家为游客准备的汽车旅馆过夜，房间里都是烟味和漂白剂的味道。天还没亮，他再次等在娜莉娅公寓的窗外。

又过了大约一个小时，娜莉娅离开公寓，匆匆地走在街上。温克勒在远处跟着她。一家朗姆酒和蛋糕店的老板打开店门，撑起了遮阳棚。三名女士骑着自行车经过。太阳从镇上大善堂后露出了头，整条街道一半是阳光，一半是阴影。温克勒跟着娜莉娅又走了一个街区，才大声喊出了她的名字。娜莉娅转过身看着温克勒，仿佛两个人都是蹩脚的演员，要上演一出关于枪手的滑稽戏码。

"大卫，你怎么在这儿？"

"别出海。今天别出海了。"

娜莉娅耸了耸肩，一只手按在太阳穴上。"你怎么也这样？你也和别人一样要阻止我吗？"

一个女人推着装满蜜瓜的儿童车经过，朝娜莉娅点了点头，娜莉娅也点头示意。温克勒凑近了一些。"我不能让你出海。"

娜莉娅盯着温克勒。"所以这到底是为什么？我怎么就不能出海？你到底是什么意思？"

"求你了。"

"我不出海就没钱可拿。你必须得给我一个理由。"

温克勒闭上双眼倒吸了一口气。他和娜莉娅之间只有一码远，大概一臂的距离吧。"就当为了我。"

"大卫。"娜莉娅转过身要走的样子。温克勒赶紧上前抓住娜莉娅肩膀处的T恤衫。但娜莉娅躲开了。不过，温克勒的手正好推到了娜莉娅的脖子，弄得娜莉娅差点儿没站稳。人行道上有个穿着白衬衫、系着短领带的男人停下脚步，皱着眉往这边看。娜莉娅大步向前，温克勒失去平衡摔倒了。

娜莉娅又往前走了几步。"我的天啊！"她一边说着，一边理了理自己的衣领，"你到底是什么情况？"

温克勒摸索着从柏油马路上捡起眼镜。"你不能——"

"不行，不可能。"说完，娜莉娅就走了。

温克勒挣扎着站起来，跟着娜莉娅去了研究所，可到处都找不到人。娜莉娅的汽艇停靠在码头边；小小的拖车里没亮灯，空无一人。难道娜莉娅躲在某个地方看着自己？还是她又找了另外一条船？

温克勒爬下梯子，站在娜莉娅摇晃的小船上，抓住三根连接舷外发动机动力头的黑管使劲地想拉开——三十五马力的埃文鲁德牌管子。两根管子被拔了出来，其中一个还把液体溅到了温克勒手上。汽油，混着燃油。多彩的油花漂在水面上。温克勒回到码头，在裤子上蹭了蹭手。研究所里有盏灯亮了。温克勒转过身，朝一个从拖车里走出来的男人点了点头，就往镇上走去。

南顿走进大厅，时不时地就往天花板上指。"你是觉得我找不到别的园丁了是吧？你前脚才走，我后脚就找不到了？你觉得自己熟练了，就没人能替你了是吧？"温克勒忍住了，盯着地板，还有地板下珊瑚上随水漂动的灰色海藻。一只小小的喇叭鱼从玻璃底下游过，转过眼睛跟温克勒对视了一下，马上就跑了。

到了卖游艇用品的地方，温克勒买了游泳脚蹼和一副大型链条切割机。回到舢板棚门口时，温克勒发现索玛正在那里等着。温克勒走进舢板棚，把买来的东西放在桌子上，开始收拾，把衣服都塞进一个双层垃圾袋里。

"怎么了？你要走？"

温克勒哼了一声，从晾衣绳上摘下袜子。

"好长时间没见过你这样了。你刚来第一年是这样，之后就再没有这种状态了。"索玛打开舢板棚的百叶窗，让光线透进来，"大卫，我不知道到底发生了什么。我知道你之前会写信。我知道你是离开家人过来的，就是你打电话找的那个人。我也知道拿来的那个盒子让你伤透了心。"

舢板棚旁边修建好的草坪里，小小的昆虫吵闹着。风吹过，扬起地板上的尘埃。"娜莉娅是个女人，"索玛说，"是个成年人。她可以自己做决定。"索玛一边说着，一边把温克勒的一件衬衫从袋子里拿出来，放在床上叠好。

"娜莉娅会溺水。"温克勒说。

索玛盯着温克勒看："什么意思？"

"我知道她会溺水，很快就会。"

"你知道？我不明白。她就像条鳗鱼一样。"

"我需要你阻止她，不能让她再开着汽艇出海了。我们得联合起来，不能让她下水。"

"你觉得她会听我的？"

"求你了，索玛。"

"你知道她会溺水？"

温克勒低头看着地板，看着双脚之间，久久沉默，就像一只看不见的手扼住了他的脖子。"我梦见的，索玛。我梦见娜莉娅从船尾掉进海里，锚链把她缠住了。"

"你梦见的？"

"没错。"

索玛抚平了那件衬衫的边缘，手抵在后腰。"你梦见了关于我女儿的事？"

"你不信。不过没关系。"

"我相信你梦见过，但你怎么知道这个梦会成真呢？"

"我也不知道。不是完全确定。"

索玛走到门口，凝视着前方。"我只想每个人都好好的。让已经发生的事情折磨自己有什么意义呢？"

温克勒双手紧紧地按在窗台上，有一种大力摇晃墙壁的冲动，直到舢板棚彻底坍塌。"但现在还没发生。"

"没发生的也一样。已经发生的事情和可能发生的事情都一样。"

半个小时后，温克勒坐上了去圣文森特的渡船。他背着一袋衣服走过街道，在娜莉娅公寓对面肉店的楼上租了一间没有家具的房间。腐肉的味道从油毡布里散发出来。蚂蚁在墙壁上大行其道。浴室里，厕所水箱还有一层绿色苔藓。他花了20东加勒比海币买了一张坑坑洼洼的铝制椅子，把自己的加热板插进了屠夫从窗户穿进来的延长线上。

温克勒越是想跟着娜莉娅，娜莉娅就越想躲起来。如果说这不算什么坏事，至少也是很滑稽：娜莉娅会藏在栅栏后面，温克勒在隔着一个街区的地方小跑着跟上。猫鼠游戏一般。但谁是老鼠呢？温克勒螳螂捕蝉一样追着娜莉娅，可未来不就是他身后的黄雀吗？

娜莉娅的舷外发动机已经修好，她早上和晚上会出海收集标本。温克勒觉得那个梦就像公共汽车一样碾着朝自己开过来。他想，自己竟然成了跟踪别人的人，成了执着的专家，藏在娜莉娅公寓外的某片阴影里，从市场上装满橙子的篮筐旁蹭过。

坐在铝制椅子上，看着对面娜莉娅公寓的窗户，温克勒开始写推荐信。尊敬的招生委员会，温克勒真的在努力集中精力，娜莉娅·奥雷利亚纳非常优秀。

尊敬的招生委员会，娜莉娅·奥雷利亚纳的优秀程度超乎想象。

尊敬的招生委员会。娜莉娅·奥雷利亚纳是。娜莉娅·奥雷利亚纳是。娜莉娅·奥雷利亚纳是。

娜莉娅的对面坐着一个臃肿的白人男子，大概和温克勒差不多年纪。他们在餐厅阳台上，坐在有红绿色花边的遮阳伞下，一边喝冰水，一边等待晚餐。两个人身后是一大块紫色的蜡染布，随着微风飘动。那个臃肿的男人用叉子指了指娜莉娅，娜莉娅笑了。

"一分钟就行。"温克勒告诉餐厅的女主人。他双手交叠，不然就颤抖得厉害，"他们是我朋友。"

娜莉娅看到温克勒的一瞬间，脸色马上变了。"大卫，"娜莉娅说，"你好，这是迈耶博士，是我在研究所的导师。"那个人放下自己的餐巾，半站起来，向温克勒伸出手。

"先生——"

"温克勒博士。"娜莉娅说。

"原来如此,"迈耶说,"这就是那位神秘的推荐人。"

温克勒没有跟那个人握手。"娜莉娅,"他蹲下来,双眼直视娜莉娅,"我们得谈谈。"

"一定得现在吗?"

迈耶喝了一口冰水。娜莉娅放在腿上的双手局促不安。"大卫,你没事吧?"

"我做了个梦,"温克勒小声说。迈耶看向娜莉娅身后,"我觉得你不应该再乘船出海了。"

一群孩子从楼下的街道上走过,一边走着,一边唱《生日快乐》歌。娜莉娅勉强挤出一个笑容,"大卫,你之前说过了。"

餐厅女主人一直站在温克勒身后。"没事吧?"

"没事。"娜莉娅说。

"有事。"温克勒回答。

女主人俯身说:"这位先生,我们走吧,让这两位客人先吃晚餐,好吗?"

"求你了,"温克勒被带了出去,"娜莉娅,求你了。"

"温克勒博士,很高兴见到您。"迈耶大声地说了一句。

❄

温克勒跟着娜莉娅回家,第二天又跟着她去上班。他待在研究所投下的阴影中,看着娜莉娅发动自己的埃文鲁德,使劲地压了压嗓子。

但娜莉娅没有溺水,安然无恙地开着汽艇沿着码头回来了:显然毫发无伤,显然还在呼吸。温克勒看到娜莉娅拿着自己的网兜,把里面的东西都倒进了水族箱。温克勒特别想跟在娜莉娅后面,时不时地要戳她一下,看看她是不是真实存在。

周一有人敲响了公寓的门——距离那个梦已经过去了七天。索玛站在铁质栏杆的地方，眯着眼往里面看。她戴着金色耳环，胸前垂着十字架，身上穿着一条褪色的蕾丝花边裙，差不多齐膝长。"屠夫跟我说你在这儿。"索玛说着，走进门，打量着粗糙的瓷砖和床边的椅子。索玛背着一包书。温克勒坐回到椅子上。

"她在家，"温克勒说，"我几乎百分百确定。但可能她早上溜出去时我没看见。"

"你上次睡觉是什么时候？"

"昨天晚上。应该是吧。你跟她谈了吗？"

索玛绕过椅子，走到温克勒面前蹲下来。"大卫，你看着我好吗？能听我说几句吗？你是为她担心，仅此而已。当然，你应该这样做。无论是谁，独自出海都很危险。但你不能每时每刻都这样盯着她。你得学会放手。相信我，放手并不容易，但你得让必须发生的事情发生。"

"不行，"温克勒摇了摇头，看着索玛身后，"你不明白。"苍白的光线透过窗格，在他们身上形成四边形的形状。

索玛双手搭在温克勒肩上。"你也有个女儿，不是吗？"

话音刚落，温克勒只觉得有什么刺痛了双眼。"她叫格蕾丝。"

"她怎么样？"

温克勒扭头看向别的地方，后来干脆闭上了双眼。这么长时间过去了，他对女儿的印象就像翻阅太多次的老照片，已经模糊黯淡，失去了原本的色彩。温克勒已经无法再回想起女儿的脸、手指和她脚底光滑的婴儿皮肤。她的颧骨是什么样子？嘴巴呢？温克勒只记得桑迪那本《好管家》、乔伊斯兄弟和特百惠餐具，记得如何减少家庭饮食中的糖分，记得瓦莱丽·哈勃揭露真实生活中关于爱情的承诺。

"她的眼睛很像我。"温克勒说着，额头也触电一般难受起来。

索玛还蹲着，身体前倾，伸手给了温克勒一个拥抱。"没事的，大卫。

没事的。我会跟娜莉娅谈谈。一切都会没事儿的。"

一片雪花、一个蜂窝、一张蜘蛛网都挂在门框上。温克勒发现公寓角落里躺着一只已经死掉的纺织娘,他捡起这只小虫子,把它放在手心翻过来:充满光泽的小小的胸部,透明的翅膀上有无数个小六边形。六边形,六边形,还是六边形。难道解决的方法就在这里?难道温克勒所追寻的东西在此暗藏着线索?

变幻的天空,炎热的天空,还有被热气蒸腾成银色的天空。几只狗在门口昏昏欲睡。小镇水库的水位再次降低,好像从水库伸出的排水管被人打开了。灌溉用水只是往常的一半,甚至更少。就连圣安德鲁山一侧香蕉种植园里高大坚实的树木似乎也耐不住高温,沉默不语。晚上,热风从西边吹来,扬起岛上的红色尘土:灰尘落在窗台和百叶窗上,落在温克勒的米饭上,甚至会钻进他的喉咙里。整座小岛看起来都失去了本来的光泽,小山也都蜷缩了起来。

失眠,一场悬而未决的灾难:温克勒不是已经经历过这一切了吗?他想起来,读研究生时在冷冻的铜矿上种大米的样子。雪花上的每一片柱晶都和其他几片一模一样,仿佛自形成的时候开始,每一片柱晶都清清楚楚地知道其他柱晶的样子。这种结构和温克勒自己的生活路径大相径庭,他所经历过的一切似乎总在重复:乔治·德尔普雷特、桑迪、格蕾丝,现在轮到娜莉娅了吗?下一个是谁?是他自己吗?温克勒被困在冰晶中,每一秒都有更多分子在他周围凝结。很快,温克勒就会成为一切的中心,被困在六边形的牢狱中——他在某片冰晶中,在25亿冰晶中的某一片里。

索玛走进门,裙子已经被汗水浸透,眼底的皮肤有些肿。她坐在温克勒的铝制椅子上,拿出一块黄手帕捂住鼻子。"她不肯开门,说我是想让她远离她一生唯一真爱的东西。"

索玛的颧骨往里陷了一些,手指不住地颤抖着。她拿起一本书放在腿上，但只是翻页而已，根本没有认真看。这段时间，公寓里只有他们两个人，一辆卡车从楼下的街上驶过。温克勒抱住索玛的头，闻着索玛脖子传来的味道：盐味、母鸡的味道和香皂的味道。书从索玛的腿上滑落，两个人都没捡起来。他们就这样坐着，温克勒抱着索玛的头，看着天色渐渐变暗。

从那一天起，索玛晚上下了班都会过来陪温克勒。他们两个人的目光越过满是沙土且尚未铺砌的道路，看向娜莉娅公寓窗户上挂着的帘子。两个人有了一种不言自明的默契，轮流值守。每过十二个小时左右，索玛在椅子上盯着的时候，温克勒就会到角落里的折叠毯子上躺一会儿，闭上眼睛，感受周围的炎热和身后屋顶上蕉森莺的叽叽喳喳。

"你被开除了，"索玛告诉温克勒，"南顿把你的东西都放在一个纸箱里，说回头就烧掉。"

"随便他吧。"温克勒说。

"他就是随便说说，我觉得他是想你、需要你。"

"我觉得费利克斯也想你。"

"随便他吧，反正他有朗姆酒。"

下午，索玛去上班，黑压压的层积云积聚在头顶，光线越来越暗，温克勒也就只能看到面前几英尺的地方，无边的寂静弥漫过来，空气中的氧气仿佛已经被抽走，温克勒马上要窒息一样。那段时间里，所有人、所有事都在等着：温克勒自己、索玛、街对面娜莉娅居住的混凝土建筑，等等。摊主坐在各自的摊位里不停地扇着风，海港船只上的桅杆一直摇晃着。瓷砖中透出炎热的气息，让人恶心。教堂的钟响了，温克勒甚至感受到了生命的无常、宇宙的浩瀚和自己的渺小。最终，温克勒会耗尽自己的生命；最终，娜莉娅会溜出去，溺毙在水中。

温克勒悄悄地从小镇上走过，打算到码头再次破坏娜莉娅的汽艇。他直接剪断了一条埃文鲁德上包着泡沫的延长软管，接着把自己认为是插头的东西拔掉。他还切断了锚链,把煤渣砖扔出船——一个水花,煤渣砖就不见了。

雷云拖着正在蒸发的雨水飘在天空,黑色的卷须清晰可见。闪电在地平线处频繁出现,鹈鹕展开巨大的翅膀从仓库屋顶上飞起,从电话线上匆匆地擦过。

6

致遴选委员会——

　　娜莉娅·奥雷利亚纳十岁时的某个下午,她给我看了不少东西:一只寄居蟹正在适应自己的新蟹壳;一个大型水下生物(海龟?鳐鱼?僧海豹?)从两组珊瑚之间悠闲地游过;鲣鸟正在进行抢鸟蛋大战;热带鸟类(有红色和白色的爪,还有白色的长尾羽);一只翅膀闪光的甲虫,就像落在栅栏上的一滴水印;一小群蚂蚁军队正在入侵一袋谷物;黑蟹闪到一旁,缩进洞里;她拇指指甲大小的白色海胆;潮汐池里有两只长颈海葵正在摔跤,可动作慢吞吞的;一只精神不太振奋的猫从我们身后的小路慢慢地走来,接着蹑手蹑脚地走回到灌木丛里;小丑鱼、引金鱼、彩虹色和绿松石色的小鱼;黄色和白色的神仙鱼;蝌蚪畅游的咸水池;山羊、母羊,还有一只甩着尾巴赶苍蝇的白马;一只四脚朝天的海龟,我们把它搬过来时,它还一直哼哼叫着;一只美丽的小鸟,头上戴着鸟冠,像超大的蓝衣主教;六只牛鹭在割草机后面的草地上;一只小鸡待在地上的一个洞中,背对着我们,看着周围黑漆漆的一切;网球大小的蜗牛正朝着厨余垃圾爬过去,触角上的眼睛左摇右晃。"你就盯着一个地方看一分钟。"娜莉娅这么对我说。这是她经常会玩儿的花样,"草坪,或者天空,或者沙滩,或者大海——总能看见些东西。"这些只是我到现在还记得的事情。

　　住在热带地区意味着(米饭里有只大黄蜂,剃须水里有条小鱼),

你绝不可能独自拥有一切。比起我们，面前的马路其实属于拱起几百个红色土堆挖隧道的小生物。这间公寓里的横梁属于家蝇；窗户的角落属于蜘蛛；天花板属于壁虎和蟑螂。我们只是暂时住在这里。就连我们认为唯一属于自己的东西——也就是我们在世界上得到的时间——似乎也并不属于我们，对吧？

"这本书写得太好了，"娜莉娅这样说过，"可以改成以螨虫为主题的。"了解娜莉娅的过程，就像是了解好奇心十万种表现形式的过程。细枝末节的事情总能让她着迷：她之前总是趴在地上，观察一小块礁石，一趴就是几个小时。她在世界上最短的远足就是实地考察。这让我不禁感慨自己的视野竟这般狭窄。

娜莉娅身上拥有我们所有人渐渐放弃的东西：繁荣、好奇、希望。她是上天赠予世界的礼物。我忠心祈愿，您也能发现她身上的这些特质，给予她进一步研究的机会。

温克勒写了十几遍草稿，才终于完成了这封信。索玛睡着了，温克勒将信放在索玛的大腿上。之后，他又抄了好几份，准备早上寄走。"希望他们会接受手写的推荐信。"对着一片昏暗，温克勒大声说。二十年了，这是温克勒能亲笔写下的第一封信。

7

过去几个小时中，温克勒发现，多种模式无处不在：鼻涕虫在水槽底部留下了一条闪光的印记，其中蕴藏着某种模板；被风从窗台吹落的树叶的叶脉；水桶上冷凝的水滴也有某种排布方式。温克勒盯着这些看了很久，终于确信答案就被封印在这里——相关性，就是他至今无法破解的代码。

索玛今天来晚了——昨天根本就没有来。她真的相信温克勒所谓的梦吗？一块黄油，还有一口借来的煎锅，索玛做了十二枚鸡蛋。两个人坐下来看着对面黑漆漆的窗户时，会轮流把锅递给对方，抓着里面的鸡蛋吃。他们看着对面，就好像那里在放映着引人入胜的电影。可娜莉娅的窗户上只有被风吹起的帘子和街灯反射的光。

"大卫，让她远离自己想要的东西简直不可能。哪怕她真的会遇到你所担心的命运也一样。你只能把一切交给上帝。越逼她，她就反抗得越厉害。"

温克勒闭上眼睛，觉得就算现在没有打开收音机，自己也能听到短波收音机中那个女孩在窗外小声地念叨着：13，91，7……

索玛给温克勒盖上被单，拉到他脖子的位置。温克勒挣扎着想保持清醒。但他终究没能抵挡住睡意：眼皮终于合在了一起。某种声音传来：好像是桌腿碾过沙粒的声音。温克勒不禁在想，梦出现的时候也会发出声音吗？会发出如胚胎被孕育或雪花落地这样最轻微的声音吗？房间角落里的阴影蔓延到屋子中间,忽然,公寓里的地板变成了南顿旅店大厅中的地板,一扇窗户外是更浓郁的黑色,横梁消失了,黑色凶猛的液体从各种缝隙间冲出来。

一场噩梦中,娜莉娅把锚链拖到沙滩上,把头发中还活着的小鱼抖掉。"事情确实会发生,"娜莉娅说,"这不是你预见的事,而是你预言的。将之宣之于口才会如此。"娜莉娅抓住温克勒的衣领并把他推倒了。接着,娜莉娅变成了桑迪,又从桑迪变成了赫尔曼,沙滩成了他身下湿漉漉的高速公路,赫尔曼把冰球垫绑在腿上,开始滑冰。赫尔曼踢了温克勒,冰刀从温克勒的嗓子上滑过。数字像沉重的风筝,从云层中掉落下来,尺寸不小,一边掉落,一边旋转。

坐在椅子上的温克勒叫了起来。索玛走下铁质楼梯,赶往码头,乘坐最后一班渡船回家。趁着黎明前的最后一丝黑暗,娜莉娅的男朋友基奇穿过马路,把一盘用塑料纸包起来的鸡肉放在了温克勒公寓门口的楼梯处。

8

最后，温克勒既不需要链条切割器，也不需要浮潜鳍了。星期天早上，天还没亮，娜莉娅就离开了公寓楼。温克勒和平时一样，赶紧冲下铁质楼梯，跟着娜莉娅。薄雾弥漫在各栋建筑周围，街灯有些朦胧。娜莉娅和温克勒是街上仅有的两个人。温克勒觉得娜莉娅知道自己就跟在她身后一百码。娜莉娅朝着哈利法克斯街快速地走过去，两只手缩在运动衫的袖子里。商店都没开灯，小摊也都拉着门帘，二楼的窗户紧闭，仿佛人们已经预知暴风雨即将来临——要么就是连建筑物都无法忍受的场景即将发生。

码头到了，娜莉娅走下梯子，上了汽艇。她打开埃文鲁德，加满油，就出海了。汽艇一路向北，海岸线就在娜莉娅的右手边。温克勒开始往前跑，透过迷雾和房屋之间的缝隙观察着娜莉娅。娜莉娅的速度显然更快，一点一点地消失在温克勒的视线中。但温克勒还在继续往前跑，到了路的尽头就从灌木丛中穿过去，根本没停下脚步。山坡上能看到的小屋越来越少，很快，温克勒面前就只剩下一条羊肠小道，小道两旁都是旋叶松杂乱的根部。娜莉娅汽艇的引擎的声音越来越小，把温克勒狠狠地甩在身后。

灌木蹭过温克勒的腿，蜘蛛网糊在温克勒脸上。有两次，肋骨下方实在有些疼，温克勒只能停下脚步走一会儿再继续。

在离小镇大概有一英里的地方，娜莉娅在一处宝蓝色的海湾关上了引擎。温克勒沿着小路走到高处，从低矮的小山上瞥了一眼娜莉娅的身影，继续往前跑。几分钟之后，温克勒终于追上娜莉娅时，娜莉娅已经浮在水上，靠着船尾，凝视着水面。棕榈树下，温克勒站在满是岩石的沙滩上大口大口地喘着气：腿上的肌肉过度拉伸，似乎已经散架，耳朵里都是血涌上来的声音。

娜莉娅到了一根横梁的下方，拿出一个温克勒看着像潜水面具的东西。娜莉娅把那个面具套在头上。空气中有些咸咸的味道，乘着风，充满活力。两只胖胖的金色海鸥从温克勒身边飞过，平稳地落在水面上。

之后发生的事情非常熟悉：模糊的阴影，薄雾中弥漫着烂叶子的味道，棕榈树的沙沙声在温克勒身后响起。娜莉娅背对着温克勒，汽艇随着她的动作摇晃起来。梦境就像海浪一样淹没了温克勒。

温克勒把眼镜放在沙滩上。他想：昨日重现了。站在船尾的娜莉娅弯下了腰。就在此刻，令人意想不到的事情发生了，娜莉娅举起了一块像煤渣砖的东西——要知道，温克勒五个晚上之前才把煤渣砖都沉进了水里。娜莉娅还没把煤渣砖扔下水，温克勒就已经脱掉了鞋和袜子，冲了过去。

尖锐的岩石；浅滩上的沙子；清澈温暖的水到了温克勒大腿的位置。最后一瞥，是娜莉娅紧紧地抓住船尾的画面。温克勒扎进水里，胳膊用力地向前，左右交替。他脑子里生出了一个想法：早知道就应该提前练习游泳。娜莉娅太远了。温克勒双腿蹬水，双臂前滑，可似乎马上就用尽了力气：脖子和上臂的肌肉都已僵硬，根本动也不能动。

温克勒强迫着双肩带动双臂继续划动。痛苦积聚到一定程度，他甚至觉得自己的胳膊已经融进迷雾中，而他自己也一时变成了没有四肢的石头，沉向水底。现在，娜莉娅应该已经被带到了一英寻深的水中，极力想甩开脚踝上缠着的链条。空荡荡的汽艇也会以船尾为中心而慢慢地旋转开来。

水清澈得令人难以置信。哪怕没戴眼镜，温克勒也能看到海床慢慢地从身下消失，一团团珊瑚摆动着柔软的腰肢，一群群小鱼游过，还有一条孤身前来的石斑鱼在阴影中慢慢地扇动着胸鳍。

温克勒深吸一口气,看了看自己的位置,强迫自己继续向前。海水嗡嗡作响,和耳朵里血流上涌的声音吻合。一只胳膊向前,然后是另一只。温克勒发现自己脑子里想的是水:水为什么永远都无法静止,甚至我们身体中的水也永远不会停歇:不停地震动,每个细胞中的每个分子里的每个电子都在回旋转动,位置及力量的九个独立向量,一个猛烈的动作。

温克勒的手臂仿佛一大罐蜂蜜中的木销子,心脏涨得厉害,直抵肋骨后侧。

突然之间,娜莉娅出现在温克勒面前的水中,几缕阳光照在她身上。娜莉娅的情况就跟温克勒心里知道的那样:头朝下,脚朝上,弯着腰,极力想解开链条,可链条在她脚踝绕了两圈,缠得很紧,带着一块垂直向下的煤渣砖往海底去了。娜莉娅嘴里吐着气泡,气泡从发丝之间往上冒。可链条只是慢悠悠地抖了几下。

温克勒的心脏在胸腔里备受挤压。耳朵里的噪音也越来越大。娜莉娅的身体松软伸展了些,手臂一直在身下摆动。温克勒潜入水里,想拉起链条,但底下的煤渣砖太沉了,而且链条在娜莉娅脚踝上缠得太紧。

温克勒浮上水面,换了口气,再次潜入水里。这一次,他潜到娜莉娅身下,拽住绳子。几秒钟后,由于煤渣砖没有再下沉,链条松了一些。借着积攒的最后一点力气,温克勒终于能抻开链条一些,解放了娜莉娅的脚踝。娜莉娅开始上浮。温克勒看着娜莉娅的头露出水面,抓着链条又待了半秒钟,直到眼冒金星,眼前的视线模糊,才松手浮上水面。

温克勒也露出了水面。娜莉娅双眼睁着,但并没有眨眼,呼吸也没有恢复。"不要,"温克勒自言自语,"不要,千万不要,不可以,不可能。"他否认的不只是这一刻,也包括之前的每一个人,包括时间长河中经历的所有住所和桥梁,包括他怦怦直跳的心脏和他似乎要炸裂的肺部:乔治·德尔普雷特、桑迪、格蕾丝——温克勒否认自己,否认事情的结构,他要溶解在海洋中，在大海深处某朵微笑、分散的云中旋转。

时间渐渐流逝：寂静一片，两个人脖子上的水滴下来，小船镇定地围着锚链打转。他们周围裹着金色的雾气。水从娜莉娅脸上滚落到嘴边。如梦方醒的感觉席卷了温克勒全身，梦境渐渐消失，更清晰、连贯的现实显现出来。记忆中桑迪的声音再次回响："我不喜欢这个。电影结束后灯亮起来的这部分。"

温克勒双手放在娜莉娅的胸腔处，开始挤压。海水涨潮。随着每次呼吸，海底的水，或许十几英尺深的水，都不知不觉地退后了。温克勒狂跳的心脏渐渐平稳。低低的海浪带着一股温暖，从他们身边拂过又退去。几缕娜莉娅的头发漂到温克勒嘴里。"醒醒，"温克勒紧紧地抱着娜莉娅，"快醒醒。"

黏液从娜莉娅鼻孔里流出来。温克勒让娜莉娅平躺，双手扣在她的腰间，嘴唇贴住娜莉娅的嘴唇，往娜莉娅嘴里吹了一口气。之后，温克勒深吸了一口气，调整了一下，再次往娜莉娅嘴里吹。娜莉娅的身体接受了吹进来的气体，温克勒感觉到，娜莉娅的肺部鼓了起来，水中的身体也浮高了一些。

温克勒想到了费利克斯和索玛，他们应该刚刚睡醒。这就是他那个梦的结局吗？两个难民父母躺在简陋粗糙的床垫上，而他们的女儿却在六英尺外的水里溺死了？

水若想将一个人带走，实在是轻而易举的事。温暖、光滑——你会不由自主地向这种有着最深沉蓝色的梦境投降。我们每个人不都是这样吗？淹没在沙漠或在某个安静的白色房间里？

温克勒又吸了口气，给娜莉娅做人工呼吸。娜莉娅的眼皮动了动，咳嗽起来，吐出几口水。温克勒赶紧挤压娜莉娅的腹部，娜莉娅挣扎着呼吸了一次。"感谢上帝，"温克勒难以自抑，"感谢上帝啊。"地平线上，宽阔的积云在沉默中集聚。

9

雷声传来，犹如家具被拖过天空。温克勒从地板床单上站起来，戴上眼镜，走到窗边。闪电在暮色中肆虐，大部分都打在云里，偶尔会落下来打在小镇高处的山坡上。路灯的电源已被破坏，趁着迷蒙的蓝色光线，温克勒能看到棕榈树摇晃的树冠和公用电线黑色的弧线。闪电在附近闪过，一瞬间照亮了娜莉娅所在的小公寓楼，照亮了楼上的窗户和逐渐剥落的墙面。这之后，一切再次陷入昏暗之中。

风吹起路上的沙子、树叶和塑料袋。温克勒打开窗户，任由雨水落在窗台上。在温克勒的想象中，他听到了小山上树木舒展接住雨水的声音，听到了树根扎入泥土，听到了树干倾斜、树叶伸开的声音。街上，很多百叶窗都已打开，有的人卷起了自己的晾衣绳。街上站着几个人——比蚂蚁大不了多少——他们走出家门，张开手掌，抬头望着天空。一两分钟之后，温克勒脚周围的地砖湿了，他关上了百叶窗。

医院里，整整一家人都来了：费利克斯、索玛和三个男孩子都在。医生说娜莉娅的情况不错，没有出现肺部或胸部的并发症，只是肋骨有些疼，还有就是她有些惊魂未定。当天晚上，娜莉娅就出院回家了。没人问温克勒为什么会出现在那里。费利克斯只是紧紧地握住温克勒的手，索玛拥抱了温克勒很长时间，连温克勒衣服上的水渍都印在了索玛的裙子上。

现在，风渐渐平息，雨却越来越大。温克勒走进室内，伴随着雨点砸在屋顶的声音，屈服在无尽的睡意之中。

第二天下午，索玛带着温克勒走到后街。他们一起站在一个大型农产品仓库旁边的码头，看着忙忙碌碌的农用卡车和装载机从面前经过，卸下一箱箱香蕉，交由人力运送。他们身后的市场上，一个卖豆蔻的商人折起雨伞，把雨水抖进旁边的河里。

"现在怎么办？"索玛问。

温克勒瞥了一眼索玛的脸：宽大的鼻子，浅棕色的脸颊，颧骨处有淡淡的斑点。南顿清理了旅店的舢板棚，将之改造成放置割草机的地方。费利克斯说，新来的场地管理员是个金斯顿来的少年，总是带朋友们过来抽大麻。

"我一直想再找份工作。"温克勒说。港口外面，几艘卸下索具的帆船在停泊处晃来晃去，升降索在金属桅杆上上上下下，发出如教堂铜铃般的声音。"不给南顿干了，在圣文森特找个工作。"

索玛面对着温克勒，双手搭在他肩上。温克勒稍稍侧身，拥住索玛温热的身体，拥住她薄薄的棉质连衣裙，感受索玛脖子传来的甜美鲜活的气息。

温克勒拆了一扇卫生间的门，把它架在两个用来运送牛肉的蜡箱上。刚开始的几天，温克勒的工具只是一本笔记本和一根铅笔。不过，没过多久，他的工作地点就延伸到了街道上，到了小镇高处曲折的小路上，甚至到了北边苏弗里耶尔火山山坡的地方。最初，温克勒笔下的只是流水或草图。他会蹲在一条从森林流向大海的小河旁：相互交织的河道，造成了小小的"山体滑坡"——水面反射阳光的样子，在风中流动的样子，还有小河奔向前方的样子，似乎处在无穷变化中。

下午的时光，温克勒会在金斯顿唯一一家图书馆度过。那是一栋古老的二层建筑，装饰得华而不实，书堆叠在每一件能用的家具上，信风会吹动二层所有的东西。到了强风吹来时，所有的纸页都会疯狂翻飞。

温克勒不知道的事太多了：有远程控制潜水器的研究员在名为"黑烟柱"的火山口附近水下两英里深的地方发现了海洋生物——不仅有微生物，还发现了一米长的蠕虫以及如轮毂盖一样大的蛤蜊。温克勒不知道的新现象也太多了：全球气候变化、水库污染、海平面上升，等等。物理学家已形成一种理论：每秒钟有一万亿个被称为中微子的亚原子粒子会穿过人的身体——穿过身体、骨骼、细胞核后穿出，进入大地和地球的中心，再从另一端穿出来，回到太空。有些古老的观念依然存在：达尔文那本《小猎犬号》中的船长菲茨罗伊在软体动物的化石床上仔细地研究，立志寻找到挪亚方舟故事中全球性洪水爆发的证据。一位名叫康韦的英国人认为，温暖的天气不是麻雀飞离秋天池塘的原因，月亮才是。

他们错了吗？可有谁能说，他们的猜想比科学家将无线电项圈绑在鹅身上的理论更没有实际意义？这些不过都表达了对未知真理的渴望。

温克勒身体里的门嘎吱着打开了——长久以来一直封闭的小路再次出现。温克勒要写一本书，他要写一篇关于水的论文，讲述水的自然历史：这本书角度新颖，广受欢迎，引人入胜，有关水的双螺旋。温克勒要从细微处着手，从氢原子与氧原子之间的吸引力开始。这反过来会引入其他一切：冰川、海洋和云层——这么长时间，他待在南顿的旅店到底有什么实际意义？

一本笔记本写满了，温克勒又开始在另一本上写。每一天，他都能感受到自己醒来后的全部细节。黎明之后的海面能让温克勒站着看一个小时。鲣鸟在礁石线附近追逐嬉戏；光线洒在波浪的上方；阴影在波浪低谷处收紧。温克勒躺在荒芜的甘蔗田里，看着积云绽放，在天空延展了七十英里——可云层的运动太过缓慢，几乎观察不到，巨大的蓬松体会经历令人心动的胀大过程。温克勒在索玛和费利克斯家吃了晚餐，和娜莉娅头发打绺的男朋友一起抽一支烟。不过，只有偶尔在娜莉娅跑上楼梯回公寓或者从公寓出来抱着一堆文件、一袋杂货跑下楼梯的时候，温克勒才能看到她本人。不过,看到娜莉娅的一刻,温克勒总会心跳加快,脸上也会不由自主地浮现出微笑。

晚上,温克勒会和屠夫一起在巷子里坐一会儿。屠夫个子不高,皮肤黝黑,小臂黑得发亮,双手小到不可思议。他会点支烟,重新拿起锯子,有时候会跟温克勒讲一九〇二年苏弗里耶尔火山喷发导致1600名岛民去世的事,有时候则会讲祖父用圆头锤杀猪的事。"一锤子下去,"屠夫说,"砸在后颈部。一次次重复。每个周五一整天都这样。"他说"周五"的时候,发音跟"蒸午"一样。

温克勒总会在午夜时分醒来,那时的他思想活跃,极度兴奋。他会拿起笔在笔记本上潦草地写几句:海星会变老吗?或者虽然看似不可能,但水存在于太阳中——以一圈蒸汽的形式存在,温度极高,浮在日冕周围。

六月,娜莉娅出现在温克勒门外的铁质楼梯上。她穿着橡胶雨衣,雨衣下摆到靴子上缘之间的腿部,就像被晒黑的棍子。薄雾在她身后的楼梯间飘动。娜莉娅微笑了一下:"有一个小时的时间吗?"

娜莉娅带着温克勒去了研究所,他们在码头上站了一会儿,看着汽艇在黑暗中轻轻地晃动着。娜莉娅选了一艘较大的船,船头还如之前一样堆放着铁丝陷阱。船尾的脚手架上放着曲柄。温克勒注意到,船锚是全新的,铝制的三叶形,带有对称吸盘,就放在船头。

娜莉娅一言未发,只是放下马达开船,离开了岸上的船桩。温克勒的恐惧按捺不住。总有事情会发生:船会翻,娜莉娅会被链条困住,再次溺水。但温克勒什么都没有梦到,这一天又是崭新的一天,并没有不祥的预兆出现。周围流过的海水黑黢黢的,有着玻璃一样的透明感。空气中的湿气在温克勒的额头和手上凝结下来。

娜莉娅在朝着海港方向的珊瑚带发现了一个缺口,便开船向北而去。他们经过了温克勒熟知的沙滩,黑暗之中,从身边退去的小岛在马达的喧嚣中显得甚为沉默。他们来到了一个温克勒从未见过的地方,海岸线上都是岩石,根本没有沙滩。一大片森林下面耸立着张牙舞爪的悬崖。海水里到处都是浮标。娜莉娅松开油门,任由小船漂在水上。

"有鳗鱼,"娜莉娅说着,伸手用长长的鱼叉往前够一个绿色的浮标。"给一位教授捉的。"娜莉娅抓着钩子上的浮标线,把汽艇拉近了一些,通过曲柄上的钩环,在浮标线的末端打了个小孔。接着,她打开了某个开关,一个鼓状容器动了起来,绳子也被卷了起来,"他正在研究光化学物质,觉得能促进人类神经病学的发展,大概就是这种事吧。"

温克勒摸索着去了船尾。缆线绷紧,一条鱼被带了上来。一片乌云出现在水面上,周围缀着银色的边。小小的白色螃蟹紧紧地抓住缆线,也从海水深处被带了上来,但它们什么都看不见,只是抓着缆线不放开。小螃蟹到水面后,每一只都松开蟹爪,旋转着又回到了水里。薄雾飘在水面上。汽艇上下浮动,曲柄的声音在雾气中传播,久久未停。

终于,一个陷阱出现在温克勒的视野中。陷阱从深绿色的水中突然出现,从匆匆沉落回水中的螃蟹身旁升上来。陷阱露出水面后,娜莉娅便关掉了曲柄,将陷阱拉到船尾,把里面的东西倒在甲板上:几条小鱼和十几条鳗鱼围在娜莉娅靴子周围。娜莉娅往陷阱里重新装好做诱饵的沙丁鱼,把它夹在新的浮标上,就扔到了船外。

温克勒回到船头,一条条鳗鱼如一条条肌肉。他听着鳗鱼身体甩在船身上的声音。雾气弥漫而来,很浓,如仙境一般,由一万亿个微小的小水珠组成。火山侧面大片绵延的树林安静得令人难以置信。鸟儿——或许是贼鸥吧——慢慢地转圈,机械得很。

娜莉娅双手放在船尾,站着向东看。太阳从云层的裂缝中突然露出了头。靴子周围的鳗鱼总在扭动,拍打船底。"你说一个人看到这种情景的机会有多少次?"娜莉娅问,"二十次?十次?"她在舷墙处弯腰,打了一桶海水放在脚边,看着远处的波浪。"可一切似乎都看不到边。"

温克勒摇了摇头。"我觉得不是这样。"

娜莉娅把别的鱼都扔出船，双手捉住光滑的鳗鱼放进桶里。可鳗鱼在桶里也并不安分，总想蹦出来。娜莉娅忙着，温克勒看着娜莉娅的手臂：瘦弱、黝黑。温克勒能看到其中蕴藏的力量。娜莉娅把三个陷阱中的猎物都收好后，凝视着塑料桶，仿佛在跟鳗鱼说话："我收到了一封信。昨天收到的。是位于安克雷奇的阿拉斯加大学的回信。"

身下波涛汹涌，温克勒抓住舷缘上的夹板。

娜莉娅看着温克勒："你想知道信上写的什么吗？"

"你想告诉我，我就听。"

"他们同意我入学，还减免了学费。"

温克勒摇了摇头。另一波浪从船底打过。"那太好了，祝贺你。"

"谢谢你，"娜莉娅靠过来，双手压在水桶的边缘，"谢谢你为我做的一切。"

10

南顿同意让大家使用旅店。费利克斯更是难得，一直在厨房里忙乎个不停，一手拿着长柄勺，另一只手拿着一对钳子：烤鲷鱼、炖大蕉，一会儿端来一盘姜饼，一会儿又端来一碗碗辣椒酱树豆，还有香蕉面包和蒸海螺。

来的人大概有四十个吧。娜莉娅的男朋友基奇在角落里连上了一个电贝斯，用女性化的嗓音唱起了岛上的歌曲。三个男孩喝着饮料，戴着墨镜，但依旧藏不住笑容：其中两个还带着深色皮肤的漂亮女朋友。游客聚在角落里的桌子旁，脚配合节奏打拍子。就连南顿也出来待了一会儿，紧张地坐着，用吸管喝了些姜汁啤酒。无论谁跟他打招呼，他都会点头致意，还时不时地扫一扫西装上看不见的东西。

娜莉娅一直在微笑，在客人们中间走来走去，一会儿跟圣保罗教堂的牧师聊天，一会儿跟儿时的朋友和朋友的丈夫们寒暄。晚餐时，温克勒坐在迈耶博士旁边，发现迈耶博士也是个亲切温和的人。

"娜莉娅说您是一位水文学家。"

"我之前是，"温克勒回答，"很多年前了。"

"你现在不工作了？"

"我一直在记读数，但很久没有正经从事这项工作了。"

迈耶点了点头。他用塑料叉子叉了一小口食物，吃掉后擦了擦嘴。

温克勒继续说。"我一直想写点儿东西。或许写本书，写些适合普通读者的东西。"

"什么时候开始都不算晚。"

"我觉得也是。"温克勒应了一句。

甜点和祝酒之后,温克勒走到沙滩上,看着桌子上的灯光映在潟湖水面上。基奇仍在轻声唱着,声音在水面上传开。有些人在甲板上跳起了舞:或许是索玛——她纤弱的手臂如绳索一样前后摆动。

三天之后,温克勒站在屠夫门前的街上跟娜莉娅道别。男孩子们都来了,费利克斯穿着白色的厨师服,索玛也在。基奇借了辆卡车,他靠在挡泥板上抽烟,时不时把烟灰弹在脚边。天空广袤无垠,一片湛蓝。娜莉娅穿着帆布短裤和一件背心,把三个行李箱检查了上百次。

费利克斯神采奕奕,拿出来一个用报纸包住的大盒子,还系着丝带。"这是什么?"索玛问。可费利克斯只是眨了眨眼。

娜莉娅摘下盒子上的素馨花,翻开报纸,打开盒子。"哈!"娜莉娅拿出里面的东西,不禁惊喜地叫出了声:是一件蓬松的蓝色皮大衣。兄弟们都笑了。

娜莉娅穿上外套转了几圈。基奇把她的行李放到卡车的车斗里。"谢谢爸爸。"娜莉娅说。她的母亲则看向一旁。

温克勒拿出了自己的礼物:一个装满海水的玻璃瓶,瓶口被塞得很紧。"这样你就不会忘记家乡的模样了。"温克勒说。娜莉娅谢过温克勒,把瓶子放进包里。终于,娜莉娅从大家身前走过,拥抱了自己的兄弟们和母亲。她最后一个拥抱的是温克勒。"记得来看我。"娜莉娅这样说。

温克勒拥抱着她,她头发的香气钻进温克勒的鼻子里。

"我会给你写信,我会想你的,"娜莉娅大声说,"我会想你们所有人的!"接着,娜莉娅走进驾驶室,身上还穿着超大的蓝色大衣。基奇倒车开上黑色的道路,大家看着车越走越远,开上海湾街。娜莉娅走了。

11

晚上的时候,温克勒会坐下来,跟屠夫吐露自己的过去,卸下心里的负担:和桑迪的秘密约会,离开阿拉斯加的情景,还有格蕾丝的出生。描述安克雷奇或克利夫兰,会让人再次回到那里:眺望沙格兰河,大量棕色的河水自桥下流过;还有安克雷奇公交车在冰上慢吞吞地行进的片段。那些日子里,有些情景会突然袭来——比如桑迪叠衣服的样子,或者他父亲推着一车牛奶箱子的样子——就那样意想不到地出现在温克勒眼前。回忆的大门依然打开,温克勒用尽力气也关不上,被搁浅多年的记忆争先恐后地涌现出来。

实际上,温克勒马上要睡着的时候,总会回到过去的生活——校车到了中学校园的停车场,黄叶挂在铁丝网围栏上,还有第四大道剧院高高的蓝色灯光下桑迪的脸。刚睡醒之后一段不清醒的时间里,温克勒觉得自己从未离开,他还经常会想,在某个平行世界里,他并没有离开——就像他还生活在俄亥俄州,盯着后院里的番茄,纽波特在车道上停着,河水无忧无虑地从街头流过。

第三本笔记本上,温克勒画了不少草图,还记录了一些自其他书中摘录的零散片段。

我们的身体里充满了水,受电的支配。两个分子足够接近的时候会相互排斥。从真正的意义上讲,我们无法触碰对方。我们会在相隔一段距离时就开始排斥对方。真正的触碰——真实的接触——根本不存在。一名选手朝另一名选手挥拳的拳击比赛，甚至是男欢女爱——你感觉到的只是电力的排斥，或许几千个分子会从皮肤上脱落。甚至我们的身体本身也没有凝聚力。光子穿过眼球，也可以穿过指纹。

温克勒现在梦到的都是雪：薄冰覆在停车计时器上；雪花钻进桑迪的靴子里。那种感觉就像是打开百叶窗，看着窗外白茫茫的一切——雪落在栅栏上，覆盖在树枝上——简直是光的盛宴。温克勒想到了自己的母亲，想到了童年时在屋顶看到的大山：如鬼魅一样泛着光，如梦如幻，颇不真实。

小巷子里，只有屠夫香烟燃着的黄光和远处墙上街灯反射的白光。温克勒坐着："你知道当初我为什么离开美国吗？你真的想知道吗？"屠夫哼了一声，手上都是漂白剂的味道。

"我梦见洪水来了，我想救我女儿，但会在无意中害死她。"

屠夫点了点头。"你有吗？"

"没有。但我没管她，这可能会害死她。我把她留在家里，她可能已经溺死在洪水里了。"

"但她溺水的时候你不在。也就是说你没亲眼看见她溺水。"

"没有。我逃走了，才来到这里。"

两个人椅子旁边的箱子里有东西弄出来点儿响动，之后一切又是沉默。屠夫慢慢地伸了个懒腰。"你还没明白吗？"

"没明白什么？"

屠夫摇了摇头。"那个女人，街对面的。你梦见她在水里的时候，到底发生了什么？"

"我梦见她会溺死。"

"那她溺死了吗?"

"没有。"

屠夫抽了口烟,烟尾处的亮光让他的脸显得有些滑稽、奇怪。"这可能就是因为你改变了一切。你改变了这件事。或许正是你把关于你女儿的梦给改变了,就跟你把关于对面那个女孩的梦改变了一样。明白了吗?"他把烟头丢掉,烟头落进水坑里熄灭了。

"但我妻子送来了一封信。"

"信上说你女儿没了?"

"没有。是这样,信上没说,她根本没提那件事。"

温克勒猛地站起来,靠着墙。

"看来你明白了,"屠夫用手捋了捋自己为数不多的头发,"你明白的。"

可这时,温克勒已经跑上了楼梯。这个闷热的夜晚,这个蛙叫声不断的夜晚啊。

希望就是日出,是小巷里的朋友,是空荡荡的走廊中的低语。整个晚上,温克勒都没有睡觉,不是来回走,就是写东西,要不就是站在窗边。仿佛最后一把心锁已经打开:锁链慢慢地消失,光线一瞬间透了进来。

温克勒的指尖仿佛能感受到格蕾丝小小的胳膊那种无骨的柔软。他仿佛能闻到类似的气息:类似枫叶被碾碎的味道。温克勒记得桑迪用吸尘器清理婴儿床底下的空间时,格蕾丝也不会被吵醒。还有那张婴儿床——是珐琅金属的,他还记得组装时按住螺丝钉的感觉……如果格蕾丝还活着,要是她还活着。这句话在温克勒的脑海中反复出现。如果格蕾丝还活着,那她现在就可能走在市场街上,可温克勒却无从得知。那一天,温克勒设想了好几种可能性:一对新婚夫妇正在沙滩上散步,另一对则划着租来的皮划艇在海港漫游;一名丰满的金发女子小腿晒得微微发红,正在市场上选柠檬;脸上有色斑的红发女子在酒店阳台翻看杂志。格蕾丝会是她们中的某一位吗?这样想很不切实际吗?她已经长大成人，可能已经结了婚，可能是现在在酒店泳池里游泳的客人，可能正和某位物品塞满车的推销员手牵着手。或许，她刚在费利克斯的餐厅点了一份萝卜棒？

桑迪头发上浓郁而刺激的味道传来——掺杂着金属味，是锡或者铅——之前，温克勒的手指上也残留着这种味道。温克勒想到了很多：桑迪的双脚相互揉蹭的样子，哪怕睡觉时也会如此；桑迪会把头发从梳子上择下来，而且不是扔进垃圾桶，而是直接扔在浴室地板上——仿佛这些回忆是在温克勒身体里蛰伏着，没有消逝，只是休眠，是酣睡，可到了现在，它们从成千上万个缝隙中探出了头。

屠夫说："你现在明白了吧？"温克勒在笔记本上潦草地写了几句话。

1977年之后我就再也没见过雪。但现在，我的脑海中能清晰地看到它们：小雪从街灯灯柱下飘过。就像一朵朵小小的干花。像千万只小虫子。像落入人间的天使。

12

大卫——

　　这座城市确实和你说的一样。天总是灰色的，很暗淡，但从某些角度看也很美。我特别喜欢湖水。有一天，我带着午餐去了胡德湖，看着水上飞机起飞降落——一个下午得有一百架。

　　我现在研究的是昆虫。这些小东西和虾的相似之处令人难以想象。这种工作没我预想的那么困难，而且（我觉得）我比大多数人都做得好。到了明年冬天，就有机会研究北方寒冷天气中的昆虫了。我想去，但豪斯曼教授说很难，而且天气很冷，对从热带来的人来说太冷了。可他知道什么？希望你一切都好。帮我问候大家。

　　温克勒最后一次乘皮划艇去了海上。他横躺在独木舟上，盯着天空看了好久，感受小船随着水波上下浮动。

　　还记得离家去上大学的那天，温克勒的父亲站在码头上等着，手指尖有一丝香烟的烟雾飘出来。他们都说了些什么呢？或许是互相道别，或许什么都没说。温克勒把一箱箱书放下，紧紧地握住父亲的手。自母亲去世之后，他和父亲就都成了小心翼翼的室友，几乎跟陌生人没什么区别，从没有肢体接触，吃饭时说话也是轻声细语，而且说的都是无关紧要的事。每天晚上，温克勒的父亲会坐在自己的椅子上，一边抽烟，一边一页一页仔细地阅读着《安克雷奇日报》。这是他父亲结束一天的方式：心碎；香烟的烟气像哀伤一样笼罩在他周围；沉浸在报纸讲述的故事中——失踪的猎人、飞机失事、篮球比赛得分——把一车车牛奶推到商店最里面。

温克勒掉转船头往回走。太阳在苏弗里耶尔火山上空，海面波光粼粼。他等了一会儿，才拿起船桨划水。

等护照的时间有两个月之久。之后的手续都很快。温克勒预订了机票，退掉了图书馆阅读卡，还跟屠夫说了自己要搬走。他去拜访了南顿，两个人站在前廊小口地喝茶，什么都没说。等温克勒杯子里的茶都喝完了，南顿就点了点头，回旅店招待客人了。

五十九岁，到这个年纪的他都拥有什么？二十四块鹿角珊瑚碎片，按从大到小的顺序排列；舢板棚窗台上带走的蜓螺螺壳；几条毛巾；几套衣服。温克勒去金斯顿的裁缝店订了一套两粒扣西装，整体为灰色，有高级西装翻领。温克勒还买了两件白衬衫和一个尼龙旅行袋。之后，他去银行用所有积蓄兑换了 6047 美元——他一辈子的心血。

温克勒离开前的那个晚上，一名穿着制服的司机过来敲门，说有辆车在等他。温克勒往外看去，是屠夫站在街上，满脸笑容："算我的。"司机把温克勒带到了码头，之后温克勒乘船走了六英里。到南顿的旅店后，南顿亲自带着他走过绳索桥到了餐厅。"你的朋友，"南顿说，"他坚持这样的。"

一张餐桌上铺了亚麻布餐巾，点了一杯许愿蜡。费利克斯端出鸡肉和炸茄片。"这是索玛养的鸡。"费利克斯站在温克勒旁边，小口喝着一杯朗姆酒。餐后，大家带温克勒到了一间客房，让他在有蚊帐和吊扇的大床上睡了一晚。

早上，温克勒在洗手间墙上安装的瓷制洗手池边刮了胡子——那是他自己二十三年前亲手安装的洗手池。他穿上新衣服，把钱分成几份，放在两只鞋里和所有衣服口袋中。之后，温克勒铺好床，拿好行李，走到大厅，踏过玻璃地板。站在前廊上，他再次远眺潟湖和周围的土地。默默道别：珊瑚、舢板棚和面包树，再见了。

他朝索玛和费利克斯的家走去，爬上小山，经过绵羊牧场，跨过围栏时异常小心，免得被栅栏划破裤子。小山顶上，温克勒停下脚步，回头凝望脚下的小海湾：晨光熹微，旅店的大厅稳稳地待在立柱之上。它看起来就像是建筑模型，完美小巧，依偎着海湾——南顿一直以来对旅店的期待大抵就是如此吧。接着，温克勒走下田野，朝蓝色的房子走去，裂缝依旧从中间斜穿而过，小船依旧挤在窗台上。索玛站在门口，给了他一个大大的拥抱。

"有时间回来看看。"

温克勒点了点头。两个人松开拥住对方的手。索玛从衣服后面的口袋拿出一块手帕吹了一下。

索玛身后，费利克斯微笑着。"准备好了吗？"

"走之前，"索玛开口了，"我给你准备了礼物。"她把一块表交到温克勒手上——是他自己的那块表。

温克勒反复看着手里的东西。"你竟然留着这个？"

"你还欠我一通电话的钱。"

温克勒笑了。"我们可以带你过去。"费利克斯说。索玛站在费利克斯身边，双手抱在胸前。

"我还是坐渡轮吧。"

"我们真的可以送你过去。"

"不用了，"温克勒说，"谢谢。"

几个人又在厨房里站着待了一会儿，索玛戴着的大十字架静静地躺在胸前，费利克斯双手放在肚子上。厨房的味道、餐台上堆放的鸡蛋、旧餐桌、外面的母鸡以及透过纱窗吹来的信风扑面而来，那样清晰——温克勒感受到的是这一家人千千万万种善意，他们自己仍未回归故土，或许他们的困扰比自己的更长久。

温克勒出发之前，费利克斯给了他两块用报纸包好的肉饼。最后映入温克勒眼帘的一幅画面是：费利克斯和索玛站在门口，十几只母鸡在他们脚边啄食。

渡轮开过海峡，像回放的电影。温克勒在船尾：码头渐渐远去，远处渔民小屋变得小巧柔美，渡船轻轻地摇晃着，柴油发动机带着小船从珊瑚礁缝隙开过，船尾放着的潜水氧气瓶相互碰撞。渡轮经过东边的大型精梳机，经过两个寂寞的航标——它们的下半部分早已被泡得发白。

第四卷

1

乘务员收走了杯子和报纸;乘客调直了座椅靠背。往窗外看去,迈阿密渐渐在眼前铺展开来:天线和屋顶出现在视野中,两辆如玩具一样的卡车开过高速公路的出口,海岸线上飘着一条淡青色的雾气带。拥挤的码头从身下经过,每艘船的挡风玻璃都反射着阳光。

机翼处传来副翼降落时拍打的声音。跑道出现在机身下;滑轮落在跑道上,引起一些颠簸,飞机猛地减速,大家的身体都不由自主地前倾。

温克勒旁边的女人合上小说,装进脚下的皮包里。她根本没看温克勒,却说了一句:"你登机的时候看见行李舱没锁上。就是这样。"

舱门打开。乘客们站起来伸了伸懒腰,把行李从顶上的行李舱拿下来。"我——"温克勒刚要开口。

"其实你当时扣好就没事了。现在可好,迪尔克的马天尼酒杯全碎了。"

温克勒假装翻看前面座位口袋里的杂志。那个女人和迪尔克走到过道上。温克勒看到,窗户上结的霜已经融化成水。他本打算看看这种变化的过程。

航站楼里,温克勒等着自己的联系人,看着眼前的匆匆过客:一个个乘客,一组组家庭,一位位商人。他们身上都带着某种同样的神情,让人一眼就能看透。人来人往,究竟为何?一个身材臃肿的女人坐在温克勒旁边的座位上,只见她从蜡纸袋中拿出一个肉桂卷,一口就吃了一半。

我们的身体里也都是水,温克勒在拍纸簿上写道。皮肤和眼球都是。就连我们认为会永远存在的部位也一样：指甲、骨头、头发。浑身上下，莫不如此。难怪医生总会把它放在静脉注射袋中。身体里的所有水分蒸发后，我们才会最终尘埃落定。

飞往克利夫兰的航班上，温克勒坐在窗边，和一阵阵缓慢折磨自己的恶心感作斗争。一个个州从身下走过：佐治亚州、北卡罗来纳州、西弗吉尼亚州，绵延的低矮山丘被一片片呈几何图案的田野打破。天空渐渐变暗，呈紫罗兰色。一团团积云从窗外浮现，每一团都透着阳光。

克利夫兰的一家机场酒店。热水淋浴，镜子上凝结的水汽。温克勒躺在床单上，看着蒸汽从浴室中滚滚而来，消散在房间的各个角落。

每隔几分钟，就有一架飞机降落或起飞，震得窗户玻璃嗡嗡作响。不一会儿，一缕几乎断断续续的光线从窗帘处透进来。要是温克勒睡着，就真的察觉不到了。他穿上西装，走进大厅，翻开报纸（总统否认了关于战争的传闻；亚洲的浓雾云威胁着数百万人；房屋销量上涨，价格下跌），想先看看分类广告。

大堂中只有一部接受硬币的付费电话。本地电话费是三十美分。温克勒拨了个号码，一个小时后，一个男孩和他父亲出现在停车场，带着温克勒看了看自己的达特桑汽车。"大部分里程都是跑高速来着，"那个父亲说，"运动型离合器挺好。刹车不错。刚做完防锈。"

温克勒努力地记起别人对他的期望。他伸脚踢了踢轮胎，检查了里程表——十一万英里。

"好的，"他中指划过引擎盖，"我要了。"八百美元。他从兜里拿出钱，放在男孩手里。男孩的父亲签好文件，和男孩分别跟温克勒握了手，车就归温克勒所有了。

退了房，温克勒把蜓螺螺壳从行李袋里拿出来，按照从大到小的顺序，在车速表前面摆了一排。关于之前那辆纽波特的记忆浮现出来：乙烯基的味道；启动器在寒冷天气中启动的感觉。这辆车宽大的引擎盖在温克勒面前,映着天空。

那是二〇〇二年八月。温克勒没有驾照,没有保险。他拿着放大镜研究了一下手套箱里的地图。高速公路在召唤着他。他把钥匙插进点火器,扭动,汽车发动了。

2

男孩给仪表盘配了一个低端海风尼克斯数字接收器,带有音量控制按钮,但温克勒压根不知道怎么把它关掉。电子吉他尖锐的声音从门板上的扬声器传来。温克勒开车时会时不时地按一按那个按钮,可声音只在切换频道时才会停下。静电的声音充满了整辆车,有时会被听起来很遥远的爵士乐打断。温克勒摇下车窗。

路边的景色发生了变化——十字路口有一排商业区,标有"云雀山"或"旱獭洞"的新项目也已建成——但路本身并没有变化:银溪上还是一样的铁桥,福捷大道上的山丘依旧低矮舒缓,就连路肩的杂草品种都没变过:安妮皇后和洋蓟向过往的车辆频频致意。

温克勒在便利店买了三支用玻璃纸裹住的枯萎玫瑰。开车的时候,他就把玫瑰放在腿上。尽管静电的声音很大,但温克勒的心却有着不同寻常的平静。达特桑汽车平稳地跑在路上。

东华盛顿、贝尔路、音乐街。那里竟然还是一所中学!条幅上写着:祝贺彭博莱特舞蹈队!大门前有一棵高大的白杨树在站岗,但温克勒对此并没有印象。停车场上除了停在最里面的三辆校车,别的车一辆都没有。温克勒开进学校,停好车,扬声器终于发了善心,不再出声了。

他之前有个八月就是在俄亥俄州度过的,听了一个月的雷声:很多个早上,天空远处的云层都会传来低沉的隆隆声;下午的时候,雷达的点极扫描会发现大面积的风暴,上面的指示灯就像一滴滴浸透纱布的血液。温克勒记得,到了晚上,空气中会充满水汽,呼吸时仿佛吸入鼻腔的是一个个臃肿的水分子。

记忆汹涌:冰雹在他手掌中融化;大雨扑在挡风玻璃上;日历变暗,在地下室楼梯间的漩涡中打转。鹅头形门环。厨房地板透出的乙炔味。他离开时的俄亥俄州就是这样,但又不尽相同:繁忙的交通,嗡嗡作响的电塔——温克勒确定,二十五年前,电塔所在的位置是一片森林。

他下了车,长吁了一口气。这只是普通的一天,只是夏末的一个清晨,有大朵大朵的云飘在田野的上空。于经过的车辆而言,温克勒不过是出来散步的人而已。可谁知道呢——或许他曾在这里有自己的家;或许——从根本上说——他属于这个地方。温克勒拿好玫瑰花,锁好车,朝影山巷走去。一缕和风吹过。

到了各家小小的区域,所有的房屋都还在:史蒂文森家、哈特家和科德里家。科德里家门前的邮箱上挂着一块新的手写标志牌:特威迪家。萨克斯家的车道上,一个穿着画家工作服的光头男人从面包车里拿出一只桶,带到了里面。没有糖枫树倒下的迹象,倒是一棵小海棠上有不少黄褐天幕毛虫。

温克勒看了看哈特家的邮箱,里面那条黄色丝带上写着比尔·卡尔霍恩先生。史蒂文森一家也是一样的情况:搬走了,另一户人家住了进来,更新换代。

巷子最里面新建了几栋房子——看起来都还不错,有天窗、室外中央空调和颇有艺术感的数字。温克勒眼前浮现出洪水冲毁街道的画面,漂浮物和碎石混杂其中,棕色的水里起了漩涡,他的腿勾在邮箱柱子上。

然而,温克勒还是没能克制住残存的希望:桑迪走到门口,格蕾丝的照片挂在客厅,一切最终达成和解。他对生活的要求很过分吗?一份令人感兴趣的工作,能看到天空的景象;一辆可以在车道上清洗的汽车;桑迪从花床上拔掉杂草;女儿骑着自行车小心翼翼地到路边。这种直截了当、知足常乐的日子。温克勒知道,愿望成真的概率微乎其微,但他的脑海里这样的想法一直萦绕——她们母女可能在——温克勒不想把这幅画面赶走。

他看了看这些房子,却没分辨出一丝洪灾留下的痕迹。扭曲的结构?地基的水渍?他什么都没看到。仿佛整个地方都被重建了一样,老房子已被拖走,记忆已被抹去。草坪、树木、小鸟——甚至某个地方烤肉的味道——每种声音、每种景象都带着夏日安静的满足感:没有隐私,没有秘密。

但到处都是从坟墓中爬出的尸体,朝他踉跄走来:刚割完草的潮湿的味道、杂草的味道、河水的味道——每一种都是打开记忆大门的钥匙:厨房的牌桌、后院的落叶,还有打在脸上的一记耳光。

四座房子,三座,最后两座了。包着玫瑰的玻璃纸被温克勒捏得咯吱作响。"她不可能在的,"温克勒自言自语,"不可能两个人都不在家。"虽然这么说着,细密的汗珠还是从后背冒了出来。

影山巷9515号。前面小路两侧的树苗长得又细又长,像奇怪的成年人。走道和车道一样,灌木丛的形状很不规则,杂乱无章。一样的屋檐,一样的前门梯级。车道最里面有一个新车库,建得很粗糙。楼下的一扇窗户上贴着一连串纸娃娃,手牵着手。

温克勒仿佛看到桑迪带着格蕾丝走进门,把她抱进浴缸里。一片片雪贴在厨房窗户上。在我们的记忆中,生活中发生的故事与时间无关,也无从转录:过去侵袭现在,未来急匆匆地融入历史。

黄铜的门环换成了门铃。按钮后面有发光的橘色灯泡。温克勒离开后新添置到房子里的物件已经过时了,这种想法真让人觉得奇怪。

门铃上方有一块石板,上面刻着李家两个字。温克勒在裤子上蹭了蹭手,按了门铃。门换成了栗色的,油漆已有些剥落。我会重新刷漆,温克勒心里想,我今天就可以。温克勒还可以做很多事:铺床,给草坪除草,处理过道缝隙中的青苔——他还会为母女两人做晚餐;给冰箱除霜。无论这位李先生是谁，是监护人也好，是桑迪的丈夫也好，温克勒都不在乎。这位先生会跟温克勒握手，邀请他去后院——到了晚上，两个人就会好得跟亲兄弟一样。

房子里面传来一阵窸窣声，一名韩国女人抱着一只小狗出现在门口。她在纱门那边眯着眼往外看。"你好？"

"嗯。"温克勒答应了一声。他的目光越过那位女士的肩看向大厅，衣柜门上的塑料把手都还没有换。"你住在这里？这是你的家？"

"当然，"女士挑起眉毛，"先生，你没事吧？"

"有一个叫桑迪的人住在这里吗？"

"没有。这是——"

温克勒把花递给她。"这是给你的。"

那位女士把门打开了一条缝，接过花，又关上了门。小狗闻了闻玻璃纸。女士看了看花朵，想找找看有没有卡片。

"房子不错。"温克勒说。

她抬起头，期待地看着温克勒："是你送的吗？"

温克勒耸了耸肩，要离开的时候努力半鞠了躬。鞋跟被什么绊住了，温克勒踉跄了一下，沿着门口的路往回走。

"先生，没事吧？"女士大声问。

"没事。"温克勒回答。那位女士关上门，温克勒听到门锁上的声音。前窗的百叶窗被合上了，一扇接一扇地被合上了。

温克勒努力调整自己，略有些颤抖地往街道尽头走去。他经过小巷最里面，穿过一座后院，来到河边。水流缓慢，水位也很低。水面上露着几块石头的顶部，石头上有干燥的泥土，略显苍白。对岸的树林稀疏了一些，温克勒能看到另一片街区上房屋的平台和后院的秋千。他静静地听着：有低语声，是成千上万朵水花在讲话。远处有车通行的声音。就是这样了。舒缓的棕色小河向前流淌。

3

建筑物看起来更小，人行道更为拥挤，交通更为繁忙，停车收费更贵了。温克勒还没适应汽车里的安全带、门上的锁、窗户上的纱网和床上的毯子。瀑布的味道，凉亭里的葡萄藤，理发店门口旋转的立柱——这些似乎都比他记忆中的更小、更无趣。还有一些变化非常明显：沙格兰百货商场现在变成了盖璞零售店。古德镇印刷厂成了星巴克。所有的陈词滥调都不肯散去。你不可能再回家了。一切恍如昨日。

中午，温克勒在沙格兰图书馆中，通过微缩胶片寻找1977年版的《交易商报》，可没有成功。一位志愿者指着一张桌子，让他去找电脑屏幕后面那个梳着马尾辫的男人。"他能帮到你，"志愿者说，"基恩知道所有的档案。"

基恩坐在轮椅上，臃肿的身体架在异常安分的腿上。他举起中指，在键盘上敲了几下，接着抬起头，双手搭在肚子上。

"我想找个人，"温克勒说，"两个人。一个是我女儿，她叫格蕾丝。格蕾丝·温克勒。还有一个是我妻子桑迪。她们两个很久之前住在这里，现在可能在阿拉斯加。"

基恩抿了抿嘴，嘴角向下，然后深吸了一口气。"我可以用国家白页和美国参考查地址。或许还能查房产记录。就这样。如果你还想知道更多，就得请私家调查员，但很贵。她们是躲起来了吗？"

"躲起来？我不知道。"

"你有社保号吗？"

"我没记住。"温克勒的视线中，一个黑点渐渐扩大。他倚着基恩的桌子。"我有钱。"说完，他把一张一百美元的钞票放在键盘上，然后又放了一张。基恩盯着钱看了一会儿，然后把钱收进轮椅上的口袋。"好吧，"基恩说，"是迪拜的迪吗？"

温克勒从旁边的桌子处拽了一把椅子坐下。他之前在小岛教堂和谢尔站见过台式电脑，但眼前这台机器更大、更时尚，噪音更小，且功能更强大。基恩使用电脑的速度快到令人心慌，一个个网站从眼前闪过。线索，死胡同，更多线索。温克勒不太明白，只看到交换机网站和一个名为美国搜索网站的标志。基恩缓慢地呼吸，手指有时会很快地在键盘上敲几下。

"没有，"基恩说，"克利夫兰没有……我可以试试用年龄搜索……她结婚了吗？"

"结婚了没有？"

"那个女孩，格蕾丝，结婚了没有？"

"不知道。"

基恩的目光从屏幕上移开，看着温克勒，然后又看向屏幕。"没事，大叔。你先喝点儿水，一切都会好的。"

温克勒在基恩身边坐了三个小时。基恩尝试搜索了"记录在案"和没有记录在案的一切——结婚证书数据库、房产交易、准法律支付搜索系统、国税局审计清单，等等。"大哥，如果她们结婚了，或者改了名字，"基恩说，"那就全完了。"但基恩还是不停地尝试——手指敲打着键盘，他又要了两百美元。基恩搜索了俄亥俄州、阿拉斯加州、信用报告、犯罪记录、目前居住在境外的美国居民记录，还使用了绝不是为图书管理员准备的美国联邦调查局的搜索引擎。

开始出现的数据很多，至少有几百条，数字让人眼花缭乱，整个世界仿佛就是由叫"格蕾丝·温克勒"和"桑迪·温克勒"的人构筑的。然而,基恩通过年龄排除了一些,又通过国籍排除了一些,再通过种族排除了几个条目。

"安克雷奇呢?"温克勒问,"安克雷奇的也没有?"

"阿拉斯加没有,没有叫格蕾丝·温克勒的。只有埃里克·温克勒和埃米·温克勒。"

"那试试希勒呢?"

一阵键盘敲击声。计算机开始搜索。"安克雷奇没有。只有一位住在巴罗角的卡门·希勒。整个国家,六十岁以下的人里面,绝对没有一个叫格蕾丝·希勒。"

温克勒揉了揉太阳穴,努力撑着。

"或许找警察比较好,"基恩说,"他们能搜索指纹,还能接触计算机通信服务中心,我就不行。"

页面一个接一个地出现在显示器上。基恩终于停下来的时候,已经到了傍晚。他没看温克勒。"要不要查查讣告?"

"不知道。"

"你也不知道她们有没有,"基恩清了清嗓子问,"或者说你希望她们没有,对吧?"

温度上升,心酸也是。温克勒盯着基恩轮椅上的一个轮子,胎面已经磨损得发亮,一块口香糖固定着松散的轮辐。"希望如此。"温克勒说着,脑海中浮现出南顿的胳膊肘拄在旅店桌子上等客人的样子。几条灰色的鲑鱼从玻璃地板下游过;屠夫穿着满是血渍的围裙,坐在箱子上抽烟。基恩在轮椅上动了动,椅子上传来一股味道:霉味,椅子过度使用的味道。"就当随便看看吧。"他说。

温克勒努力地回忆抱着格蕾丝的感受,回忆格蕾丝的重量和温度,但他只能想到母亲的植物,想到母亲去世后的春天,他独自一人走上屋顶，本想重新打理母亲的花园，却因为浇水过多，淹死了幼苗。几个月后，温克勒不得不把装着泥土和植物的花盆拖下屋顶，直接倒进垃圾箱里。

几分钟之后，基恩点了几下鼠标，屏幕变成了白色。他挪了挪轮椅，离开桌边，对温克勒说："一个小时后回来。"

"我可以用别的机器搜索。"

"没事，我能搞定。听着，大叔，你得明白一件事：这个世界很大，非常大，超级大。虽然到处都是光纤和间谍卫星覆盖的地方，但还有很多藏身之处。非常多。我可以给你一份清单，上面有一半叫桑迪或者格蕾丝的人。我能找到交过税的。"

"一半？"

"或许更多，或许全部。或许我他妈能找到所有叫这两个名字的人。"

温克勒点了点头。

"好吧，"基恩说，"你很在意这两个人，对吧？"

"差不多吧。"

"她们真是你的家人？"

"是。"

"你要给她们写信吗？我找到的人你都要写信吗？"

"我会亲自去，不知道在信里写什么。"

"好吧，"基恩看了眼屏幕，"一个小时后见。"

温克勒走进一家店，坐在胶合板桌子前嚼着鱼棒，扫视其他顾客的脸，想看看有没有熟人，可一个都没找到。车来车往，一名警察开着电动车在街上来来回回地贴罚单。窗外，云朵慢慢地遮住了天空。极目之处，就只在糖果店外墙之上有飘动的雾气。那片天空下，在温克勒看不到的地方，河水从梅因街下悄然流过，随瀑布一起落下。

温克勒回到图书馆的时候，基恩已经走了。他给温克勒留下了一个信封。温克勒拿着信封走进一个小房间，里面有五张叠起来的纸和四张百元钞票——钱都退了。没有便条。

打开前两张纸，分别是五个桑迪·温克勒和八个桑迪·希勒的名单。温克勒扫了一眼地址：得克萨斯州、伊利诺伊州，还有两个在马萨诸塞州。没有阿拉斯加州。之后两页纸是格蕾丝·温克勒的名单：九个格蕾丝散落在全国各地。有一个叫格蕾丝·温克勒的人在内布拉斯加州，有一个在泽西岛，还有一个在爱达荷州的博伊西。

他的目光根本无法从那个名字上移开：每一条地址和每一个电话号码上都有那个名字，黑色的字重复了九次。格蕾丝·温克勒，爱达荷州博伊西，阿尔图拉斯，1122号。格蕾丝·温克勒，内布拉斯加州沃尔顿，东梅里382号。这些名字对应的都是真实存在的女性，活生生的女性，有电话号码，有各自的发型，有各自的过往。温克勒想象着女儿出现在某些场合的情景——毕业典礼或冰球比赛——她一定也会四处张望，想看看父亲是否也在为自己加油。如果格蕾丝真的活下来会更好吗？而他却抛下了所有责任？

最后一张纸是《安克雷奇日报》上的讣告复印件，时间是2000年6月30日。还没看完第一句话，温克勒整个人就怔住了。

安克雷奇居民桑迪·温克勒，时年59岁，于2000年5月19日在普罗维登斯阿拉斯加医疗中心因卵巢癌并发症去世。纪念仪式将于周四下午4点在东街737号长青纪念教堂举行。葬礼将在格伦高速公路14英里处的天堂之门永久护理墓地进行。

温克勒女士于1941年8月25日在安克雷奇的普罗维登斯医院出生，毕业于西部高中，先后在第一联邦储蓄贷款银行、诺斯里姆银行及阿拉斯加北方银行工作。

她喜欢看电影，曾任北方极光电影协会秘书。此外，她喜欢雕塑、宠物和游轮。夏天，她会到市中心的周六市场做志愿者。

温克勒女士的家人写道:"桑迪心胸开阔,对朋友和陌生人都很友好,极富同情心。我们将永远记得她的智慧、微笑及对工作的奉献。"
纪念物品可按照捐赠者的选择送至慈善机构。

讣告配有一张分辨率极低的照片。透过放大镜看,与其说那是一张脸,不如说是一堆变形了的圆点。但温克勒还是能看到里面的桑迪:高高的脸颊,嫣然的微笑。是桑迪。她戴着一副玳瑁眼镜,款式很时尚。她的目光看着照相机左边的什么东西。她很瘦,表情有些困惑,比温克勒曾经认识的那个女人更悲惨一些。

她喜欢雕塑、宠物和游轮。桑迪保留了温克勒的姓氏。温克勒垂下头。我要做的就是醒过来,温克勒心里想,要是足够集中精力,就能醒过来。

她的家人写道。是赫尔曼吗?

有人在报纸上写了几个字:TM 深爱 SG。温克勒不知道自己怎么还能坐得住,但他也站不起来,所以他只能愣着,听着血液流过全身的声音,感受血液流过抓着这些纸张的手指,仿佛其中蕴含着某些他无法破解且不容辩驳的重大意义。

过了一会儿——温克勒也不知道过了多久——闭馆的音乐从架子上方的扬声器中消失。灯光暗了下来。有个女人碰了碰他的肩膀说:"闭馆了。"

温克勒收好写有"桑迪·希勒"以及"桑迪·温克勒"的纸,拿出四百美元放进信封,交给那位女士:"请把这个给基恩。"

停车场,温克勒坐在达特桑汽车里,格蕾丝·温克勒的名单放在腿上。温克勒面前是沙格兰福尔斯镇,有仔细粉刷的店面、真诚炉边书店、条纹装饰的爆米花店。尽管交通繁忙,尽管某处传来垃圾桶叮叮当当的声音,尽管图书馆后树叶簌簌,割草机隆隆作响,尽管有自己颤抖的呼吸声,温克勒还是能听到瀑布跌落时翻腾的轰鸣。

很久之后,温克勒转动钥匙,静电的声音从扬声器中咆哮着扑来。

4

她喜欢游轮？这是不是说桑迪喜欢看游轮？温克勒试着想象桑迪在安克雷奇储蓄及贷款所工作结束后的样子，一整天，她都得带着银行出纳员的微笑，为人们兑现社保支票。牧场的房屋，长着杂草的草坪，一台吹雪机，不孕的前夫，装满廉价鞋子的柜子。痛苦涌入眼眶。真希望他们会给桑迪麦片，温克勒心里想，希望他们给的是苹果肉桂脆片。

曼斯菲尔德附近某个汽车旅馆的房间里，温克勒好不容易才鼓起勇气，找接线员要到了安克雷奇长青纪念教堂的电话号码。一位女士接了电话，温克勒说自己想跟2000年5月时，了解桑迪·温克勒葬礼的人聊一聊。接待人员问了两次温克勒的名字后，把听筒放在了一边。温克勒耐心地等着。保持通话的音乐一直传来。

电话旁的台灯发出轻微的嗡嗡声，温克勒的手指蹭过台灯阴影的地方，留下了手指印。纪念教堂的那位女士当真让温克勒等了很久。终于，她回来了："应该是乔迪·斯托弗牧师主持的那次仪式。他后来搬到了休斯敦，大概两年前了吧。"

"好的，"温克勒说，"休斯敦是吧？"

他之前期待的是什么？飞机降落时，难道不是已经有了所有答案吗？难道是保险箱里的信封或是贴在影山巷9515号门上的便条？温克勒还不能面对这一切，现在还不行：之后那么久，很可能都是赫尔曼一直陪着桑迪，他或许最后的发言权。温克勒差点儿就开车回图书馆，让基恩寻找赫尔曼。

沉思太过可怕，一切都让人难以置信：赫尔曼是守门员，是银行家，是胜利者。温克勒也知道，有些事无法论输赢，可明摆着赫尔曼就是赢了。桑迪已经去世，而赫尔曼最终还是她的丈夫。

黎明时分，温克勒坐在汽车旅馆的餐厅，吃了一份土豆饼，盘子旁边放着写有格蕾丝·温克勒的名单。洪水过后，桑迪回到了安克雷奇，现在看来，她之后再未离开。桑迪退回来的一箱信件地址写的就是安克雷奇；她曾在那里的诺斯里姆银行工作；她也是在那里离开了这个世界。

但安克雷奇没有叫格蕾丝·温克勒的人，全国也没有叫格蕾丝·希勒的人。温克勒强迫自己认真思考——毕竟，他曾是科学家，有分析思考的能力。格蕾丝生活在安克雷奇，但用的是另一个名字，或许她也已经去世，当然也有搬离这里的可能。如果是最后一种，那温克勒的格蕾丝就在这张名单上，是九个人中的一个。这种可能性让温克勒无法自拔。格蕾丝承受了母亲离世的伤痛，远离家乡，重新开始。花了三美元买了份地图后，温克勒标出了几个地方：田纳西州的杰克逊；新泽西州的米德尔敦；加利福尼亚州的圣地亚哥；还有另外六个。接着，他把这几个地方连了起来。整条路线像一个宽大而扭曲的闭环，像股骨，像被抻开的破碎的心：俄亥俄州到新泽西州，向南到弗吉尼亚州，之后再向南到田纳西州，继而是内布拉斯加州，接着是得克萨斯州、新墨西哥州、加利福尼亚州，最后是爱达荷州。

第一站，新泽西州：米德尔敦，斯凯雷奇大道5622号。

温克勒把讣告上桑迪的照片撕了下来，放在仪表盘的凹槽中。照片上的桑迪盯着自己的左边，眼睛如之前一样略有点儿对视，仿佛凝视着车窗外，面容带着迷惑。加油站里，温克勒花了五美元，让服务员彻底切断了汽车音响的电源。

无论如何，最初几英里是充满希望的几英里。咖啡，达特桑汽车里无边的沉默,一张有九个名字的名单——其中一个可能是自己的女儿,这种希望看起来并非太过渺茫。美国也不是很大,他都已经快到了宾夕法尼亚州了。绿色过渡成浅绿色,又过渡成蓝色。

走在路上,已走过的里程和未来将要走的里程中,温克勒抑制不住地反复想象着女儿的样子:格蕾丝已经成了家庭主妇,臀部裹着围裙,手指上裹着已经干燥的饼干面团。或许自己已经有了一个有礼貌的外孙女,外孙女高兴极了,脸上粘着不少南瓜泥,正想推开桌子。外公,小女孩会一边笑着,一边屈膝行礼地这样称呼自己。外公:如一位成功的父亲一样,温克勒如今也荣升了。

格蕾丝还是个学生,梳着马尾辫,跟其他女生没什么区别,穿着格子短裙和高筒袜。格蕾丝是风景画家、漫画家、酒吧驻唱歌手,是某方面的爱好者,是外科医生,是牙医,是主厨,是参议员、活动家,是麦片盒设计师。格蕾丝是市场研究副总裁。格蕾丝:三个字,温和宽厚,有一颗跳动活跃的心。

温克勒想象着赫尔曼·希勒独自在厨房餐桌前准备桑迪的讣告。基恩的声音回响在耳边:"这个世界很大,非常大。"格蕾丝已经去世这种概率也存在,令人不安,可这到底是什么意思?她不在地球上反而到了地球内部吗?

他不允许自己这么想。基恩必须坐在椅子上,整日对着电脑屏幕度日,所以他能知道什么?能去找寻的地方很多——至少现在有九个——前面的路就像铺展在温克勒面前的空白卷轴。

下午,温克勒只觉得眼睛有些难受:汽车都飘起来了,在远处游动,可突然一下就冲到了面前。左边的车道上有卡车呼啸而过,可温克勒直到卡车都快过去了才发觉,心脏都差点儿从胸口里跳出来。

黄昏时分,他开下州际公路。规整的绿色农场变成了一座座独立的农庄,中间是一层的农舍,小牛侧靠着铁丝网。每开九英里,就能看见低矮的便利店，店面贴着的都是彩票和廉价啤酒的广告。坐在大功率高速中型汽车里的少年们看着温克勒开车经过。

唯一一家汽车旅馆是煤渣砖搭建的房屋，整体建筑都被霓虹灯的灯光笼罩着：房屋钥匙酒店，杰勒特支付及住宿。温克勒满脑子想的都是斯凯雷奇大道5622号：应该有一间客房，客房梳妆台上的花瓶中插着向日葵干花，床尾板上放着一床折叠好的被子。或许，第二天唤醒温克勒的会是早餐的香气和窗外的海鸥。

公路再次与高速公路会合，带着温克勒朝公园州大路走去。汽车数量多得让人咋舌。温克勒尽量靠右开车。每走十一英里，收费站的收费亭前排的队就会出现在眼前。有两次，温克勒没接住装着找零的小篮子，不得不下车在碎石中寻找掉落的硬币。

114号出口的一位通宵摄影助理为温克勒指了路。当时已经过了晚上十一点，他肚子里空空如也，腰酸背痛，眼睛也酸涩不已。温克勒打算先过去看看，然后就去酒店，休息到第二天早上。

斯凯雷奇照明不好，道路也已经老化：棕色的草坪、石棉瓦片、窗户前超大的灌木丛。街上的红绿灯闪烁着黄光；一只浣熊在马路上游荡，后来消失在排水管中。

5622，这四个数字亮着光。五颜六色的塑料玩具散落在草坪上；一辆洒水车来来回回。房子本身是一层的，颜色很浅。藤蔓爬上了壁板；三根门柱中，有两根已经破损，所以外墙有仿佛要倾倒的样子。温克勒心里暗下决心：如果房子的所有人是格蕾丝，他一定会赞美遮阳棚和茁壮成长的植物。

显然有人还没睡。家里的每盏灯都亮着。最近的汽车旅馆在哪里？温克勒穿上西装外套，扣好衣领。透过一扇窗户，他看到一张铺着透明塑料布的沙发。桌上摆着廉价台灯。歪着脑袋的风扇还开着。架子上没有书——难道格蕾丝不看书？温克勒把衬衫塞进裤子里，抚平夹克，攥紧拳头，敲了敲门。

不到一秒钟，一个赤膊男孩开了门。男孩皮肤黝黑，穿着白色短裤。他站在门口，一直拧门把手。

温克勒清了清嗓子。"温克勒小姐？格蕾丝？在家吗？"

男孩转身看了看里面关着的门，又转过身来。

"你能跟格蕾丝说有人找她吗？一个和她同姓的人？跟她说很抱歉这么晚来打扰。"

男孩一动不动地站着。或许他不会说话？温克勒又朝房间里喊了一声："有人吗？格蕾丝？温克勒小姐？"这时，温克勒听到马桶冲水的声音，一个男人从走廊里过来，打开了那扇关着的门，说话声和笑声从房间里传来。那个人走下楼梯，随手关上了门。

"我能进去吗？"温克勒问了一声。男孩走到一边，好像还欠了欠身。温克勒走进屋子里。地下室：很多阴影，有蓝色的光。他能听见各种声音，但他朝着楼梯井问有没有人的时候，房子里一下就安静了。"温克勒小姐？"楼梯很陡，扶手已经坏了，"温克勒小姐？"

牌桌上一瓶波旁威士忌酒后面坐着的就是她。哪怕是站在楼梯最下面，哪怕离她有二十英尺，温克勒也看得出，她不是格蕾丝，至少不是温克勒的格蕾丝——这个女人脸部较宽，鼻子扁平，圆圆的眼眶里嵌着又大又黑的眼睛。桌子周围还有四名臃肿的非洲女人。阴影里有几件草坪家具，就围着地下室摆放，家具周围还坐着其他人，男女都有：一个比较瘦的人坐在洗衣机上，脚一直踢来踢去。所有人都看着温克勒，格蕾丝在洗牌，可目光也没看手里的牌。她很瘦，穿着还算讲究，不考虑所处环境的话，人们大概会以为她是营销员或版权律师。

格蕾丝旁边的桌子上有个自制机器，大概有微波炉大小，粘着不少电线和管子。一个坐在附近的女人正往上安装电线，看到温克勒，她慢慢地拔下每根电线，把电线放在桌子上，靠在后面坐好。

温克勒开始解释:"我在找我女儿。我以为你就是。可是……"

格蕾丝一直洗牌。"你不知道你女儿在哪儿?"

"我才开始找。"温克勒双手插进裤兜,"很久没见到她了。"

"明白了。"格蕾丝说。但她真的明白吗?温克勒几乎看不清房间里别人的脸。那些人会因为他的西装质量判断他这个人吗?他们是想拖住温克勒,好让邻居洗劫达特桑车上的物品吗?

房间里,沉默的紧张感无声地蔓延开来。温克勒身后的楼梯上传来轻微的脚步声,那个没穿上衣的男孩从温克勒腿边跑过,站在格蕾丝·温克勒旁边,一只手放在格蕾丝裙子上,眼睛看着桌面。

"我该走了。"温克勒说。

"再待一会儿吧。"格蕾丝开口了。

"我没想打扰你们。"她生气了吗?还是在笑?好像觉得格蕾丝在笑的想法只是一厢情愿。那个男孩看着温克勒。"你有客人在。"

"没关系,"格蕾丝说,"没人介意。这是杰德,"她拍了拍那个男孩的头,"他只是在用自己的未来机器预测比德尔太太的命运。是不是这样?"但那个男孩看着温克勒,既没有点头致意,也没打招呼。

"我还是走吧。"温克勒说。

"留下来待一会儿,"格蕾丝·温克勒坚持着,"谁给温克勒先生拿些喝的东西。"坐在洗衣机上的男人站了起来,伸长胳膊递给温克勒一瓶四十盎司的酒。

"家里做的。"那个人微笑着说。

"好了。"格蕾丝开口道。

温克勒点头表示感谢,然后打开瓶子喝了一口。酒是温的,口感醇厚,同时,温克勒还觉得残渣太多,都堆在牙缝里了。大家又开始交谈。男孩大大的浅色眼睛一直看着温克勒。

"这台未来机器是杰德造的,"格蕾丝说,"自己一个人的时候做的。

是不是很了不起？"

桌子周围的女人们吹起口哨。"看这边，"比德尔太太指着箱子正面一堆按键和开关说，"还有这边。"另一个女人的手指拿着一簇蓝色的光纤——或许也是电线——这些线从箱子顶上冒出来，搭在桌子上。"这就是机器的动力来源，对吧，杰德？"

但那个男孩还是没说话。温克勒手里的啤酒喝起来像温热的沙土。他嘴唇都麻了。过了一会儿，男孩转身趴在妈妈耳边小声说了几句话。

"杰德问你想不想知道自己未来的命运。"

温克勒环视了四周。"我真的得走了。我得找个汽车旅馆，明天一早还得上路。"

"没事，你可以在这里睡。睡沙发。跟我丈夫一个姓的人可以在这里住一晚。"

"其实……"温克勒的话被打断了。

"好了，别说了。过来坐吧，反正也不会怎么样。"

比德尔太太嘟囔着从椅子上站起来，温克勒过去坐在了她之前的位置上。男孩又跟格蕾丝说了几句悄悄话。听完之后，格蕾丝笑了起来："杰德说要十美元，未来机器才能运转。"

"十美元？"

房间里的人都笑了，男孩看着温克勒。温克勒递过去一张钞票，男孩对折了两次，把钱从投币口塞进机器里。

温克勒现在看得更清楚了一些——那台机器就像旧电视的主机，里面堆着各种地下室里杂七杂八的东西：吊扇的接线盒、简单的双线电机、铜管弯头，等等。每一部分似乎都和别的部分没什么关联，但杰德能一下把机器翻过来，把里面所有东西都倒出来。男孩开始行动，他松开弹簧夹，电线一下子全落在温克勒身上：领带上、袖口上，有一个落在小拇指指尖，还有一个落在左耳垂旁。温克勒稍微被吓到了，仿佛夹子刺破皮肤，他正在流血。男孩的手轻轻地拂过温克勒。温克勒抬手想摸摸耳朵。

"温克勒先生，别乱动，"比德尔太太说，"马上就好。"

男孩的双手在旧电视上画着线，排列电线，打开开关。接着，他捂住眼睛，胳膊动来动去。他把长长的光线束从箱子顶部拿出来，轻轻摸了几下，然后全部扯开。之后，他往两只手的手心吐了口口水，还揉了揉。

温克勒拿起酒瓶灌了口酒。可令人意外的是，瓶子里的酒几乎已经见底。温克勒觉得脊椎有点儿刺痛。是给他通电了吗？他想到了那张桑迪的照片：桑迪坐在车里等着自己。

"机器怎么说？"男孩睁开双眼，从他那边往盒子里仔细看。温克勒看着格蕾丝：她留着短发，大概到脖子的位置；她有大大的黑色眼睛；脖子上戴着一条没有吊坠的项链。绝对不是自己的女儿。

"杰德说未来机器能看到很多东西。他说未来机器能跨越时间，收集很多信息。"

男孩瞥了眼机器，弯腰又跟妈妈说起了悄悄话。"温克勒先生，杰德想问你，是不是真的想知道未来机器都说了些什么。"

坐在椅子上的温克勒动了动，觉得脚下的房间正在缓慢、流畅地旋转。他突然觉得一切都很愚蠢，穿着新西装的他所做的都是徒劳：他永远无法找到自己的女儿，只能在闷热的地下室里饮酒度日，忍受着这些无聊的伎俩。"你这是暗示吗？"温克勒说，"我可不会再付钱了。"

房间里的人都笑起来。格蕾丝伸出一只手。"杰德说，未来如何有时候取决于现在做的事情。"

温克勒咽了口口水。男孩又小声地说了什么。"杰德说你面前有很长的旅程，未来机器只能告诉他能看到的一切，而不是全部。"

温克勒稍稍喘了口气，但格蕾丝现在并没有微笑。"机器说我女儿在哪儿了吗？"

男孩再次把手放在机器上，房间里的人似乎一起倒吸了口气。温克勒举起空酒瓶放在嘴边。格蕾丝凑过去听杰德说了几句后,终于开口:"未来机器说,世界上有很多格蕾丝·温克勒,所有的都是真正的格蕾丝·温克勒,所以你的旅程永远不会结束。他说你会看见火,然后会死去。未来机器说,进入黑暗的世界意味着放弃现在的世界。"

温克勒眨了眨眼。男孩走过来,摘掉了所有弹簧夹。"就这样?"

"就这样。"

5

有人没关厨房的水龙头,温克勒是被厨房的水声吵醒的。地下室入口的地毯上堆着不少空酒瓶。温克勒从塑料沙发上起身,跌跌撞撞地走到洗手池,关上了水龙头。除了昨天那个只穿着短裤的黑皮肤孩子,房子里空无一人,也没有任何声响。男孩蹲在门边,正抱着一个大塑料桶,吃着动物饼干。温克勒在沙发上摸到了眼镜,擦了擦戴好。窗外的天空是灰色的,有些阴沉。草坪上弥漫着薄薄的白色雾气。

"你好啊,"温克勒说,"杰德,现在几点了?"

男孩没转身,甚至动也没动。温克勒后脑勺直疼,四肢酸痛得不得了。他拿起外套,穿着皱巴巴的西装,打开纱门,走下台阶到车旁边去。车还是跟之前一样,没有谁翻动过的痕迹。正式上路前,温克勒开车在邮箱处停下,打开邮箱门,放了张百元大钞进去。

一家哥伦比亚特区北边的汽车酒店里。温克勒把外套放在破电视机旁边的桌子上,从床头柜里拿出一张纸。

亲爱的索玛——

假设美国有一万三千家麦当劳,我开车走在八条车道的高速公路上,路过了五家。我很想念你和费利克斯,想念整座小岛。我甚至想念南顿。能知道住的地方边界在哪里,其实真的会令人心安。这里的每个人都让人有种万物无尽的感觉。

我和桑迪结婚之前，有一次，她买了一盒巧克力饼干，我们坐在沙滩上，远眺大海的时候一起吃的。我记得她当时说了些什么，但我没法注意听。我看着她说话时嘴唇的动作，看着她下巴的曲线。我想抓住她，想抱着她，想喂她吃饼干。可我没有。我只是看着她，看着光照在她脸上，看着几缕头发垂在她耳边。

你解读过自己的星座吗？去找过算命师吗？你觉得人是不是都有想知道未来的欲望？我总在想，他们只想知道会有哪些好事发生，只想知道自己这一周会过得舒心，只想知道他们会遇见某个永远深爱自己的人。

弗吉尼亚州彼得斯堡的格蕾丝·温克勒住在一栋赤褐色的公寓中，养了两只过于活泼的圣伯纳犬。这位格蕾丝隔着纱门跟温克勒讲话，一只手还盖着无绳电话的听筒。圣伯纳犬扒着纱门，大滴大滴的口水落在格蕾丝脚上。她听温克勒说完就摇了摇头："我是在罗利长大的，在我父亲的软件公司工作。"

温克勒离开后，格蕾丝还大声喊了句"祝你好运"，说完才用膝盖把两只狗顶回屋里。

在温斯顿-塞勒姆外面的大型超市里，温克勒买了两包二十磅重的优质狗粮寄给了那位格蕾丝，光邮费就比狗粮的价格还要贵很多。停车场上，有车开进开出。低矮潮湿的天空盘在头顶。有母亲、女儿、父亲——往后千禧年开拓者一样的后备厢里装满物品：一箱箱米勒淡啤酒、锡纸包装的金鱼牌饼干、一盒盒坎贝尔牌牛肉面。温克勒忽然觉得一阵哽咽，忍不住哭了出来。

一只松鼠拖着另一只匆忙穿过停车场，温克勒起了一身鸡皮疙瘩——哪怕在悲伤之中，大脑里也能浮现出一百幅画面：心底的痛苦，微风的味道。温克勒想起桑迪称量要在麦片中加多少牛奶的样子，想到桑迪坐在银行柜台后面的微笑，想到了桑迪放在卧室地板上靴子的靴筒。温克勒还想到癌症吞噬桑迪卵巢的情景；想到了曾啃噬桑迪身体的细菌、甲虫和蛆虫，这些小东西带走了桑迪，一点一点地带走了她。

第三位格蕾丝·温克勒住在田纳西州的戴尔斯堡。她祖父说话和风细雨，非常温和，还请温克勒在前廊的吊床上坐了一会儿，等格蕾丝从坚果面包店下夜班回来。萤火虫在树枝间飞来飞去。温克勒不禁想知道：我女儿会住在这里吗？躺在吊床上的他一动不动，静静地听着老人讲述：格蕾丝的父亲擅长做纸面石膏板，母亲（也就是这位老人的女儿）是四个县之中最棒的九柱保龄球选手，看那些奖杯就能证明了。这位格蕾丝回来了。她至少有二百磅重，和她祖父简直是一个模子里刻出来的，只不过是名女性，且更年轻一些。凌晨三点了，她竟还让温克勒和祖父吃了炸鸡腿，两根蜡烛在餐桌上燃烧着，一群群牛蛙在窗外叫得很是起劲。后来，格蕾丝和祖父在她的大号双人床上睡着了，留下温克勒一个人在祖父一堆头巾下的小双人床上大汗淋漓。等能听到老人的呼噜声，温克勒就起身了，把一百美元放在床头柜上，悄悄地走下前廊，走入潮乎乎的星光夜色中。

整整花了一天半时间，温克勒才横穿密苏里州，经过堪萨斯州的一个小角落，开进了内布拉斯加州。一片片没有围栏的玉米田地像十字转门一样从旁边退去。只有六位格蕾丝了，温克勒体会到希望渐渐湮灭的感觉。这个州很大，交通繁忙，有些闷热。一切进步的速度都比温克勒想象得快：音乐、旅行、投射在屏幕上的图像等。只有他的搜寻之旅更慢、更久，似乎永无休止。

到林肯的时候，达特桑汽车开始冒黑烟，严重向右倾斜。停车检查后，温克勒才发现车在人行道上留下了一串油渍，于是，他不得不把一个两加仑的胜牌汽油瓶子堵在加油盖的地方，而且每次停车都得把瓶子里的东西倒进黑黢黢且冒着烟的加油口。

空洞入侵。温克勒觉得自己身体里的各个通道都挂满了蜘蛛网，早已荒芜。他躺在酒店的床垫上,空调开得很大,电视里正在播放河内、伊斯坦布尔和雅加达的天气预报。

内布拉斯加州沃尔顿的格蕾丝·温克勒现在已经成了格蕾丝·兰菲尔。她很温顺,大概才跟温克勒说了五个字,就端来了温克勒这辈子吃过的最好吃的通心粉和奶酪。这位格蕾丝生活在一个双卧室的牧场房子里,火车轨道从后院穿过,厨房里落满了鸟粪。温克勒见到了杰夫·兰菲尔,这个瘦高的男人一整晚都在兴奋地大讲特讲教育技术:"温克勒博士,您觉得二〇二〇年的教室会是什么样子?先猜猜吧!"他还给温克勒看了自己养的鸟:一只凤头鹦鹉、一只非洲灰鹦鹉,还有二十只鸡尾鹦鹉,就挤在杰夫小货车大小的笼子里。吃甜点的时候,一辆货运火车从后院开过,墙上的照片和桌子上的碗碟都跟着颤动起来。可兰菲尔一家人一切如常地吃着,好像已经没有了耳膜,倒是车库里的鸟儿发出了吓死人的叫声。

温克勒从这里带走的是装在特百惠碗里的通心粉和奶酪,有巴干奶酪和月桂叶,口感非常丰富,先是面包屑,然后是月桂味,最后是奶酪和黄油。第二天,温克勒在路边停下,像吃手抓饭一样把它当早餐吃掉了。

在得克萨斯州的奥斯汀,温克勒在格蕾丝·温克勒的联排别墅门前楼梯上绊倒了,牙齿一下咬在舌头上。这位格蕾丝身材高大,是个英国人,她给了温克勒一条厨房餐巾,让他到洗手池那里漱漱口。"我的天啊!"格蕾丝一直说,"真是的!"这位格蕾丝在得克萨斯州立大学教书,开的车和温克勒的达特桑汽车一样。她没有孩子,父亲生活在曼彻斯特。家里的墙上挂着几幅复古的烛台照片,另外还有一座巨大的黄铜钟,足足有两个温克勒高,呈太阳形。还能说什么呢?

亲爱的索玛——

今天,一个载货汽车停车场的陌生人卖给我二十几罐汤还有一个

"应急包"。他的夹克上大概有一千多个标有美国国旗的扣子。"你得把东西都放在后备厢,"他这么说,"因为你也不知道以后会怎么样。"我当时被他说服了,佩服得五体投地,总觉得他很真诚,说的都是关于未知世界的东西。我最后真的把钱塞进了他手里。

晚上,我会翻看笔记本,想知道怎么处理这些图纸,都是我收集的关于水的东西。大部分都没什么意义。我写过,两百年前,乌尔巴诺·达维索提出了一种理论,蒸汽由充满火的水泡组成,升上天空。我该怎么办?

我承认,自己不止一次有过不切实际的想法:书成功出版,特别受欢迎,还有很多报纸报道。我女儿坐在前排微笑,闪光灯很晃眼,就这些事吧。很愚蠢。我这一周都没记笔记了。整件事就像一池塘水,可我却想把水抓在手里。

你知道吗?现在美国学校的学生们都不在纸上记笔记了,都用电脑。从我身旁经过的司机中,有一半都在用手机打电话。

现在,睡觉之前,我会祈祷能梦见格蕾丝,但我的梦都很疯狂:浴室里塞满了冰;穿着运动鞋的天使们在大学宿舍的大厅里追我。醒来的时候,我真正记得的就是这些都是噩梦,让我没法再睡着的噩梦。

我已经见过五个格蕾丝了。或许再坚持下去也是很愚蠢的事;或许我该回到安克雷奇找娜莉娅,看看是不是有人能告诉我到底发生了什么。或许去找赫尔曼,也就是我妻子的前夫。但这样做,这样寻找好像更简单,也是更好的方式,这是用我自己的方式寻找格蕾丝啊。请向费利克斯问好。

温克勒给沃尔顿的格蕾丝匿名寄了一百美元,给奥斯汀的格蕾丝也寄了一百。

汽车旅店的房间融进了他的记忆,聚酯纤维的床单、空调、纸巾裹住的香皂。镜子最可怕,总是很大,而且非常亮,映出温克勒最害怕看到的景象——他自己的样子：憔悴的白发陌生人，穿着皱巴巴的内衣，两侧的肋骨很明显，脸颊被灯光照得凹陷，眼里有无尽的空洞。温克勒习惯了拉上窗帘，在黑暗中使用洗手间。

新墨西哥州的索科罗，一家银行外的温度计读数为华氏109度[①]。达特桑车和前门之间的碎石很烫，温克勒都觉得石头在吱吱冒油。这个格蕾丝很美，二十岁，穿着及地睡衣，隔着纱门，一直简单地回答着问题（"我当然知道谁是我爸"），后来，她父亲出现在走廊里。"出去。"她父亲一边说着，一边拍手，好像温克勒是被吓跑的狗。那个男人头发灰白，身上有很多文身，胳膊壮实到"一切都能用拳头解决"的地步。

温克勒转身原路返回，螺壳叮叮当当的，在仪表盘上滑来滑去。整辆车都有些颤抖，向一侧倾斜。刚才那个格蕾丝父亲的话两字一顿，像鹅卵石一样在耳朵里滚动：这里。没有。你的。女儿。

温克勒转头向西开上I-10公路，迷失在开向西边的车流中。新墨西哥州在他右手边，沐浴在阳光下。电塔之间的电线形成舒缓的抛物线。远处的蜃楼像达特桑汽车可以没入的潟湖。泛黄的照片中，不知所措的桑迪看着这一切。

从图森东边一个载货汽车停车场的洗手间走出来，温克勒在一部付费电话前停下了脚步。铁锈色的山麓在地平线上起伏，远处蒸腾着热气。沾满了飞虫的达特桑汽车看起来有些恶心，跟经历过天启并被扔在气泵旁边等死的野兽一样。回到驾驶位的想法让温克勒有些想吐。

他从口袋里拿出基恩给的名单。还剩下三个格蕾丝了。第七个和第八个住在南加州：分别是洛杉矶和拉霍亚，还得再开一天的车。

收银台的女孩帮温克勒把十美元纸币换成了一把二十五美分的硬币。温克勒走进唯——个有付费电话的电话亭，举着话筒坐了好一会儿，

[①] 约合42.78摄氏度。

连拨号音都消失了。当时是加利福尼亚时间晚上九点。他想到了桑迪抱着格蕾丝坐着,伸出左手想从橱柜里拿东西的样子。未来机器怎么说得来着?世界上有很多个格蕾丝·温克勒,所有的都是真正的格蕾丝·温克勒,因此你的旅程永远不会结束。

温克勒往投币口放了几枚硬币。第一通电话打出去,接电话的是个男人。"没在家。去她妈妈那里吃晚餐了。没错,她妈妈那里。有什么事吗?"温克勒直接挂断了电话。

另一通电话中,接电话的人笃定地认为温克勒是要推销挡风玻璃。"别再给我打电话了,"那个女人说,"我的挡风玻璃好得不得了。"

"不是的。"温克勒解释完,问那个女人在阿拉斯加有没有亲人,是不是出生在俄亥俄州,或者是不是知道父亲的名字。等温克勒问完了,那边一阵沉默。

"卢克?"她问道,"是你对吧?卢克,你真该死。真行啊你。我爸五个月前得癌症去世了。真他妈顺利。"听筒那端的女人骂完就挂了电话。

6

温克勒给加利福尼亚的两位格蕾丝寄了鹿肉干,给新墨西哥州的那个寄了一个穿着小斗篷的麻布娃娃。这些女孩子,没有一个是温克勒的女儿。他只觉得自己被困在了同一个梦中的不同变化中:房子里灌满了水,在空荡荡的房间一直寻找。

九月一日,温克勒在亚利桑那州格伦代尔的一家汽车旅馆里给名单上最后一位格蕾丝·温克勒打了电话。这位格蕾丝住在爱达荷州博伊西。温克勒把听筒贴在耳边,电话通了,但没人接。当时差不多是中午了,温克勒终于整理好自己,把衣服叠好放进行李袋,才再一次走向达特桑汽车。

亲爱的索玛——

这半个多月,我已经见过了八位格蕾丝·温克勒,可惜一无所获,没有线索,没有答案,只有舌头下方的酸涩和下背部的疼痛。我竟然觉得她还会保留我的姓氏,这么想真蠢。这对她来说有什么意义?她可以是格蕾丝·希勒,可以是带有任何姓氏的格蕾丝。我可能真的应该直接回安克雷奇结束这一切。但我总害怕那里也什么都没有了,什么人也都没有了。就连赫尔曼也没有了。这种孤独感,这种同胞已逝,甚至敌人都已离去的感觉很奇怪,让人害怕。

车有了点儿毛病。我已经花了两千多美元了。

一整天，达特桑汽车里都会发出异响，还总是漏油。温克勒尽力往前开。高速公路沿着古老的湖岸边蜿蜒，形成微微的弧线。岸边有贝壳化石，散落在沙子里，如小骨头一样。晚上，温克勒开到了一片长满仙人掌的平原上。一开始，仙人掌是粉红色的，之后成了紫色，黄昏时就成了红宝石色，它们的影子不断拉长，太阳将光线拖到了苍穹的边缘。路上开始有小沙漠蝙蝠的身影出现，它们会朝车大灯的灯光扑过来，高颧骨凹脸颊的原始面容会在灯光中闪现，之后便马上消失。温克勒还在往前开，跟油表较劲，停下来不是加油就是把粘在挡风玻璃上的飞虫擦掉。很快，他就把仙人掌甩在了身后，或许是在黑暗中看不到了，目之所及，只剩下地平线上起伏的灰色山脉和无尽黑暗的天空，边缘镶着一丝橙色。

午夜时分，达特桑汽车一瘸一拐地开进了犹他州，一路上，断断续续地出现的高速公路灯光会照出汽车和驾驶员的阴影。一辆辆车开过，苍白的灯光仿佛是被拖走了一样。高速公路一侧有开放式峡谷，还有一条流淌的小河，河水光滑而无情，直至最后消失在温克勒视野中都是如此。

夜晚的最后几个小时，温克勒把车停好，和两个汽车运输车司机一同在一个房间休息。一整夜，他都没睡着，因为总有司机打开外屋的门起夜。滴滴答答的声音一直回响，就像一个个小生命骤然消失一般。梦中，温克勒看到一个长着翅膀的幽灵消失在雪柱中。每次他一靠近，幽灵就会往远处走一些。终于，幽灵彻底消失了，它的翅膀泛着微弱的红光。温克勒停下奔跑的脚步，盯着落下的雪花，看着它们一路飘到大地的尽头。醒来的时候，温克勒浑身大汗。

第二天，温克勒开过了犹他州南部阳光普照的城市，达特桑汽车的两侧沾满了红土。有同样红土的土坡出现在道路两旁，那颜色仿佛是从土坡内部点亮的一样。小车沿着峡谷蜿蜒前行，远处峡谷中有一条河流，河岸上是绿色的木麻黄和三角叶杨。

第十六天了，到达爱达荷州霍尔布鲁克附近饱受风霜的公寓时天色已晚。很长一段时间，天都是紫色的，最后终于成了黑色。路肩上，山毛榉的暗影凑在一起，落在地面上。两边的地平线上，只有低矮的黑色小山，毫无特点可言。温克勒觉得自己是往陷阱里走去，很快就会落入困境之中。半夜，他看到了博伊西的灯光照进天空。又过了一会儿，博伊西的灯光出现在眼前，在山脊上闪烁，像小小的蓝色星系。

"快到了。"温克勒对桑迪说。桑迪还只是看着窗外。温克勒双手握住方向盘。真相其实已经变得清晰：这里不会有完满的结局，不会有云淡风轻的重新开始，不会有暴风雨来袭时的避风港。温克勒已经快走到了尽头，可没留下任何印记，没有希望，名单上也没有第十个格蕾丝。桑迪已经离去，女儿也可能在二十五年前就已溺亡，而他却在爱达荷州的博伊西。年近花甲，他在世界上留下了什么？

7

阿尔图拉斯街1122号是一栋石板色的平房,门前花床上有三四丛被晒蔫了的杜鹃花。温克勒集中精力看着门廊。没人进屋,也没人出来。

那是九月三日,闷热的夏天时日还长。早上十点,气温已经超过了华氏90度[①]。温克勒解开衣领,摊在车座上。大概每过一个小时,就有一位行人经过,其中有一个是满头大汗的邮递员,他步履不稳,走到格蕾丝家的门口后,把一堆杂志塞了进去。

汽车快速经过。一只喜鹊落在达特桑汽车的引擎盖上休息了一会儿,气喘吁吁的。温克勒挨个儿把螺壳从仪表盘上拿下来,在手里把玩一会儿。他在便利店买了三明治吃,还喝了一升水。下午,一辆警车开过,但只是减速,并没有停下。

大约六点,一位女士把白色的小皮卡车停在温克勒达特桑汽车的后面。她关上车门,用袖子擦了擦窗户上的污渍。经过温克勒身边时,她满眼狐疑的目光上下打量着,但还是稍稍挥了挥手。温克勒也朝她挥了挥手。

温克勒猜想,格蕾丝大概在上班。她可能担任着非常重要的角色,可能是科学家或者外科实习生。格蕾丝很快就会回家,如果温克勒运气好,格蕾丝可能还会请他进门,给他倒杯冰水。

---

① 约合32摄氏度。

开着白色皮卡的女士走进了隔壁的人家。太阳渐渐落山。温克勒对着后视镜系好领带，穿着潮乎乎的衬衫，看着阴影爬上树干。热气——难耐的热气——似乎愈发猖狂。

有多大概率呢？万分之一？百万分之一？阳光成了橙色。温克勒眼底泛红，之后消失，然后卷土重来。每隔几分钟，温克勒就有一种脱离时空、进入梦境的感觉，可这时，他又会甩开困意，回到车里已经变形的驾驶位上。不知道什么时候，反正就是接近黄昏时，一辆吉普车从旁边经过。车停在阿尔图拉斯街1122号门口，一个穿着短袖系扣衬衫和宽松裤子的年轻女士走下了车。温克勒只觉得心跳漏了一拍，努力集中精神。那位女士拿着一个尼龙公文包。她的腿很长，走路很快，带着疲惫，却很可爱。那位女士步子很大，径直走到了阿尔图拉斯街1122号门口，进了门。

"桑迪，"温克勒对着仪表盘上的照片说，"她和你长得真像。"温克勒把眼镜好好地戴在鼻子上，深呼吸了几次，才下了车。

走到半路，温克勒才发现那位女士没关门。公文包就在门边，旁边还摆着一双便鞋。温克勒扫了一眼街道，周围没有邻居出来。树叶纹丝不动，低垂着头。车外也是一样的闷热。"有人吗？"温克勒喊道，"小姐？"

他又往前走了几步，上了两级台阶，之后在门口站住。凉爽的空气从屋里冲出来——开了空调。温克勒禁不住地往前靠。前额的汗水也蒸发了。

"格蕾丝？"她的邮件就在两英尺开外的瓷砖上：一张比萨公司的宣传单，一本新闻杂志，还有几个温克勒看不清写的什么东西的信封。屋里很整洁：窗台上有小小的陶瓷斑马，沙发上铺着雪尼尔纱，角落里摆着榕树盆栽。沙发后面的茶几上放着几排带框的照片。

温克勒敲了敲没关的门，清了清嗓子。"格蕾丝？格蕾丝·温克勒？有人在家吗？"

难道格蕾丝在房子里面的卧室没听到？还是在打电话？她的公文包

就在温克勒脚边，温克勒完全可以弯腰拿起包，只要身体前倾，就能闻到格蕾丝鞋子的味道。茶几上的照片大概距离温克勒只有十五步远。格蕾丝的邮件轻轻地随风翻动着，凉爽的空气飘进了温克勒的喉咙。

犹豫了一秒，温克勒还是向那阵冲动屈服了：他走进了屋里。除了远处汽车开过的声音和空调的嗡嗡声，其他什么声音都没有。正在运转的空调，仿佛是要强硬地从屋顶的百叶窗里挤出空气一样。

五步、六步、七步、八步。温克勒径直走进了客厅。很快，大门就在温克勒身后十英尺的地方了。脸上的汗水已经风干，鞋踏在地板上发出沉闷的声音。灯光从西边的窗户透进来照在窗帘上。经过一个拱门后，温克勒看见了厨房：一台橄榄绿色的冰箱，水龙头上搭着一条抹布。

沙发桌上摆着二十多张照片。温克勒凑得很近才终于看清：一张照片上有一只牧羊犬，另一张上有六位穿着紫色礼服的伴娘。有几张照片上有一个年轻的男人和一位女士，温克勒确定，照片上的女士就是开吉普车的那位。有两个人在山顶上的照片，有在独木舟上挥手和抚摸牧羊犬的照片：是兄弟吗？还是男朋友？另一张放在银框中的照片上，是一家人围在圣诞树周围。框架上刻着这样的字：温克勒一家，1999年12月25日。

温克勒拿起照片。空调还是嗡嗡地响个不停。

照片上的树是云杉，上面挂着几串玉米，树顶上夹着一个塑料天使。树下是一堆礼物，包装纸还反着光。大家都穿着睡衣，围着这棵树。从吉普车上走下来的女士穿着足球运动衫和拳击手短裤；一个年长的老人看起来像祖父一样，穿着有米字旗图案的上衣和汗衫，浓密眉毛下的眼睛看着镜头。照片上还有几个孩子和一位银发母亲。

温克勒怔住了。这个女人可能是格蕾丝，但照片上的母亲却不是温克勒认识的——这位母亲并不是桑迪——这些人里面没有桑迪，连和桑迪长得像的人都没有。

家庭——生命中的每种样子都源于家庭。你是谁，你如何表现，你的谈吐、着装、抗争、工作，乃至去世时的样子，都源于此。这里的是另一个父亲，穿着汗衫，疲惫不堪；这里的也是另一个格蕾丝·温克勒。温克勒想到了自己的母亲，想到了她抱着一包从商店买的东西回到公寓，想到了她小腿上数百条青色的毛细血管。

温克勒右边一扇门里传来马桶冲水的声音。

他手里还拿着那张圣诞节的照片。格蕾丝从浴室中走出来，一边走着，一边系着裤子。看到温克勒的一瞬间，格蕾丝真的吓了一跳。

跑是温克勒的第一反应。赶紧跑。但格蕾丝那么美，身材高挑，小麦色的皮肤——为何她不是自己的女儿呢——凉爽的空气从天花板的出风口吹出来。温克勒手里那一家人围着圣诞树其乐融融的全家福，有几个男孩、几个女孩，有几名父母，每个人都有写着各自名字的礼物，其中有一个女孩就是格蕾丝，而温克勒却已经失去了她那么久……

格蕾丝冲向房间角落的榕树，仿佛早已预知，买的时候就是为了之后某一天当武器用。她双手抓起榕树的树干，拔起整棵树，朝温克勒冲过来。沉重的黏土花盆压在肩上，格蕾丝冲了两步，闭上眼睛，举起榕树砸下去，仿佛温克勒是要被劈开的木头。花盆沿着拱形门底部的圆柱滑到地上，砸在温克勒右脚边，也就是鞋子和小腿接触的地方。

温克勒觉得眼周的皮肤一阵颤抖。两个人站了一会儿，形成了一幅痛苦的画面：格蕾丝·温克勒放下了没有花盆的榕树，双手半捂着嘴，撞击声如谁一拳打进沙发后背的声音——之后是大花盆滚落地板和泥土落地的声音。

手里的照片掉了，玻璃粉碎在地上——"咣"地一响。格蕾丝·温克勒的双肩颤抖起来，上嘴唇抽了一下。她的裤子还没有完全系好，缝隙中露出一小块三角形的白色内裤。脚踝处的疼痛蔓延开来，好像那里着了火，一直深入骨髓。

"我……"温克勒的声音很小,一边说着,一边抚平领带底端,"不是你想的那样。"

格蕾丝的尖叫声透过捂着嘴的手传来:"你疯了吗?你他妈是彻底疯了吧?"

"别这样,我的女儿。"

格蕾丝的手还捂着嘴,温克勒转身跟跄着走出门时,差点儿被公文包绊倒。他拖着右脚,刚走到一半,格蕾丝就出现在门廊,手里的无绳电话贴在耳边。

"赶紧接,赶紧接啊……"格蕾丝对着话筒说。街上空无一人,炎热一如往常。阳光成了血一样的颜色。邻居家的洒水器正在按部就班地转圈。

温克勒坐进驾驶座。忠心耿耿的达特桑汽车吭哧吭哧地再次发动了。温克勒倒车,没受伤的脚踩在油门上,结果撞到了后面白色皮卡车的保险杠和右侧的前大灯。达特桑汽车后备厢的舱门撞出了凹陷,箱锁一下子弹开。"啊!"温克勒大声地说。那个不是自己女儿的格蕾丝站在走道上,正大声地跟警察描述着这辆车。温克勒挂到开车挡,轮胎发出尖锐的声音后开始转动,整辆车猛地往前冲去。

温克勒遇到停车标志也没有停下,随意转弯。撞坏的后备厢在后面上上下下地翻动,弄出不小的响动。他经过一处房屋,屋子前面的草坪上正在举办生日派对(银色飘带、聚酯薄膜气球,还有趴在湿布上滑动的孩子们)。温克勒右脚上的鞋子里湿了,疼痛又深入了一些。温克勒向左转,向右转,然后加速向前。他能去哪儿呢?汽车旅馆?再开回高速公路?达特桑汽车只剩一个气缸可以用了,根本撑不了多久。

温克勒记得看见过有路可以到城市北边的山上,便尽力地开车朝那边去了。后视镜里看不到什么,只有道路和树木,还有一个正在过马路的自行车骑手。

两条死胡同，两次右转弯。很快，房子消失在眼前，人行道变成了土路。路的坡度骤升，达特桑汽车在坑坑洼洼的碎石路面上咕哝着。一团尘土从车后扬起，飞到路边。引擎发出痛苦的声音。

温克勒奋力地开车向前，沿着曲折的道路行进。他只开着停车灯，灯光昏暗，温克勒只能看见面前宽阔的道路。

一会儿，达特桑汽车的侧面蹭到了灌木。引擎即将罢工。温克勒设法把车开进了一条小道。终于，达特桑汽车再也打不着火，罢工了，最后一声呻吟仿佛是一头悲伤疲惫的野兽支撑不住倒下时的声音，走到生命尽头依然充满着对世界的疑惑。

最后一缕光线从天空淡出时，温克勒打开车门，抱着右脚。西面的天空还有一条蓝色的边，暗红色的天空中有星星升起来。

温克勒把拇指按在脚面上，一丝丝疼痛感如一条条玻璃扎在腿上。骨头断了？很难说。皮肤没有出血。

身下，城市的灯光在炎热的天气中闪烁；身后，花岗岩山坡淹没在鼠尾草中。远处是连绵起伏的大山。

温克勒把东西都扔进行李袋中：三个笔记本，两个装钱的信封，另外还有一件衬衫，二十多罐西红柿汤，还有装在橙色小袋子里的急救包。他的脚一直突突地跳。温克勒把仪表盘上蜓螺的螺壳和桑迪的照片装进口袋后，下了车。山坡的地方就没有路了，前面是愈发浓郁的阴影，鼠尾草的身影逐渐消失在黑暗中。温克勒试着用右脚踩了踩地面，他将行李袋背在肩上，沿着土路往前走。

我的鞋，温克勒想，要是有双更舒服的鞋就好了。

8

淡灰色灌木丛下，温克勒瑟瑟发抖地熬过了这个夜晚。脚还是一跳一跳的，身下博伊西的灯光晃了一整晚，仿佛随时都有风会把灯光吹灭。要么就是这些光可能会离开山谷，追着温克勒爬上山来。

黎明时分，温克勒打开应急包。里面有二十四根防风火柴，两根道路照明棒，一个塑料水壶，几块撒盐饼干，一件亮橙色斗篷和一把廉价的双刀折叠刀。温克勒打开一包饼干，慢慢地咀嚼起来。更靠北的地方还有一个小镇——他不想再冒险回博伊西了。

背着行李袋往山下走了几百码，温克勒找到了一条往东的小路。太阳出现在山坡上，很大一轮，但阳光还不太强烈。

温克勒深一脚浅一脚地走过一片土地，这片地上的树木都已被烧掉，花岗岩裸露在外。他翻过一座山，然后是另一座。不到一个小时，他就已经走到了边缘，远离城市。接着，他走进一大片灌木丛中，再之后是一座接一座的小山，一片接一片的鼠尾草和马齿苋，一直延伸到远处的地平线。

一整天，温克勒都在往前走，可只看到从头顶飞过的飞机和从脚边匆匆地蹿过的黑色大甲虫。行李袋的背带摩擦着双肩，脚上的疼痛总在不经意的时候爆发。北边远处好像没有小镇，至少温克勒看不到。有几次，他听见山下小路上有摩托车经过的嗡鸣，好像也看见过骑手反射着太阳光的头盔，但温克勒不知道是该躲起来，还是该挥手，所以只能犹豫不决地站着，任凭声音渐渐地消失。阳光仿佛没有昨天那么强烈，下午的时候还吹来一股温和的风。温克勒看到了喜鹊筑的大巢，还有如投手掩蔽一样大的蚁丘。一把向日葵在山坡上萎靡不振，奄奄一息。云朵从西边随风飘来。

温克勒想原路返回，可根本不可能——小路总会分开不同的岔路，在仿佛应该爬升的地方下降，在应该变宽的地方却不见了踪迹。接下来的三天中，温克勒横穿了博伊西盆地的北半部分，绕了一大圈。他经过了几条伐木道路和几座牧牛场，一座蜂窝数据塔，一间破旧的剪羊毛小屋，一个看似是矿井入口的危险的黑色洞口，甚至还经过了布满荆棘的墓地——里面埋的都是矿工和矿工孩子们的尸骨。一辆皮卡车从山下的灌木丛快速地开过，惊起了鹌鹑。

关节咯吱作响，不断抗议；脚踝在鞋里肿胀起来。每次遇到小溪，温克勒都会喝饱水，再把塑料水壶灌满，一路上尽量省着喝，但水还是不够。右脚的疼痛逐渐消失，只是偶尔难受一下，或许是温克勒已经习惯了这种痛，所以也许不是疼痛已经缓解，而是温克勒的注意力不在那里了而已。他觉得前后都有人，前面的那个站着，趁着温克勒还有几秒钟才到跟前，那个人就离开了自己休息的地方；后面那个一直跟着，仿佛随时都能追上温克勒。

小山绵延，似乎永远望不到头：就像大海，充满无边无际的冷漠。渐渐暗淡的光线徘徊在大石块破碎的表面，温克勒发现有个病人躲在自己视线之外，成了某种隐形的维系，根本不关心温克勒的死活。

即使在黑暗之中，温克勒也看不到城市反射到天空的光芒，也判断不出博伊西是在前面还是在身后。他努力地压制住自己的恐慌：也许这样消失几天是件好事。就算他能回去，之后又要怎样？下山走到镇上，穿着不成样子的西装在国会大厦里溜达吗？长官，是这样的，我做了个梦……

晚上，温克勒在几块石头之间生了火。他开始把道路照明棒当火引子，之后打开汤罐，已经是第三天了，他每晚都从笔记本上撕下纸页烧火。

风会自己吹动火焰，把火花带入黑暗中：这些笔记有关洪水和冰川，有关喜马拉雅山峰的海洋石灰岩，有对河流的绘图，有菲茨罗伊作为达尔文小猎犬号船长时写下的注记，有对牡蛎化石床的研究——温克勒就是因此相信自己找到了世界性洪水大爆发的证据。所有这些都变成了白灰色的颗粒，烟雾从树枝间飘远。

汤变成了黑色，罐子受热后汤会嘶嘶作响。温克勒会先把手缩进衬衫袖子里再伸手拿汤，然后把滚烫的汤放在地上，有的时候实在太饿，温克勒等不及汤凉下来就开始喝，哪怕被烫到舌头也顾不上。喝完汤，温克勒会披上斗篷，看着火自己熄灭，零星的火花随风飘去，中间的余烬像一座从内部点亮的微型城堡，配有栏杆、拱门和小小的发光三角旗。

九个格蕾丝，哪个都不是自己的女儿。温克勒想到了杰德和未来机器，机器上连着十几个夹子和电线，可哪一个都没连接其他东西。然而还是有这样一句话："进入黑暗的世界意味着放弃现在的世界。"难道那个男孩说得不对吗？

第四个夜晚，温克勒闻到空气中有一丝打火石的味道，这让温克勒由衷地生出一些恐惧。一整晚，他都不安地看着天空，星星一个接一个地隐去，更凝重沉闷的黑暗出现了。

9

云聚到一起。那不是单纯的积云，而是形状好看、弧度和缓的积雨云。云彩的中心几乎是黑色的，带有电荷。云慢慢地聚到一处，弥合相互之间的缝隙，每一朵都很高，有云肩和云颈，仿佛要从现在所处的黑色平台爬升到天空的极限。云朵面前，有间歇出现的滚滚惊雷声。

披着斗篷的温克勒一直发抖。一整晚，没有一滴雨落下来，但过热的空气从天上沉下，朝地面冲过来，仿佛地表之下也有一支经过的军队回击。每一道闪电出现，大山就会显露出轮廓，可马上又被黑暗召回，炼铁时的臭氧味道出现了。

一阵干燥的风吹来，推着电荷往前走，云层底部仿佛变得光滑，如正在液化一般。在温克勒听来，天空仿佛被一次次撕裂。温克勒最可怕的想象中也不曾出现的深蓝和狂野本被天空掩藏着，现在正一点点地泄露出来，无法比拟。雷声震得随时滚落山脊。微小的静电电荷漫游在温克勒的头发上。

温克勒给行李袋拉好拉链，斗篷在风中翻飞。野兔从鼠尾草丛中窜出来，疯了似的跑一段后突然停下，然后又开始疯跑。风裹挟着一切——松果、鹅卵石，甚至还有一只画眉，把它们一起都带到温克勒身下的山谷中。温克勒挣扎着翻过陡峭的山脊，从另一面往山下走去。风把沙粒吹下山坡，温克勒能听到颗粒撞在眼镜片上的声音。他瞥了一眼，好像看见了一条河。鞋子在碎石中摸索着，山坡陡峭，温克勒下山时侧着身，姿势像螃蟹一样，双臂甩在身后。走近了一些，温克勒看到了断断续续的水面正在上涨，风滚草和灰尘被风卷集着，火花灭了，复又重燃，裹在风中。然而，还是滴雨未落，只有持续的雷声、数不清的闪电和鼠尾草茎干上微弱的蓝色火光。烟的味道已经钻进温克勒的鼻子中。

温克勒心想，看来我要死在这里了，我肯定会被烧死，没人能再找到我，甚至也没人要来找我。

他走到碎石坡最底下，找到了那条河，赶紧把整张脸都浸在了水中。仿佛风暴只出现在温克勒眼里一样。他感受到头顶上已经充满电荷的空气，一团团空气在山谷间稀释，沿着河流蜿蜒而过的峡谷上上下下。喝下的水聚在温克勒的肚子中——他只觉得关节放松，皮肤舒展。

温克勒弯下腰，一口接一口地喝水。闪电劈在距离温克勒不到半英里的树上。只见那棵树像刚被倒进热油锅里的水一样，一下就炸开了。温克勒终于喝够了水，他跪在岸边，这才发现眼镜已经不见了。

大概有一个小时，温克勒一直在浅水区摸索，但只能摸到碎石。黎明将至，暴风雨已经到了东边离温克勒几英里的地方，云层放开了些，露出无数颗小行星，就像会漏光的天花板，巨大无边，也让人害怕。行李袋在温克勒右手边。眼镜到处都找不到。衣服全部湿透了。

树木变成了一根根黑色的柱子，天空呈现出打着旋的光，温克勒自己的双手在面前也成了无形的影子。他从一座旧铁丝桥上过了河，经过了一块空旷的露营地，在岩石间徘徊了很久。温克勒盘算着：如果继续下山，我肯定得沿着河走，如果沿着河走，肯定能走到路边。

黎明的时候，情况好多了：森林还是模糊不清，天空呈银灰色，看起来有些乱七八糟的。温克勒朝一座昏暗的正方形建筑走了过去，他以为那是间小屋，可结果不知怎的，他错过了那个位置。不到半个小时，温克勒已经翻过了两个陡峭的山脊，再也看不到小河的影子了。

温克勒走进树林中，就为了好好喘口气。视野角落中的白点像落到地球上的陨石碎片。傍晚时分，温克勒饿着肚子，阳光很晃眼，他几乎什么都看不清楚。温克勒还是没能找到路。现在，他只能尽力地往上爬——应该转身下山吗？

有些东西，温克勒根本没看见：他走到了距离一头黑熊不到三十英尺的地方，根本没察觉附近有头熊；温克勒沿着一条打猎的小路摸索着往前走，那头熊站了起来，闻闻嗅嗅了很久才趴下，大摇大摆地回到了树林中。两只被暴风雨击中的小鹰待在小路上方的树枝上，翅膀上的寄生虫看着温克勒从树下走过。几个骑着马的牧羊人在山下，棕褐色的母羊像绕着篱笆动来动去的斑点，它们踏起的灰尘被吹向南边的公路。第二天早上：温克勒发现山下有三间消暑小屋，就在戴德伍德水库的岸边。每间小屋里都有人，很愿意跟迷途的陌生人分享水和食物。可这些，温克勒都没看到，完全错过了。

离开博伊西的第六个早上，温克勒浑身发抖，饼干已经吃完了，汤也快没有了，温克勒根本不知道自己在哪里。他在不知不觉中走过了两条已经走过的小破路。现在，温克勒的位置比他自己想象得还要远，前面就是鲑鱼河谷的一段，再往前就是马布尔溪流和无归河，可这些地方都荒无人烟。温克勒的脚涨得发亮，右脚脚踝更是肿得可怕：小腿的一半都是青色和紫色的瘀伤。

树木参天的森林中，温克勒艰难地穿行其中，不时靠在树干上休息。空气中弥漫着松树和鼠尾草的味道，温克勒的鼻子里和嘴里有腻人的香气。头顶上，树枝上大个头的蚱蜢像黑豹一样吵闹。偶尔，有一只会落在温克勒的头发里或领子后面，温克勒就会强撑着伸手去够，行李袋从肩膀上掉了下来，他扯开自己的衬衫。

这就是多年以来出现在温克勒梦中的黑暗。在这个地方，一切发生的事情温克勒都看不到，只能靠听，这就是多年之前他在梦中预见的那种深沉而隐秘的黑暗。温克勒只觉得脑袋有如坠海底的压迫感。光涌过来。圆无始无终：黑暗与光明并无二致；无论是无尽的黑暗，还是无尽的光明，都足以让人盲了眼睛。现在，温克勒的梦中只会出现没有树皮的树枝，还是被冻住的：窗户上爬上了窗花，雪片飘落在袖子上。

蜓螺小小的螺壳现在还剩下三四个，在口袋的接缝处稍稍鼓出来。温克勒裤子的膝盖处已经磨破，袜子磨得跟脚链一样，一团团棉花挤在鞋子里贴着脚面的地方。

在最出窍的时刻，温克勒一次次地感受到幽灵的存在：索玛和费利克斯；娜莉娅和南顿；格蕾丝和桑迪。温克勒躺在石头或松针上，闭着眼睛。睡意袭来时，他就会听到灌木丛中传来簌簌之声，连风都会停下。在他的肋骨中，在他的头发尖，总有难以察觉的磁力，是一个人对另一个人施加的微不可察的引力。

他只能睁开眼睛，坐起来。什么都没有，只有无尽的黑色森林、视线中的斑点和脑壳中的压力。

温克勒把手指压在臼齿上动了动。舌头上有血液的金属味。你会看到火，之后会死去。你的旅程永不会结束。

"有人吗？"温克勒大声喊，"有人吗？"

走出达特桑汽车的第九个晚上，他在寒冷的山脊上找到了一片都是岩石的地方，风吹来了烟气，矮小的树木恣意生长，相互交杂，挂着霜的蕨类植物从岩石缝隙中探出来。弯月挂在西边的天空。温克勒想生火，但风太大，什么都点不着。他翻遍行李袋，终于找到了汤——最后一罐了——温克勒打开罐子，喝了一口浓稠的咸味浓缩汁。

晚上，他裹紧自己的斗篷。月亮仿佛离自己近了些，填满了他的视线，从眼皮处溢出去。一切就这样磋磨着他整个人，他的皮肤和骨骼，他甚至觉得自己会变成一层薄膜，变成诉说灵魂的泛起涟漪的电影。他躺在最外面的山脊，朝向天堂，星星待在脚边，宇宙的中心触手可及。

又是一个下午，温克勒下山走了大概一千英尺，走进了一片茂密的森林，里面满是灰尘。脚踝处的肌肉仿佛已被剥离，他衣衫褴褛。太阳并不显眼，但依旧炙热，逼得温克勒只能待在阴凉处。每次他站起来都看不清东西，还总有迟迟不肯退去的恶心感。

温克勒只能躺着，看着天空，唯一一朵云是断断续续的带状云。过了一会儿，温克勒才发现，那是一条慢慢拉长的轨迹，最前面肯定有一架喷气式飞机。驾驶舱里飞行员的样子出现在温克勒脑海中，面前是所有的仪器，一百面圆形玻璃，稳定的指针和开关，一层层冻住的空气在面前展开。太奇怪了，温克勒躺在数英里下的荆棘丛中，飞行员却驾驶着飞机飞过天空，身后的机舱中坐满了乘客，有的在睡觉，有的在吃东西，有的在看杂志。温克勒抬起一只手，眯起眼睛，捏住了空中的飞机。

离那里不到三十码——穿过一片蕨类植物，再跨过一条沟，就能发现声音的来源。那声音越来越大，像是一声被拉长的叹息。还没等温克勒反应过来那是一辆车，那声音就已经渐渐沉寂。

10

一队十八轮的大敞篷车咆哮而过,温克勒摇摇晃晃地站起来。车斗里装着已没有树枝的大树干,每辆车上装了十根左右,大片的树皮向后飘着。车开走了,扬起的空气中氤氲着甜味,很厚重,是碎木的味道。最后一辆卡车亮起了刹车灯,愣是过了几百码才停稳。

温克勒用最快的速度蹒跚地走到路肩,小路两侧的蕨类植物摇晃个不停。车门开了,一只手从驾驶位伸过来,把他拉上了车。

"我的天啊。"司机忍不住说了一句。

温克勒很想微笑一下,可只觉得嘴唇开裂。卡车在路肩上突突地震颤。"你在里面有一段时间了吧?"司机问。

温克勒低头用手捂住脸。"好吧,我不问了。"司机又开口了。他给卡车挂上挡。小路飞速向后,他们身下仿佛有一片模糊的灰色。"你不是杀害孩子的凶手之类的人吧?"

温克勒抬起头。"不是。"他回答了一句。

"我们往哪儿开?"

"阿拉斯加。"

司机笑起来。"我可以把你带到九十五号公路,怎么样?"

路边逐渐模糊,中心线在引擎盖下左右晃动。温克勒靠在车门玻璃上。很快,不知哪里出现的梦占据了温克勒的脑海,等他醒来时天都快黑了,司机踩着刹车,往加油站开。"过了前面那个标志就是出口,"司机说,"很好搭车。"

温克勒嘟囔着道了谢,拖着自己和行李袋走进加油站商店,踉跄着走在彩色的灯光下,流连于摆放着糖果、饼干和录音带的架子之间。他拿了一个面包和一包玉米饼到柜台结账。收银员还把他递过来的二十美元对着灯仔细地看了看。

浴室里,温克勒坐在马桶上,一下啃了半个面包,觉得肚子马上就鼓胀起来。

吃完之后,温克勒从口袋里掏出桑迪的讣告照片。照片已经有了毛边,还有几滴墨水。温克勒把照片摆在眼前,极力克制着想哭的冲动。

温克勒遇到的第二位司机叫布伦特·罗伊斯特。他根本闲不住,很热情,负责把搅拌机和面包机送到不列颠哥伦比亚的百货公司。在温克勒看来,布伦特的脸比较宽,是粉红色的,很面善。他在驾驶位和副驾驶位之间安装了一个电唱机,座位后面的箱子里装着唱片,至少得有一千张,都套着防静电袋,随着卡车的颠簸也轻轻地上下晃动。

"山姆·库克的怎么样?"布伦特问道。他看都没看,伸手从后面抽了张唱片,放在电唱机上。唱片转起来,唱针落在唱片上。卡车淹没在《锁链囚徒》的歌声中。

温克勒看着高速公路从车窗外退去,看着巨大的绿色标志牌和英里指示牌快速闪过。他撕开一袋从加油站商店买的甜甜圈,一个一个地塞进嘴里。"这是真的吗?"温克勒问。

"朋友,你说什么?"布伦特调小了音量。

"是真的吗?发生在我身上的事是真的吗?"

车轮压过路上的反光条,节奏稳定,让人心安。哗。哗。哗。嚆!啊!山姆·库克唱道。布伦特不明所以地看着温克勒。

"真的?我觉得和雨一样真实吧,和耶稣一样真实。"

第二天黎明,他们在载货卡车司机的餐厅停下,喝了一杯热气腾腾的咖啡。

"今天是几号?"

"九月十五。"

"周四?"

"周日。"

温克勒摇了摇头。他要了一份鸡蛋和法式吐司,另外还有一份炸薯条和三杯橙汁。布伦特靠在椅子上。"如果你愿意,我可以一直把你带到鲁珀特王子港。之后你可以自己坐船,这样周三就能到阿拉斯加了。"

温克勒眨了眨眼。"周三。"

"有朋友等你吗?还是家人?"

温克勒想了想才回答:"朋友。"

布伦特点了点头。女服务员端来了餐点。一堆东西中最合心意的是橙汁:温克勒觉得这里的橙汁满嘴留香。"感觉这是你最后的晚餐。"布伦特这么说了一句。

"我没事。"温克勒应了一声。可十分钟之后,他就跑进了厕所。

卡车司机说给温克勒在阿拉斯加的朋友打电话时,他们已经到了科达伦以北,正听着范·莫里森的歌。

"不用了,"温克勒拒绝了,"谢谢。"

"大家都一样,总能给另一个人打电话。这是真的。"

"不用了。"温克勒还是拒绝,但卡车司机已经从支架上拿下了电话。接下来的十分钟里,他们一直在打与不打之间讨价还价。最终,温克勒还是说出了娜莉娅的名字。布伦特给信息台打了电话,一字不错地说出了娜莉娅的名字。等电话接通到娜莉娅居住的地方时,布伦特把电话递给了温克勒。"给,已经拨好号了。"

接电话的是个女生。"娜莉娅不在,"她说,"她在谁也不知道的地方。做研究去了。叫什么来着?无人之地大本营。差不多吧。"

"做研究，"温克勒说，"研究昆虫？"

"啊哈，比那个靠北。在育空。"

"在哪儿？"

"我查查。"温克勒听到纸页翻动的声音。"伊格尔，阿拉斯加的伊格尔城。"

"伊格尔城？"温克勒把话筒递过来的时候，布伦特感叹了一句，"真厉害，这女孩真行。伊格尔城就在道森北边。育空地区。"

"我怎么去？"

"有路啊，可能比安克雷奇更近一些，真的。从海恩斯坐巴士到育空。没准儿你能一路到伊格尔城。不过那边好像也没什么。"

剩下的旅程更像是梦，而非现实。布伦特开着窗户开车，凉爽的风不断地吹进来，让人如置幻境。温克勒系着安全带，有些发抖。唱片一张接一张地播放着。温克勒脑子里浮现的是娜莉娅，是加勒比海，是海浪中站着的渔民——他们看着独木舟上的单套结，仿佛看着马上的缰绳。

快到克雷斯顿边境的时候，两名骑警让布伦特打开大拖车的门，检查里面的货物。但他们俩谁都没跟温克勒说话，也没人盘查温克勒的护照。很快，那两名骑警就走了。布伦特好像不知疲倦一样，可温克勒再也撑不住了，眼皮打架，很快就睡着了。梦中，这个国家的影像逐渐消退，发动机的声音遥远而单调，跟在南顿的旅店听到的潟湖的声音很像。几个小时后，温克勒醒了，但很长一段时间，他都不知道是不是还没睡醒，不知道窗外重复出现的树木、山谷和繁星是否只是梦境的延伸，不知是否从某一刻起，他的身体就会留在长途运输车上睡着，而真正的他则就此生活在幻影的世界中。这是另一重炼狱：是对清醒的等待。

卡车带着温克勒一路向北，脚下的土地并不太像是加拿大，更像是纯粹想象出来的：绝对存在的不只有寒冷的天气和北极光，还有曾经与现在之间的距离。

卡尔加里有三座独立的仓库。班夫附近有一家为卡车司机准备的汽车旅馆。不列颠哥伦比亚省西部随处可见各种废弃物：低矮且相互缠绕的蕨菜，空气中弥漫着泥土和白霜的味道——冬天正在路上。到了鲁珀特王子港，布伦特把温克勒放在码头入口，一队队汽车正等着装船。

"给，"布伦特从驾驶室递过来一双鞋，"九码[①]的，应该合适。"

"我不能要。"

"我可不接受被拒绝。你回家之后应该去看看脚踝。有的时候你觉得伤口已经愈合了，但其实并没完全痊愈，或者没长对位置。你还得再弄伤自己，让伤口重新愈合。"

温克勒接过鞋子，站在路边点了点头，觉得这个场景就像纸做的，随时会被团成一团，被风吹走。"谢谢。"温克勒说完，布伦特·罗伊斯特转身又拿了张唱片，对着温克勒粲然一笑，很是灿烂：那是大男孩的笑容。卡车倒车开走了，只留下一团尘土。

温克勒在码头买了张票，还在邮政亭买了两张邮票和两个信封。补偿你的相框，温克勒在一张纸上写了这句话，可写完却划掉重写道：补偿给你带来的麻烦，补偿那位女士的白皮卡车。温克勒把六百美元塞进信封，封好，在地址栏写上了爱达荷州博伊西阿尔图拉斯街1122号。

坐上船，温克勒蜷缩在两排座位之间满是口香糖印记的地毯上。他枕着自己破烂的行李袋，膝盖抵在胸前。船鸣笛了。身下的地板轻轻地晃动着。烤火腿芝士三明治的味道飘进来；两个因纽特男孩靠着窗户，盯着手持电子游戏机的屏幕，一脸信徒般虔诚的热忱。

---

① 对应的中国鞋码约为42.5码。

11

温克勒在海恩斯下了车，坐公共汽车穿行在育空地区：六个相距甚远的小镇，大多都是以动物命名：白马镇、海狸镇、小鸡镇。高速公路是碎石铺的，偶尔两侧的悬崖还会有落石。公共汽车的窗户很快就粘上了一层油腻的污垢。蚊子在过道里飞来飞去，恣意吸血。

往前开的一路上，司机会不时说明周围的亮点。废弃的采矿挖泥船；午夜太阳花园（像打了激素一样的花园：胀大的卷心菜和巨型大南瓜）。大面积的云杉。一头被撞死的驯鹿，足有奶牛那么大。

在座位上颠来颠去三十个小时，到行程最后，温克勒觉得每块椎骨之间的缝隙都拉大了。他是车上最后一位乘客。三座小屋标志着公共汽车线路的尽头。

伊格尔城：250人。他抬起早就不听使唤的腿下了车。那是晚上八点四十分，可天空依旧光线充足，阴影落在未经铺砌的路上。两个男孩坐在狗拉玩具车里，看着公共汽车掉头开走，便也准备回托克。

温克勒走过去问他们："听说过娜莉娅·奥雷利亚纳吗？深色皮肤，是科学家的那个？"两个人摸了摸车上的油漆，"你们好？你们会说英语吗？"

两个人点了点头。

"那你们不认识娜莉娅是吗？"

两个人摇了摇头，拉了一下哈士奇的缰绳，车动了，嘎吱嘎吱地压在街上。

温克勒基本上看不清电话簿（大概三十页纸，订在一起），但电话簿上好像根本没有娜莉娅。他习惯性地伸手想调整下眼镜，可手却摸了个空。

德士古没人认识娜莉娅，租房子的人不认识，丙烷经销商和珠宝首饰店的人都不认识娜莉娅。温克勒给了加油站一位技工一百美元，但那个人还是摇了摇头："我也不能凭空给你变一个人出来啊。"

无垠的天空透着紫色，小镇显得很渺小。好像大家都没人意识到温克勒正处于水深火热的困境之中。没多久，温克勒就走遍了所有建筑：倾斜的酒吧，酒保正快进地播放着一盘少儿不宜的录像带；破旧的海关大楼；还有一家贸易公司，荧光灯上落满灰尘，霓虹灯描绘出的土豆片排成好几排，闪着光。可温克勒看不清，一切都很模糊，泛着光。他的脚踝还是疼得厉害。你见过娜莉娅·奥雷利亚纳吗？一个年轻女人？没见过。有谁见过吗？没有。

那天是九月二十日，温克勒到美国还不到七周时间。街道的尽头是一排带着伤感色彩的码头，几艘船屋就绑在那里。船屋后面，宽阔的育空河流过，水流是卡其色的，水面足有四分之一英里宽，仿佛是尽头，是不可分割的边界。

"简易机场，"一个出租独木舟的人告诉温克勒，"我好像在那边看见过一个这样的女孩。大概是几个月之前的事了吧？往那边的大学去来着。"他指着那边的大断崖说。

从小镇到机场的距离也就不到一英里。天色昏暗，温克勒依旧在跋涉。育空就在他的右手边，将无法估量的淤泥推向北边。温克勒很难相信它的大小：那是一片平坦的草原，偶尔有些土坡；那是倒向一侧的山崩。

温克勒觉得有什么东西在自己身上展开。布伦特警告过他——有些伤口只是部分愈合，或者愈合的位置不对——但温克勒觉得自己更有力气，视线更清晰，疼痛也减轻了一些。一阵寒风袭来，温克勒休息了片刻，呼吸着夜晚的空气。又到了一个小镇，然而还是一无所获。他要在哪里过夜？突然间，脚踝再也撑不住了。温克勒踉跄了一下，摔倒在地。

育空地区大得很。温克勒想抬起头。空气中传来某个女人的声音。"格蕾丝？"温克勒大声喊，"格蕾丝？"他看到这样的场景：格蕾丝在潟湖底部，已经成年，无精打采地，她被海草缠住，头发像海扇一样随着湖水漂动。可那个声音来了又去，刚才的那种景象也是。最后，一切只剩下不停地流动着的河水。

温克勒挣扎着站起来，穿着破破烂烂的西装和别人送的网球鞋往前走。简易机场似乎早已被废弃，两颗塞斯纳207的炮弹壳已被拆成零件，就放在谷仓旁边。

谷仓门没有上锁，里面很安宁平和，如教堂一样。大部分马厩里都有杂物：轮胎、鼓、一包包木瓦片、一排已经报废了的十变速自行车，还有一台生锈的扫雪机。茅草屋后面有一大扇正三角形窗户，外面是随风摆动的桦树。窗户下有一个不知放了多久的床垫。温克勒爬上床垫躺下来，听着窗外呼呼的风声。

床垫里面好像有根弹簧坏了，微微发出声响。温克勒究竟留下了什么？月亮爬上枝头，越过纤细云影的感觉出现了。醒着的每一刻、每一分钟、每一秒，这种感觉都在。温克勒之前有过太多错误的决定，他本应该从影山山顶冲下山，涉水走进屋里找女儿。他甚至应该把女儿抱在怀里，带她走上被洪水淹没的街道。

然而，另一种感觉更为糟糕：温克勒做了什么并不重要，结果与选择并不相关，无论是行动，还是不行动，无论哪种决定都不重要。他在家庭方面的所有尝试均告失败，世上再没有人关心温克勒是会放弃，还是会坚持。

温克勒双手抱头，看着窗外的云。在这个纬度，对流层约厚七英里：

空气的海洋，膨胀着，旋转着。天空中飘过的云是雨层云——由冰晶组成，月光下染上了令人难以置信的蓝色，冰晶如此纤弱，你可能都察觉不到，只有伸手抓住的时候，才会觉得毛孔里钻进一丝凉意。

雪已经在逐渐堆积，雪花从树枝间飞过。

受伤的脚隐隐作痛。温克勒一直在颤抖，他自己已经理解不了这种感觉了，仿佛身体里有什么已经抽离，他身体中不冷不热的内核被包裹在颤抖的肌肉群中，可这些肌肉都不是他自己的。树叶被吹到玻璃上。树叶之上——还有树叶之中——是初降的雪花。

风声再次响起：呼呼地吹向窗户，在屋顶死角嗡嗡作响，还从草叶中吹过，发出嘶嘶声。风的低语有关黑暗，有关即将到来的阴影。放手吧，风中有这样的声音，放手吧。一片雪晶贴在窗框上，只停留了一下，就消失不见了。一片接一片，都是如此。

温克勒很想说，我已经沦落至此，就这样吧。

在最低沉的时候，有谁能指望得救？你曾热爱过自己的生活吗？你曾珍惜每一次神奇的呼吸吗？

在梦中，有个骑马的人走进谷仓，来到温克勒身边。马的两个鼻孔里呼出了热气。骑手下了马，跪在温克勒身边的木板上。

"你能走路吗？"是个女人的声音。她脸上戴着面罩。

温克勒没有回答，他发现自己已无法开口。他离远了些看着。原来来的人并不是骑手，只是一个穿着皮大衣的女人。那个人凑到床垫前，扶着温克勒的颈部和腰部让他坐起来后，靠在自己怀里。温克勒的头低下去。"这是你的包吗？"那个人又问。

但她实际上是骑着一匹马的对吧？两个人滑下干草梯子，经过空荡荡的马厩，经过隔离在那里的马的灵魂：它们有的在闻东西，有的卧着刨东西。温克勒在那个人的怀中晃荡，像个醉汉。他嘴上的皮肤脱落下来，眼球几乎转到了后面，光涌入眼球，掠过眼角。

在楼下。第一丝空气。她——还是马——在温克勒身下呼噜着。风吹过树冠,树叶和雪花一起翻飞,马蹄踩在泥地中,溅起水花。

但实际上并没有什么马。温克勒被带上了一辆卡车。雪花在挡风玻璃前刮过。暖和的空气从仪表盘上的通风口吹出来。他知道,被人营救这种事本不应该发生在自己身上。温克勒伸手向下,想摸摸马的侧腹——皮肤贴在肋骨上。掌心传来的温暖。

"娜莉娅?"温克勒问,"是你救了我吗?"

"嘘,"那个女人说,"别说话。"

马穿过树林。那个女人让温克勒躺在卡车的长凳车座上,给他系上了安全带。雪越下越大。

第五卷

1

娜莉娅驱车从伊格尔城向南一百四十五英里到了位于道森市的诊所。温克勒瘫倒在门框上，半睡着，要么就是睡着了：完全沉浸在一种麻木之中。卡车是七百五十公斤重的F-250四轮车，学校让娜莉娅冬天的时候使用。现在，这辆车正沿着弯道开着。

诊疗室里，医生先给温克勒注射静脉点滴，让娜莉娅填写她根本不知道该怎么填的文件。地址、保险信息、支付方式等——所以娜莉娅只好都先空着。"我有信用卡，"娜莉娅说，"麻烦了。"护士刷了卡，让娜莉娅坐下等。

脱水、尿钠排泄、重度疲劳、贾第虫病、右脚血肿（但没有骨折）、发烧、角膜灼伤——医生列举出了一系列的词，直让人觉得痛苦、心疼。连续三个晚上，娜莉娅都睡在卡车的长凳上。天蒙蒙亮时，她会到诊所后面的树林里，观察从第一场雪中幸存下来的昆虫，观察它们忙忙碌碌的身影。昆虫们都小心翼翼地在一块块融化的泥水中不安地浮动或爬行，仿佛知道这就是生命中最后的时光，不禁开始怀疑一切究竟有什么意义。

第四天下午，娜莉娅穿过大厅，走进温克勒的房间，在窗前站了大概半个小时，灌木丛那边的停车场停着一排卡车，再远一点是高大的云杉。一大团碎云从太阳下飘过，地上的树木也是一会儿明、一会儿暗，天上深浅明暗、千变万化的蓝色啊。等娜莉娅回身往床上看时，温克勒正好睁开了眼睛。

"怎么样？"温克勒问。

"什么怎么样？"

温克勒看着窗外。

"下雨。总在下雨，但很美。营地那边有条小溪。实验室在小屋子里。当然，还有好多昆虫。"

温克勒点了点头，仿佛这是自己已经猜到的答案。娜莉娅合上百叶窗。他们听到打字员快速敲击键盘的声音从墙那边传来。

"他们说我做不成，"娜莉娅继续说，"其他毕业生这么说，伊格尔的骑警也这么说。该死，伊格尔的每个人都这么说。就连安克雷奇的豪斯曼教授也这么想。他们说我会崩溃，等真正寒冷的日子开始，我肯定会通过无线电求救。"

"他们不了解你。"

"或许他们是对的。"

"我表示怀疑。"

两个人都没说话。温克勒在床上动了动。门外的大厅里，有位医生托盘里的金属工具掉了，勺子、手术刀什么的。娜莉娅和温克勒听着医生嘟囔了一句，然后是把所有东西从地板上收起来的声音。护士站的民用波段电台嘶嘶作响，过了一会儿才安静了下来。

"娜莉娅，"温克勒说，"你可以收留我吗？"

娜莉娅给温克勒准备了旧货商店的运动装，鞋还是布伦特·罗伊斯特的鞋子（没系鞋带，好放松肿胀的脚）。陪温克勒签好自愿出院申请书之后，娜莉娅半架着他往卡车走去。

娜莉娅开得很快。雨滴砸在挡风玻璃上，滑向两侧。温克勒还是看不太清楚，限速标志像白色的污点，路肩很长，湿漉漉的，很模糊。望不见尽头的云杉大道飞速向后，他们冲向阿拉斯加，像破冰而出的气泡，刚冲出来,后面的孔隙就被堵住了——不过这只是温克勒的感觉而已。

无人之地大本营位于一片保护区的一角,在伊格尔城东北部二十五英里处,距离道森有五个小时的车程。这片保护区有二百五十英亩,全部是溪流和悬崖,政府将之命名为育空河-查利河国家保护区。雪已经都融化了,路上都是泥。在一个有两栋可怜的棕色建筑的公园服务站,娜莉娅歇了一会儿,站在毛毛雨里和骑警说了几句话,那名骑警轻轻地拍了拍娜莉娅的肩,还往卡车这边张望了一番。

温克勒看向别处。河流对岸是茂密的树林,一大片都是灰乎乎的。娜莉娅离开公园服务站的小屋后,就向东开去,远离主河道,沿着支流开上了一条颠簸的"之"字形道路。一个小时后,他们到达了一片区域,这里连一个人影都看不到。别说人影,连身后河流中生锈的驳船也没有,甚至树顶天空中飞机飞过的尾迹都看不到。卡车颠簸得更厉害了,路面好像是河床。温克勒心中涌起的恐惧难以遏制,在大海里的那个晚上出现在眼前:他紧紧地抓住一块独木舟的碎片,繁星在空中闪烁。

终于,卡车停在了一片空地上:空地上有一间外屋,其实就是一间有大窗户和一扇门的小房子,屋顶上长满了苔藓,外墙处还堆着没劈开的圆木。温克勒眨了眨眼,看向挡风玻璃外,问了一句:"到家了?"

娜莉娅点了点头。卡车熄了火,细雨落在车顶的声音很柔和。"下车吧。"娜莉娅说。

温克勒深吸了一口气,想平复下心情。刚一下车,他就觉得眼睛很干,有点儿磨得慌。站在这片空地上,温克勒离小屋还有三十英尺,可昆虫的叫声还是清晰可闻——单调,甚至带着些交配时那种叫声的枯燥。

小屋是个小开间,其中四分之三都是昆虫。每一面墙都有放昆虫的器皿,亮闪闪的:传统的玻璃盒子;裹着粗棉布的牛奶纸盒;塞着棉花的试管形成树的形状;放满护根物的浴缸;婴儿食品罐;周围有锥形纱网的花盆;还有六七种温克勒看不清楚是什么东西的容器。娜莉娅穿梭在这些容器中，撬开盖子，小声地自言自语——温克勒根本听不清。房间里都是过熟水果的味道，有些潮热。

家具是后来搬进来的，随意摆放在房间里：一个锯木架平板桌，一张挂着蚊帐的行军床，两把椅子，一个筒炉，还有一个灯笼。

温克勒坐在行军床上，眼球突突直跳。"你会习惯这些噪音的。"娜莉娅说。但温克勒只觉得周围越来越吵，那声音越来越强大：下颚发出的咔嗒声，翅膀的震动，还有大口大口地嚼东西的那种咂吧嘴的声音。

温克勒点了点头说："我可能得睡会儿。"

2

整整两天，温克勒都没起床。娜莉娅在小屋里忙来忙去，要帮温克勒泡脚，照顾昆虫，往外墙堆放更多的木头。每天晚上，娜莉娅会在角落里裹上毯子休息几个小时。

仿佛十几年前娜莉娅在舢板棚中守夜的场景再次开始。在相对比较清醒的时候，温克勒会忍不住想，如果生命真的由一系列重复的模式组成，那么是否所有事都迟早会重演：他膝盖上的伤疤；还有现在脚上的伤。如果用天堂视角，或许生命就像各种颜色交织的矩阵，像织布机上的围巾。温克勒想知道：我出了镇子走向简易机场时，是打算好要回来吗？还是跟之前用南顿的皮划艇那次一样，只想随波逐流，被世界带走？

谷仓里的窗户，礁石上的激流。无论如何，最终温克勒都还活着，渔民或许希望能打捞到更有价值的东西吧。被拯救，被照顾，身体恢复。可一切究竟为了什么？

虫鸣四起。娜莉娅喂温克勒吃了些燕麦。"我觉得自己像爱因斯坦的宇航员，"温克勒说，"就是光速旅行的那个，等他回到地球，认识他的人都已经老了，或者死了。他有个孙女来着对吧？但他孙女已经很老了，根本不记得他。"

娜莉娅皱起眉头。"别说这种话。"

温克勒在蚊帐里翻了个身。娜莉娅的蟋蟀叫个不停，像疯狂的煮蛋计时器在倒计时一样。还有那股味道：像老面包果，像在阳光下搁浅的海螺蛋。每次温克勒醒来,总得过一分钟左右才能反应过来自己在哪里。

他想清楚地看看娜莉娅:娜莉娅头发上反着阳光;双手上有香蕉泥的味道(她用这种糊状物喂甲虫);在房间里走过,房间温度也会发生变化。有时,温克勒很难相信娜莉娅真的在这里,很难相信娜莉娅就在自己身边。上次见到娜莉娅的地方远在千里之外——圣文森特和其他外围岛屿就像没有人能跨越的梦,像两个地点和两个时间之间矗立的高墙。仿佛娜莉娅还是个孩子,在温克勒肩上骑大马,弯腰低头以躲过低垂的树枝。但娜莉娅无法同时拥有这两种形象:她已经成长为能力出众的成年女人,用折叠刀把幼虫从腐烂棍子中撬出来的年轻生物学家。

可娜莉娅确确实实地就在这里——不是鬼魂,也不是虚构人物,而是真实存在的:她一手搭在温克勒的脚踝上,水从桶中溢出来,水壶在炉子上冒着气。娜莉娅不知如何穿过了一条裂缝,那是织物上的缝隙,是事物边缘的交叉点。

窗外有一个带轮子的白色柴油罐,边缘有锈迹。此外,还有一个放在木框里的发动机,总是咔嗒咔嗒地响个不停。再往远处五十码的地方有一个小棚子,也就是这间屋子的一般大小,里面放着还没劈开的圆木。这些让人压抑的组合就是整个无人之地大本营:小屋、棚子、发电机和被蚊子围攻的旧马桶,周围是数百万棵长势不尽人意的松树。"这是在加拿大吗?"温克勒前额抵着窗户问,"还是在美国?"

"是阿拉斯加,"正在工作的娜莉娅抬起头,"国界就在河东边。就在那边。"她指着身后,"我们进来的时候经过了,你不记得了吗?他们清理出来的。三十英尺宽的路,一直通到北冰洋。"

蛋黄酱罐子里长了虱子;毛茸茸的北极熊趴在浴缸壁上;二十多只蚊子在袖口和手套之间的空隙里飞来飞去。娜莉娅用放大镜对准它们隐秘的脸,任它们从领口钻进衬衫里。

比起跟人在一起,三十一岁的娜莉娅更喜欢和昆虫待在一起:因为从构成物质方面看，它们更为简单；从形态上看，它们更为优雅。每一平方公里的地球表面有一百万只昆虫——蚂蚁的数量是人的一百万倍——即便如此，娜莉娅在课本边缘潦草地写着，人还是觉得自己是地球的主宰。

小屋和棚子之间有一张梯形大桌子，因为雨雪冰霜的洗礼而变了形。另外还有一把办公椅，衬垫已经腐烂。那就是娜莉娅工作的地方，几乎无论天气如何，娜莉娅都会坐在桌子前，对着一排标本瓶，戴着手套和防蚊虫头网。娜莉娅说，这里的事情更简单，物种数量更少，因此更容易分析理解。

可娜莉娅仍有自己的浪漫：她可以整整一上午都盯着园子里的蜘蛛忙着在高处吐丝结网；或看着蛹咀嚼蛹缝。晚上，娜莉娅会闭上眼睛想象：每年有一亿多只昆虫被孵化，也有一亿多只昆虫死去——这些充满活力、形状细长、长着翅膀的小生命：掠食动物和"鸡蛋入侵者"，合作者和女王，等等。其中有迷人的蜻蜓和让人害怕的黑寡妇蜘蛛；有工蚁；有迁徙的蝴蝶；有会吃掉爱人的优雅螳螂；有以每小时三十英里的速度欢爱的蜻蜓——所有都是昆虫界的代表。

可最近，娜莉娅对简单的昆虫着了迷：蚊子幼虫和管虫、虱子、家衣鱼、跟罂粟种子差不多大小的螨虫，等等。它们挨过了九个月的严寒，白雪下的小冰粒都已冻住。较小的昆虫在变态时会萎靡不振——它们和地球上的所有生物一样，都已经过纯粹的设定。无论是树木、麋鹿、维纳斯捕蝇器，还是人类，都不曾体会目的的单一性，不曾体会安排的多样性。娜莉娅告诉温克勒，一只家蝇能让战斗机自惭形秽，一只蚂蚁的力量甚至要超过四头大象。

温克勒后来觉得，娜莉娅的办公桌本身也像只大昆虫，它翘曲的甲壳在阳光下闪闪发光，腿部弯曲，仿佛随时准备跳跃。

娜莉娅会劈开木材炖菜；她会记笔记，从小溪中打水，到森林里寻找更多标本：腐烂的白桦树皮下的皱鞘乌轴甲；蚁丘某个洞中被羁押的收获蚁蚁蛹。她的论文想写关于越冬情况的调查：关于滞育和耐冻能力——阿拉斯加原生动物和非原生动物如何应对温度波动：为何如此以及在何处如此。每年秋天是什么引发水的排泄？是什么引发了甘油和抗冻蛋白的产生？较温暖的区域气温如何影响繁殖状况？冬天的时候，娜莉娅会任由小木棚变冷（里面有昆虫，堆在两个金属架子上的玻璃容器中），不过，她会通过发电机、加热灯和炉子，保证小屋里的昆虫能感受到温暖。

小木棚里的生物们会如常一样度过冬天：长期冰冻，死亡或滞育；这是自然条件下的基线实验。但在小屋里，娜莉娅的昆虫得到了特赦：有热量、光照和事物。娜莉娅希望，小屋昆虫与控制组昆虫对比之后的反应能为自己的研究奠定基础。

每隔半个小时，温克勒就会瘸着腿去马桶那边，再瘸着腿回来。七天之后，娜莉娅站到温克勒面前，肩上扛着个袋子，口袋里的卡车钥匙晃动着。

"天气要变了，"娜莉娅说，"周末变天。我得去费尔班克斯买点儿东西，可能要好几天。"

温克勒坐起来。身上散发着陈腐粉末的味道。蚊帐里的他，捏着额头两侧，看起来就像得了疟疾的颓废水手。

"我没事，"温克勒说，"觉得好多了。"

"那就好。"两个人的目光透过蚊帐看着对方，"不，"娜莉娅又说，"不行。你站起来都难。大卫，我不是护士。要是你病了怎么办？我这边要忙的事也很多。"

温克勒把手掌根按在眼眶处。很多天了，他一直强迫自己再次入睡，尝试了一次又一次。"她们死了。"温克勒说。

"大卫……"

"我妻子和女儿都死了。"

"你怎么知道？你确定？"

"是，也不是。"温克勒解释起来：桑迪的讣告，博伊西最后一位格蕾丝的地址，还有希望一个个破灭的过程。

"那你打算放弃？就因为一张名单？都不再去安克雷奇试试了？"

温克勒摇了摇头。"不是，没有。"

"没错，你就是。你准备放弃。"

娜莉娅玩着兜里的钥匙，看着草甸那边的卡车。娜莉娅穿着的是一件蓬松的蓝色夹克，温克勒意识到，这是娜莉娅离开格林纳丁斯的时候费利克斯送的礼物。温克勒开始想费利克斯在哪儿，是不是正戴着羊毛导烟帽，带有烫伤痕迹的手指是不是正在锅里翻动，是不是一手捏着酒瓶，是不是正在轻抚妻子的脖颈。

"你的笔记本怎么回事？你要写的书呢？"

温克勒摇了摇头。"我给烧了，不得已，就突然觉得没什么可能。"

"大卫，别放弃，没试过所有可能就别放弃。"

温克勒紧紧地抓住行军床的边缘往前倾了倾身子。"你曾经有没有特别渴望什么？渴望到无法睡觉，渴望到头痛？但现实的情况却是，你根本不知道自己所期待的能否成真？你也真的不知道这件事有没有可能发生？而且整件事根本就不受你的控制？"

"你说的是信念。"

"这不是我想要的，全都不是我想要的。"

很长一段时间，娜莉娅都没开口。"大卫，我得带你走。到费尔班克斯。高速公路很快就会封闭了，得到四月才开。"

"我还以为可以留下来。"

娜莉娅看着别处，摇了摇头。

"我可以帮忙，难道你想自己一个人待在这里吗？"

"大卫,这里在变冷。要冻死人的那种。可我的天啊,你只穿了一条运动裤。"

温克勒没动,他尽力克制自己不要移开目光。"那我能去哪儿?"

娜莉娅深吸了一口气,捏了捏眉心。她准备了整整五个月,就为了这个冬天。难道温克勒追寻的答案在这里吗?在飞蛾和幼虫掩藏的面容后面吗?

"你得准备雪具。还有食物,我们需要一大堆食物。"

"我有钱。"

"你还得能下床才行,给我喂昆虫。笼子顶部有注意事项。溶液在柜子里。记得换生产用水。每天早上往饲养箱里放一个潮湿的棉球。毛毛虫每天要吃新鲜的叶子,如果你能找到的话最好。我觉得蜘蛛应该没什么问题。"

"潮湿的棉球。"

"保持湿度。"

"好的,"温克勒疯狂地点了点头,"这个没问题。"

"我过几天就回来。"娜莉娅仔细地看着温克勒,"这真不是什么好事对吧?你告诉我,这不是坏事。"

"这不是坏事。"

"好吧。"娜莉娅声音很小,跟悄悄话一样。

温克勒看着娜莉娅穿过草甸,走向卡车。太阳挂在树顶,苍白无力的样子。一团小飞虫出现在一丝阳光下,有的往上飞,有的往下飞,像一个个极小的木偶。

3

温克勒破旧的行李袋里还有三个蜓螺壳,把它们从底部尖摞尖地放好。他的大拇指抚过螺纹,感觉这些螺纹在某种程度上和梦一样:紧凑、精细、完整、无瑕。

他躺在行军床上,蟋蟀叫了起来。温克勒想,我就躺五分钟。

但等他睁眼的时候已是晚上。从蚊帐中出来,他想办法打开了一盒金枪鱼罐头,用塑料勺吃了个精光。

一整夜,娜莉娅的蟋蟀们片刻都没有放松叫声——唧瞿?唧瞿——可黎明之前,它们却都完全安静了下来,要么是终于找到了答案,要么就是用尽了力气。

寂静。躺在床上,温克勒极力地想听到其他动静。血液闷声涌入耳朵。他不禁希望蟋蟀能再多叫一会儿。他还觉得,一个人真的会在这里憋到发疯。

他翻了翻抽屉,最后手指落在了娜莉娅的放大镜附近。他左眼对着目镜,焦距一下变得很近,温克勒甚至能看到近在咫尺的东西:掌纹和墙上的颗粒都清晰可见。他拿着放大镜挨个观察笼子,很是仔细。

毛毛虫在自己的铁丝网笼子上顶开了一个洞;蚂蚁从试管中挨个爬出,有序地在炉子下面觅食。十几只苍白的甲虫一动不动地躺在桌子上,脚朝天、背着地。行军床上有耳屎,椅子底下有蜘蛛。有几个昆虫箱好像之前有东西来着,可现在却空了。

温克勒颤抖起来。这是事物正常的状态吗？娜莉娅留下的喂食注记非常简单——滴管器点入糖溶液，腐烂的水果、燕麦片或碟子中的麦麸。比较难的是照顾以活昆虫为食的生物——温克勒得用镊子夹起蟋蟀或飞蛾，再放进旁边的箱子中。飞蛾是最难弄的：温克勒得先用小水族箱渔网设陷阱捉住一只，然后抖进旁边装着捕食者螳螂的管子中。他拿着放大镜观察螳螂捕食的样子，简直快到无形。螳螂圆形的口器会从飞蛾被分解的头部舐食液体。飞蛾的翅膀还在颤动，灰色的粉末会蹭在螳螂的前臂，飞蛾的足还蜷在腹部，像是还尚不明就里就已被斩首的情人。

每一分钟，都有数十部可怕的剧集在温克勒身边上演：越狱、战争、伏击。现在，如果仔细听，温克勒能听到昆虫发出的声音：咀嚼声、吐口水声，还有噼啪声。他有些退缩，深感不安，赶紧把手中的放大镜从眼前移开——看来世界变得模糊一些也并非全无益处。

完成小屋里的工作后，温克勒去了小棚子。小棚子里的每一英寸都塞满了柴火，外面也是。在这里，挤在圆木之间的昆虫似乎更为平静，就摆放在两排架子上，或许是冷空气让它们麻木吧，所以它们也更能从容地面对即将到来的终点。这里的蚊子也比较少，像是还没发现这片领土。一丝气流从柴火的缝隙中流过。空气中飘来云杉的味道。

那天晚上，温克勒没在小屋睡觉，反而去了棚子里。两个架子之间，有一张用打磨过的树枝和甲虫啃过的皮做的窄窄的床：可能是麋鹿皮，也可能是驼鹿皮。大概是之前在这里的过客留下的：或许是科学家，或许是矿工，或许是个设陷阱捕捉野兽的人。可这些动物自己也只是过客，这想法多奇怪啊，穿着自己外套的过客。

冷空气来袭，从缝隙中透进来，如流过的液体般有耐心。温克勒将之想象成净化的过程：清洗、洁净。

早上，他从柴火堆上拿了根拐杖，挂着走进树林里。云杉，几棵柳树，还有些看起来是三角叶杨的树。桦树和桤木上的纹路很多。温克勒想知道附近是否有熊出没,还回想起童年时代有关边境地区的寓言:受伤的灰熊围攻猎人,探矿者穿过小溪,脚都冻僵了。他不禁感叹,原来一直以来,生命一直在这里延续着,已经几个世纪了。世界各处又何尝不皆是如此?他的呼吸在面前形成白雾。温克勒拍了下手背,数了数,手掌上有九只被拍死的蚊子。

草甸边缘有条小溪,沿着几百码倒下的树木和沼泽地流过,最后流进一个小小的黑色池塘。池塘里的水继而穿过一堆白皮的树木,流下小山,汇入一条稍大的水道:虽然还是比较窄,但水流较急,鹅卵石清晰可见。

温克勒蹲下,俯身凑到河岸边,洗了洗脸和胳膊。水里有股金属铜味。他把手放在河底,感受手掌下的鹅卵石,感觉血液从手腕倒流。

又走了半英里,温克勒发现了一处树木之间空隙较大的地方,能看到西边的景象:绵延的山脊一直延伸到地平线的位置。没有树木的山顶和苔原沼泽——蓝色渐变成白色,在温克勒眼里不过只是颜色有了小瑕疵而已——阿拉斯加腹地的颜色。没有房子,没有灯光,没有天线,也没有消防塔。再往远处大概五百英里就是安克雷奇了。

虽然没戴眼镜,温克勒还是能看到这个地方有属于自己的光:苍白但灿然,一直在变暗,跟年轻时在房顶看到的阿拉斯加山脉反射的光差不多。

他听着树木沙沙作响,如呼吸的声音。

回到小屋时,娜莉娅正从卡车上卸货。

"下次留张纸条。"娜莉娅看起来很干净,面貌焕然一新。

"我想让脚赶紧痊愈。"

"那也留张纸条。"她带回来好多木材、几袋大米、几包糖、防雪服和一件给温克勒的外套。卡车后面的拖车上有棕色的雪橇,温克勒帮她拆下来拖进小屋。中午,两个人一起努力,忙着卸货、安装。娜莉娅瞥了一眼小棚子里的临时床垫,但什么都没说。

太阳落山了。几个小时后,温克勒洗了洗自己的马克杯,走到门边。

"你不能睡在外面。"

"我没事。"

"你会冻死的。"

"那边有不少旧皮子。"

"大卫,天越来越冷了,你现在还根本体会不到。"

"我不怕冷。"

"大卫。"

"我没事。"

"半夜你就得回来。"

"我们试试看。"

娜莉娅叹了口气。"先拿着这个,"她拿出一个毛毡袋,里面是一副眼镜,"当然,我也不清楚你的度数,但我知道你近视,所以就带给你了。"

温克勒拿着眼镜看了一会儿,研究着镜片。

"医生说没人过来取。"

"谢谢你这么细心。"

"没事,"娜莉娅说,"别客气。"温克勒打开门,走过草甸。他爬上临时的床铺,把毛皮拉到脖子的地方。月亮的清辉透过小棚子墙面的缝隙漏进来。一只飞蛾扑棱着翅膀,轻轻地撞在玻璃器皿的内壁上。

4

天遂人愿,眼镜居然很合适。这副眼镜有宽大的铝制镜框,架在鼻子上有点儿重,镜片的中心和瞳孔中心也不太匹配,所以中午的时候,温克勒前额总会一直疼。不过,重点是他现在能看清东西了。黄昏和黎明的温和光线中,一切都暂时变得清晰:云杉的美丽,穿过松针透来的光线,等等。双眼觉得被往相反的方向抻开之前,还有头痛没有出现的时候,他甚至可以看一会儿书,读几段娜莉娅昆虫学文本的内容:

……膝下器、联合弦音器官、钟形感器和机械性感受器,比如约翰斯顿位于触角的器官,可以用来探测这些振动信号……

能再次看清周围——大概可以辨识出树、人脸或流云——只是小小的进步和突破,但温克勒心中仍感受到了幸福——感受到辨识事物的喜悦,感受到自己与世界更为亲密。

每天早上,娜莉娅都比温克勒起得早,往头上戴好缠着的电池照明灯,趴在室外的桌子处写东西。温克勒看着娜莉娅把大黄蜂的毒刺按在自己的小拇指上,然后小心地放开大黄蜂,一边看着毒刺一跳一跳地射出毒液,一边用左手记笔记。

温克勒尽量不去打扰娜莉娅:他会劈柴运水,沿着河边小心地散步。每天晚上,两个人会围在火边一起喝杯茶,昆虫就在身边。之后,两个人会互道晚安，温克勒就到小棚子里去睡觉。

每逢星期五，娜莉娅就会开车到伊格尔城处理邮件，给安克雷奇的豪斯曼教授打电话。要到太阳落山之后，她才会沿着临时道路回来。这期间，温克勒就会慢慢地走去他在树林里发现的那片空地：娜莉娅卡车的前大灯像两束火光，沿着山谷向上，育空地区大面积不透明的土地上上下下地移动着。要是有大风刮过，在娜莉娅不在的时候刮掉了树枝或刮倒了整棵树，那温克勒就会听到电锯的声音——高高低低的拉锯声——那是娜莉娅锯断树木好让车开回来。

天气越来越冷。夜晚降临得越来越早。更永久的雪线正在向山下推进。蚊子渐渐没了踪影，已经被冻死了——早上，娜莉娅擦桌子时能擦掉一层蚊子灰色的绒毛。

娜莉娅说，夏天的时候，大学出资找了几个伊格尔城里的人把柴火运到了无人之地大本营，一捆一捆地固定在拖车上运来的。娜莉娅劈开这些木头时，基本上可以说是干净利索，仿佛木头早已劈好；可温克勒进行这项工作的时候，斧头会震回来，不是差点儿砸到他的牙，就是会有火花飞溅到外套上。今年的木头不太好，娜莉娅说，大部分都是云杉和桤木的细枝，落叶松很好（娜莉娅盯着锯开的木头，寻找锯蝇的幼虫）。她是怎么知道这些的？温克勒忍不住想。她从哪里学到的？似乎除了寒冷，娜莉娅不惧一切——仿佛寒冷能让她保持头脑清醒，精力集中；仿佛娜莉娅和昆虫一样，寒冷的到来预示着生命的终结。

天黑之后，小屋灯笼里的灯光会和加热灯的光混在一起，产生胡萝卜一样的橙色，几乎都成了亮橙色，不仅能从小屋生了雾的窗户透出去，也能从墙上的细缝和小屋周围一堆堆的木头缝隙透出去。到了天色最黑的时候，就好像小屋里有一个小小的太阳，整夜都在燃烧着。温克勒会穿过草甸，走向小棚子，踩着橙色灯光长长的光束，他的影子跟在旁边，巨大、滑稽。

小屋反而只会显得更暗。四下寂静，蚂蚁已在自己的试管中安静下来，黄蜂已经休息，整个小棚子都已变暗，除了温克勒偶尔点上的蜡烛会在木堆之间的通道里闪着微弱的白光，四处都是黑黢黢的。温克勒看着，只觉得木头这么多，用三个冬天都没问题。但娜莉娅根本没停手，比之前劈柴火的速度快了一倍。穿着T恤衫的她，胳膊上沾着木屑。

林莺飞走了。天空中也没有飞机飞过。

温克勒闭上眼睛，眼前浮现出费利克斯和索玛，他们在野餐桌前正在做餐前祷告；他还想到了布伦特·罗伊斯特的唱片机，一直不停地转着；还有自己手中桑迪的照片，边缘已经发毛。他想到了娜莉娅离开旅店的时候——不是三十岁，而是十六岁时——膝盖很干净，毫无伤痕，阴影像水一样贴在她身旁。

温克勒渐渐明白事物的变化过程：小棚子里的昆虫差不多都安静了，有的进入了长长的睡梦之中，有的则没抵得过死亡——它们的自然状态逐渐展开，这个根本不保温的实验室里有可怕的沉默和寒冷，遥远的地方有数百万颗星星。

5

十一月，冰冻开始。最先有反应的是高处岩石洞和凹陷处。地衣上出现了霜冻结构，之后那里聚集的土壤变黑变硬，仿佛地表开始收缩硬化，像装甲板扣在某些巨型动物的后背。蚊子完全不见了踪迹，桦树和桤木的叶子仿佛一夜之间全部掉光，随风而去，一副树木不想挽留树叶的样子。很快，室外的水管也彻底冻住，小溪的边缘也是。未被冻结的小溪中间也成了胶状的污泥，溪水正中的巨石已经戴上了"冰帽"。每个早上，两个人都能发现已经死掉的昆虫，大部分是蜜蜂和苍蝇，背部拱起，停在窗台上一动不动。

十一月中旬，整个育空地区都被冻住了——冻得很深，有金属的震动感，仿佛旁边山上的歌利亚人不停地在敲击巨大的锡片——到处都能听得到这种声音，一直在山间回响。它似乎是要隐藏在看不见的空洞中，几分钟之后才会盘旋而出，所以空气中才总是充满水冻成冰的那种毛骨悚然的声音。

娜莉娅从树林中的沼泽地里敲下冰片，把它们翻过来。背面有水黾、蠕动的幼虫和大型无脊椎动物。"多神奇啊。"娜莉娅向温克勒展示战利品的时候这样说。一个满是泥雪的杯子里有小小的游泳健将：冰虫、大鳄的蚁蛉幼虫蚁狮。

一团团生命都在冻结。仿佛寒冷让它们更紧密，形成越来越亲近的团体，在御冬的大型铠甲中寻找褶皱和缝隙。

天黑之后，走出小屋露出的橙色光线，温克勒会悄悄地走到小溪边缘，静静聆听：溪水的声音变得厚重且尖锐。水面已完全冻结，有溪水不停地溢出到冰面。温克勒能听到冰块在底部滚动的声音，撞在石头上时，有裹着毛巾的玻璃杯被压碎的声音。上面，液体水流动的声音更低沉了一些，少了些活力，仿佛是水分子不愿放开彼此。动物们会试探性地出现，羞答答地舔几口溢出来的水，鹿、臭鼬、花栗鼠，甚至还有晚上如大幽灵一样的山猫（温克勒看不到这些动物，但能看到动物们在河岸边冻住的爪子印）。

雪还在向大山上海拔更低的位置移动，没过了山峰和高高的树顶。石头从地上露了头，也覆盖着一层霜冻，像奇怪的巨型白菜，待在裸露的山坡上。

娜莉娅现在更努力了，几乎完全放弃了研究，专心收集木材。木头堆得到处都是——小棚子里的木头从地上堆到了棚顶，小屋周围也摆了两圈圆木。可娜莉娅还是没停下来，把一大块松木放倒在垫块上，放下锤子，拿起斧头，一下就劈到松木里面粗糙的深色树心。

雨夹雪，像打在窗户上的米粒；接着是小小的软雹雪球，白霜也掠过娜莉娅放在室外的桌子上。之后来的是雨，这倒让温克勒有些失望。毕竟在温克勒的记忆中，雨应该很大、很慢——看来雨的到来并不顺利。

又是一个周日，大概是十一月下旬，奇怪且悲伤的声音吵醒了温克勒，那种嘎吱声引得温克勒来到草甸，天空中的星星多得难以置信。池塘的表面已有水溢出来，刚涌上来的水也逐渐冻结在先前已结冰的表面。结冰的过程中会有滴滴答答的声音，片片浮冰过来，将自己凝成一块完整的冰片。冰片会逐渐变厚，数万亿水分子找到自己的位置后相互交织。新的冰层下传来伤感而诡异的呻吟声，仿佛有个女人被困在冰面以下。

整整一个月，冰要么咕哝，要么嚎叫，要么尖啸。树木的声音在林子中回荡。总的来说，这声音像是谁受到了深深的伤害，控诉冬天无情地带走了所有生命。那天晚上，温克勒站在草甸上聆听着，神思恍惚——那是悲伤冰冷且例行公事一样的声音——最后，他实在是忍不了了，赶紧回到小棚子中，用皮毛盖住自己，和娜莉娅千万只沉睡的昆虫一同入眠。

外面的夜晚，屋里的夜晚。在这个地方，梦与现实会相互交叠，夜晚将成为所有景观的主要特征。

温克勒感觉得到，大雪将至。他能尝得出来。山上的雪已经积了半米深。

他的右脚已经愈合到了最佳状态。可能他此后一直都会跛着脚吧。走路的时候，好像有只脚永远落后一步，似乎温克勒的一部分永远留在了爱达荷州的博伊西，走进陌生人的家，抓着那个陌生人的照片。为什么他看不透自己面前的路呢？为什么他梦不到即将发生的事？梦不到重聚团圆的景象？哪怕梦到一个简单的答案，哪怕瞥见格蕾丝现在的模样也好啊。

达特桑车留在峡谷底部；海洋不停地冲刷着南顿的玻璃地板；安静的呼吸——吸气、呼气、吸气、呼气、吸气、呼气——是娜莉娅在行军床上在熟睡。温克勒想：真应该把钱都给了布伦特·罗伊斯特。我应该往每张唱片袋子里都塞上一百美元。

十一月二十三日，大雪降临。一整天过去，雪花都往小屋窗户上飞。娜莉娅拎着个炉子走进来，站在温克勒身边的玻璃前往外看。"其实，"娜莉娅终于开口了，"我明白你的意思。明白为什么每一片冰晶都是棱镜，为什么它里面总是充满光明。"

温克勒几个小时都没动。一整天，他的感官变得愈发灵敏——其实自从来到无人之地大本营就这样了：光线或空气最微小的变化都能经由眼睛后部直达鼻子黏膜。仿佛温克勒已经成了真人占卜权杖，随着蒸汽不断地在大气中聚集，温克勒能调整它、感受它——树木的木质部中含水量有所上升，水分从石头中冒出来，甚至最后没有冻结的部分，也会在森林地下含砂石的含水层中流过——所有水都会蒸发到空气中，在云层中积聚、伸展并聚合、凝结、沉淀——最终沉降。

温克勒站着吃晚餐，额头一直抵在窗户上。

絮状飞雪直到深夜才停下。温克勒躺在床上，可血液涌动得厉害，雪苍白的光从小棚子的缝隙中漏进来，洒在他腹部附近。温克勒套上防雪服，穿好靴子，戴上手套，走到棚子外面。积雪大概有六英寸深。双脚无声地从雪中走过——曾经有位教授说刚降落的蓬松的雪是冰骨架，单个冰晶重新形成晶格。为了说明面包里空气的含量，教授用钳子夹起一块营养素神奇面包，挤进一个直径两英寸的试管中。

温克勒呼出的气给眼镜蒙上了一层白雾。明晃晃的寂静笼罩着整条山谷，甚是空洞。天空中，云层已经散开，繁星满天。草甸上映着雪光，云杉成了被映亮的王冠，雪花从一根树枝飘到另一根树枝。温克勒暗自心想：我生命中的每一个冬天，这里都是这个样子。

他沿着小溪一直往前走，直到天蒙蒙亮。他的双手双脚冻得生疼，心都被吸到了嗓子眼。东边的天空出现了暗暗的橄榄色，温克勒回到小屋，抖掉靴子上的冰。娜莉娅还在行军床上睡着。温克勒知道，小屋里面娜莉娅放工具的架子上有一架显微镜：倾斜的博士伦仪器，大概用了有四十年了，单筒镜片，黄铜镜筒，配有换镜转盘。

温克勒把显微镜拿到娜莉娅的室外办公桌上。他擦掉桌子上的雪，打开显微镜的光源（镜台下面有个电池供电的六伏灯泡），然后颤抖着将自己眼镜的一个镜片对准目镜。

成功了。温克勒看到了一缕白光，白光里有一些碎片，像是一个个黑色的小逗号。

他先观察的是云杉的针叶，因为这还算比较大，容易观察。他关闭光源上的光圈，转动焦距旋钮。针叶出现了：长长的、绿色的、菱形，最底下的两片颜色较浅。

温克勒简直喜不自胜：他拿出玻璃片擦干净，将团聚在一起的雪花筛到玻璃片上，最后把玻璃片放到镜台上。

一切仿佛时光倒流。数千个冻在一起的小联结，并不完整的冰结构，甚至是被折断的单个突起，一切都豁然出现在温克勒眼前，像是某段记忆，像是某种味道——薄荷碎的味道，要么就是温克勒母亲使用的身体乳的味道。时光仿佛柔软起来，他有那么一会儿又成了研究生时的样子，站在自助餐厅前的冰柜里，之后几年的时光就像外套一样从身上掉落。仿佛经过了这么多年，白雪一直在等他回来。

温克勒用尽了余下的白日时光，好不容易找到了一片单独的雪晶——那时，白天的时光大概只有四个半小时吧。雪已经停了很久，渐渐压实。温克勒浑身冰冷，手指僵硬，呼吸沉重，眼睛也很快觉得疲惫。可功夫不负有心人，他还是找到了一片从树上飘落的雪片——星形，经典六棱扇形板。温克勒用云杉的针叶挑起它放在玻璃片上，绝大部分都还完好无损。

用取景器对准后，冰晶由模糊变得清晰，温克勒觉得之前的火花再次被点燃：六个突起从一个六角形核心生出，棱上还有条条隆起。温克勒的肾上腺素激增。他的呼吸融化了那片冰晶，所以只好弯腰再次寻找。娜莉娅从小屋里出来了，抱着一个冒热气的锡罐走到温克勒身边。温克勒哆嗦得太厉害，手抖得茶水都洒到了自己的袖子上。

娜莉娅终于说服温克勒先进屋待一会儿。裹着皮毛的温克勒看到自己下眼睫毛也挂着雪晶。像离群的鸟儿一样，记忆涌入温克勒的意识中：咖啡馆冰箱里的风扇的声音很大，好像扇叶中也冻了冰；温克勒曾把桑迪冻住的靴子印挖出来保存在自己的冰箱里；还有母亲身上水洗棉花清凉的气味。他看到桑迪瘦弱的身躯坐在电影院座位上；看到母亲从衣架上取下护士服,平摊在熨衣板上,铁质蒸汽熨斗从衣料上滑过,会有吸气和叹气的声音。

他想到了威尔逊·本特利——妈妈一直把他那本关于雪花的书放在咖啡桌底下。一位老农从相机底下的折箱往里看;本特利那本书在妈妈手中翻动,发出声响。

初雪三十六个小时后,第二场雪来了,像自天空坠落的星星,给树都换上了银装。温克勒站在空地上,用娜莉娅给蚂蚁分类的黑色塑料桶薄片接雪花。看到一片貌似完好的雪晶,他就会赶紧用娜莉娅的另一种工具放到玻璃片上:是表匠会用到的小钳子。

空心子弹,扇形片,棱柱,数十个精致的恒星突起——很快,温克勒就看到了小时候曾见到过的样式。在温克勒热切的注视和显微镜灯光热气的影响下,所有雪晶很快就都融化了。

随着温度和湿度的微小变化,冰晶的形状也会发生轻微变化,就像微调的温度计一样。温克勒想象着它们在云层中胀大的过程,想象着最初水分子沉淀的样子,想象着风吹过,引来温度的微弱变化,想象着每根突起成形的样子——有形始于无形。温克勒仿佛永远不会厌倦雪晶——看着光透过棱柱,会显现出蓝色、绿色和白色的光谱,边缘已经变得柔软,渐渐融化成水。

天黑之后,温克勒走进小屋,和娜莉娅一起吃了一碗面。"其实,"娜莉娅说,"显微镜还有一套显微摄影设备。我没用过,但你肯定会用。你只需要胶卷。"

温克勒停下嘴里的动作。"拍照片?"

"当然了。"

温克勒站起来。"我真的可以吗?你知道怎么操作吗?你能帮我买胶卷吗?比如你下次去镇上的时候?"

"当然,"娜莉娅笑起来,"没问题。"

❄

娜莉娅通过无线电上报了自己的需求。九天后，她把胶卷、衣服和新鲜食物从伊格尔城的邮局带了回来：是尺寸为四乘五英寸的彩印宝丽来胶卷，一包二十卷。温克勒打开包装，双手止不住颤抖。胶卷很大，寒冷的天气下有些脆，还没等把胶卷装进底片夹里，就已经让他弄皱了两个。

胶卷并不是唯一的拦路石。温克勒还需要更明亮的光线——他不敢把显微镜底座上的小灯泡换成瓦数更高的，免得晶体更快融化。他需要更稳定的双手、更好的视力。他需要更长时间的日照——现在几乎快到了极夜的状态。还有，另一大障碍就是他自己的呼吸——如果他朝着冰晶所在的位置呼吸，就会把冰晶吹走或融化冰晶的边缘；如果他呼吸的时候扶住镜头，就会移动或破坏图像。

最后，一切归结到一起，解决的方法就是在几秒中抓拍冰晶。温克勒得等着降雪，然后在数十亿个飘来的聚合物中找到一片完整的冰晶。接着——要是能找到——就把雪晶完好无损地转移到玻璃片上，再把玻璃片放在显微镜上对好焦，确保雪晶没有接触镜筒。最后，他得调整好相机和胶卷，推测合适的曝光距离。

第一天，温克勒拍了四张照片。第二天是六张。但图像都不够清晰：每一张都是黑色的背景，带着整齐的白色边缘。

不过，温克勒并没有因此而沮丧。实际上，他觉得自己马上就要有所作为了，他觉得自己马上就能有所发现，马上就能收获深刻的知识。在他内心深处，有什么东西正在解锁，或者说解冻，抑或是渐渐变得明朗——好似显微镜目镜聚焦时，雪晶图像锐化清晰的样子。

长款内衣、两双羊毛袜、两件羊毛衫、一条牛仔裤、一件羽绒背心、一顶巴拉克拉法帽、一副手套，还有一件防雪服——这是温克勒的第二层、第三层、第四层皮肤。娜莉娅在小棚子里的几个昆虫饲养箱里都放了温度计,但温克勒觉得自己还是不看为妙。或许,现在温度计的指数已经到了零下十几摄氏度。落雪如面粉一样精细。

寒冷和黑暗成了正常的状态。土拨鼠在小屋周围的雪地中留下脚印;乌鸦站在树上;早上加热时,烟囱就会嘎吱作响个不停。有时,育空地区抵挡不住冰的重量,会发出凝结的声音——是山谷中最后的水也被冻住了——这种声音在山谷中回荡,是内部巨大的膨胀,仿佛小矮人们在工作,引爆地球内部的什么东西。

小屋里面,昆虫一如既往地贪婪,有的不太认识娜莉娅的人造灯光,甚至会高歌起来。但小棚子里的昆虫几乎全都消失了。娜莉娅往一些昆虫箱里装了雪做隔温之用。"在那儿呢,"娜莉娅敲了敲梅森罐的侧面,告诉温克勒,她呼吸带来的白雾冻在了玻璃上,"现在是滞育状态。"

娜莉娅也很担心发电机,所以仔细地阅读了用户手册。娜莉娅的手指指着句子一点点地认真看着。每天早上,她都会检查延长线和发电机的插头,还会把耳朵贴在发电机外壳上认真听。

山外的一切也都被冻住了。温克勒还记得自己的第一位水文学教授上课时的开场白:如果任水横行,如果再无地质运动,大海就会吞噬大陆,雨水就会磨平大山。水终将把地球冲刷成一个光滑且毫无维度的球体。剩下的全是海洋,全世界都是齐腰深的海洋。之后,由于再没有可冲刷的东西,所有缝隙和障碍都会被侵蚀——再没有未经磨损的鹅卵石,没有可以冲刷的沙滩,只有相互接触的水分子——水最终会展露其分子最中心的部分。它会一直如此冷静平和吗?还是会怒火突起——会演变成暴风雨吗?

温克勒钻进自己的毯子下面,看着星星先后慢慢地从小棚子墙壁上的缝隙中走过:待在那里几秒钟,在裂缝中眨几下眼睛,就消失了。温克勒的梦里都是雪晶,从树林中翻飞而来。

6

圣诞节到了,娜莉娅解冻了一只鸡(他们把没烹煮的食物放在屋顶上锁住的塑料箱里),并将之烤熟。他们一起坐在小屋里,看着炉子里的煤炭燃着,冒着火光,坐在娜莉娅的昆虫旁边,吃了一顿饭。

"我给你准备了礼物。"娜莉娅说着,从行军床底下拉出来一个盒子。

温克勒摇了摇头。"真的假的。"

"是我妈妈寄来的。"

盒子里面是一包混合面粉,还有两封信,一封是给娜莉娅的,一封是给温克勒的。混合面粉里有一张纸条,是费利克斯送来的食谱:把面粉和鸡蛋、牛奶、糖和香蕉混合后烤熟。美国人,圣诞节快乐!费利克斯在最下面潦草地写了一句。温克勒和娜莉娅相视一笑:他们哪里来的香蕉和鸡蛋呀,只有奶粉。不过他们还是尽量混合了奶粉和面粉,倒在平底锅里,放在炉子顶部。随着时间的推移,面包的香气散发出来,有加勒比海的味道,有费利克斯的感觉。烤熟后,两个人把这块扁平的肉桂色面包切成两半,安静地吃起来,心中充满无限崇敬。

享用完美食后,两个人拿起写给自己的信,借着火光读起来。给温克勒的信中这样写道:

亲爱的大卫——

很遗憾你的追寻未能成功。但别灰心。希望的确很危险,但没有希望,生命就会非常枯燥。甚至可以说没有希望,就没有生命。相信我的话。

这边一切如常。费利克斯还总是喝酒,有时候会站在南顿的玻璃地板上朝鱼儿大喊大叫。尽管我和南顿都说过,但费利克斯还是觉得那样做特别有意思。

男孩子们都很好,各自经营着自己的商店。假期到了的时候,岛上到处都是游客。我知道你没看报纸,所以就直接告诉你,智利司法部门暂停了对皮诺切特的指控,放下了这个案子。这么看,倒是糖尿病救了他。

其实,我们准备回一趟智利。只是去看看。费利克斯准备好了,这我早就知道——他十五年前就准备好了。但我还有些犹豫。我想去圣地亚哥看看,看看那里的公园和山间的薄雾。

大卫,圣诞节快乐。愿上帝保佑你。希望你喜欢我的礼物——我真想把你的女儿送到你身边,因为把我女儿送回我身边的就是你。

索玛

外面,娜莉娅的自动定时器咔嗒一声响了起来,是发电机运行的信号。加热灯闪了一下就亮起来了。娜莉娅看着温克勒读信,等温克勒看完并折好了信,娜莉娅又递给他另一个信封。

"也是我妈妈寄来的。"

里面只有一张方形纸,纸上写着一个地址。

赫尔曼·希勒
阿拉斯加州安克雷奇
紫丁香路 124 号,99516

炉子里有根圆木倒了,发出金属般空洞的声音,进入了生命的余烬。

温克勒只觉得自己喉头打开,压在气管上,仿佛在大口吞咽着看不见的液体。

"我们觉得你会想知道这个地址。"

温克勒摇了摇头。

娜莉娅朝温克勒伸出手,但最后还是收了回来。"大卫,你没事吧?"

现在,温克勒只觉得怒火由胸中而起。他之前确实想去找过赫尔曼:坐在第一联邦银行桌台日历后的赫尔曼;打冰球时蹲在球网前的赫尔曼;出现在格蕾丝生命中某一场合的赫尔曼——温克勒真的想不下去——可能是毕业典礼,可能是科学展会。还有躺在桑迪床上的赫尔曼,出现在桑迪葬礼上的赫尔曼。但现在看到赫尔曼的名字出现在自己面前,温克勒觉得赫尔曼的形象再次变得具体且真实起来,真实到仿佛温克勒就站在赫尔曼家门口,询问金属艺术家桑迪是否在家时的样子。

有关地址的文字分崩离析,字母四散,成了楔形文字,毫无意义。

娜莉娅双手紧紧地按在膝盖上,看着温克勒。

"是索玛找来的?"

"她只想送你个礼物。"

"这不是她该操心的事。"温克勒把方形纸对折了两次。

"我们就是觉得……"娜莉娅停了下来。炉火就在三英尺外,温克勒大可以把纸条丢进火里,任它化成灰烬。但被焚烧殆尽的究竟会是什么?

"好吧,"娜莉娅站起来,拿起蛋糕盘到水桶那边清洗,"无论如何,圣诞快乐。"

7

温克勒把叠起来的正方形纸放在架子的高处,夹在两个装满冷冻泥炭的牛奶盒之间。他早已习惯不去看这个地方,那是架子上的一个黑洞,是危险到令人无法靠近的空间。

新的一年来了又去,温克勒决不允许自己的手触碰那里,甚至连目光都不曾在小棚子的那个角落停留。木材用得很快——小棚子里马上就腾出了一些空间,大部分堆放在小屋周围的木头也都化作了青烟。

之前小棚子里住过人。锡罐盖子被钉在节孔上;绞线塞在木板之间的缝隙中——都是抵御严寒的小方法。但寒冷还是无孔不入,冷空气很容易就能击溃这些小心思。实际上,冷空气是透过墙壁钻进来的,好似木头已经饱和,再也无法承受更多。温克勒认定,无论之前住在这里的是谁,他都没能坚持下去。

有的清晨,温克勒能闻到寒冷的气息,那种混杂着氨气的味道让他觉得骨头都冻得发紧。就算待在小棚子里,他脸上还是要裹着围巾,之后戴着巴拉克拉法帽,直到呼吸出来的湿气让围巾或帽子上的纤维冻结成冰,他才会转身悄悄地回到小屋里让冰融化。

虽然温克勒还是没能拍出相对可以接受的作品,但他比之前更努力了。每周,娜莉娅从镇上回来时都会带着成盒的胶卷。每次拍完照,温克勒都会从大桌子处离开,带着一股冷风,走进小屋冲洗胶卷。他气喘吁吁地抻出片头,把相对较好和相对不太好的照片分开,却发现所有的作品要么是全黑的，要么全灰，要么就是反射光上沾满污点的图案。

不过，这项工作倒是很适合温克勒，烦琐的程序不失为一种挑战。有了这件事，其他想法和需求就不会占据太多心思。无可争辩，看到放大的冰晶，看到它们在自己的注视下渐渐融化，能带来莫大的兴奋感。每天醒来，温克勒只觉得这一天会非常充实，每一分钟都是自己的。他和娜莉娅的生活很简单：两个人会从屋顶上取下娜莉娅之前储存的炖菜，放在炉子上解冻。要是没下雪，或者有一段时间都没下雪，温克勒要么就会努力劈木材，要么就会摇树枝，希望能摇下来一片单独的雪晶。

尽管娜莉娅多次反对，但温克勒还是执意睡在小棚子里，大概是出于礼貌或固执吧，但一部分也因为温克勒已经逐渐喜欢待在小棚子里了。寒冷之中的某些东西让温克勒很喜欢——感觉人得到了净化，这种感觉从逐渐减少的圆木中透出来。温克勒发现，娜莉娅喜欢昆虫也差不多是一样的原因：有了它们，事物的本质就更加清晰，体现了生命的暴力与爱。要想体味寒冷，看待事物时就要持有更清晰、简单的观点：低温之下，死亡就在附近徘徊，带来明晰和精准。

但它也会模糊了事物：梦境和清醒之间的界限，从手指尖和脚趾尖汲取生命的方式和暂时不情愿地放手的感觉。风吹来，像来自另一个更脆弱世界的消息，搅动了树木。

娜莉娅再也没提过圣诞节，不过每周五去镇上之前，她都要问一句："你有要寄的信吗？"

一月最难熬的日子里，冷空气从小棚子里灌进来，跟裹着干酪布一样。每过一个小时左右，温克勒就得起身一次，在灿烂但可怕的天空下走过草甸（整条银河系仿佛都盖在了草甸上，从下面走过，似乎被冻住的蓝色太阳触手可及），走到小屋，取些木头放进炉子里，动动脚取暖。

娜莉娅在行军床上睡着，加热灯开关的时候都会伴着咔嗒一声。受热胀冷缩的影响，炉子受热后还会咕咚两声。屋外，所有的水都已经冻结成冰；屋里，蒸汽落在窗户上结了白霜，仿佛小屋变成了一个人，裹着白色的冰，小小的炉子是他贪得无厌的胃，一直燃烧着。

接近一月底的时候，天气冷到无以复加。护林员通过民用波段电台说气温已经到零下二十摄氏度了，但对温克勒来说，怎么都是冷而已。真正让他生气的是，他最多只能在外面待两三分钟。胶卷会卡住；焦距旋钮也会冻住——要想工作是难于上青天。通常，温克勒得在火炉边待一个小时，才能缓解在外拍照三十秒冻僵的手指。他的脚趾已经冻成了石头，而且都粘在一起。拿一杯开水走到外面泼出去，热水马上就会冻成冰凌掉到地上。

大多数日子里，天空和树木都是一个颜色，树木和雪也是一个颜色。大家说这是冰雾。走在这片土地上，就像走在梦中。温克勒把手摆在面前，手掌大到不成比例。他能看得出来，娜莉娅脸上的恐惧越来越明显，一是因为娜莉娅脖子上长出了红色的斑点；二是因为有一天，白天都快过去了，娜莉娅还没起床。在外面，你很可能会迷路，来来回回地兜圈子；你会觉得自己成了古老的先驱者故事中的主角，就是那些幸存者的故事：被困住的人们靠吃皮鞋为生，矿工被冻在小溪下。

娜莉娅问得对：他们准备好面对这一切了吗？哪怕外面刮风，娜莉娅也要听一听发电机运转的声音，仿佛发电机的隆隆声担负着她的生命。从某种简单清晰的角度来讲确实如此——昆虫的生命就取决于此，在发热灯灯光的映衬下，昆虫都变成了和橙光相协调的颜色。

温克勒把木头搬进来，还带进来可以融化成水的雪块。小屋四面墙壁都有冰的痕迹，烟囱的顶端像数十万个微小的玻璃碎片，滴滴答答地发出轻响。夜里，温克勒想在小棚子外坐一会儿，寒冷无孔不入，是一种浸入的感觉，深入且有耐心。温克勒做不到——太冷了，冷到让人绝望，所以他只能强迫自己站起来，拖着身体，披着皮毛，穿过草甸，回到小屋里。他坐在炉火旁，盯着燃着的煤块，寒冷仍不肯离去。

娜莉娅睁着眼睛躺在行军床上,睡袋抵在下巴的地方,头上戴着两顶羊毛帽———一顶摞一顶。昆虫都沉默着。

一月二十八日,发电机罢工了。娜莉娅在屋外差不多待了一个小时,检查连接点和燃油过滤器,又花了一个小时左右,她不停地拉动启动绳,但发电机就是不肯运行。他们有足够的燃料,电池也都充好了电,但加热灯开着,顶多能撑二十个小时左右。之后,等民用波段电台也不能用了,他们就到了不得不离开的时候。

两个人都没说话。温克勒走到草甸,站在娜莉娅身边待了一会儿,看着她颤抖着,看着风吹动发电机操作手册的纸页。"娜莉娅,先吃点儿东西吧,"温克勒开口了,"来,先保存点儿体力。"

娜莉娅屈服了。温克勒往炉子里添了些落叶松——这是上等的好燃料。一个长了两百年的树沿河漂下,被运到这里,注定是为了拯救他们的生命。娜莉娅爬上木头堆,拿了一锅冻住的炖菜。两个人坐在火旁,等着肉汤融化。表面的油已经热了起来。热好炖菜后,仍发抖得厉害的娜莉娅把炖菜从炉火处端到桌子上,但她戴着连指手套,一时没端稳,肉汤撒了一地。冒着热气的棕色炖菜撒了一地,萝卜块和牛肉块也掉得到处都是。不到一分钟,离墙边最近的肉汤就开始冻结。

两个人都没说话。风在外面的草甸耀武扬威,好像要掀掉屋顶的样子。温克勒能听到,他们在大罐子中储藏的数磅食物被挤向罐子边缘。地板上的肉汤很快就冻住了,温克勒不得不站起来,把它铲掉。

娜莉娅站在小屋中间,双手捂住眼睛。

午夜前后,风停了,草甸上结了一层厚厚的冰雾。温克勒走到发电机旁,借着手电筒的光往里看了看,东碰碰、西摸摸,各种零件和螺丝都动了动,还用戴着指套的拇指把计时器上的霜擦干净,可就是没看明白交流发电机和断路器之间的区别。十几分钟后,他进了屋,站在娜莉娅旁边。娜莉娅躺在行军床上,闭着眼睛。

"你能修好吗？"

娜莉娅转过头。"修不好。"

"完全坏了？没救了？"

娜莉娅耸了耸肩。

"我觉得你能修好。再试试吧。半个小时。如果还是不行，我们就走，到镇上洗澡。但我觉得，要是你再试一次，就能成功。我在这儿烧火，给你准备热茶。"

"大卫。"娜莉娅欲言又止。温克勒坐在炉火旁。半个小时过去了，温克勒都以为娜莉娅睡着了。可这时，娜莉娅从床上起身，穿上防雪服和靴子，带着装满工具的工具箱走了出去。

一整天，娜莉娅都没停手。温克勒给她送了好几次热水，还给她送了罐头汤。每二十分钟，娜莉娅就会回屋子里暖暖手。大概下午三点，日光渐渐变得黯淡。温克勒突然听到隆隆声，发动机再次运行起来。娜莉娅走到门边，推开门看着温克勒，她脸上蹭了油，双手的指套也全都黑了。

温克勒化冻了一包冻豌豆，朝娜莉娅眨了眨眼。"今晚我做饭。"温克勒说。娜莉娅把工具在桌子下放好，过了一会儿，她兀自开心地笑起来。

8

发电机一直没再坏。几个晚上了,他们俩有时会停下手里在忙的事情,专心地听发动机的声音,跟听喜欢的男高音拖着长音一样。昆虫都顽强地活着,该吃就吃,有的甚至还会交配、变形,等等。

他们的生命逐渐更为深邃,更为洁净,像是减重一样。有时,两个人几个小时甚至几天都不会说话,然后其中一个会再次提起某个话题,仿佛说话说到一半舌头就被冻住了,只有偶尔才能暂时恢复功能。

"大卫,你为什么不给他写信?"

"有什么意义?"

"为什么不试试?"

温克勒咕哝着说:"她死了。她们都死了。我现在只想向前看。"

"但你做不到!你不想离开这片树林,你什么都不想做,就想看着显微镜。总有一天冬天会过去。我也会回学校,回安克雷奇。"

温克勒摇了摇头。寒冷刺骨,但不知为何,"冬天终会过去"这句话仿佛说到了温克勒的心里,让他不得不掂量几分。他走出小屋,摆弄着显微镜,扫描雪晶——要是足够幸运,没有下雪的话,他或许真的能拍出一张清晰的照片。极度寒冷的天气中,落下来的雪晶不是叠在一起,就是呈金字塔状,毫无新意。一两个小时之后,温克勒回屋,对着火炉搓搓手,慢慢地感受着寒冷从衣服中抽身离开——那么不情愿。

娜莉娅正在解剖螳螂,根本没抬头。"你真的不想知道发生了什么吗？就算她们已经走了也不想知道吗？"

温克勒看着火炉里的余烬。

"我妈妈说得对。"娜莉娅继续说。

"不对。"

"大卫，你得给他写信。我可以帮你寄走。就写一封信。"

"你不懂，他绝对不会帮我的。"

"试试吧。"

又到了周五娜莉娅去镇上的日子。她用皮草把自己裹得严严实实，还戴着滑雪护目镜。有的时候，温克勒仿佛能听到，机动引擎开到伊格尔城一路上都会发出的嗡嗡声，仿佛那种声音冻结在空气里，就悬在雪光之中。声音会消失一个小时左右，接着会再次响起。这次的声音会越来越大，是娜莉娅沿着山谷里的路回来了。她会带来胶卷、醋、番茄酱、鸡蛋粉末和五磅重的花生酱，等等。有一次，娜莉娅带回来了一瓶基安蒂红葡萄酒，回来的路上冻裂了，所以他们只能把红酒放在锅里解冻，然后挑出玻璃碎片，趁热喝掉。

积雪不多——整个冬天大概只有六英尺深吧——但雪经常下，二月的时候几乎一天都没停过。小小的雪花从雾气中飘过，落在温克勒的"盆地"中。

二月五日，温克勒终于成功地拍到了一张雪晶的照片，是寒冷天气下经典的六角星形。边缘有些模糊，稍有些倾斜，但照片中心，雪晶的形状清晰地嵌在里面，像极了领航员手里的轮盘。

看着那片小小的六角形冰晶——迷失在世界中的冰晶——温克勒只觉得心跳停止了跳动。那就像是光天化日之下梦想成真的感觉，真实地发生在眼前。

娜莉娅对着窗户仔细地看了看照片。"太棒了。"

"这只是个开始。"温克勒应了一句。

❄

看着雪在空中飞舞。看风吹起，雪花飘到空中，旋转飞舞——似乎每一片都有自己的方向。雪花越来越大，上下翻飞，让人眼花缭乱。它们变成了花朵，在树枝间横飞。温克勒听说，在北极地区，要是探险者看着雪花飘落而被催眠，那就说明他们已经恍惚，几乎快被冻死了。实际上，温克勒认为，在寒冷肆虐的室外，还有什么比站在桌边，看着雪花飞过草甸、落在山丘继而隐于树木之中更重要呢？

"杧果。"温克勒会说。

"百香果。"娜莉娅会这么回应。

"比萨。"

"奥利奥饼干。"

"菠萝汁。"

"啊，菠萝汁。手工啤酒怎么样？咖喱海螺呢？"

"你爸爸做的咖喱海螺，配着香蕉面包卷。"

"香蕉面包卷和新鲜黄油。还有用蜂蜜和肉桂烤的葡萄柚。"炉子上，燕麦受热冒着泡，随着水分的蒸发，发出咕嘟咕嘟的声音。

二月的傍晚，天已经黑了几个小时。温克勒站在显微镜前，借着显微镜微弱的灯光研究雪花的形态特征（乳白色，几乎是半透明状的雪，背景比白色灯泡更脏一些，也更稳定）。娜莉娅出现在他胳膊旁边。"大卫，"娜莉娅往上抬了抬下巴，"抬头看。"

树顶之上，一幅巨大的帘幕遮住天空。帘幕有褶皱，之后变成了围巾的样子，接着是绿色的楔形，如翅膀，庄严地从银河系中飞过。温克勒关掉显微镜，两个人一起站在草甸上。呼吸在面前形成一团团白雾，冻结后又落在他们的脸颊上。

颤抖着的天空绿色和蓝色，边缘还点缀有红色、碧玉色、紫罗兰色。

诡异的绿色从草甸上飘过，映在大片冻住的印记上。接下来的几晚，仿佛一切早有安排，极光几乎都会在同一时间出现，有时午夜过后才会消失。温克勒会裹着毯子和旧皮草躺着，旁边是昆虫箱——已然成了未能熬过冬天的那些昆虫的坟墓。极光从头顶飘过，从越来越大的木堆缝隙中透进棚子里，仿佛深色的外星飞船落在草甸上一样。

温克勒闭上眼睛。光会照在他的眼皮上。梦境如潮水般袭来，如黏液一样罩住他。

他梦见树木被冻透，晚上一下子炸开；梦见狼群从山脊线上疾驰而过；梦见雪下面隐藏着微型迷宫。温克勒回想过，或许这是昆虫的梦境，沿着无形的线索在寒冷的空气中行进。或许这些梦早就存在，只是温克勒才将它们在脑海中放映，如同他在沙滩上，给短波收音机调频一般。昆虫冬眠时的梦大概如此：冰晶出现在外骨骼下面，出现在它们小小的器官里，它们的血液或成丝状，或成王冠状，或成帽子状。每个梦里，都期待着解冻那天的到来，阳光会照在它们的残肢、虫茧或隧道中，像开灯一样将它们唤醒。

娜莉娅早就发现了一件怪事，从十二月开始就一直想解决。尽管温度足够，也延长了光照，甚至昆虫箱里的食物也很丰富，但还是有三分之一的昆虫一动不动，毅然决然地进入了冬眠，仿佛早已知道自己所处的环境是人为制造的。要么就是它们内心深处知道季节的变化，身体里有某种化学机制帮它们翻看日历。还有一种可能，它们的宿命不可避免，由进化和独立的环境决定。

❄

两张成功的照片。四张、七张、十张。温克勒用小钉子把照片钉在棚子的墙上。照片是小小的明信片，尺寸是四乘五英寸，内容都是雪晶。小棚子变成了雪花的"名人堂"：有些照片有白色斑点或缺了一角，有些是蓝色的，还有些因寒冷卷了边。然而，这些还不到十二张。本特利的书中可有成千上万张。他是怎么做到的呢？

二月中旬已过，温克勒趁着刚刚黄昏，慢慢地走到树林中那块空间较大的地方。一路上，有只乌鸦一直跟着他，在树林间飞来飞去，就当是一片孤寂中沉默的伴侣吧。温克勒想到了自己的父亲。尽管父亲每晚都一页一页地翻看着报纸，但他没有一次说过"哈，大卫，你听这个"这样的话，像是根本不知道周围到底发生了什么。不管什么时候，有人跟他父亲聊国家大事时，他父亲都是一言不发，甚至就一直看着马路，看着远方，充耳不闻——这样更可怕。"尼克松，"邻居说，"我刚才问你来着，霍华德，你觉得副总统怎么样？"大概报纸用的是另一种语言吧，或者文字根本就不是文字，也可能他父亲已经失去了处理信息的能力。

空气太过寒冷，冻得温克勒鼻孔发痛。他站起来，看着天光洒下，直到耐不住为止——其实也就五分钟而已——蓝色的光线渐渐暗淡，但另一缕光会出现在小山上，白雪成了白炽灯。身下的树木和光秃秃的垂柳生长在远处的洪积平原上，早就被覆盖了一层厚厚的冰，仙风道骨的样子，非凡尘世间所有。他还能看到冻成大冰块的花椰菜。没有风，很远的地方，就在温克勒极目之处，有两个黑色斑点，是一对如老鹰一般大小的乌鸦，正在育空冰封的平原上啃食着某种已经死了的动物。再往远处看，距离将一切化作一片令人目眩的水印，淡淡的没有颜色——那就是安克雷奇了：温克勒的父亲在那片土地上，靠送牛奶度过了自己的一生。

他沿着来时的路走回了小屋，踩得脚下的雪咯吱作响。走到草甸中间——娜莉娅的小屋里亮着灯，光从墙板上板条的缝隙间漏出来，烟囱口冒着烟，仿佛小屋中有什么秘密且幸运的魔法，要对全世界保密——温克勒看到了一头驼鹿。

驼鹿站在小屋窗前往里看，尾巴像奶牛尾巴一样甩来甩去。它眼睛很大，不停地眨着眼，个头足有娜莉娅的 F-250 那么大。

有那么一会儿，温克勒没感到害怕，只是觉得好奇。驼鹿往里看的时候在想什么呢？热气和湿气从墙缝中透出来，还有昆虫的味道和叫声——就像夏天还留在树林中的一个小盒子里——这肯定让驼鹿有点儿难以理解吧。

它又站了一会儿，高大、安静。寒冷沿着温克勒的胳膊蔓延。这时，驼鹿转过身，打量起温克勒来，丝毫没有惊讶的神色。过了一会儿，驼鹿小跑着走进树林，轻盈如小鹿一般，消失在茫茫白雪中。

微风吹过树林，树枝上的雪飘落下来。温克勒想到了多年以前自己在路边看到的小鹿，那时的他正带着桑迪往俄亥俄州走——就是那些桑迪根本懒得看一眼的小鹿，如幽灵一样的小鹿。温克勒在想，或许那头驼鹿也是幽灵呢。他也不知道为什么，但能感觉到，自己走进小屋问的话，娜莉娅肯定会说刚才没看到。

然而，驼鹿留下的痕迹就在温克勒脚下。窗户最上面高高的地方，有两缕交织在一起的蒸汽，不过蒸汽很快就会消散。温克勒走进小屋，朝娜莉娅要了一张纸和一个信封。

9

亲爱的赫尔曼——

我叫大卫·温克勒。我也是在安克雷奇长大的，后来到东部高中念书。我们见过一次，就在玛丽莲街的车道上。我就是那个和桑迪情不自禁的人。

这一页纸，或者说再有一百页纸，也写不完我想跟你说的话，也写不完你理应知道的所有事。所以，就请允许我说一句：对不起。很抱歉给你带来了痛苦。很抱歉让你一直承受这种痛苦。权当这句聊胜于无吧。

我不知道桑迪的女儿是否还和你住在一起，还是她早在二十五年前就已经离开了这个世界。我也不知道过去几十年你见过桑迪几面。但我想说对不起。或许人的一生真的太过短暂，但我终于有所领悟，回到这里，希望一切为时未晚。

随信附上我这个月上旬拍的雪晶照片，希望你也和我一样，觉得它带着一种特别的美。

第二封：

亲爱的赫尔曼——

我觉得夜晚能让事情变得更简单。我觉得自己更贴近事物的本质意义。在这里（我记得比安克雷奇远很多），夜晚的时光非常漫长——冬至那天，只有三小时五十一分钟的日光。太阳甚至都没升上树顶。

但我从不知道的是，这些都不是黑暗的空洞，和在热带地区时一样。这里没有月亮的夜晚中，真的是伸手不见五指。夜晚带着自己特有的光，暗淡的紫色和海军蓝，还有银河系的金带。雪光会反射并放大所有颜色。哪怕月亮只有满月的四分之一，你也依然可以借着月光看报纸。黄昏大概有两个小时。太阳还是会在中午时升起。

我发现我对雪一无所知。雪不是白色的，其中蕴含了数千种颜色，是天空的颜色，或者说是雪内部的颜色，或是雪中藻类的粉红色。但说实话，所有这些颜色都不是白色。到了我这个年纪——我们这个年纪——还能发现自己竟不了解如此基本的一件事，也算是美事一桩了。

最终，一无所有的时候，你会发现即使世界对你很温柔，通过各种细枝末节向你展示自己的美，但最后一切要么会带你走，要么会离你而去。

第三封：

亲爱的赫尔曼——

如果你觉得我之前两封信很奇怪，就请忽略吧。我觉得你会一次收到这三封信，毕竟娜莉娅只有每周五才会去镇上。或许这会是你读到的第一封信。果真如此，那你可以把另外两封信撕掉。

娜莉娅是和我一起住在这里的女士。她是一名昆虫学家，非常优秀。大部分时间，她都会研究昆虫，想让昆虫在极度寒冷的天气里活下去。

我们会吃面条和人造黄油。还有金枪鱼。还有桃子罐头——不过这本意是给昆虫准备的。我最喜欢的是咖喱——娜莉娅可以用咖喱做一切美食，这都是她父亲教的，不过（别告诉她），她的手艺没她父亲好，但毕竟饥不择食啊。

要是把食物从火炉旁拿开放在小屋门外，那也就二十秒钟，热气就会消失。食物四十秒左右就会冻住。我住在一个小棚子里，从小屋走到小棚子短短的距离，一杯茶表面也会结一层冰。

但在小屋里很暖和——甚至有些热。火总是烧得很旺，我在炉火边总会额头冒汗。

附上我认为最好的一张照片。这片雪晶是八菱形，而不是六菱形，因为最初形成的时候，应该是两片相邻的雪晶同时长在了一起。它们在高高的云层里交叠，最后落在地面上，落在我的黑色小桶里，竟然都没有分开。实在是少见。

看着这片雪晶，我内心里仿佛什么东西溶解了，就像身体里面的东西逐渐在外面塑造形状。这样说你能理解吗？赫尔曼，希望你一切都好。希望你坐在火炉旁，手边有条毯子。

温克勒会把这些信交给娜莉娅，就像当年把信交给娜莉娅的母亲一样。他还请娜莉娅帮自己寄走，求她说越快越好。每周五，娜莉娅沿着山谷回来时，都会带着熏鱼、人造黄油或茶包，但没有信，没有回应。这时，娜莉娅就会摊开手掌，和她妈妈二十五年前的动作一模一样。

温克勒还在拍雪晶。每次下雪都能拍到一两张还不错的照片。现在，温克勒已经敏感到一定程度了：雪落前几个小时，他就已经料到即将下雪——云层遮住太阳，投下珍珠般温和的光芒，树木的影子斜躺在草甸上。的确，他已经超越了平常，他对雪的了解从未如此深入，或者说，他和雪之间从未如此亲密。有股味道会升起来，不知道为什么，温克勒总觉得这种气味和燃烧的火有关系。每当这时，他觉得自己整个人都会进入某种状态，仿佛自己与天空通过成千上万条看不到的电线相连接，仿佛自己会凝结。很快就会下雪，大概再过十五分钟就下雪了。温克勒发现自己竟然还能预测雪晶的结构：温暖的午后，要是下雪，就会是六角形或针状的雪晶；要是更冷的时候下雪，就会是像小棱镜一样的小柱子；若是天气再冷一些，雪晶就会呈片状，或等边三角形状，或是星形、杠铃形、卷轴形。

刺骨的寒冷中，温克勒眼镜的铝框会收缩，挤压他的鼻梁，带来一种压迫感，就像寒冷在脑袋上用了老虎钳一样。再加上每天处理琐碎事务带来的疲劳，温克勒的太阳穴能清晰地感受到刺痛。这时，他不得不站在显微镜旁，闭上眼，任寒冷裹住自己，看着眼皮中毛细血管里青色或红色的血液出现在视线中。

三月下旬很快来了，春分也来了——光明与黑暗的转换点。日照时间渐渐变长，娜莉娅还会想象其他季节的样子。她用民用波段联系的时候，会说比萨，会说光脚走在沙滩上，等等。"在我家乡，"娜莉娅会说，"阳光永远都很强烈，能晒化船上的油漆。"可温克勒看到日照时间延长，反而有些不太开心。有一天下午，他听到屋檐下有滴滴答答的声音，还觉得有些难过。温克勒又想到了桑迪，想到了电影散场时她眨眼的样子，想到了她留在电影院里看演员表的时候。"就像刚睡醒。"桑迪曾这么说过。

没错，他们确实是渐渐醒来，温克勒和娜莉娅是这样，整个无人之地大本营也是——一切再次鲜活。春天：由里到外撑开了蛋壳。

冬天的时候，大块大块的时间会渐渐消失，就像冰川中冰山的分裂。仿佛时间已经不复存在，或时间已通过另一种前所未有的方式表现自己。在漫长的夜晚中，在不知不觉中越来越短的夜晚中，温克勒会抬头看，甚至没察觉的日光已来了又去，转眼又是黄昏——这大概就是衡量时间的标准方式吧——出生，继而死去；日出，然后日落——是唯一的方式，却不一定是最有意义的方式。

然而，春天来了，一切复苏：出生，日光，还有家庭。

亲爱的赫尔曼——

我还记得研究生的时候读过这本开普勒的小书，他在书里表示，自己很想知道为何每片雪花都有其独特的形状。他说大自然之间的东西仿佛都有自己的关窍——只是我们看不到——关窍中有关于其外部特征的蓝图,注定其样子如何。细胞核在细胞里,细菌在种子里。这一理论比沃森和克里克提出的早了350年。开普勒甚至将这种关窍称之为灵魂。

站在我们这片小草地上,看着雪花飘落,我不禁感慨这一想法:每一片雪花都有属于自己的灵魂。这很好理解,和遗传学一样,和其他所有一样——我觉得比雪花没有灵魂这一点更好理解。

你真应该看看我上研究生时制造的冰——完美无瑕的小水晶。小小的奇迹。在树林里,雪晶很容易破碎,稍稍用力就会残损。但比起实验室中的雪花,这些更美、更大,也更真实。这么理解吧,就跟野生动物会让动物园里的动物黯然失色一样。

现在,于我而言,我已不再想追寻其中的科学道理。我宁愿就这么看着。看着那种光,看着雪花吸收声音的方式。我们会有这样的感觉,雪飘落得越多,我们得到的宽恕就越多。

梦境是什么?钢水包浸入,水桶下降。明亮的水面下藏着深沉冰冷的水;每棵树底下都有阴影。梦境是对你清醒时探寻过的地方以及经历过的时间的重现。未来和过去都有一面镜子,照射着现在的每一刻。记忆与动作,物体与阴影,清醒与沉睡。阳光直直地照下来的话,会发现身边还有一个自己,与我们的脚相连,与我们同步游走。你可以试试摆脱这个自己。

终于,温克勒只剩下一个梦了:他想了解自己的女儿,想看到她的手——格蕾丝的手是什么样子?温克勒只记得她指关节细微的纹路,记得她睡着的样子——仿佛有猎人会来捉住她,仿佛她的身体暂时被腾空了一样。

这就够了,足够每天早上唤醒温克勒,足够让他拿起冻在小屋墙壁上的大锤,足够让他用力地劈开木头。

10

四月的第一个周五,娜莉娅回来时还是两手空空。温克勒不禁想:我的生活确实是一遍一遍地重复。

尽管令人刺痛的寒冷仍会出现在夜里(树木膨胀弯曲,有一两棵放弃了,已经裂断,委顿的声音很快就消散在厚重的空气中),但冬天确实是在渐渐走远。极光不再出现;某天早上,一群呈人字形飞翔的野鹅朝北飞过天空。有几天里,太阳高高挂起,融化了小屋屋顶的积雪。还有,冰柱在夜里悄然冻成,就挂在屋檐上,可阳光也是把它们晒成了滴滴答答的。有的时候,温克勒甚至可以不用戴手套就操作显微镜,也能只穿着一件羊毛衫劈木材。

莺鸟飞了回来,还有灯芯草雀。甚至还有知更鸟——知更鸟一动不动地待在房檐上,温克勒甚至都觉得它已经被冻透了,是娜莉娅搞恶作剧放在那里的。但温克勒朝知更鸟伸手的时候,它却眨了眨眼,拍拍翅膀飞走了。

南边的天空再次出现飞机的身影,有比奇飞机、塞斯纳飞机,甚至还有一架大型"双水獭"型号的飞机,它们都会在天空盘旋一圈,才慢悠悠地落在伊格尔城简易机场的跑道上滑行。每一天,娜莉娅看起来都很有劲头,脸颊越来越红润,工作也越发有动力。刚刚过去的冬天于她而言是一种胜利,会伴随娜莉娅走过一生。她的昆虫有很多还活着。她还活着。有的时候,温克勒下午走进小屋,会发现娜莉娅正拿着民用波段跟护林员聊天,大声笑着。"真的吗?"娜莉娅说,"他说的?"

从胳膊和脖子上的索状组织上看,温克勒知道娜莉娅很健康。弯腰的时候,娜莉娅双腿是直的,像个运动员,腿筋抻长,但也紧实。娜莉娅会用热水洗刷铁桶,会用毛巾包住自己的头发和腰部,光着小腿穿着靴子,也不系鞋带,任由鞋带邋遢着。渴望在温克勒心里重又复燃——娜莉娅拿着勺子把食物送进双唇间的样子,娜莉娅站在草地上闭着眼朝着太阳仰头的时刻,等等。温克勒讨厌自己这个样子——有的时候,他会盯着娜莉娅的身体看上半秒都不离开,让他觉得自己就像个心怀不轨的老男人。

温克勒坐在火炉旁直到午夜过后,一直写信。之前飘到窗户上的雪,现在都换成了雨滴。

四月初的一个周三:天空的颜色浅浅淡淡的,蓝到难以置信。娜莉娅站在门口宣布:"我今天要去镇上。我要去镇上,我要去跳舞。谁想来都可以来。"一整个下午,温克勒都在跟显微镜较劲。娜莉娅借着渐渐暗淡的天光刮了腿毛,梳理了头发,换了一条温克勒根本没见过的裙子——黑色裙子,印着红色的金刚鹦鹉。最后,娜莉娅穿上了防雪服,拉好拉链。

"需要我喂昆虫吗?"

"没事,我今晚就回来。你确定不一起去?"温克勒环视了草甸,摇了摇头。两分钟后,娜莉娅启动了雪花机,半坐在凳子上,然后熄火,把冻在雪上面的机盖掀了起来。

日光慢慢地从树林中退去。温克勒听到娜莉娅开着机动雪橇突突地穿过林间。他又站了一会儿,观察着天色变化。雪花从树枝间飘落时,温克勒也回到了屋子里。

娜莉娅现在经常出去——每隔几个晚上就去镇上,到午夜之后才回来,有一次甚至天亮都还没回来。偶尔,温克勒会走进云杉树林,看向娜莉娅回来的方向，等待着车转弯沿着小路开到营地时前大灯的光亮。娜莉娅一回来，树枝上的雪就会被震落，路旁的动物也会受惊而动。透过树梢上的空隙，冰冻的育空地区隐约出现在温克勒身下，这片区域很大，有的地方如跑道一样光滑，有的则起伏颠簸。

温克勒会一个人吃晚餐，盯着民用波段电台，考虑要不要打开。当然，接起来的肯定会是公园的护林员，就是那个穿着卡其色衣服的人，他的脸上写满风霜的痕迹。护理员没问娜莉娅的情况，毕竟也跟他没什么关系。

沉默在草甸上肆虐，巨大而苍白。温克勒在火炉边的椅子上睡着了，他醒来后，困意还未消散，便拖着身子到娜莉娅的行军床上继续睡了。

后来，机动雪橇咆哮着开进草地的声音吵醒了温克勒。有人打开门进来，之后关上门，还往炉子里扔了几根木头。温克勒睁开眼，保温灯都没亮，只有炉子里的火光和娜莉娅书桌上的烛光。

娜莉娅身上有酒气，温克勒还能闻到汉堡和香烟的味道。娜莉娅头发里的冰融化了，落在地板上。温克勒在旁边的架子上摸到眼镜戴好。小屋最里面，温克勒朦朦胧胧地看到娜莉娅俯身看着一只昆虫箱，然后拉开铁丝盖子，用手指捏了只蜘蛛出来。

11

每周三,你去看冰球比赛的时候,我们就去看电影。后来到了十二月,她才第一次跟我回家。她会吃着苹果肉桂片看向窗外,可能是在想你吧。我觉得她经常想到你。我想应该在我遇到她之前,她就有离开阿拉斯加的想法了。我这么说不是为了撇清责任。我甚至不知道"想法"这个词用在这里对不对,真的,那只是一种冲动,一种概念——她会打开我的道路图集,手指从安克雷奇出发,沿着公路往前划动。她说曾经想当个航空公司的飞行员,或者警察,或者医生。我们会躺在床垫上,看着窗外的天空。我觉得,她最想要的,是成为一名母亲。

我对自己的女儿知之甚少——我和桑迪的女儿——这是我生命中莫大的遗憾。所以我请求你发发善心,让我能有办法知道她身上究竟发生了什么。或许我不值得获得内心的安宁,但你可以带给我一些。

我知道语言的力量不大。我之前也给桑迪写过信,希望她能明白我的心,但根本都是痴心妄想。我们之间的距离太远了。

你随便骂我是浑蛋,说我是魔鬼也行。但如果可以,求你给我回信。

12

池塘一口一口地吞下大冰块,像是吃大大的苦药丸一样。斗转星移,娜莉娅很快就发现,拨开云杉的针叶找小毛虫的时候,能看到小小的嫩芽从树下冒出来。所有东西都滴滴答答的。树枝抖落了身上的雪,终于可以摆脱这些负担,浑身轻松。小棚子里出现了唧唧声。温克勒起身查看,原来是有东西在啃棍子——在笼子地板上留下了一堆木屑。

小溪的声音清晰可闻,冒着泡泡往前哗哗地流去,流过整片空地。娜莉娅硬带着温克勒下了水,让他待在水里。温克勒和娜莉娅站在一起,水还是冰凉的,冻得温克勒双腿发紧,河床上的小石子在鞋底来回滚动。"别说话,"娜莉娅说,"稳住。"温克勒调整了一下,耸了耸肩,终于站稳了脚跟。有那么一瞬间,温克勒感觉到周围有一团昆虫飞来飞去,他的皮肤上有成千上万个感应点,几乎是失重的状态。温克勒想看得清楚些,可最多也只能看到乱糟糟的一团,这一秒还在这里,下一秒就不见了。

"这是什么?"

"蠓虫成虫。刚出现,血管都还没硬起来。"娜莉娅在空气中轻轻地挥了挥手,"胳膊大小的地方大概能孵化十万只。"

温克勒觉得那种声音就像是球体的嗡鸣,人们能将宇宙的运转声听得一清二楚。春天:充满了活力,温暖和煦的风吹过,搅动了一切。

又到了周五,娜莉娅到镇上去寄信,打几个卫星电话,顺便查看道路情况。已经接近五月，她打算离开，为此已经准备了一个多星期：先把一些昆虫放在酒精瓶里，又把其他一些放进便携昆虫箱里，还放走了一些。五只黄缘蛱蝶成虫熬过了冬天，钻进一根棍子的缝隙中。娜莉娅把它们带到阳光下，看着它们在温暖中慢慢地舒展、闭合翅膀，最后扑棱着飞走了。

雪也告别了屋顶，大块大块地从上面滑落，"砰"的一声落在地上。每次都能把温克勒吓一跳。

在这里的最后一个周五了，娜莉娅开着机动雪橇回来时，雪橇的悬架和整流罩上溅满了泥。"大卫！"娜莉娅大声喊。温克勒赶紧走到泥泞的草甸上，泥浆都溅起了不少。"有你的信。"娜莉娅上气不接下气，满面红光，从背包里摸索着。娜莉娅的护目镜上糊满了泥。"他回信了。"

娜莉娅把信拿出来。一个象牙色的信封，角落里是浮雕文字，是阿拉斯加第一国家银行的地址。"他回信了。"娜莉娅重复了一遍。

好像她还说了别的，但温克勒眼里只有这封信，这封被自己捏在手里的信。信上用墨水写的字——温克勒的名字——出现在白色的背景之上。要是温克勒一不小心，就会迷失在字母的弯弯绕绕中，迷失自己，再也找不到回来的路。温克勒跌跌撞撞地倒退着朝小屋走去。

娜莉娅等在外面，站在扭曲的大桌子前，但没有工作——她所有的心思都在屋里的温克勒身上，她身体朝着温克勒所在的方向，所有思绪都与温克勒有关。她带来了温克勒期待已久的希望，要是希望是看得到、摸得着的东西，就能看到它摇曳在炉火前，带着不易察觉的光谱，让空气变得多彩，如极光飘在空中一般。

麻雀沿着古老的空中走廊飞往加拿大；麋鹿在所卧之处不安地移动着。不知何处，一头棕熊站起来伸了伸懒腰，还打了个哈欠。三个排球大小的小熊从窝里滚出来，跟在熊妈妈身后。朝南的苔原上长出了第一块地衣,有些已经有几个世纪的历史,鳞片从岩石上蔓延开来。

温克勒打开了信封。

亲爱的温克勒先生——

多谢你寄来的雪花。它们确实很漂亮,也确实是阿拉斯加的骄傲。

没错,格蕾丝确实在这里,活得很好,一切都好。但我也不确定她是不是想见你。你可能还不知道,她已经有了儿子。她很早就结婚了,但现在已经离婚了。她不怎么听我的话。

这是她的地址,别说是我告诉你的。

格蕾丝·恩尼斯

东16大街208号C公寓

安克雷奇

我没觉得你是个浑蛋,现在没这么觉得了。或许应该说你是个败类。我这是开玩笑的。很抱歉这么久才回信,我之前几周一直在外出差。

如果你在镇上,可以来家里坐坐。

赫尔曼

还和收到桑迪退回来的信时一样,温克勒把这封信放在大腿上很长时间。周围的光线一直变化,昏暗的势力范围一直扩大。

一张纸,一个被回应的祷告。温克勒的脑海里只有一个情景:那天早上,还不到凌晨,母亲去世了。当时的温克勒十三岁。父亲发现了母亲,赶紧冲到楼梯平台。温克勒待在自己的衣柜卧室中,能听到父亲用力砸邻居的门,叫喊着借电话用。温克勒拉开床垫,战战兢兢地走到客厅。母亲还坐在椅子上,身体已经僵硬,好像什么都不对劲:母亲的膝盖露在睡衣下摆外,一只手的指尖向外伸,像是要触碰大窗户一样。父亲的叫喊声和在楼梯平台上的砸门声仿佛遥远得不可思议。皮货商仓库改造的公寓里那种味道突然之间强烈到难以忍受——狐狸的味道、山猫的味道，还有用来制作皮毛大衣的单宁味道。墙上挤满了幽灵，它们从家具底下、散热器里、水管里、水龙头里、大梁的缝隙里、钥匙洞里、石膏板的孔里钻出来，水貂、驯鹿、北极松鼠、棕熊、土拨鼠、驼鹿的灵魂出现了，这些动物挤进公寓，足有几百只，沉默、无形，但它们确实存在，还走来走去的——温克勒能感觉到它们的存在，能闻到，但就是看不到。动物们的呼吸在窗户上留下了痕迹。

　　黑暗之中，动物们聚在母亲周围。母亲一动不动。动物们坐立不安，摇晃着尾巴。母亲的脖子伸长，下巴指向天花板，手指纹丝不动地搭在玻璃上。外面，窗台上的积雪又深了一英寸。能和母亲这样待一会儿，哪怕只是一两分钟，也让温克勒一生都充满了感恩：有他，有动物，有母亲。母亲是唯一一个真正理解自己的人。温克勒想象着动物们带走了母亲，庄严而小心地护送着她的生命离开，像是护送着什么泛着光的东西，也许是装满萤火虫的罐子，也有可能是窗帘后的烛光，或许是母亲的灵魂，或许是言语无法表现的事物。动物们带着它，穿过建筑物的墙壁，朝屋顶走去。

　　终于，父亲和邻居们一起冲回了家里。人们打开灯，窗户变暗，母亲已经走了。

13

　　福特沿着凹凸不平的道路颠簸着。娜莉娅拉下刹车,卡车和卡车拖车上的机动雪橇便在泥浆路上慢慢地停下来。温克勒看着附近小山上的白桦林,那光泽在深色云杉的映衬下,是明亮的银色。

　　后轮总是打滑,他们不得不停下来好几次。温克勒走出驾驶室,靠在后保险杠上,冷空气从树林间的阴影中透出来,堆在床上的昆虫箱在篷布下咯吱作响。但卡车总会打滑,拖车也总是陷在车辙里。他们走出山谷的路似乎是命中注定,由重力和天光所决定。越往山下走,雪泥就越来越少,道路两旁出现了柳树的身影,隐隐约约地挂着石灰绿色的嫩芽,柳枝随风摇曳。

　　温克勒把自己破旧的行李袋放在双脚之间,大腿上堆着的是雪花的照片。风拂过温克勒的脸庞,顺着衬衫领口吹进衣服里。

　　车开了一个小时左右才到了育空地区。宽广的流域那头,有海鸥跃然飞到空中。光线从破碎的云层中漏下来。一块块如厢式卡车大小的冰沿岸散落,冰块之间还有整根的树木,早已没了树皮和树枝,树结不太明显,纤维的转弯处很是平滑。中心区域,裂开的冰旁边有一条较宽的地带,是堆积起来的漂浮物。再往远处看,能清楚地看到一条棕色通道——足有足球场的短边那么宽——这条棕色通道向前推进,带着巨大的冰凌朝着北极圈的方向往下游走。

　　距离安克雷奇还有五百英里。他们左手边的河流已经解冻,野鹅降落在水面上,一只接着一只。

第六卷

1

温克勒穿着一套新西装,坐在 2 路公交车上,手里拎着一盒芝士蛋糕。裤子腰带上的塑料标签护圈早不知道跑到哪儿去了,尖头总是会戳到温克勒的臀部。他在第十五大街下了车,从兜里拿出来一本破旧的电话簿街道图。

东南方向,五个街区。A 街道上的车呼啸而过,眨眼不见。已经到了下午,天灰蒙蒙的,公寓大楼看起来空无一人,所有的住户都在上班,不然就是大家都搬走了。路上偶尔能看到打理精致的房子,门前种着郁金香或紫丁香,但这条街上住的大部分人都是租房的:护板墙搭起来的公寓楼建在回填土上。要不就是西尔斯建的房子,都几十年了,管道工人和铁路工人还没来这里之前就已经建好,自此再无维护过,几处环裂之间还能看到用马毛或报纸塞住的隔温层。

就算之前曾走在这样的路上,温克勒现在也不记得了。几乎城市里的一切于温克勒而言都是崭新的,刺激着他的神经:像霉菌一样,安克雷奇已被感染、殖民,山坡上和湖边都住着人,道路宽阔,一直延伸到与高速公路相连的地方,工业区的范围也蔓延到了泥岩沼泽地。落满灰尘的车懒洋洋地在红灯处停下,排成长队。

办公大楼坐落在面积很大的停车场上。第四大道剧院是他和桑迪之前碰面的地方,现在已不再放映电影:礼堂改建成了游客自助餐厅,地下室成了不太受欢迎的博物馆。

但之前那种味道还在，就藏在送货卡车扬起的尘土中，藏在午夜安静的微风中，藏在漏斗里雨水滴答或咕噜冒泡的声音中。这种混杂着鹅卵石、盐分和汽油味，裹挟着树木与融雪味，正是四月阿拉斯加的味道。这就是温克勒长大的地方：海鸥从市中心的街道滑翔而过，大海在特纳盖恩湾处翻腾。

东16大街的208号是一栋单层建筑，用挡风板做的房子，五栋公寓连在一起。C公寓在最中间。其他公寓租户的窗前都摆着仙人掌、玉海象或栀子花盆栽，长着杂草的草坪中还放着尼龙椅子，但C公寓就不是这样：只有拉下来的百叶窗和紧闭的门。门前摆着一块简易的棕榈编织门垫，小门廊也是疏于打扫的样子。

有个小孩子的玩具不知怎么滚到了树篱下：红色的塑料棒球棍，棍子上印有卡通图案。

街对面是长满蒲公英的公共休息场所，有供儿童攀爬游戏的猴架、几个排在一起的秋千，还有一块标志牌：拉尼游乐场。温克勒拿着芝士蛋糕到了街对面，坐在最左边的秋千上，这样格蕾丝在门口看不见他，他却能看到格蕾丝家的树篱和西边几间公寓的门窗：A公寓和B公寓的。

塑料标签还是会扎到温克勒的臀部，他怎么待着都不舒服。腿上的芝士蛋糕慢慢软化，最后变成一摊，蛋糕盒子里像装着水银一样。温克勒一直盯着树篱下面的玩具棒球棍，根本移不开目光。芝士蛋糕滴答着沿着他的鞋落在地上。

门上有C这个字母。门里面住着他的女儿和外孙。实在难以置信。

干洗店的面包车叮哐开过，轮毂已经生锈。秋千吱扭作响。温克勒回想起他之前见过的那些格蕾丝·温克勒：新泽西州、弗吉尼亚州、田纳西州、新墨西哥州，还有博伊西的，有带着圣伯纳犬的格蕾丝，有养着澳洲鹦鹉的格蕾丝。世界上有很多格蕾丝·温克勒，每个都是真实的格蕾丝·温克勒。这样看，你的旅程永不会结束。杰德曾经说得没错。

然而，就在街对面，在那扇门里面，就住着温克勒已二十余年未曾谋面的女儿和从未谋面的外孙。这会是某种结局吗？

他很快就会行动。他会强迫自己从秋千上站起来，按响门铃。或许格蕾丝对此毫不在意，或许备感困惑，或许会很生气——这种可能性最大。但还有一种可能：格蕾丝会拥抱他，会轻声说一句"终于等到你了"。

天空压低了些。蜜蜂在温克勒脚踝处的蒲公英上采蜜。温克勒走到街对面，身后的秋千荡来荡去。

芝士蛋糕沉得都快提不动了。温克勒的鞋在人行道上留下湿漉漉的痕迹。格蕾丝门前的草坪是细长的长方形形状，根本没有修剪。温克勒真有一种冲动，他想租一台旋转碎土器，把整个草坪都翻一遍，然后重新种好植物。至少格蕾丝回家的时候，能看到这样的场景：一片修剪整齐的深色草地。

一辆改装车开过街道，低音炮的声音很大。格蕾丝家纱门上的半片玻璃都颤了半天。温克勒身体里的肾上腺素激增。他走上小门廊，弯腰把芝士蛋糕放在门垫上。门铃触手可及。他不是不可以按响，只是做不到。改装车在街道尽头减速了几秒，之后就开走了。

温克勒双手垂在身体两侧，什么动作都没有。他转头走了。走到人行道上的他，真的不得不克制着自己逃跑的欲望。

娜莉娅住在卡默洛公寓，那是一栋三层木板隔板房。她的公寓在二层，有四个房间。除了卧室，公寓里还有一间厨房，一间能看到霉菌的浴室，还有一间衣柜大小的客厅——橙色的灯芯绒沙发就差不多占据了全部客厅。

娜莉娅把大部分昆虫都安置在学校的实验室里，但厨房餐台上还是堆着二十来个昆虫箱。本来，她已经清空了昆虫箱，但后来重新往里面安置了昆虫，有在育空-查理河国家保护区时留下来的，也有新成员：树皮甲虫、卷心菜象鼻虫，以及高山毛虫的各种幼虫。

"就当是省钱吧，"娜莉娅这么说，"没什么麻烦的。等你能面对了再搬走。反正我也很少回来。"娜莉娅说得没错：她基本上是刚说完就走了，踩着一辆生锈的蓝色自行车就回了学校。之后的几天和大部分夜里，她不是埋首学校的图书馆整理数据，就是跟豪斯曼教授见面，要么就是蹲在灌木丛前，用口袋放大镜观察春日昆虫摸索或挣扎的样子。

温克勒晚上就睡在沙发上，几件衣服叠好放在散热器最上面。他把自己现存的十九张雪晶照片贴在沙发靠着的墙上。蜒螺螺壳放在窗户顶上。娜莉娅让温克勒留下了显微镜——"反正他们也不记得。"这是娜莉娅的原话——所以，温克勒就把显微镜摆在了护墙板的宽边上。

最开始的几晚最难熬：北极光大道川流不息的灯光，偶尔按响的喇叭，天花板上边传来的脚步声，等等。自童年以来，这是温克勒头一次睡在这么吵闹的地方。每次楼上的邻居冲厕所的时候，娜莉娅的整个公寓都能听到响动，一水箱水沿着离温克勒头部不到两英尺的管子冲下去。温克勒做了几个噩梦，梦见自己回到了阿格尼塔号的船员舱，橙色的沙发在海浪中倾斜，广阔的大海就在公寓墙外。

公寓对面是一排商业区，还不到早上五点，就有工人开始搅拌水泥，链条不紧不慢地碾过，水泥在滚筒中被搅拌时砰砰作响。温克勒总是被吵醒，再也睡不着，只能睁开双眼盯着天花板，仔细听：这种声音就像他自己心跳的声音，反反复复。

温克勒把胡子全刮了，每天洗两三次澡。冬天在他的关节中和骨髓里留下了痕迹。还有，他的眼睛总是流泪，不得不总用手撑开眼皮。有几个早晨，从沙发上起身，再站在地上，这样的事，他得花上两三分钟。

他吃了葡萄柚和梨子，有一次还吃了整整半磅明斯特切片干酪。冰橙汁停留在舌头上的感觉足以让温克勒回味十五分钟。

他仔细研究了 ACS 黄页中的街道地图，像逃犯一样透过百叶窗往外看。格蕾丝可能在这边，也可能在那边；她可能正从普利茅斯那边走出来，把红色的洗衣袋从汽车后备厢里拿出来；那个人可能是格蕾丝，穿着运动鞋，袜子上有破洞；可能这个慢跑的人才是格蕾丝，套着紧身衣和运动内衣，耳朵里塞着耳机。

温克勒找了份工作。他坐公交车去第五大道商场买眼镜，恰好看到实验室助理研究员的招聘广告。眼镜店叫"镜艺"，经理是埃文斯博士——她是个验光师，有些胖，头发乱糟糟的，戴着银丝边框眼镜，穿着实验室外套。看到温克勒申请信上的博士学位和工作经历中的酒店维护这一项时，埃文斯博士忍不住皱了皱眉。不过，埃文斯博士说自己实在是缺人，跟所谓的"公司"的人打了几分钟电话后，她当场就雇用了温克勒。

"不过，"埃文斯博士说，"你得先选一副眼镜。员工都得戴最新的款式，明白吗？"温克勒默认了，选了一副卡尔文眼镜，边框是黑色和蜂蜜色的亚克力材质，配合复古的大镜片。还有滴眼液，温克勒每天得滴四次。埃文斯博士说这是病理性近视，也就是温克勒的视力会越来越差，可能连开车都成问题——这些都是温克勒不用花243美元就知道的事。眼镜片很厚，温克勒眨眼的时候，下眼睫毛总会蹭到眼镜片的边缘。

一个二十三岁的高三年级学生加里负责培训温克勒。周四至周日，温克勒会给客户打电话、查看库存、学习银行制度、订货，还得把箱子运到后面垃圾桶的位置（运箱子是温克勒最喜欢的工作，把箱子踩平，望向天空，能看到几朵卷云从商场上方经过）。午餐的时候，他会坐电梯到四层的美食广场吃泰餐或赛百味，餐桌上摆着热带植物盆栽。他会盯着青少年跑到铺满一层硬币的喷泉处，看着喷泉中铜制的鲑鱼往用氯气消毒过的水池里喷水。

差不多到五月了，下午的时候到处都是孩子。校车从娜莉娅的公寓下经过时，能看到车窗里一张张学生的脸。

有两个晚上，温克勒坐着2路公交车出门，然后走五个街区去拉尼游乐场，穿着衬衫，系着领带，就坐在秋千上。"你会……"他会咕哝着问，"你觉得你可以……""我们能有机会……"

他一次带着樱桃派，一次带着装饰有片状白巧克力的奶油蛋糕。每一次，这些甜点都会变得如巨石一样沉重；每一次他都会把甜点留在格蕾丝家的门垫上，不会留下纸条，也不会按响门铃。

之后，温克勒会坐长途汽车沿着奥蒂斯湖公园往娜莉娅的公寓走。接着，他会在雨中经过两条宽四分之一英里的街区，到达巴克斯特。巴克斯特就在一排正在建造的商业区旁边，街灯都没开，塑料薄膜被风吹得哗哗响，还滴着雨水。车辆快速驶过，溅起水花：车里坐着学生、护士、拼车的人和刚下夜班的人。这之后，就到了卡默洛公寓的门口，楼梯上铺着破旧的地毯，走廊里摆着落满灰尘的灭火器，楼梯墙面上是坑坑洼洼、不成样子的石膏，头顶上没有灯罩的灯泡上挂着蜘蛛网。

2

来安克雷奇已有十二天，温克勒买了一束水仙花，从镇上坐出租车沿着通往帕尔默方向的格伦高速往北走了十四英里左右，到了天堂之门永久护理墓地。这是一种新型墓地，至少电话簿上的广告是这么说的，是尘归尘、土归土的项目，很环保。没有金属墓穴，没有防腐剂，只有宽敞的开放空间。

云很薄，显得天空是灼热而痛苦的白色。温克勒低着头。双层拖车办公室后面，一个满头灰白的服务员朝温克勒微笑着，他指甲里塞着脏东西，但还是递给温克勒一本油印小册子，好像是关于在心爱之人长眠之处种上一棵买来的小树，在宿业方面极有意义。服务员摇摇欲坠的沙滩椅旁边是西雅图水手牌冻啤酒机和一只巨大的灰色纽芬兰犬。温克勒停下来拍了拍纽芬兰犬的头，那只纽芬兰犬也舔了舔温克勒的手掌，弄得他满手都是唾液。

这本目录其实是本夹在塑料封面里的小册子，像一份初级公民报告。温克勒很快就找到了她的名字——桑迪·温克勒，242号地。

服务员在卡通地图上圈住那个地方，温克勒就拿着手册出发了。墓碑的阴影紧贴着地面，一副因受惊而顺从的模样。墓园里大概有三百块户外墓地，散落在山坡上，还有用打磨光滑的圆木建造的小型骨灰龛。有些坟墓上有石头或十字架的标记，还有一些坟墓旁有图腾柱或圣所——其实就是齐腰深的小棚子，如长方形的狗屋一样，粉刷得颜色很鲜艳。

有的墓碑上装饰着美国国旗或塑料花环，有的没有装饰。有几片地上，在逝者腰部的位置种着新栽的小树苗：白杨、云杉和几株山茱萸。有一棵树的树枝上挂着一架卫星双翼飞机，是用百威罐装啤酒做成的。飞机系在绳子上，正慢慢地旋转着。

属于桑迪的那片地简单干净。她的墓碑是花岗岩的，刻着名字和生卒年月。这片地在整个墓园一个高高的角落，站在那里可以看到周围，可以俯视墓园大门、进门处的办公室、等在门口的红白色出租车、高速公路、远处绵延的小山，甚至能一直看到伊格尔河谷。选择这片地的人确实很有眼光，若是桑迪地下有知，肯定也会高兴。

温克勒在墓碑前站了几分钟。他没有流泪，思绪出奇地空虚平静。燕子飞来飞去，享受着小飞虫盛宴。

想到癌症的时候，温克勒眼前看到的是黑色喉咙，是有墨水洇过餐巾，是由内而外腐烂的树木。他很想问：那段日子是否艰难？格蕾丝是否陪伴在侧？他想说：我闭上眼睛，想看到你，但时间太久了——你身体带来的感觉，还有你面容，早已消失。我记得你的脸颊上长着雀斑，呈等腰三角形分布；记得你之前穿着肥大的毛衣去银行；记得你读书时嘴唇的样子；记得你在床上脚底踩着我小腿的时候；记得你周三晚上离开我的公寓时，门关上的一瞬间发出的让人头疼的声音。但每当我闭上眼睛，我只能看到红色和蓝色，只能看到眼睑底部。

一只瓢虫落在桑迪名字第二个字的位置。她的一生，从开始到结束，用一个雕刻在墓碑上的两英寸连字符连接在一起。微风吹起，拂过石头和绳索，沿着山坡吹下去，吹过云杉后，朝高处爬升，吹到苔原地带，吹到尚未完全融化的雪地，搅动着刚长出来的小水杨梅和高处岩石缝隙中的虎耳草——它们才刚刚被染上夏天的黄色和紫色呢。

温克勒把水仙花放在墓石上，手掌往裤子上蹭了蹭。"桑迪……"

他开口了，却什么都说不出口。

后来坐在回城的出租车上，一段记忆才浮现出来：看过日场电影后，两个人回到了温克勒的公寓。他和桑迪用叉子叉起棉花糖，放在灶上烤熟。桑迪穿着他的棕色灯芯绒夹克，别的什么都没穿。温克勒一直想把棉花糖烤成均匀的棕色，圆柱形的表面会变成棕褐色，而桑迪的棉花糖总会着火。桑迪就看着燃烧着的棉花糖，看着它起泡、碳化，一点点地掉落。这时，桑迪会吹灭棉花糖上的火，吃掉已经烧焦的表面后，再次点燃还是白色的内芯。桑迪已经这样吃了三四颗棉花糖，先把表面一层棉花糖烧焦、吃掉，然后重复这种步骤，直到吃到最里面——脸上和头发上可没少黏着糖粒。桑迪笑得难以自抑，血液里都是糖分，甚至还撞了几下温克勒的手肘，假装是不小心碰上的，实际上就是为了破坏温克勒小心翼翼地烤着棉花糖的动作。

坐在出租车后座的温克勒突然笑了，出租车司机看着倒车镜，盯着温克勒看了一会儿后，才又目视着前方开车。温克勒心里暗想：我爱你，桑迪，我还是爱你。

3

紫丁香路上有三十六栋房子，是特纳盖恩区的一部分，背靠一个池塘。每栋房子前都有修剪整齐的草坪，前门走道两旁有灌木陪衬，车库门框上安装有小小的数字键盘。温克勒站在赫尔曼家门前，仔细地看了看他家的窗户、灰泥拱门，还有固定在屋檐上细小的灰色卫星天线。这种感觉有多少次了？赫尔曼在里面，而他却在外面。

车道上停着擦洗干净的斯巴鲁、沃尔沃和日产汽车。两个戴着园艺手套的女人正隔着篱笆聊天。她们朝温克勒挥了挥手，温克勒也朝她们挥了挥手，还尽力让自己的动作看起来比较自然，仿佛比起另两个人在忙的事情，他自己的事没那么重要，他自己的人生也如此闲适安宁：举起胳膊，弯曲肘部，就这么简单。

温克勒三步并作两步地走过赫尔曼家门前的过道。他忍不住咽了咽口水，心扑通扑通地直跳。足足一分钟过去了，他才终于按响了门铃。

几秒钟后，赫尔曼开了门。他的脸很大，眼睛很小，颧骨下有一颗痘痘。赫尔曼的头发已经都成了灰色，梳成了平头。他脖子上挂着围裙，警长的星形徽章和网纱背心套在外面，还有一把抹刀，就挂在裤子臀部缝住的圆环上。

温克勒拎着用收缩膜包装的手艺人牌棘轮套装，是他几个小时之前刚买的。"赫尔曼吗？是赫尔曼·希勒吗？"

"没错。"

"我是大卫·温克勒。"他举起棘轮套装，仿佛是要挡住随时会挥来的一拳。

赫尔曼的脸色变了变。他打开门，瞥了一眼温克勒身后的车道。温克勒心里想：或许我们在街上已经擦肩而过无数次。

"好吧，我的天啊，你怎么来的？"

"坐公交。"

"公共交通？"

"60路公交停在商业园。在哈夫曼那边。"

"那边离这里还有两英里呢。"

温克勒耸了耸肩，放下棘轮套装。温克勒身后，一辆雪佛兰巨无霸开上车道，按响了喇叭。赫尔曼朝卡车挥了挥手，那辆车就消失在渐渐落下的车库门里了。

"好吧，快进来，"赫尔曼说，"进来吧。大卫·温克勒。我的天啊。"

从门口能直接进入客厅。客厅里铺着米色地毯，天花板很高，装有一扇慢慢地旋转着的风扇。左手边有一扇法式门，门开着，屋子里有些暗。楼梯在右手边。最里面有纱门，能闻到木炭和火机油的味道。

赫尔曼站在门口处，还穿着围裙，一直打量着温克勒。温克勒尽力保持着自己的状态。"这么多年了。"

温克勒点了点头。

"你拿的是什么？"

"一套扳手。给你的。"

赫尔曼接过来，看了看标签，晃了晃箱子。"六十九件。谢谢你，大卫。"他把箱子放进厨房，撕掉塑料包装，把箱子放在早餐台一脚高的北极熊形皂石旁边打开，研究了好久里面的工具：好像锃亮的气缸不只有套筒扳手和一字槽；好像箱子里藏着他几十年来一直追寻的答案。

客厅一角，一台大电视机里正在播放着冰球比赛的精彩片段。墙上挂着几幅水彩画,画上是鲑鱼和鳟鱼,或许其中一幅跟温克勒二十五年前出现在赫尔曼家门廊时看到的一样。

赫尔曼抬起头。"我在做晚餐。准备了不少东西。"

温克勒扶了扶眼镜。"这个,我没打算……我不用……"

赫尔曼伸出手。"留下来吧。"他给了温克勒一盒脱脂奶后,径直走到露台,站在冒烟的烤架上,用抹刀给像是汉堡肉饼的东西翻了个面。厨房干净整洁,窗台上放着一堆橙色的药瓶。六七幅孩子用记号笔画的画被扑克筹码做的磁贴固定在冰箱门上。温克勒看着那些画,注意力逐渐涣散,仿佛画中有不属于这个房间的吸引力。

这些画的尺寸都一样,画上的建筑物都有很多窗户,有人站在画中,旁边是高秆的花朵。画作之中有一张钱包照片,照片上是个五六岁的男孩。男孩的脸上有雀斑,留着西瓜头。摄影师让他站在天鹅绒的背景前,还让他踩着一个足球。

温克勒擦了擦嘴。"这是……?"温克勒开口了,但赫尔曼还在烤架旁,根本听不到他在说什么。赫尔曼终于进了屋,问温克勒有没有关注斯坦利杯季后赛,还问他最喜欢哪个运动员。温克勒摇了摇头,喝了口牛奶。他的余光还能看到照片,只是照片上的男孩有些模糊,像个黑洞。

他们两个人坐下来吃了烤面包素食汉堡和一碗烤芦笋。"我知道,"赫尔曼边说边揭开治安官的衣服,"我们应该吃真正的汉堡。但医生不让我吃。不能吃抗氧化剂,不能吃大豆什么的。大卫,我告诉你,我愿意这样,我愿意听医生的。我把冰箱全腾空了,肉也都扔了。无论付出什么代价都可以。"

"医生?"

赫尔曼拍了拍治安官徽章左边的胸骨。"心脏问题。"他说完,闭上眼睛,双手合十,放在盘子上开始祷告,"上帝,感谢您的善良和恩惠,感谢您这么多年对我和大卫的看顾。"之后,他拿起牛奶,仰头喝了一半。

两个人开始吃饭。温克勒细嚼慢咽的。一切就像那么多年都早已成为过眼云烟，仿佛温克勒对赫尔曼的伤害可以忽略不计。这就是一个人原谅另一个人的方式吗？赫尔曼说起圣地亚哥，说到那边有个叫"拉霍亚之屋"的分时度假别墅，还说自己每年十二月都会过去住三周。吃芦笋之前，赫尔曼一脸痛苦地看了一会儿，像个孩子一样，之后眼睛一闭，就着一大口牛奶吞了下去。

吃完饭后，两个人在餐桌旁坐了一会儿。一只乌鸦落在后院，在烤架下面一个劲儿地刨着。

赫尔曼打了个嗝。"大卫，你不太爱说话是吧？"

温克勒耸了耸肩，他的五脏六腑都挤在了一起。面前的人就是赫尔曼，过着自己的生活，带着一张满是痘印的脸，有一颗虚弱的心脏。赫尔曼的冰球鞋就在咖啡桌底下，健康食品就在冰箱里。赫尔曼有工作，有房子——可他温克勒有什么？然而，两个人就坐在铺着玻璃面的餐桌前聊天，仿佛词语只是词语，仿佛他们各有故事。棘轮套装摊开在早餐台上，桑迪的灵魂穿过墙面而来。一顿晚餐的时间，冰箱上孩子的画就已经变成了广告牌大小。

赫尔曼解开衬衫，给温克勒看了一条伤疤，那条伤疤像挺直的蚯蚓，嵌在赫尔曼的胸前。"狭窄。主动脉瓣几乎全堵上了。体检的时候医生发现的，不得不开胸处理。我两个月没去银行了，一直想赶紧恢复，但无论如何也回不到从前了。"

温克勒用叉子来回地涂抹着盘子里的芥末。"真是不太好啊。"

"但至少我不用猪瓣膜。"赫尔曼说完，回头看了会儿电视。滑冰运动员正前后移动着。这时出现了一个卡车经销商，手指敲了敲摄影机。阿拉斯加谁的价格最便宜？谁？

餐后甜点是冻酸奶。赫尔曼往自己的碗里盛了四勺。温克勒去了洗手间，关上门，靠在洗手池上。瓷砖台面上有一张涂了漆的木头相框，照片里的人是桑迪。她看向自己的左边方向，剪短了头发，发色几乎染成了红的。她的脖子很细很白，神情带着些迷惑不解。这张照片就是讣告上那张的彩版。

温克勒冲了厕所，水箱里填满了水，周围又安静下来。外面，从厨房里传来赫尔曼的勺子碰到碗边的声音。温克勒自己的脸是瘦长的，像镜子中的那个影子一样让人无法接受。他关了灯，桑迪的照片陷入黑暗之中。温克勒走出洗手间。

赫尔曼正盯着自己的冻酸奶。他头都没抬，说了一句："是桑迪，照片里的是她。"

"我知道。"

"我记得大概是四年前吧。一次生日聚会上拍的。后来她就病了。"

温克勒点了点头，两个人之间的气氛似乎凝重了些。"关于桑迪的……"

赫尔曼抬起头，两个人坐在厨房里看了对方一会儿，又看了看周围的物件——药瓶、雕花的北极熊、男孩子画的画、瓷罐子里装着的木勺、食品室门把手上挂着的赫尔曼的警官制服——这些东西似乎都开始发光，带着电荷，仿佛每块餐巾都马上要被点燃。这时，冰箱咔嗒一声开始运转，物品上的光消失了，厨房恢复正常。

赫尔曼吃了一大口甜点。"嗨，"他开口了，"都是很久之前的事了。"

那天晚上，两个人不会真的说什么真心话。他们俩默默地看了一会儿冰球。温克勒坚持要洗碗，赫尔曼坚持要把他送到公交车站。

卡车里有不新鲜的咖啡的味道。温克勒刚要下车的时候，赫尔曼突然问："你整个冬天都在那边？与世隔绝那种？"

"没错。"

"冷吗？"

"可能没你想得那么可怕。"

赫尔曼微笑起来。"我觉得肯定要冻死了。报纸上说是零下三十摄氏度。"

温克勒看着引擎盖。昆虫从草地中出现，朝工业园的灯光飞去。赫尔曼一直看着温克勒。

"这么说吧，每个工作日下午五点，她都会来我家。接走克里斯托弗。不上班的时候，我就看着孩子。你可以过来。说真的，有人能帮帮忙也挺好的。"

温克勒尽力点了点头。"克里斯托弗。"他重复了一遍。整个场景仿佛马上会扭曲、倒退，把他甩在夜色中。车门没关紧，电子提醒声一遍又一遍地响起。飞蛾扑向街灯。

赫尔曼问："你确定这里有公交车？"

温克勒点了点头。他关上车门。赫尔曼拉到开车挡。温克勒凑到车窗前。"赫尔曼，"他开口了。仪表盘发出的光映得赫尔曼的脸很光滑，"对不起。"

温克勒伸出手。赫尔曼盯着温克勒的手看了一秒钟才握住。"见鬼。"赫尔曼应了一句。

两个人握了握手。接着，温克勒站起来，擦了擦眼睛。赫尔曼开车驶进五月蓝色的黄昏，尾灯慢慢地消失在视线中。

4

温克勒后来第二次去了赫尔曼家，之后是第三次。两个人会吃豆腐热狗、大豆比萨，再配一份微波西蓝花。赫尔曼吃蔬菜的时候还总是一脸痛苦。饭后，赫尔曼会躺在皮制躺椅上，温克勒坐在长沙发上，两个人就坐在大电视机前看西雅图水手队比赛。"看腿啊！""投球啊！"赫尔曼偶尔会喊一句，这时，温克勒就会盯着电视，一脸惊讶，发现一切已经太迟：不是屏幕里的球已经滚到了外场的围栏处，就是第三名垒手扑住了球。

每次温克勒来，好像都能看到冰箱门上贴着新的画作。每一幅画都跟第一幅差不多，只是稍有变化：高秆的花——有一幅上都是红的，旁边那幅上倒是五颜六色的——花儿背后是一大面墙，墙上有数百个多边形窗户。房子里的其他东西也一样：东加牌反向铲立在平台一边。巴布工程师牌的双耳杯放在洗碗池里。

浴室里的桑迪一直微笑着。

只在一切行将结束的时候，赫尔曼开车送温克勒去车站，靠近新苏厄德高速公路立交桥时，两个人才会说些真心话。

"她后来没跟我在一起，"有一次，赫尔曼告诉温克勒，"我的意思是，这么多年，她一直住在离我有四分之一英里远的地方，但都是一个人抚养女儿。开始是我帮的她，给她在一家银行找了份工作。但后来都靠她自己。她带着格蕾丝上芭蕾课，送她去参加野营，给她洗衣服什么的。你知道吗？你还是她的丈夫。只是据我所知是这样。或许她有过男朋友吧，不过我从来没见过。"

温克勒看着窗外，树木一棵棵退去。第三次的时候，温克勒说："我想出一部分墓地的钱。"

"都付清了。"

"我就想尽一份力。"

"我什么都没做。都是银行同事弄的。他们都喜欢桑迪，简直为她疯狂，临终关怀，还有郊区墓地，基本上所有事都是同事们打理的。都是好人啊，愿上帝保佑他们。"

每一次，说些话之后，两个人就会陷入沉默，需要一点时间适应各自身上负担的变化，就像每次大声地在卡车驾驶室里说出些真心话，两个人身上的分量就会变轻一些。到了车站，温克勒会挥手告别，赫尔曼的尾灯会渐渐走远。

他们第四次去商业园的路上谁都没说话。温克勒的手在车门把手上停了一会儿。"那些画都是格蕾丝儿子画的对吗？克里斯托弗画的？"

赫尔曼目视前方，仪表盘照得他的脖子有些苍白。他点了点头。

"还有那张照片也是他对吗？"

"没错。"

南边，从老苏厄德方向，最后一班公交车慢慢悠悠地开过来。晚上十一点的光线已经暗淡，公交车的电子显示牌在夜色中也显得有些失色。

赫尔曼一直盯着仪表盘。"格蕾丝在哥萨克斯百货商店工作，"他说，"戴蒙德路。她负责卖鞋的部门。朝九晚五。"

5

清晨。六月。娜莉娅拿起电话。她点了点头，靠在洗手池旁。温克勒在橙色沙发上看着。费利克斯摔倒在平底炒锅上，胸部烧伤。岛上的医生担心费利克斯脾脏出血，就把他送到了圣文森特的医院，让他在那里透析。现在费利克斯的情况已经稳定，在医生控制范围内。索玛一直陪着，男孩子们也在。娜莉娅挂断电话后，站在厨房里，她的嘴像是个伤口，眼睛很大，很晶莹。

屋顶工人拿着钉枪往街对面的商场顶部的木瓦上钉钉子。窗台上摆放着费利克斯制作的小船，红色的单桅帆船，三角形的绿色吊臂奇怪地固定在桅杆上。温克勒叫了娜莉娅一声，走到她身边，陪她在厨房里待了很久，炉子时钟里小小的指针尽职地转动着。

过了一会儿，娜莉娅回到自己的房间并关上了门。一个小时过去了，一个接一个小时过去了，时间如杯中之水溢出来——液体表面显示内凹，然后向上突起，重力作用下边缘没有动，最后一刻，水溢了出来——温克勒对自己的怯懦已经容忍到了极点。

开往外围奥蒂斯湖的巴士正好停在哥萨克斯对面，温克勒穿过停车场，在十一点四十五分时推开了商场的门。那天是周四，商场里几乎没什么人，店员都懒散地在架子之间走来走去，孩子们沿着自动扶梯跑上跑下，一对日本夫妻正在促销筐里挑选纪念品。

化妆品柜台后面，有个女孩正用唇笔勾勒着唇线。她一直看着镜子，眼皮都没抬，伸手给温克勒指了女鞋区。

温克勒穿过夹克区和毛衣区。卖鞋的区域占据了商场很大一个角落，玻璃架子摆在各处，放着看起来很贵的乐福鞋，鞋子的敞口正对着经过的顾客。有的架子上摆着凉鞋和高筒皮靴，其中有双靴子在脚踝处弯折下来。一位女士低着头，不慌不忙地从鞋子间走过，偶尔弯腰拿起一双细高跟，翻过来看看，又放回原位。另有一位女士坐在长凳上，穿着长筒袜，面前随意地摆着六个鞋盒。西纳特拉的歌声断断续续地从天花板上的扬声器中传来。

一段休眠很久的记忆浮现出来：还是婴儿的格蕾丝，被桑迪抱在怀里，他们三个人在客厅窗前，盯着外面的飘雪。小小的水滴沿着窗格落下来。小小的婴儿，眼睛很大，瞳色很深。雪落在影山巷，落在之前留下的车辙上，落在灌木顶上。那天晚上，一个词浮现出来：家庭。

但家庭是什么？肯定不仅仅是基因、瞳孔颜色或血肉。家庭是一个故事：关于真诚，关于挣扎，关于回报。家庭是时间。在大陆的另一端，费利克斯躺在医院病床上睡着，身边有亲人陪伴——有索玛，有男孩子们，有他认识的那些智利人的灵魂，有已经离开的人，有现在还留下的人。温克勒的记忆中只有这个片段：一个女婴在窗前。梦中的面庞，还有出现在边缘的幻影。他确实长进了一些：家庭给予你的，你并不能全都维护好。

一名稍胖的销售员站在柜台后，穿着深色西装的她正在查看收据。她就是格蕾丝吗？西纳特拉的歌声还在回响。温克勒想：哪怕她在我面前，我也认不出来。

一名销售员从后面的房间走出来。她抱着三个灰色鞋盒。她的头发是黑色的。她很瘦，非常瘦，臀部一点儿肉都没有。温克勒一下就想象出她的骨盆就在股骨正上方的样子，她脊椎上的骨节向外突起，跟头骨连在一起。她的眉毛也是深色的。已经有二十六年了，但绝对没错：她就是格蕾丝——她就是桑迪,但她同时也是温克勒:个子很高,鹰钩鼻,有些过于瘦了,她脸上的表情让人觉得肉太少,以至于皮肤被抻得太紧。她离自己的父亲只有二十英尺远,她的父亲穿着廉价的羊毛套装,而她身体中每个细胞的细胞核里,都有父亲 DNA 中的二十三条染色体。

她单膝跪地,把鞋从盒子中拿出来,然后把鞋子里的纸抽出来。那位坐着的女士穿上玛丽珍女鞋,试着走了几步后又坐了下来。格蕾丝装好这双鞋,把其他鞋往前推了推——真像是童话故事中沦落困境的女仆。

温克勒摘下眼镜,用衬衫擦了擦,重新又戴好。扩音器里传来别人唱的歌。空气中飘着香水的味道。衣架在金属杆上移动的声音从各个方向传来。

看来顾客已经选好了。格蕾丝把两双鞋装好,带到登记柜台,站在那个胖乎乎的售货员旁边。她把鞋盒装进袋子。顾客付了款,微笑着拿好属于自己的鞋,转身朝电梯走去。

格蕾丝和另一位售货员说了几句话,另外那一位大笑起来。接着,她走出柜台,收好顾客没选中的其他的鞋子和鞋盒,放回柜台后的仓库里。

温克勒强迫自己深吸了一口气。整个早上,他都紧张得嗓子发紧,现在恐惧更甚,大概是毛细血管收缩的作用吧。温克勒已经感受不到自己的双脚,感受不到腋窝下出的汗,他只知道衬衫领口发紧,只知道一个无可争议的事实:自己的女儿就在三十英尺远的地方,穿着白色宽松上衣和海军蓝短裤,正往货架上摆鞋。

格蕾丝再次从仓库出来,温克勒还在原地站着没动。她径直朝温克勒走过来。温克勒赶紧往摆放着各种女式木底鞋的桌子旁退了退。格蕾丝脸上的微笑看起来很真诚。可温克勒心里只是一遍遍地琢磨着格蕾丝会问的问题。最后,一切演变成了一句话:"需要帮忙吗?"

温克勒的回答是:"你是格蕾丝。格蕾丝·温克勒。"

格蕾丝稍稍侧过头,但微笑的样子几乎没变。"格蕾丝·恩尼斯。"

"没错,"温克勒说,"是格蕾丝·恩尼斯。"但就在这时,售鞋区突然变得特别亮,温克勒视线的边缘出现了点点火花,架子上摆放的几千双鞋似乎已经着火燃烧起来。格蕾丝的脸色变了变,眼睫毛一个劲地抖动。她看温克勒的表情已经变了,瞳孔也已经收缩。她的虹膜是灰色的,白色眼球的部分能看到细细的红血丝。

"先生?"

温克勒深吸了一口气。格蕾丝的声音,还有她的微笑——都带着桑迪的影子,挥之不去。那样遥远,却又毋庸置疑。头顶上天花板的瓷砖似乎一片片地掉落,露出天空。天空上挂满了星星,围绕着银河系转来转去。"我是大卫·温克勒,"温克勒听到自己开口了,"我是你母亲的丈夫。多年前结的婚。"

格蕾丝眨了眨眼,禁不住后退了半步,还是歪着头看着温克勒:好像被谁打了一拳还没回过神来。温克勒往前凑了凑,想看得清楚些。不是开玩笑或耍花招,不是预先谋划。只是一个上了年纪的男人,和他在那场洪水后便再未谋面的女儿。

格蕾丝摇了摇头。温克勒的声音不由自主地从嗓子里冒出来——"……这不是……你肯定是这么想的……赫尔曼说……如果我们能……"话一股脑地涌出来,全都是温克勒这半生在脑海中咀嚼的关于格蕾丝的忏悔之词,仿佛怎么都说不完。

格蕾丝靠在凉鞋展台上,还是一直摇头。"不可能。"她这么说。她的名牌反射了灯光,白白的一片,什么都看不到。落魄的父亲站在格蕾丝面前,眼眶凹陷,戴着超大的眼镜。格蕾丝关于他的记忆有哪些?她知道的关于温克勒的事情有哪些?经过那么多次失败的寻找之后,温克勒还有什么期待?毕竟,温克勒只在梦中思念过自己的女儿,而且这种梦也已经很久没出现了。但现在这一刻,站在售鞋区,站在灯光下,站在女儿面前,温克勒却在恳求她。格蕾丝揉了揉眼睛,都揉到了眼冒金星的程度。

温克勒说可以给她时间，说他们先慢慢地接触或许会好一些，说格蕾丝需要多少时间都可以。但两个人周围，时间早已渐渐分崩离析，背叛了两个人。一分钟是多久？一生又是多久？格蕾丝开口了："我根本不知道你在说什么。"说完，愤怒的神色就涌现出来。温克勒能看得到，不过刹那而已，那种表情就出现在她脸上。

"……我们当时在俄亥俄州……你出生了……有条河……我们还看过雪花……"

格蕾丝举起手示意温克勒不要再说了。温克勒停下来。格蕾丝只说了一句："你不是我父亲。"温克勒是她的父亲。温克勒的鼻子、身材甚至皮肤的颜色——所有的方面都能证明这一点。

格蕾丝上唇颤抖着。她瞥了一眼化妆品柜台，然后看了看正在检查计算器背面的胖乎乎的销售员。"雪佛龙，"格蕾丝说，"四十六号大街和奥蒂斯湖那边的雪佛龙。"

"我——"

"下午四点我去那边找你。"

温克勒眨了眨眼。"四点。"

"赶紧走吧。"格蕾丝说。

整整半个小时，温克勒都站在五楼，倚着栏杆，俯视商场地下室里的溜冰场。一个班的小女孩正在练习后外点冰跳。她们一个接一个地离开准备线，滑到教练身旁接连起跳、落地、倒滑，之后绕场滑到准备线的位置。

在戴蒙德交通中心，一位提着六个购物袋的女士帮温克勒梳理了一下发车时间表。6号线可以直接到四十六号大街和奥蒂斯湖交叉口，但温克勒得等七十二分钟。温克勒担心这样会迟到，就决定干脆坐出租车或走过去。最后，温克勒是走过去的。整整三英里半，他就沿着蜿蜒的旧苏厄德高速公路路肩走了过去。一路上，汽车呼啸而过，温克勒只能踩着碎石走。风把空中的云吹成了一条一条的。温克勒一直低着头。

雪佛龙里面人很多，画家、勤杂工和快递员在便利店进进出出，总有人把烟头扔到温克勒脚边。在温克勒眼里，这种场景跟汽油过热从油箱口冒出来的大团黑雾差不多一样真实。他坐在外面的半块货板上，看着车辆来来往往。温克勒脱下右鞋，看了看脚跟处的水泡后，再次穿好。海鸥在大垃圾桶那边飞来飞去捡东西吃。接下来的一个半小时里，温克勒就看着四十六号大街上行驶的车辆，期待着载着格蕾丝的那一辆。

四点五十五分，一辆车顶上有自行车架的雪佛兰开拓者停在了加油泵旁边。格蕾丝下了车，双手放在臀部。温克勒走了过去。

"是你对吧？一直往我们家送东西的那个人？"

温克勒点了点头。格蕾丝手指按着额头，一个劲地深呼吸。她的睫毛膏有些化了，仍带着自己的名牌。"我的天啊。"格蕾丝说。

温克勒说话结结巴巴的："我们只需要……我只想……"

"一整天，我都在想：他是个骗子，是个骗子。但我看了看自己，能看到你的脸、你的双手，这时我就在想：他想要什么？他能从我这里得到什么？"

温克勒伸出双手，发现两只手不住地颤抖着，便想把手按在胸前稳一稳。"没什么。只是——"

"你消失了。你根本没参与过我的生活。我的整个人生啊，现在你倒回来了，你是想怎么样？你觉得我们可以假装一切都很好吗？假装妈妈还活着，而且你没抛下她吗？"

"不是，"温克勒赶紧辩白，"不是。"他朝格蕾丝伸出手，但格蕾丝皱着的眉头让他望而却步。"我只想了解你一点。想补偿你，如果有可能的话。我回来了，我知道都晚了，但我——"

"妈妈说你疯了。"

温克勒低下头。有汽车冲出来,停下来观察了一下,又径直开上了四十六号大街。卡车突突地沿着高速公路向西开,震得立交桥都在发抖。

"这算什么?"格蕾丝看着加油泵和远处的车水马龙问,"这他妈是电视剧吗?"

"我什么都不想要。我只想帮忙。"

"我不需要帮忙。我过得很好。"

"我不是这个意思。"

"我的父亲。"

温克勒倚着加油泵,浑身颤抖。有人往空气压缩机里投了二十五美分的硬币,那台机器轰隆地运转起来。

格蕾丝回到车上。"我吃了一些蛋糕,"她抵着方向盘摇了摇头。温克勒都有些听不清,"我吃了蛋糕。"

温克勒弯下腰。双手放在车门框上。"你儿子,"他说,"我可以——"

格蕾丝抬起头。"别把他卷进来。绝对不能把他卷进来。"

"好的,没问题。我只是觉得——"

"觉得什么?觉得我需要帮助?单亲母亲?好吧,没错。"格蕾丝打着车,"这只能说是家族遗传。"

空气压缩机嚎叫着。温克勒只觉得心里有山体滑坡的感觉。一辆卡车出现在格蕾丝的开拓者后面,狂按喇叭。温克勒还是不停地摇着头,眼底有泪水涌动。"别再来商场了。"

温克勒的手还扶在窗框上,格蕾丝此时却慢慢地开动了汽车,温克勒跟着车走了几步。这时,格蕾丝踩下了加速踏板,转动方向盘,一把推开温克勒的手。压缩机的声音更大了。蓝色的雨棚在风中翻动。温克勒看着格蕾丝右转开向去奥蒂斯湖的方向,渐渐消失在眼前的她,就好像渐渐消失在地平线后的轮船一样。

临近午夜,温克勒坐在拉尼游乐场的秋千上,他那颗破碎且不忠诚的心还在肋骨后的胸腔里跳动。大概五十英尺远的地方,他的女儿躺在床上,辗转反侧,神思难安。背叛、关爱和怨恨交织在一起,在大脑和心脏之间通过神经突触来回传递。温克勒坐在凳子上,听着偶尔经过的汽车声。整个街区都寂然无声,日光几乎已经消失。

克里斯托弗蜷在被子里正在做梦吗?克里斯托弗的母亲会在早上看着秋千,不知怎么能感觉到自己的父亲曾坐在那里吗?温克勒会在橡胶坐垫上留下轻微的痕迹吗?他的手掌会在链条上留下印记,双脚会在砂石地上留下脚印吗?会有阴影或他的一丝魂灵留在这里吗?

隐忍了这么多年,温克勒终于强迫自己思考:格蕾丝生命中的每一天,每一个小时。她一定也等待过,她肯定等了很久。跳芭蕾舞的格蕾丝扫视着站在墙边的父母;露营演奏会上的她合上长笛、小提琴或萨克斯的盒子,期待着众人之中有自己的父亲。格蕾丝内心的希望一点一点地散去,像是被一队看不到尽头的无形蚂蚁吞噬了。

她父亲的离开肯定有很重要的原因;她的父亲曾经是个大人物,风流倜傥;如果像母亲说的那样,父亲是个恶人,那一定是有什么误会。父亲会在自己人生最黑暗的时候回到她身边,正如她八岁或九岁躺在床上睡不着时想的一样。格蕾丝会听到父亲的车停在车道,会听到父亲锃亮昂贵的鞋轻轻地走过大厅。

父亲会穿着深色西装悄悄地走进自己的房间,把帽子放在桌台上,坐在自己床边。没有开灯,最好还是不要吵醒你母亲吧。走廊里,父亲留下了一个大包裹,外面包着一层银纸,大到差点拿不进门。包裹里的物品好到出人意料,简直完美,连格蕾丝都不曾知道自己会这么想拥有它。

父亲会从闪亮的银盒子中抽出一支口香糖。他身上有理发店的气味,或上等威士忌的味道,也有可能是亚麻西装的纤维味道。他身上可能还透着某个重要古城中石灰岩的气味。格蕾丝,跟我说说最近的事儿吧,父亲会帮自己别好头发,我什么都想听。

梦境的压力与现实的结构相互冲突。成长意味着一个接一个地埋葬所有可能性。镜艺的展示窗前挂着纸板做的大眼镜。加里小声地说了个谜语:"嘿,大卫,你说一个金发女郎和一副太阳镜之间有什么区别?"

"加里,我不知道。"

"区别就是太阳镜能架在你脸上。"

2路公交车朝着站点驶来,朝奥蒂斯湖大道开去,路上会先经过图多尔。那是六月十二日,在阿拉斯加的安克雷奇。温克勒已经六十岁,戴着超大的眼镜。他的手上已经有了老年斑。他曾在一个二星级的小旅店做了二十五年园丁,现在在第五大道商场的镜艺眼镜店工作,每小时工资7.65美元。

6

时针一格一格地走过,每一格何尝不是它的监牢?娜莉娅的公寓让人感觉不太宽敞的时候,温克勒就会走到地下室,坐在大型投币干衣机对面,看着其他人的衣服在机器里转来转去。对面那片商业区差不多装修好一半了。每天晚上,娜莉娅都会抽一个小时给父亲打电话:费利克斯的肝脏里有肌瘤,得禁酒,可能下半辈子都不能再碰酒了。然而,费利克斯再有几天就能回家了,他每天晚上在医院里和南顿玩纸牌游戏都能大获全胜。他正计划回智利的行程。

六月十九日,上午已经过半,温克勒坐公交车去赫尔曼家,沿着哈夫曼大道走两英里到了紫丁香大道。他是不请自来,直接过去敲了敲门。

赫尔曼打量了温克勒一会儿,微笑起来。"大卫。"赫尔曼穿着一件麂皮衬衫,扣子一直系到领口的位置,一直站在门和门框之间。

"赫尔曼,你觉得我能照看克里斯托弗吗?你可能自己一个人也行,但你也有可能得赶着上班啊。"

赫尔曼回头看了一眼屋子里。"格蕾丝怎么说?"

温克勒的表情和眼神说明了一切,让人一目了然。克里斯托弗就在赫尔曼身后的某个地方。

"但你去找她了。你去找她了对吧?"

温克勒没说话。"这样啊,"赫尔曼靠在半开的门上吹了声口哨,"格蕾丝是挺强势的,没错吧?"

"我们可以跟克里斯托弗说我是家里的朋友,或者是邻居,或者就是个叫大卫的人,过来帮你的忙。"

"不说实话?"

温克勒耸了耸肩。

"我不好说。"赫尔曼说。

温克勒揉了揉眼睛。"求你了,我能照顾好他。"

"你或许能行吧。但是……"赫尔曼又回头看了看屋子里,摇了摇头,"我做不了主。"

两天后,娜莉娅公寓里的电话响了,是赫尔曼。"嘿,大卫,你今天上班吗?"

"不上。"

"你还想帮忙照顾克里斯托弗吗?"

公交车来了。长长的一段路开到哈夫曼。温克勒敲了门。赫尔曼招手让他进来。男孩跪在地毯上,赫尔曼把他叫了过来。孩子低着头走过来,他已经五岁半了,一头金发剪得很短,耳朵向外突出来,像有小钉子撑住一样。克里斯托弗看起来跟温克勒长得更像,不像赫尔曼,不像桑迪,不像格蕾丝,甚至不太像他自己。

赫尔曼让克里斯托弗叫温克勒"大卫"就行。克里斯托弗正式地跟温克勒握了握手,之后就转身回到了装满橙色塑料跑道材料的纸箱那边。两个成年人站在客厅里。赫尔曼端来了咖啡。温克勒尽力了,但拿不住杯子,只好放在客厅的桌子上。

男孩把轨道的各个部分拼接在一起,用紫色的小标签固定好。男孩停下来,思考着怎么制作一个斜坡。最后,他从沙发上拿了个靠垫作为小山。旁边的桌子上是剩下的午餐:花生酱吐司,半杯酷爱牌橙汁。

"他一个人玩儿没问题。再过一会儿才会有些坐不住。就快到午睡那会儿。"

温克勒试着点了点头。

"格蕾丝大概五点过来,接孩子。"当时还不到中午。

温克勒不太确定自己还能坚持多久。克里斯托弗跪在轨道旁边,脚趾就在温克勒的脚边,而且他一次都没转头看这个陌生人是不是一直看着自己。"好了,"赫尔曼说,"我上楼了,昨天晚上接了个电话,让我弄个再融资项目,要是弄不好,我一整晚都睡不了。有事叫我。"说完,他看了一眼温克勒就上楼了。那个男孩一直没抬头。

很快,克里斯托弗的轨道就搭好了。他从一个破旧的拉链袋子里找了几辆玩具车,一个接一个地放在咖啡桌上,然后给它们排好队。

温克勒清了清嗓子,走过去。"这都是你的车吗?"

男孩耸了耸肩,好像在说:不然你觉得是谁的车?男孩拿起一辆车,在咖啡桌上试了一下四驱车,然后又放回原来的位置。最后,他选了一辆绿色的跑车,他打开两侧的车门,之后关上,接着把车放在跑道上,轻轻地推了一下。小车的轮子在塑料跑道上滑过。滑到临时搭建的山坡处,克里斯托弗放开车,让它自己滑下轨道,看它停在离山坡几英尺远的地方。

克里斯托弗瞥了眼楼梯,拿起汽车,又开始新的一轮。

温克勒一直深呼吸。他在房间里走了几步,最后盘腿坐下来,后背靠着电视机底座。克里斯托弗驾驶着那辆跑车,已经在跑道上跑了好几圈。每次跑到小山处,他都会把车放在小山顶上,让它自己滑下去,最后小车会停在弯道的地方。

终于,男孩把这辆车放回了咖啡桌,跪坐在地上。客厅很安静,只有头顶天花板上吊扇的嗡嗡声和赫尔曼在楼上打电话的低语声。

"他在干什么?"克里斯托弗问。

"工作。我们先别打扰他。他一会儿就下来。"男孩穿上鞋。温克勒的目光落在桌子上的酷爱牌橙汁上,"你想吃点儿什么吗?"

男孩抬眼看着温克勒,歪着头想了想。这个动作真的跟桑迪一模一样，羞怯而美丽。血缘削弱了数十年光阴的影响，温克勒得极力克制住自己的冲动，才勉强没把克里斯托弗紧紧地抱在胸前。

不过，温克勒还是走进厨房，在碗橱里找了只塑料碗。他往碗里装了些冰箱分装机里的碎冰，加了几撮盐。男孩跟着温克勒，谨慎且好奇地看着他的一举一动。

温克勒又从另一个碗橱里找了个派热克斯耐热玻璃碗。他把耐热玻璃碗和刚才那碗冰拿到咖啡桌上。

"可以把橙汁借我吗？"

克里斯托弗点了点头。温克勒把小小的耐热玻璃碗放在酷爱上面，然后把它们一起放在冰碗里。他把冰碗和耐热玻璃碗在阳光下放好。"咱们现在等着就行。"

"好吧。"

两个人一直等着。楼上传来打印机送纸的声音，是赫尔曼通过电脑在打印什么。冰碗里的冰在盐的作用下逐渐融化。差不多过了一分钟，温克勒让克里斯托弗用笔杆搅一搅耐热碗里的酷爱。男孩照做了。

"现在仔细看看。"温克勒说完，克里斯托弗就把笔在桌子上放好，凑过来盯着耐热碗。两个人的头抵在一起，而温克勒甚至都还没察觉。男孩没动，温克勒闭上眼睛，感受男孩的头靠在自己头上的压力。克里斯托弗闻起来有花生酱的味道，眼睫毛随着眨眼一上一下的。

"我们要看什么？"克里斯托弗问。

酷爱橙汁渐渐变得浓稠，分子运动慢下来，几乎已经停止。"现在你再搅一搅试试。"克里斯托弗又搅了搅。这次，他刚抽出笔，就发现橙色的液体变得黏稠，之后很快开始凝结，结晶的形状从中心开始向四周蔓延，有蕨类植物造型的，有树突形的，还有棱柱斜线形的。不到半分钟，橙汁就变成了浅橘色的冰。温克勒从厨房抽屉里找了一支手电筒，放在耐热碗底部。

男孩伸手戳了戳酷爱里的冰：有风车样子的、轮生羽毛样子的，还有冲积平原样子的。

"你知道为什么会这样吗？"

克里斯托弗看着温克勒，点了点头。

"那你说说看是为什么。"

"因为有魔法。"

温克勒看着克里斯托弗。"也不全是魔法。"

克里斯托弗说："再来一次行吗？"

两点左右，赫尔曼走下楼，给他们拿了些五谷薄脆饼干，上面还撒了几块考尔比干酪。还没开吃，男孩就双手合十，跟赫尔曼一样，闭上眼睛说："圣主耶稣，请保佑这些食物以及在座就餐的各位。"

"感谢上帝。"克里斯托弗说完，大家才开始吃。克里斯托弗一边吃着，一边看着温克勒。后院围栏的地方，有只松鼠飞速地跑过，之后停下来看了看四周。邻居家的狗起劲地叫了几声。

"我觉得他们想让我退休。"赫尔曼说。

克里斯托弗伸手从盘子里又拿了块饼干。

"我两个半月没去了，所以他们觉得不需要我了。"

"你自己怎么想？"

"我得尽力把工作争取回来。问题在于，如果不去办公室上班，我也真不知道自己还能干点儿什么。"

盘子里就剩下饼干渣了。男孩一边吃着，一边点头，嘴里塞得满满的，腮帮子都鼓了出来。附近院子里有人打开了割草机。赫尔曼继续说："格蕾丝不让我把他放在教堂的托儿所，说那边的人只会洗脑。"

"你去办公室吧，"温克勒不知道为什么，自己说这话的时候，怎么手一直在抖，"我很愿意和他在一起。"

"很好，"赫尔曼说，"好吧。"他捏了捏克里斯托弗的耳朵，"小伙计，你们俩玩得不错吧?"男孩点了点头。赫尔曼在他的额头上亲了一下。

三个人一起清理了餐桌。赫尔曼又上了楼。克里斯托弗打开外套柜子,拖出来一个儿童用的画架,支好后翻到空白页,开始画画。他先画了蓝色的圆形,还画了五个躺着的数字"9",说那是鱼。之后,他画了瘦长的花儿,最后是有很多窗户的高大房屋。差不多四点的时候,盯着电视一直看的克里斯托弗几乎陷入了一种恍惚的状态。卡通机器人袭击了敌方的卡车。温克勒在地毯上走来走去。客厅里面的后门隐约可见。

四点半,温克勒上了楼。赫尔曼双手离开键盘,稍稍低头从老花镜上面看着温克勒。温克勒说:"谢谢,我该走了。"

"我就跟格蕾丝说你是个老朋友,是个我相信的人,过来帮我的忙的。我还会告诉她,我也一直没离开过。"

温克勒的手指敲了敲门框。"好的。"

赫尔曼对着桌子上的报纸摇了摇头。"我有太多工作要做了。"

温克勒一直走在哈夫曼大道上的排水沟里,比路肩低一些的地方。前面高高的草丛里飞出蓝色的小蛾子,在汽车扬起的尘土中尽力稳住自己。

7

亲爱的索玛——

我有外孙了。看着他认识世界的样子,真是让人难以置信——简直太不可思议了。他还会画画。他的另一个外公赫尔曼,也就是他称之为姥爷的人,给他买了带有很大纸张的画架。克里斯托弗会用三四种不同颜色的马克笔画海报。他画的房子很高,有很多小窗户。花长得也很高,比人还大,但是滑板很小。公园里的花都开了,克里斯托弗会画橙色的郁金香,还会画小小的黑色 M 形,说那是大黄蜂。他画的赫尔曼站在院子里,当然还有他妈妈。他还没画过我,但我充满了期待。

希望费利克斯已经好转,在家休息好。请带我问好。告诉他,我觉得他做的菜难吃死了。

夏天到了。市政园丁们踩在梯子上,往第四大道和第五大道上的每根灯柱上都挂了几篮半边莲。夏至当天,太阳在地平线上停留了十九个小时零二十一分钟。午夜里,跑马拉松的人悄悄地从娜莉娅的窗外经过,长长的影子拖在身后。

很快,他和赫尔曼就开始了碰运气的生活。温克勒一次次地见到了克里斯托弗。七月的第二周,他周一至周三都会去赫尔曼家。赫尔曼也非常喜欢这种安排——毕竟他可以专心埋头在楼上的书房里,有时能一直打电话到午饭的时间。格蕾丝早上八点半的时候会把孩子送来,下午五点才会来接，温克勒每次都很小心，四点半的时候就会离开。他发现了一条小路，穿过西边的树林和小街区，这样就不会走在哈夫曼大道上，就不会遇到从身边经过的带着自行车架的雪佛兰开拓者。赫尔曼给格蕾丝的说辞是，自己有朋友过来帮忙，所以不用担心。

格蕾丝知道吗？或者她会起疑心吗？但也许有奇迹，她并没有怀疑。但更可能的是，格蕾丝已经知道了，也许第一天，克里斯托弗坐进汽车后座并系好安全带的时候，就会告诉妈妈：有个叫大卫的男人和自己一起待了一下午。所以格蕾丝怎么可能不知道呢？

其实暗地里，温克勒倒希望格蕾丝知道，希望这件事不会困扰格蕾丝——这也就意味着格蕾丝也希望能这样——只要不让格蕾丝亲眼看到，她就能一直忍下去。保持仪式感；保持这种自欺欺人的状态。时间会让格蕾丝慢慢地适应大卫在自己生命中的存在。以此为起点不正合适吗？

照顾克里斯托弗的过程中，温克勒有很多新发现：他发现克里斯托弗不喜欢蛋黄酱，吃比萨的时候会把奶酪先刮掉；克里斯托弗的视力比自己的至少好三倍：比如他能看到赫尔曼的平台上有只小鹰，温克勒却发现不了；还有，按照喜欢程度由高到低排序，克里斯托弗喜欢的漫画如下：《亚瑟》《正义联盟》《杰森一家》《海绵宝宝》；每次吃零食之前，克里斯托弗都会祈祷；要是克里斯托弗在下午一点到两点睡了午觉，下午就会比较爱说话；他最喜欢的玩具车是火柴盒，不是风火轮；他最喜欢的动漫人物是蜘蛛侠，橡胶做的皮肤覆盖在柔软的铁丝框架上。

温克勒知道格蕾丝上班的时候会穿着棉质休闲裤和白色衬衫，周日的时候不会跟赫尔曼和克里斯托弗一起去教堂。她是个狂热的自行车骑手，每天中午都会去骑车，换下工作服，穿上自行车骑手的服装，吃午饭的时候也不下车，一边吃着，一边往小山那边骑。她的车是碳钢做的，特雷克牌5900型号，车身是黑色和银色的。周末，格蕾丝会让克里斯托弗坐在黄色的小拖车里，带着他穿过大街小巷。克里斯托弗的双手会搭在腿上,街道从拖车的塑料窗外迅速经过。七年前,格蕾丝和一位来自朱诺的三文鱼船船长结了婚,对方叫迈克·恩尼斯。迈克有一辆黑色面包车,保险杠上的贴纸写有"我是来自楠塔基特的男人"。这段婚姻只维持了六个月。迈克一年之中的大部分时间都在船上度过,哪怕淡季也不例外。此外,迈克根本没付过孩子的抚养费。

当时就没人看好那段婚姻。桑迪根本一点儿都不喜欢迈克。赫尔曼直说迈克"是个不靠谱的人"。克里斯托弗也就见过他两次而已。

温克勒还发现,赫尔曼有个女朋友,是个名叫米丝蒂的精算师。米丝蒂住在圣安东尼奥,每个周一晚上都会给赫尔曼打电话,也在圣地亚哥的拉霍亚之屋有个分时度假屋,每个冬天会过去住九周。赫尔曼是在一个泳池门口的自动售货机那里遇到她的,同样都是皱巴巴的钞票,机器就是不肯收米丝蒂的,反而接受了赫尔曼的。每次米丝蒂打电话来,赫尔曼就会跑到楼上的办公室里,至少一个小时后才会再出现,而且脸上都会带着难以抑制的笑容,耳朵也因为长时间听电话变成了红色。

温克勒还在赫尔曼食品柜的最里面找到了奥利奥饼干,整整三大箱。

娜莉娅还在继续自己的研究,不过导师的注意力大部分都放在该州云杉甲虫的问题上,所以娜莉娅有时候也得参加长达几个小时的会议。回家之后,娜莉娅有时会呈"大"字形躺在阳光下,闭着眼睛,像猫一样舒展身体。偶尔,伊格尔城的饱经风霜的护林员会过来拜访,趁着午夜从温克勒睡着的沙发旁溜进娜莉娅的卧室,早上再溜出来。

加里还会讲关于眼科的笑话。"嘿,大卫,你说为什么妇科医生会去找眼科医生?"

"加里,我不知道。"

"因为眼前看起来很毛啊。"

温克勒咕哝了一声。埃文斯博士会皱起眉头。温克勒了解到,埃文斯博士是孀居,就当是扶持加里,把他当成半个儿子,给加里提供资助。博士一头卷发，眼睛很甜美，她叫大卫的时候会说"温克勒·大卫"，还让大卫直接叫自己"苏"就好。但博士对自己的工作非常认真，朝九晚五可以一直打磨镜片，而且还经常批评温克勒工作中的失误：未能输入正确的处方信息；往打印机里放纸时，信头那边放反了；等等。下午快关门的时候，温克勒偶尔会觉得博士将邀请自己共进晚餐，但其实都是温克勒的错觉而已——埃文斯博士只是微笑一下，就会走向自己的车。

来自朱诺的三文鱼商人乔治·德尔普雷特的遗体一直安放在安杰勒斯纪念公园的火葬场。温克勒给他送去了一束百合花。温克勒的父母长眠在安克雷奇公墓，温克勒送去了牡丹花。

温克勒得知费利克斯的身体状况已经好转。这位老厨师已经搬到了圣文森特郊区住，每天吃两次维生素K片。他脸上渐渐有了血色，能围着院子走一走，还能追小鸡。电话里，费利克斯一直大说特说自己跟小护士打情骂俏的样子，可之后索玛接电话时就会告诉温克勒真相：费利克斯这段时间一直很紧张，很少说话，拔导管的时候甚至还掉了眼泪。

但其实真正让温克勒挂心的是克里斯托弗。他聪明且害羞；他很英俊；他想要什么东西的时候会说"谢谢"；他总是在冲马桶时把马桶盖放好；他仔细思考的时候，会像个小哲学家一样按住太阳穴。

和克里斯托弗在一起的时光越来越轻松，但也越来越重要。温克勒可以辞去工作，甚至可以猛地从公交车面前冲过。

七月十日开始，赫尔曼每周会有三个上午到办公室，也就是三十六号大街上阿拉斯加住房贷款中心的第一国家银行。他没告诉格蕾丝。温克勒和克里斯托弗坐在赫尔曼家的长沙发上度过这些时光。那天，晴空万里，阳光从窗户透进来。

"我们出去透透气吧。"温克勒说。

他们坐公交车去了决议公园，仔细地观察了周围的景色：苏西特纳河、迪纳利峰，还有入海口处大片泛着水光的流域。一位带着望远镜的游客从身旁经过，说自己正在寻找白鲸的身影：她早上在一片狭长的水域看到过一头。温克勒和小男孩凑在付费的望远镜前努力地观察了十五分钟左右。克里斯托弗很惊讶，也很期待，期待每个浮标和白泡沫都是白鲸露出水面的圆圆的白色头部。库克船长的青铜手指往前伸着，好像发现了一头白鲸一样。但很快，温克勒就发现25美分的硬币都用完了，时间也到了两点半，他们得回家了。

男孩在公交车上睡着了，头靠在温克勒胸前。温克勒走了差不多两英里才到家，一路都背着克里斯托弗。

从那之后，每个周一至周三，温克勒和克里斯托弗就很少待在赫尔曼家里了。他们会一起去紫丁香池塘后的小树林，或者去西边几百码之外的哈夫曼公园，或者到工业园走上几英里后，坐公交车到城市玫瑰园或俄罗斯杰克温泉公园。温克勒就看着小男孩跨越游乐场中的障碍物，钻过隧道，慢慢地滑下滑梯。有时候，克里斯托弗会托着下巴，看其他孩子玩单杠，最后还是觉得太危险，没去尝试。

原来，克里斯托弗最喜欢的地方是娜莉娅在卡默洛的公寓。在这里，他可以坐着观察昆虫，连续几个小时都一动不动。温克勒会帮男孩准备好糊状物，之后，他们两个会一起把这些食物放进昆虫箱里，看着小东西们慢慢地吃掉。克里斯托弗也喜欢显微镜，不管温克勒往镜片上放什么，他都很开心：脱水的黄蜂、蛾子的翅膀、玉米片的一角。有时候，娜莉娅会走进来，站在克里斯托弗身后，皱眉看着温克勒，一脸不满。她给两个人一一讲解展示：食虫动物；食草动物；金属绿色、金色和蓝色的兰花蜜蜂，就固定在小小的塑料盒子里；三只处在不同时期的毛毛虫：一只正在他们面前蜕皮，慢慢地、小心翼翼地从蜕掉的皮中钻出来。

"蝴蝶的味觉器官在脚上。"娜莉娅一边说，一边捏住一只凤尾蝶的翅膀，用刷子蘸了些糖水刷在蝴蝶的前脚上。很快，蝴蝶就抬起了头，舌头反射性伸长。克里斯托弗拿着放大镜仔细地观察，差点儿从椅子上摔下来。

温克勒基本上四点左右就带克里斯托弗回到了赫尔曼的家。之后，他会回到卡默洛，脚疼得不行。娜莉娅靠在门口跟温克勒聊起来："这样真不好。孩子会怎么跟妈妈说？"

"就说跟赫尔曼的朋友在一起。"

"他会告诉妈妈，他一直跟你在一起。而且那孩子甚至不知道你就是他姥爷！"

"可能不知道吧。"

"他五岁了，大卫，你让一个五岁的孩子说谎。"

"他马上就六岁了。而且也不是说谎。"

"至少不是事实。"

温克勒咕哝了几声。没错，和克里斯托弗在一起是不对，是不应该，是没得到允许，然而跟他在一起的每一分钟都是天赐之福，是温克勒不忍离开的童话场景。

有一天下午，温克勒带克里斯托弗去了第五大道购物中心的美食广场，还给他买了冰淇淋。克里斯托弗感谢上帝赐予美食后，两个人就坐在温克勒通常吃午餐的地方，一勺一勺地吃起了薄荷巧克力片。周围是高大的装饰花木，两个人的目光越过屋顶，看向远处克尼克湾波光粼粼的水面。

过了一会儿，克里斯托弗说自己看见了一艘船。温克勒也眯起眼睛往前看。

"那边有一艘白色的大船。就在那儿呢。"

"像游轮的那艘？"

男孩点了点头。他都忘了吃冰淇淋，看了很久之后，开始翻自己的裤子后口袋。

温克勒视力不好，只能看到灰乎乎的屋顶和远处的海面。"我听说你外祖母喜欢游轮。"

男孩耸了耸肩。他从口袋里拿出一个大人用的钱包，打开之后取出一张照片，盯着看了一分钟，把照片放在桌子上，继续吃起了冰淇淋。

"是你父亲。"温克勒试着说了一句。克里斯托弗看着窗外，点了点头。

8

随着时间的推移，克里斯托弗变得越来越好奇，也越来越聪明。他可以一步不停地走过一条街区，跪在地上看甲虫从人行道上的裂缝中穿过，或者看花园里的蜘蛛吐丝包住自己的猎物。克里斯托弗很勇敢，双手也很有力气，蠕虫在他手上扭动，蚂蚁沿着他手腕爬行。"快看月亮。"克里斯托弗说。屋顶上蓝色的天空中，挂着一轮小小的白色圆月。温克勒不禁想到娜莉娅的小时候。那时的娜莉娅还是个小女孩，会爬上还没建好的旅店。每天，她的衣服口袋最后都会变成小小的宝库。

实际上，娜莉娅和克里斯托弗从一开始就仿佛有某种特殊的血缘关系。娜莉娅会拉把椅子到厨房餐台前，让克里斯托弗站上去，还让他用口袋放大镜观察昆虫带来的奇迹：萤火虫一边眨着眼睛，一边发光；一条蜈蚣跟在后面，一下就弄断了萤火虫的下颚。

"爱尔兰人说蝴蝶是孩子们的灵魂，"娜莉娅说，"可我爸爸说，它们是圣母玛利亚的眼泪。"

克里斯托弗害羞地靠过去，目光温柔。回赫尔曼家的路上，克里斯托弗会靠着温克勒的肩膀睡着。如果还有时间，温克勒就跟着公交车继续行驶，在哈夫曼大型停车场掉头开回来时再下车，这样他就能多一个小时感受克里斯托弗靠在自己身上的重量，能看着窗外慢慢变换的城市景色。

大概就是从那段时间开始，温克勒又开始做梦。这些梦很短，梦里的情景也很平和，几乎所有都跟他母亲有关。温克勒觉得母亲就在自己身边走动，能听到母亲从冰箱中铲冰时冰块碎裂的声音。有的梦中，温克勒甚至能感受到母亲瘦弱冰冷的胳膊抱着自己。不久之后，随着梦的深入，温克勒竟能看到母亲的形象，能看到母亲的样子，也能认得母亲裙子上的图案。有一次，温克勒清楚地看到母亲的双手按在窗户玻璃上，小小的手指蜷起来，仿佛某个身材高大的人的皮肤挂在小小的骨架上一样。窗外天气寒冷，一直都是淡紫色的。

在另一个梦中，温克勒看到了母亲的护士制服，叠好放在浴室洗手池旁的台面上。她的大号桃粉色内衣也叠着，放在制服上。淋浴开着，浴帘里面的母亲哼着歌，温克勒能听到母亲从皂盒中拿起香皂时水花溅起的声音。

一片黑暗之中，温克勒蹬了蹬腿。他闻到了母亲的味道；他向母亲跑去。

梦境。镜艺。克里斯托弗。这基本上就是全部。"真的谢谢你。"赫尔曼说着，松开领带，他这次进门的时候，已经是下午四点四十五分了——有一次甚至四点五十五分才回来。克里斯托弗坐在沙发上看《动物星球》。赫尔曼会眨眨眼睛，站在克里斯托弗身边，双手放在背后，或者就着一杯水在洗手池边吞下阿司匹林片和抗凝剂。"大卫，你简直救了我的命。我觉得城里所有人都还想再融资。"

"再见，克里斯托弗。"

"再见，大卫。"

温克勒从后门溜出来，往巷子最里面的小路走去。三十秒后，格蕾丝的开拓者开上了紫丁香大道，自行车固定在车顶。

他们坐在第五大道的美食广场，坐在温克勒通常用餐的那张桌子旁。克里斯托弗跪在自己的椅子上，背靠着温克勒。那里多了一盆温克勒之前从没见过的柿子盆栽，克里斯托弗一直翻。几个青少年笑闹着从阳光下的中庭走过，表链叮当作响。快餐食物的香气从各个摊位飘出来，朝天窗飘去。温克勒盯着左边看，那边是宽广的海洋，克里斯托弗的父亲就在海上的某处捕捞三文鱼。他觉得，大海就是一个大水库，我们身体里的水渴望再回到大海的怀抱，大海中的水却向往能蒸发升入云层，云层中的水却希望能降落到地面。

"大卫，"克里斯托弗还看着植物，"快看，有只蜓。"

"有个什么？"

"就是娜莉娅说的。蝴蝶会从里面飞出来的那个？"

"是蛹吗？"温克勒站起来，走到树的另一面，"好吧，我……"树上有一个棕绿色的小东西，大概有温克勒拇指大小，附在叶子背面。克里斯托弗用手指戳了戳它：它很脆弱的样子，外面是灰色的，有着羊皮纸一样的纹理，看起来像是家里自制的纸张一样。

克里斯托弗盯着它，眼睛都不眨。"里面有条毛毛虫吗？"

"我觉得有。"

"会有蝴蝶们飞出来？"

"通常是这样的。一只蝴蝶，或者一只蛾子。这个问题得问娜莉娅。"

"我能把它带回家吗？"

大卫回头看了看。"克里斯托弗，这我就不知道了。"

男孩的手指一遍又一遍地抚摸着茧。或许柿子树被搬来的时候就有了。还是晚上跟拍着翅膀飞进来的雌性鳞翅目交配的结果？

温克勒凑到树叶前。"好吧，"他说，"我们带着回家。"他们俩摘下那片叶子，男孩一路上小心翼翼地把它捧回了赫尔曼家。

他们给娜莉娅打了电话，把蛹放在空水杯里，又往水杯里放了几根树枝，之后用一块方形纱网盖住杯子口，最后用皮筋固定好纱网。克里斯托弗轻手轻脚地把它拿到外面的平台，放在赫尔曼院子中阴凉处的桌子上。

亲爱的索玛——

　　我总觉得，随着年龄的增长，人的性格也会越来越强硬。因为人们看得多了，习惯了，也就坚强了，能承受生命中更沉重的东西。但我做不到。我会崩溃。看到阳光下最简单的东西——哪怕是娜莉娅的钥匙，地板上的雨衣，或者眼镜架上成百上千副眼镜——我都会想流眼泪。阳光穿过太空到玻璃需要八分半钟。太阳高挂在天上，阿拉斯加的阳光非常纯粹，仿佛能洞穿食物的本质，让一切都放松下来。所有事物都变得崇高起来。动画电影会让我泪流不止。好吃的香蕉总能让我哽咽。我总得在黑暗中坐在娜莉娅的沙发上，平复心情。

　　甚至克里斯托弗也能感受得到。我们坐在外面，用娜莉娅给我的显微镜观察不同的东西。他想看什么，我们就看什么——一片草叶，他的一片指甲，等等。等他累了就会往后靠，闭上眼睛，像是在吸收阳光一样。或许是他早就知道这样的时光是多么珍贵吧。

　　野外实地考察：娜莉娅开车带着温克勒和克里斯托弗去了基奈大片的树林，寻找聆听云杉甲虫的声音。他们首先穿过一片已经枯死的林子，这些树还带着黄色或橙色的树冠，云杉的针叶铺了一地。再前面的那片树林更古老，最近感染了害虫，还在恢复中。"每年三千万棵树。"娜莉娅说。温克勒看着正努力理解一切的克里斯托弗。

　　他们走了四分之一英里，娜莉娅偶尔会停下来，用手锯锯下来木块取样。后来，他们走近了最古老的树林，娜莉娅让大家在一棵大云杉树前停下来，耳朵贴住锥形孔，仔细地聆听着树干里的声音。他们把耳朵贴在锥形狭窄的一端。温克勒尽力过滤掉树枝间吹过的风声和脚下小溪流过的声音，只想听树干中传来的轻微的响动。

　　"我听到了，"克里斯托弗很高兴，"我能听见。"

　　终于，温克勒也听到了：缓慢的咀嚼声，和脉冲不同，是粗糙的舌头舔过骨头时那种打磨的声音。"它们正从里往外啃噬树木。"娜莉娅小声地告诉他们。温克勒听到甲虫幼虫在树干深处的活动：甲虫在看不见的地方，把酸性物质吐在韧皮部的纤维上，之后啃噬咀嚼，从里到外往树枝开垦挖掘——甲虫家族一路向前，整棵树还挺着。很快了，甲虫们好像一边啃噬着，一边相互鼓励。很快了。

赫尔曼用各种谎言搪塞格蕾丝。没错，他周二的时候和朋友带着克里斯托弗去了公园；没错，他和朋友开车带克里斯托弗去了基奈；没错，他也发现现在克里斯托弗不会再踩小虫子了，甚至不想看到苍蝇被拍死。

"她知道了，"赫尔曼擦掉手上的汗时说，"她肯定知道了，只是没说破。"

"肯定的。毕竟她肯定已经知道我的名字是大卫。"

"也挺好的，是吧？男孩子就应该多出去玩儿对吧？这样我也能有时间工作一下对不对？免费日托是不是？"

"挺好的。"温克勒表示同意。

格蕾丝的开拓者在她第十六大街的公寓外按响了喇叭。黄昏时分，温克勒坐在秋千上，双脚带着秋千走到后面，然后抬腿荡起了秋千。温克勒能看到门铃，能看到一束光，微弱的黄色光芒不停地闪烁着。

娜莉娅解释说：他们发现的是一只月神蛾的茧，书上说这一物种的生长地在阿拉斯加。娜莉娅还给他们看了张照片：是成年月神蛾，像灰绿色的悬挂式滑翔机，边缘是黑色的，翅膀上有四个斑点，毛茸茸的触角很短，像小小的羽毛。据娜莉娅推断，毛毛虫是本身在柿子树上的时候被卡车运过来的，之后在商场中庭温暖的环境中蛹化了。

娜莉娅说，在空玻璃水杯里，在蛹里面——如果没东西寄生，如果它还没死——那蛾子就会伸长腿部，翅膀上也会长出鳞片，渐渐生出色彩。大脑底部的某个区域，可能还没有罂粟种子大的地方，会渐渐填满激素。蛹后背的肌肉也会逐渐变粗；会吸收幼虫阶段的眼睛，之后长出更好的新眼睛；还会重构大脑中一半的细胞。它的受精卵逐渐成熟。它开始学着呼吸空气。最后，它会从赫尔曼院子中的蛹里出来，朝天空飞去。

温克勒周四请了假，带着克里斯托弗去了池塘边寻找牛蛙。他抱着困倦的小男孩走到沙发上。两个人喝了十六盎司的七喜饮料，连看了四集《大红狗克里弗》电视剧：电视里，一条大红狗和它脸蛋圆乎乎的孩子们奋起抗争，最终克服了各种困难。

但他和赫尔曼太过分了，太过依靠运气。八月五日，下午两点半，温克勒和克里斯托弗走进赫尔曼家的大门，发现赫尔曼穿着西装、系着领带站在厨房里。克里斯托弗往客厅走去，停在半路回头看着两个人。

整件事让人窒息，但大部分都在意料之中：一名客户提议在奥布雷迪吃午餐。奥布雷迪在戴蒙德中心。赫尔曼觉得没什么大问题。可概率问题不就是这样吗？戴蒙德中心有六十一家店铺，十九家餐厅。他刚喝了两口汤，一抬头，就看见了格蕾丝。

"不可能。"

"是真的。"

"她午餐的时候不是会去骑车吗？"

"反正今天没去。"

克里斯托弗看着两个人，抿着嘴，想弄明白整件事一样。温克勒放下克里斯托弗的背包，走到洗手池的地方，打开了水龙头。

"我跟格蕾丝说是你跟克里斯托弗在一起，说你很棒。"

水流进洗手池。温克勒闭上双眼。

"我看不出来格蕾丝的反应。她没有任何表情，什么都没有。她要把克里斯托弗安排在商场里的日托中心。反正再有一个月，克里斯托弗就该上学了。这么做很蠢，我们早就应该跟她说实话。克里斯托弗，过来，"赫尔曼伸出手，克里斯托弗走过去，"我们得去找你妈妈了。"

温克勒靠着洗手池。"我以为她都知道了。我之前希望她早就都知道了。"

"她什么都不知道。"

赫尔曼带着克里斯托弗走进车库,打开车库门。"我一点就应该把他送到格蕾丝那里了,"赫尔曼大声说,"你想待多久都行,大卫,我会说是我的错,我会尽量都揽在自己身上。"

探路者从车库开出来,车库门逐渐关上,挡住了所有的光。温克勒一个人,靠着洗手池,水哗哗地从水龙头里流出来,消失在排水口。

9

八月：潮湿的日子。蜻蜓在池塘上方流连。整整两个星期，温克勒都没心情再去赫尔曼家。等终于再次上门时，他径直走到院子里，发现水杯已经空了，剩下的网纱上有一个被啃出来的小洞，里面的树枝早已枯萎，瘪下来的空蛹留在杯子底部。蛹里面蜷缩着一只小小的鼻涕虫，正在吸食蛹里剩下的东西。又是被遗弃的东西。

克里斯托弗为自己说话了吗？他晚餐的时候会问起温克勒吗？

不会的。克里斯托弗很温柔，也值得信赖；他会默默地忍下这种被抛弃的感觉，毕竟他早已经历了更刻骨铭心的离开：他的祖母，还有他的父亲。

温克勒会送鲜花。他把鲜花放在格蕾丝的门垫上——金丝桃浆果、白色雏菊、在加油站买的康乃馨，用绿色的玻璃纸包起来——放好后，他会马上转身离开，好像自己留下的是炸弹，而且炸弹的保险丝很不好控制。有几个晚上，他会在秋千上坐到天黑之后，树篱在风中摆动，A大街上的汽车开过，发出远处锯子锯树的声音。

等待占据了温克勒的大部分时间。顾客在镜艺里逛来逛去，试戴不同的眼镜照镜子：埃伦·特雷西牌的，汤米·希尔费格牌的，等等。温克勒会把订单输入电脑，打印出来交给埃文斯博士。这么多人，全都看不清。

雨滴打在娜莉娅的窗户上。过了一会儿，雨停了，可很快又开始下。天花板砰砰作响；水沿着墙面滑落。温克勒坐在黑黢黢的厨房里，听着娜莉娅的毛毛虫咀嚼着各种食物的声音。另一个房间里,十九张雪晶的照片还挂在沙发上方,借着雨水的微光稍稍发亮。

八月下旬,温克勒下班之后去了斯彭纳德大道,朝之前自己长大的地方走去。等有人出来的时候,他趁机在单元门关上之前走了进去。门厅焕然一新:黄铜邮箱,棋盘格地板。楼梯间也重新装修过,记忆的味道已不多,清漆的味道更重一些。他脚步声的回音很大。温克勒拖着脚走上四层——比起记忆里的,楼梯更狭窄了一些,墙壁也更斑驳。之前他住的那间公寓的门已经被刷成了白色,通往楼顶的门没有关。

一大片停车场占据了三分之一的视野。一块银行标志牌上依次显示着温度和时间:61华氏度①;9点15分。每次灯光一亮,空气中就会充满细丝振动的嗡嗡声。远处,成千上万盏城市的灯光都亮着,与天空的颜色融合在一起,一天中积攒的热气朝水湾散去。

一架丛林飞机低飞而过,机翼上的灯一闪一闪的。山脉巨大而苍白。楼顶的角落里什么都没有。没有答案。

一年中的秋分过去了。下午四点,角落里就会出现阴影。好像每个人都过得不错——只有温克勒例外。南顿小旅馆的生意兴隆起来。费利克斯的身体好转,又能工作了。娜莉娅从卧室打电话的声音传出来,她谈到了巴塔哥尼亚、湖泊、山川,还有站在路中间的南美安第斯山脉驼马。"爸爸,你应该直接让她跟你一起,"娜莉娅说,"她肯定会同意,我知道她肯定同意。"

娜莉娅过得不错,一如既往。她已经完成了论文的第二部分,还在一个本科班当老师。学生们总给娜莉娅发邮件,说自己很喜欢她的课。

克里斯托弗上了一年级。赫尔曼说他"托马斯火车头"的书包里装满了书。乔希·莱瑟姆的妈妈下午三点会过去接他,开车带着克里斯托

---

① 约合16摄氏度。

弗和乔希到自己家，让克里斯托弗待到五点左右。赫尔曼告诉温克勒，克里斯托弗喜欢上学，喜欢看书、听音乐、研究地图，喜欢踢球，也喜欢和朋友们待在一起——他什么都喜欢。

赫尔曼自己现在有更多时间工作，精力越来越充沛，这让他本人也很惊讶。医生说他没必要再用血液稀释剂了。他常去的教堂赞助了一支冬季城市联盟的冰球队，请赫尔曼担任主教练。他还说要在德尔马投资一个趣味高尔夫球场，是米丝蒂帮他介绍的。"高级场所，"他跟温克勒说，"很有挑战性，一般人承受不住。肯定是人们念念不忘的地方。"

有时候，温克勒走进赫尔曼家的客厅，会看到地毯上有小凹痕和细线，大概有十二英寸长——是赫尔曼穿着滑冰鞋在房间里走所留下的痕迹。

娜莉娅公寓大门的背面，油漆已经有成千上百处开裂。每一处都是像是在呼吸、眨眼：格蕾丝可能就在门的另一边，抬起手准备敲门。温克勒打开门后，格蕾丝会稍稍前倾。她会说出来，叫一声"爸爸"，小心翼翼、轻声细语，仿佛这两个字是两枚脆弱的鸡蛋，是纸牌搭建的屋子。当然，格蕾丝手里还拿着自己的自行车头盔。

她究竟是有多生气？难道她会一辈子不让自己进入她的生活吗？别回来。别写信。想都别想。你已经死了。

非洲菊。百合。各种颜色的玫瑰。温克勒把花放在地垫上，插进邮箱口。之后，他就会到拉尼游乐场去，坐在秋千上，双手抓住链子，脚蹭着尘土往后。

十月，也就是格蕾丝发现赫尔曼在奥布雷迪吃午餐的两个月之后，温克勒看到了她。当时已过晚上八点，温克勒下班坐公交车回家。格蕾丝使劲地蹬着自行车，公交车开得不快，也没超过她。不一会儿，格蕾丝就骑到了温克勒座位旁的路上，她穿得很利索，像鲁格手枪里射出的子弹沿着明尼苏达大道猛骑。

格蕾丝和温克勒之间就隔了一条车道。街灯照在格蕾丝脸上，正好能让温克勒看得很清楚。温克勒一下紧张起来。格蕾丝自行车的轮胎紧贴着边缘线,像是骑在人行道上的凹槽里。经过韦斯特切斯特潟湖之后,马路变成了上坡。格蕾丝站起来,自行车有节奏地在双腿之间来回晃动。她的小腿和脚踝已精心脱毛,小腿肌肉像装在袋子里的动物一样。

公交车超过了她。温克勒的脸紧紧地贴在窗户上,眼镜框一个劲儿地碰在玻璃窗上。到北极光大道的红绿灯时,格蕾丝追了上来,直接停在了温克勒旁边。她能看到公交车里面吗?温克勒悄悄地低下身子,偷偷地往车窗外看去。格蕾丝双腿之间的自行车是银色的,轻量级,每一处光滑的设计都能显示出其速度不慢。十字路口处,格蕾丝一只脚离开车镫,腿直直地踩在地上。她穿着黑色氨纶短裤,反光衬衫,头戴橙色印花的头盔,还戴了一副干净的弧形太阳镜。汗水湿透衣衫,在衬衫后背处留下一条细细的线。这是温克勒的女儿。

那天晚上,在玛丽莲街,格蕾丝也在车库。已经是二十七年前了,桑迪抱着格蕾丝,两个人在黑暗中等着温克勒。

格蕾丝从自行车横梁上拿起水杯,灌了一口,然后直接吐在沥青上。公交车不住地颤抖着。

温克勒梦中那张蓝绿色的脸;双手扶在皮划艇舷侧与甲板相交处。问题是:她还活着吗?

温克勒敲了敲窗户。他站起来。"格蕾丝,"温克勒大声叫,"格蕾丝!"其他乘客都转头看着温克勒。温克勒在窗户上摸索着,但唯一的闩锁离他隔着两个座位,而且也只能在紧急情况下使用。他只能使劲地敲着玻璃窗,"格蕾丝!"

信号灯变了,绿色的光照在格蕾丝的脸上。司机挂上挡,发动了汽车。格蕾丝放好水瓶,踩在车上,使劲地蹬车,右转驶进了地震公园的阴影里。她的双腿使劲地蹬动齿轮,轮辐转动很快,让人看不清。

娜莉娅紫红色的毛巾还湿着,挂在浴室门把手上,五根头绳随意放在梳妆台最上面。费利克斯的单桅帆船在窗台上摇摇欲坠。还有一个温克勒之前没注意到的玻璃瓶——是娜莉娅离开格林纳丁斯群岛时，温克勒送的礼物。瓶子里面装着几毫升东加勒比海的气息。温克勒打开瓶子。水根本没有味道，没有硅藻土的味道，也没有盐的味道。

衣橱里挂着她父亲送的蓝色大衣，右手袖子上被烧出来一个洞，大概有十分钱硬币大小。那个洞是圆形的，边缘发黑，能看到衣服里面白色的填充物。温克勒穿上那件大衣在公寓里走来走去，袖口只到他小臂处。

他曾向往过娜莉娅吗？是的。他曾希望自己是费利克斯吗？跟家人在一起，拥有勤劳忠诚的妻子——就算是难民，也是构建了新家庭的难民吗？是的。他曾希望自己是赫尔曼吗？尽管表面上他多年前也不过是被抛弃的障碍而已吗？是的。

学校里，克里斯托弗的班级组织学生们用建筑纸张做了王冠，克里斯托弗走到哪儿都戴着。"像个小王子，"赫尔曼说，"格蕾丝用卡子把王冠别在他头发上。他睡觉都戴着，去教堂也戴着。"

工作的时候，加里的声音一整层都能听见："大卫，你妈妈的眼镜片太厚了，戴着肯定都能看透未来！"埃文斯博士还是皱起了眉头。

温克勒梦见有成百上千扇窗户的房屋，鲜花和人一样高。他梦见自己年纪大了，皱纹更深，骨质疏松，细胞中水分流失；他成了自己父亲的模样，浪费生命最后的时日；他也像母亲那样，在椅子上过世，手搭在窗台上。

有几个晚上，他会被娜莉娅和护林员在卧室翻云覆雨的声音吵醒。这时，他会打开窗户，垫本书撑住，一只手按住怦怦直跳的心，凝视着午夜时分。商业区里空无一人，四下无声，现在基本上快完工了。娜莉娅轻柔的叫声从门框下的缝隙传来。天空呈紫罗兰色，镶着黑色的边。

10

每一秒，上帝的耳朵中都会钻进上百万条人们的祈愿。希望是二号门。希望珍妮特能挺过去。希望妈妈能再次坠入爱河；希望痛苦消失；希望这把钥匙是对的；我想游进这片海湾，耕种这块田地，走进黑暗之中，请赐予我看清一切的勇气吧。请挽救我的婚姻，我姐姐的，还有我的。十三天后，这笔资金价值几何？十三年后呢？我十三年后还活着吗？还有最无法回应的祈求：别让我死。还有：之后会发生什么？水晶吊灯和唱诗班呢？灵魂像椋鸟一样在天空中掠过？永恒；生活仍如细菌，如向日葵，或如棱皮龟一样；令人窒息的黑暗，所有细胞的活动戛然而止？

我们打开幸运饼干，去找占卜师，或盯着手掌的掌纹。我们在火星表面寻找液态水存在的证据。谁不想翻看自己的最后一页呢？谁不曾发问：就这一次，请让我知道事情结局如何。

那个梦见桑迪在杂货店时翻看杂志架子的梦究竟意味着什么？是不是说明之后发生的一切以及随之而来的后果都是上天注定？也就是温克勒的精子大军距离桑迪的卵子只有几个月的距离，它们伏在卵子上，围攻里面的细胞质？难道是从那时，克里斯托弗这颗种子就已被种下——就像 DNA 扭转折叠再折叠，进入染色质的核心。

或许其中并无深意。或许那只意味着桑迪只是无限可能性中的一种而已。在杂货店里，温克勒走向她，在银行第二次走向她；桑迪也给温克勒打过电话，她主动提出看电影，之后还跟温克勒回家云雨，每个周三皆是如此。这些事情，难道也是预先安排好的？演员不会有自己的发挥吗？

这重要吗？在记忆里，在故事中，在最后的时刻，我们总能按照自己的方式重塑生活。生命中出现的一切让你惊讶，真正地、完全地惊讶——温克勒慢慢地发现，这才是最重要的礼物。

温克勒又开始梦游，这是他一生中的第四轮。有一次，温克勒醒来的时候发现自己穿着西装，裤子还穿反了；有一次是枕头边放着一块吃了一半的芥末面包三明治；还有一次是他站在娜莉娅和护林员睡觉的救世军床垫上。突然亮起来的灯光惊醒了护林员，他眯着眼睛坐起来，一把拉起床单盖住肚子，脸上的表情从震惊渐渐变成愤怒。

温克勒会帮娜莉娅的昆虫喂食，会额外轮班。每天早上，他都会把双脚卡在橙色沙发下面，做五十个仰卧起坐。

每两周，温克勒就能拿到411.6美元的报酬。他会把200美元放在桌子上给娜莉娅，之后花100多美元买杂货，剩下的大部分钱都用来在北极光时刻鲜花店买花。杂货放在娜莉娅的橱柜里，鲜花送到格蕾丝家的门廊。埃文斯博士一直在帮他找公寓。有几个晚上，温克勒和赫尔曼一起看电视，棒球季后赛或者是大学冰球赛。这就是温克勒的全部生活。

当然，他想要的并不止这些。他想看到格蕾丝，想带格蕾丝享用高级晚餐，想让侍者把食物打包放进篮子里，叫一辆出租车，带着他们三个人——父亲、女儿、外孙——到山上某片空地；他想和格蕾丝一边眺望入海口，一边吃大比目鱼和腌土豆，聆听银器与瓷盘碰撞的声音。温克勒声线干净，坚定沉稳。他会问一些比较重要的问题。"她后来还在继续雕塑吗？"

"据我所知，没有。"

"她提到过我吗？"

"偶尔。"

"你对俄亥俄州还有印象吗?"

"我知道有次洪水。但妈妈没多说。她只会说'一切都过去了'。"

格蕾丝也会主动说些别的:"八岁之前,我一直觉得赫尔曼是我父亲。后来,一次芭蕾课下课之后,妈妈把车停在离家还有一条街区的地方。我记得自己当时看着她夹克袖口上的扣子。我一直也想要那样的夹克,袖口处有黄铜纽扣。妈妈说赫尔曼不是我的父亲,我的亲生父亲离开了我们。她说你在南方。"

"在南方。"

"她是这么说的。"

克里斯托弗安静地坐着吃薯条或炸鱼条。格蕾丝会用一块大餐巾擦擦嘴巴。"妈妈坚持让我留下他的。我当时才二十岁,但妈妈很坚持,她说我无论如何都会有孩子,时机再差也还是会要孩子。她说能诞育生命并不是每个人都拥有的福气。"

温克勒会把手伸过去,格蕾丝或许不会挣开。他们两个会谈论时间的可塑性、相对论,还有关于预感的内容。温克勒会说自己相信有些事是可以预见的,某一个时刻中可能隐藏着数千种选择。温克勒还会说自己一直爱着她,哪怕难以承受的时候也是,这一切同样已有安排,无法避免,在他的骨血中,就像雪晶的六棱会深入其每一个原子之中一样。温克勒的经历——他的考验与忏悔,他的梦想与失败——都会尽情流露,从唇齿间涌出。

格蕾丝会喝一口杯子里的霞多丽红酒,说:"跟我说说你的梦吧。"

当然,这一切都没有发生,至少目前没有,以后大概也不会。格蕾丝还在生气,认为自己根本不需要温克勒。她蹬着自行车上山,沿着格德伍德路下坡,趁着毛毛细雨沿着新苏厄德高速公路回来,头盔下的头发早已湿透。温克勒只能等着格蕾丝主动前来,或等着出现什么事情让她不得不来。或许他会一直等待，永远期盼，等着格蕾丝向自己展示她终于愿意解开的心结。也许，一切都已过去太久，格蕾丝永远是温克勒生命中的陌生人；也许，温克勒到生命最后的时光，心中依然充满着无限遗憾。

游乐场的秋千承受着温克勒的重量，吱扭作响。格蕾丝洗好烫好自己的哥萨克斯百货商店制服。她叠好克里斯托弗的短裤，卷好他的白色小袜子。城市另一端的客厅里，赫尔曼把整块丹麦面包塞进嘴里，就着十二盎司的可乐吞进肚子里。

"有的时候，"娜莉娅告诉温克勒，"你看着我的时候，就像你能看透我的身体一样。就好像你的目光穿过我，望着地平线那边。"

梦里，温克勒看到赫尔曼跌在桌子底下，转椅翻倒在地，脚轮一个劲儿地转。他看到克里斯托弗从雪中跑过，从路灯下经过，匆忙地从一束光跑到下一束中，步态沉稳，步伐焦急，在黑暗中进进出出。

11

聚会是赫尔曼的主意。"三个月够长了,"他说,"是时候了。我会参加的,做你的缓冲。到时候你就知道了,肯定没事。"

赫尔曼会告诉乔希·莱瑟姆的妈妈,自己会去学校接克里斯托弗,就先不用告诉格蕾丝了。毕竟,聚会是个惊喜,莱瑟姆的妈妈肯定会帮他们打掩护。温克勒会带着克里斯托弗从学校去娜莉娅家。赫尔曼五点四十五分的时候会过去接他们。格蕾丝骑车到家大概是六点一刻:她推开门的一瞬间,会看到克里斯托弗、赫尔曼和亲生父亲齐声说:"惊喜来啦!"

十一月四日,周二。温克勒在弗雷德·迈耶的商店买了蛋糕粉、菜籽油、鸡蛋、糖霜和一包银色的生日蜡烛。

整个上午,电台都预测有雪。海湾处盘着厚厚一层积雨云,拖着脚步从岛屿上方走过。下午两点,下雪了。温克勒看着窗外的雪,安静、洁白,楼下经过的车如阴影一般。

下午三点,温克勒站在楚加奇小学的门口。雪落在温克勒的外套袖子和肩上,落在校车车顶,落在家长来接孩子的车上,落在光秃秃的树枝上。克里斯托弗和其他小朋友一起出来了,头戴着王冠,背着托马斯小火车的书包,鼓鼓囊囊的。克里斯托弗抬头看向天空,伸出手掌:"下雪了。"

温克勒弯下腰:"克里斯托弗,最近怎么样?"

"挺好的。"

"我都想你了。"

男孩点了点头。他的王冠用建筑纸张做成,有纸板和铝箔纸做的珠宝做装饰。"我还去乔希家吗?"

"今天不去了。"

他又点了点头,仿佛自己一直对此有所怀疑。温克勒解释说,今天是格蕾丝的生日,要准备个惊喜。他们踩着半英寸的积雪往前走。绕过街区,走到回头看不到学校的地方,男孩伸出戴着手套的手,牵住温克勒。

到了卡默洛,他们先把靴子上的雪都抖掉。温克勒清理了台面角落里的昆虫。他们在潮湿的厨房中忙乎着。为了看得更清楚,克里斯托弗站在了椅子上。他们称了油的量,打散鸡蛋,把水和蛋糕粉搅在一起。雪在窗台上堆积起来。昆虫都很安静。下午四点,他们把搅拌好的面糊放进了烤箱。

娜莉娅是下午四点半到的家。她弯腰抱了抱克里斯托弗,把他举起来转了一圈,之后把他放回椅子上。

"你回来早了。"温克勒说。

"你们在做什么?"

克里斯托弗举起盒子:"做蛋糕。"

"你们弄得到处都是。"

男孩耸了耸肩。他的额头和王冠上都黏着面糊。"娜莉娅,大卫说我的蛾子孵出来了。"

"我也听说了。"

"那它飞到哪儿去了?"

娜莉娅看了看温克勒。"这个嘛,它可能已经飞进树林里,找了棵白桦树。它们喜欢白桦树。准备找个伴侣交配。"

"你觉得它能找到吗?"

"可能吧。"

"但也可能找不到,"克里斯托弗说,"因为月影蛾不住在阿拉斯加。"

娜莉娅弯腰帮克里斯托弗整理了下纸板王冠。"这只不就来了吗。"娜莉娅这么回答。

温克勒打开烤箱,蛋糕的热气倾泻而出。克里斯托弗坐在桌台上,努力思考的样子。

"这么说吧,"娜莉娅继续说,"你之后还去过发现它的那棵树那里吗?"

克里斯托弗抬起脸摇了摇头。

"你可以去看看。可能还藏着另一只蛹。那里很温暖,如果柿子树上叶子够多,或许毛毛虫也会出现季节性独立现象。或许全年都会化蛹。"

男孩看着娜莉娅,脸似乎亮了起来。"你要做的就是,"娜莉娅蹲下来,点了点克里斯托弗的膝盖,"要是发现了蛹,就把它放在光下面。通常,你能很清晰地看到里面的轮廓。有时候甚至能看到触角,还能分辨出来是雌是雄。"

温克勒走进另一个房间,把雪晶的照片一张一张地揭下来,摞在一起,小心地用报纸包住,最后用丝带束好。日光很快就消失了,似乎只是一瞬间的事,仿佛雪将空气中的光线都冲洗掉了。他们取出蛋糕,把平底锅放在三脚架上冷却。温克勒和克里斯托弗打开糖霜的盖子,把糖霜撒在蛋糕上,还用锡箔纸盖住平底锅。

克里斯托弗舔了舔刮刀,牙齿都成了棕色。"大卫,我们还能去那家商场吗?"

"克里斯托弗,现在可不行,或许聚会之后吧。"

他给克里斯托弗穿上外套,戴好手套。两个人坐在橙色沙发上等着。克里斯托弗把蛋糕放在自己的大腿上。冷气在窗户上凝结。电台广播说:雪还会持续。温克勒心想:我的全部人生,就归结于此。

五点四十。五点四十五。"赫尔曼姥爷还来吗?"克里斯托弗问。

"快了。"

穿着外套的他们俩一个劲儿出汗。五点五十五分，赫尔曼打来了电话。"我现在没时间。"他的声音有些踌躇、紧张。

温克勒有些沮丧："那你还能来吗？"

"能，希望七点能到吧。现在走不开，但也快了。"

"但格蕾丝——"

"大卫，我知道，我尽快赶过去。"

娜莉娅从房间那头看着温克勒。看口型，她说的是"你们得出发了"。

温克勒得在二十分钟之内把克里斯托弗带到格蕾丝家。如果格蕾丝骑车回家后发现孩子不在，肯定会开车到莱瑟姆夫人家里找人。到那时，一切就都完了。

有两家出租车公司的电话都是忙线状态。温克勒和克里斯托弗只能赶紧下楼，走上积着白雪的人行道。克里斯托弗用胳膊夹着蛋糕，托马斯小火车背包亮黄色的背带紧紧地裹在温克勒的外套上。风把雪吹在温克勒的眼镜片上，吹进他的衣服里。亮着大灯的车从他们身边开过。克里斯托弗裹着厚厚的大衣，把蛋糕抱在胸前，像是捧着祭礼一样。

公交车来晚了，窗格上沾满了雪泥。经过奥蒂斯湖，经过A街道。"我们要迟到了。"温克勒说。克里斯托弗在覆满蒸汽的窗户上画了几只飞蛾，"你觉得这种天气，你妈妈会去骑车吗？"

"她什么天气都去。聚会结束了，我们能去看蛹吗？"

"我不知道。"

"可你说我们可以去。"

"我知道。但首先我们得先问问你妈妈。还有，要记得，我们可能找不到蛹。"

"肯定有。"

每到一站，都有乘客上车，跟司机小声说几句话。雪被吹到挡风玻璃上，雨刮器左右摆动，模糊了前车尾灯的红色灯光。雪泥灰乎乎的，在人行道上慢慢地融化。

到第十五大街的时候，温克勒按下了停车按钮。他站起来，背着背包走过道。克里斯托弗带着蛋糕跟在温克勒身后。两个人六点二十五分才下车。"我们来得太晚了。"温克勒开口说。

他们小心翼翼地往前走，靴子在雪地里总是打滑。有两次，温克勒都说帮克里斯托弗拿着蛋糕，但都被拒绝了。

五个街区，东北方向。每个街区似乎都比前一个更大。雪似乎下得更大了，如二十五美分硬币大小。雪花飘落，似乎永无止境，邮箱和栅栏上都已经有了两英寸深的积雪。梅德弗拉街上有辆丰田行驶时有点儿摆尾，稳住车身继续开之前差点儿滑进下水道里。

到达第十六大街的时候，两个人看到格蕾丝的开拓者就在前面，车上没有积雪，引擎盖还有余热，自行车架的夹片没有扣住，敞开着。或许格蕾丝还没去莱瑟姆夫人家问过。或许还能给她个惊喜。温克勒放慢脚步。他们两个人慢慢地走上车道。"她在家。"克里斯托弗说。

两个人在门口停下。男孩还是抱着蛋糕。温克勒把书包靠在一边。"去按门铃吧。"

克里斯托弗抬起头看着温克勒。

"去吧。"

"蜡烛怎么点？"

温克勒深吸了一口气。克里斯托弗的头发和王冠中间下陷的部分落满了雪。"好吧。"温克勒说了一句。

他们跪在人行道尽头，用树篱挡住风。克里斯托弗掀开铝箔纸。温克勒从口袋里拿出一包蜡烛，往糖霜上插了二十七支。克里斯托弗单膝跪地，把蛋糕放在自己细细的大腿上。雪花落在蛋糕表面，有的会在蛋糕表面翻一下，有的直接就会融化在糖霜里。温克勒拿着一盒火柴弯下腰，手呈拱形挡风，但风还是吹灭了前两根火柴。

"点不着。"

"再试试。"克里斯托弗说着，把蛋糕放得更平稳些。第三根火柴亮了，没被风吹灭，温克勒赶紧点着每根蜡烛，感谢风暂时的平静。蜡烛的光稍稍飘忽了一下，随后完全燃烧了起来。

男孩朝大门走去。"真是不少蜡烛。"

"小心一些。"

雪花飘进烛火中。点燃的蜡烛照亮了克里斯托弗的脖子和脸。他捧着蛋糕，像捧着祭礼走向祭坛一样庄严地走过车道。火焰在蜡烛芯上跳动，呈水平状弯曲。克里斯托弗的背包上，绿松石色口袋上的托马斯小火车闪着光。克里斯托弗在门口停下，温克勒按响了门铃。听到里面响起门铃的乐音后，他就沿着积着雪的路退到人行道边。

温克勒胸腔里的心脏就像是小小的弹射器。赫尔曼本应该在这里，带来苹果汁、红酒和一套塑料杯。而且他在的话，温克勒还可以藏在他身后，轻轻说一句"惊喜来啦"！赫尔曼是他的缓冲。现在，温克勒只想知道：这是赫尔曼故意安排的吗？

门猛地一下被拉开，掠得烛火都飘过去，顿了一下才恢复原状。格蕾丝蹲在门和门框之间，看向克里斯托弗身后。她还穿着骑行的鞋子、运动裤和连帽运动衫，脸被烛光映成了橙色。

"妈妈，"克里斯托弗说，"妈妈！生日快乐！"

格蕾丝眯着眼睛往克里斯托弗身后看，盯着温克勒。

"快看我们的成果啊！"

格蕾丝抬起一只手挡住眼睛，好像要挡住阳光一样，另一只手抚了抚克里斯托弗的后背，之后从台阶上拿起背包，让孩子带着蛋糕进屋。门关上了。温克勒在人行道上又站了一会儿，看着厨房的灯从窗户中照出来。雪还在下着，沉默无言，一切都安静下来。

温克勒退到秋千那边，摸到口袋里那沓雪晶的照片。格蕾丝至少应该会吹灭蜡烛许愿吧？第十五大道上的车来来往往，小声从积雪上压过，格蕾丝家的门还是紧闭着。他想起来站在桑迪和赫尔曼家门外的场景，那时还是在玛丽莲街，他看着家里窗户透出的灯光——熄灭：客厅、厨房、走廊、卧室——温克勒心里的那种痛依然清晰，雪花飘落在街上，空气寒冷异常。

雪落在温克勒的腿上、肩上，也落在游乐场标志牌的上方。他的脚趾慢慢地被冻得麻木。终于，格蕾丝走了出来，站在街道对面，看着温克勒。温克勒从秋千上站起来。

风静止下来，雪花静静地降落人间。戴着眼镜，温克勒觉得每片雪花都会留下一丝蓝色的线条，仿佛穿越空间而来，带着另一个世界中的光彩——即使不过半秒钟。

"你想进来吗？"格蕾丝问，"这就是你这么做的目的，对吧？每晚都在那儿？像个偷窥狂一样？"

"不是。没错。我只是……我觉得……"

"那你进来吧。我投降。"

温克勒跟着格蕾丝走过车道。到门口的时候，他抖了抖夹克和裤子上的雪。格蕾丝的自行车靠在门厅墙边，擦得干干净净，一条湿毛巾搭在车把上。温克勒咽了口气，走进屋里。

格蕾丝还穿着骑自行车的鞋，啪嗒啪嗒地走在地板上。蛋糕放在桌子上，蜡烛都已熄灭。房间里没有花。难道格蕾丝把它们都扔了？温克勒在小小的厨房餐桌旁停下脚步：有萝卜的味道，温克勒判断是煮萝卜。克里斯托弗从另一边走过来，应该是从客厅那头，他看似有些犹豫不决。

"妈妈？我们可以去看蛹了吗？聚会结束之后？大卫说——"

"现在不行，克里斯。"格蕾丝站在厨房里，手里拿着一把黄油刀，眼睛盯着温克勒，好像温克勒是个即将开枪的枪手。格蕾丝的嘴唇——

和桑迪的很像——微微分开。

温克勒深吸了一口气。他从口袋里拿出包好的雪晶照片递过去。格蕾丝没动。于是,温克勒便把礼物放在了桌子上。"我们是想准备个惊喜。我是说聚会啊,蛋糕什么的。"

格蕾丝把蜡烛一根根地从糖霜里拔出来。"这是你姥爷,克里斯,你知道吗?"格蕾丝看着温克勒说,"这是我父亲。"

男孩看着温克勒。温克勒浑身战栗。

"克里斯托弗,回你的房间玩儿。"格蕾丝的目光还盯在自己父亲身上。男孩抬头看了看母亲,又看了看大卫,拿起自己的背包,往门廊走去。大卫和格蕾丝听着他渐渐走远,最后是房间门关上的声音。

开始,格蕾丝的声音很低,温克勒听得很费劲。"你觉得一块蛋糕就行了吗?就一块该死的巧克力蛋糕?你觉得这就能过关了?他妈的巧克力蛋糕和花就够了?"把最后一根蜡烛放在桌子上时,格蕾丝的双手止不住地颤抖。温克勒朝格蕾丝走过去,但想了想,还是穿过厨房走到窗边。窗台上有棵快要枯萎的仙人掌,半倚在塑料花盆里。

"不是。"温克勒说。

"你从来没回来过。你根本没想回来过。现在倒回来了。这么多年了。现在倒和我儿子一起在镇上溜达。这跟绑架没什么区别。"

温克勒颤抖的双手伸进外套口袋里。窗外,黑黑的树篱影子随着光线而移动,雪花在风中斜着飘过,然后直直地落下。"我从来没真的相信过,"温克勒开口说,"这么多年,你会真的活下来。"

格蕾丝动了动。脖子上青筋凸起,仿佛要撑破皮肤一样。她的声音几乎歇斯底里:"现在你相信了?因为我就在这儿。我就在吃你拿来的该死的巧克力蛋糕。"她抓起一块蛋糕,扔进洗手池里。接着,格蕾丝尖叫出声,没有任何言语铺垫,只是一声尖叫。她闭上眼睛,声音从每个毛孔中溢出来。

温克勒还是双手插兜，眼睛看向窗外。

格蕾丝用黄油刮刀把手指上的蛋糕和糖霜蹭掉。现在的她在掉眼泪，努力克制着自己，静静地哭泣，用力呼吸，想把泪水憋回眼眶。"很艰难吗？至少告诉我日子不好过。"

"当然不好过。每天太阳下山的时候，你都会想：我又离死亡近了一天。你母亲不想看见我。她觉得我抛弃了你们。"

"你确实就是抛弃了我们。"

"是，我知道。"

格蕾丝站在原位，盯着蛋糕。她哭得没那么厉害了。"好吧，行了，我不会原谅你的。一块生日蛋糕不会让我原谅你。"

"我没期望你能原谅我。我只想帮你。我现在就想在你身边。"

格蕾丝转身冲着温克勒，手里挥着黄油刀。"我的整个一生你都不在。一直都不在。一天都不在。现在你来了，就觉得能假装我们之间有关系了吗？"

"不是——"

"太他妈对了。你不是我父亲，而且也不重要。送花也不能让你成为我爸爸。"

两个人都没说话，远处，汽车从积雪上开过的声音传入耳中。温克勒踮起脚尖，看着外面。"对不起。"

格蕾丝从桌子旁边拉了一把椅子坐下来，脸埋在双手中，蛋糕就在她胳膊肘的地方。温克勒只能等着。公寓里异常安静。温克勒已经不再颤抖。一分钟过去了。格蕾丝已不再啜泣，但还是没抬起头。温克勒想走到格蕾丝身边去，却向左穿过走廊，走进浴室，拿了块毛巾捂住嘴。

浴室另一边的门开着，透过缝隙，温克勒看到墙上奖旗的一角，还能看到一张钢管支架的行军床。是克里斯托弗的卧室。温克勒愿意花上一年时间走进那间卧室，观察一切：克里斯托弗的T恤衫、乐高玩具、史努比枕套，等等。他房间里用的是哪种百叶窗？窗帘上有什么图案？

格蕾丝的房间也在这边。洗衣篮里装满她薄薄的系带衣服。房间里还有两张照片，一张可能是克里斯托弗，一张可能是她母亲。没有她前夫的照片。卫生间马桶上有一沓育儿杂志，整个空间混杂着保湿乳液、棉球和淡淡的漂白剂的味道。女儿的房间就在附近某处，可你却不能进去看一看，这该是多么令人悲伤的事啊。

温克勒坐在马桶上，努力平稳呼吸。生命里每一件重要的事情，他都没成功过。另一个房间里，女儿用手捂住脸，可他却无法走到女儿身边。女儿说话的时候，大拇指会向下——哪怕生气的时候也是，她双手的姿势让人觉得非常熟悉——温克勒发现，自己也是这种姿势，格蕾丝是受自己的影响才会如此。

格蕾丝说了：我的整个一生你都不在。一直都不在。一天都不在。

深呼吸，温克勒告诉自己。深呼吸。一切都在坍塌。赫尔曼在哪儿？赫尔曼本应该在这里的。

浴室洗手台上有两支牙刷，都放在薄薄的弗雷德·弗林特斯通牌的玻璃杯里。克里斯托弗的牙刷比格蕾丝的短一些，但没有儿童牙刷的图案，没有恐龙，也没有巫师，只是个紫色半透明的塑料杆而已。大人用的牙刷。温克勒直起身，拿起牙刷，比在自己牙齿前看了看，又放回了玻璃杯里。

温克勒觉得自己眼眶发酸，泪水积聚，便弯腰冲了马桶，想要稍稍遮掩。从浴室出来时，格蕾丝正站在厨房正中央，脸上毫无血色。她开口直接问："克里斯托弗去哪儿了？"

12

单一的结构——两个氢原子,一个氧原子——膨胀数十亿倍后,悬在空气中。从空气中上升,进入云层,围绕微小到看不到的尘埃颗粒沉淀,之后不断扩大增重——它们进入了安克雷奇上方巨大的黑暗城堡,在星空的中间层,在蓝天深处,现在往南朝海岸山脉移动,越过太平洋的美丽的云图,到天气晴朗清澈的加利福尼亚城市上空,俯视地上灿烂的灯光。接着,它们跨过中美洲地区黑暗的山脉,横渡加勒比海——一鼓作气——沿着格林纳丁斯群岛往委内瑞拉方向时逐渐下降:你是正在沉落的雨滴,现在正迅速下降,加快速度,海洋以毫秒的速度在眼前增大;你冲向一座蓝色旧房屋的屋顶,沿着屋檐滑落拱腹,落在玻璃上。屋子里面:费利克斯躺在床上,被一圈灯笼围住,他双眼紧闭,能看到一层汗水。索玛正在祈祷。厨房里照片上的圣母玛利亚安然仁慈地透过墙壁看着一切。费利克斯的肝脏僵硬紧绷,已经完全被破坏,无法透析血液;有毒的代谢物涌入他的大脑。大块肾脏在肠道中移动。有谁呼唤他名字的声音从耳朵里响起,可他却听不到。索玛的脖子上,憔悴的铁质耶稣左右摆动。

雨滴沿着窗户滑落,滴进院子里。

费利克斯离开我们已经三个小时,一通电话穿过数英里的海底光线,转换成一堆电子冲向美国巨大的震动交换机,经历重新布线、重新组合、重新发射的过程后,到达美洲大陆,继而一个挨一个穿越各州,沿着海岸线到达安克雷奇，带着嘶嘶的声音经由摇摆的铜线终于来到了娜莉娅的卡默洛公寓——娜莉娅已经坐着待了一整晚——大卫和克里斯托弗离开之后，她不知为何，一直一动不动。雪在窗台上积得更深了，巧克力蛋糕的味道还在厨房未曾散去。她大腿上放着一罐糖霜和沾满糖霜的勺子。电话响了：另一端，是妈妈的声音。

"你爸爸……"索玛刚一开口，听筒就已从娜莉娅手里滑落。

小镇另一端，赫尔曼坐在办公室里完成最后一份再融资的公文。办公室其他地方都已经熄灯了，看门人因为下雪还没回家，出口的灯光在空荡荡的隔间上发出红光。这时，赫尔曼觉得不太对劲：胸口处仿佛有十几个裂口，一整天似乎都没什么动静的裂缝仿佛转移了。赫尔曼稳住呼吸，手掌拍在桌子上，想找找那种感觉从何而来。

但裂缝还在继续扩大，扩张自己的势力，已经成了大口子。很快，赫尔曼的胸腔就像炸开了一样。他抓住桌子边缘，可还是一下就摔倒了，转椅倒在地上，轮子一直转个不停。电脑鼠标也掉了下来，鼠标线搭在桌子边缘，像钟摆一样来回摆动。赫尔曼紧紧地抓住地毯——意识逐渐模糊，像照相机光圈中的快门叶片逐渐闭合——他看到脚线旁有两个燕尾夹，已经覆满了尘土。

格蕾丝站在院子里大喊着克里斯托弗的名字。她把自行车推到路边，娴熟地安装好，骑车就走，穿行在雪地里——整个动作也就二十秒钟。温克勒还站在从浴室出来的走廊。马桶水箱还没重新装满水。温克勒站了一会儿。格蕾丝没关门，雪飘落在屋子里的门垫上。

七点十五分了。温克勒甚至都还没脱下外套。他走到屋外，关好身后的门，朝科尔多瓦街走去。格蕾丝的自行车轮胎在雪地上留下一条窄窄的痕迹。她在第十六大道往Ａ大街骑过去，要骑下那边的小山。温克勒很是担心，担心格蕾丝的轮胎不适合在雪泥中骑行。可格蕾丝已经走远，温克勒已经听不到她呼唤克里斯托弗的声音。

温克勒走向科尔多瓦大街，只是往相反方向走去。街灯在雪中投下圆锥形的光。雪花在温克勒的眼镜上和耳朵边的头发上融化。他走得很快，几乎是小跑。从那里到商场隔着十七条街区，温克勒也不知道克里斯托弗会走哪条路，也不确定克里斯托弗认不认识路。但梦里出现过这样的场景：克里斯托弗从路灯下跑过，一会儿在阴影中，一会儿在灯光下，一会儿又回到阴影中。

商场晚上九点关门，温克勒是八点三十分进去的。入口门垫已经湿透，因为雪泥也成了灰色。他跺了跺脚。保安朝温克勒点了点头。空气中有一种熟悉的酵母味：是从椒盐饼干厂飘来的。

一层基本上没人。镜艺没开着灯。温克勒快速地朝着电梯走去，靴子踩在地上吱吱作响。

电缆嗡嗡作响；电梯轿厢缓慢上升。轿厢玻璃外的商场往下沉落。巨大的中庭天窗上雪花积压、滑落，美食广场中的灯光是柔和的蓝色。温克勒走出电梯。克里斯托弗跪在柿子树的一把椅子旁边。男孩神情专注，根本没意识到温克勒靠近自己——他仿佛也正消化今晚的冲击，和由此带来的融合。暴风雪中，他独自前行了不到一英里。

温克勒放慢速度，抱起克里斯托弗，紧紧地拥在胸前。"有三个，"男孩说这话的时候，还回头看着柿子树，"我听见了，我能听见它们在里面。"

"好了，"温克勒语气温柔，"我们去找你妈妈吧，明天再来。"

两个人走过积雪的街区。一台扫雪机从身旁经过，琥珀色的信号灯旋转着，雪花从扫雪机两侧落下，堆在人行道两边。扫雪机后面有煤渣漏下来。温克勒抓着克里斯托弗的手往前走，两个人沉默无言。

走到第十三大街的时候，那个梦——如巨大的蓝色嘴巴——吞没了温克勒。一个穿着绿色防雪服的男人正拿着雪橇铲雪。硬实的大雪块被铲进黑色的水坑中。男孩戴着手套的手掌紧紧地握住温克勒的手指。

推开第十六东大街208号C公寓的门时，里面空无一人——正如温克勒预料的。温克勒仿佛在雪花的某条棱柱上,雪晶围绕着他凝固。男孩挨个查看了每个房间:"妈妈?妈妈?"

"她不在,"温克勒还站在门口,眨了眨眼,他继续说,"她没事,出去找你了。"

克里斯托弗停下脚步,看看自己的外公。他开始哭,在厨房啜泣,声音不大。温克勒用手按住克里斯托弗的太阳穴。一生中的所有事都被压缩成了一个奇点:一个晚上,一个小时。杰德的未来机器,十几个夹子和表盘;尘土飞扬的道路尽头停着的大铲车;水漫过地基。

冰晶的形状变化无穷,一切都不过是重复而已。可实际上,从另一个角度看,一切又各不相同。形成棱柱,结成树突,之后是扇形板。每次都是一样的角度,但由于风、分子震动、生成速度和温度的作用,每一片雪花都不一样。从某种程度上说,时间曾是可塑的,过去的决定确实会影响现在。格蕾丝就是证据。娜莉娅也还活着。

梦是什么来着?克里斯托弗在奔跑;赫尔曼倒在桌子底下,椅子上的脚轮一直旋转。电脑鼠标垂在桌边,来回摆动。

男孩踩在雪地上的靴子印正在油毡上慢慢地融化。格蕾丝的车钥匙就放在厨房桌台那一沓雪晶照片旁。"拿张纸来,"温克勒告诉克里斯托弗,"再拿根笔。"

男孩盯着温克勒没动。"去啊。"温克勒又说了一次,克里斯托弗才开始行动。十秒钟之后,克里斯托弗拿来了一根蜡笔和一张从笔记本上撕下的纸。温克勒匆忙写了张字条,字迹潦草。他把字条放在桌子上,拿上车钥匙,走到街上,坐进车里。之后,他打开车灯,克里斯托弗也坐进了副驾驶的位置。

"你会开车?你是要开车吗?"

"没错。"温克勒说完,点着火,挂好挡。

"我还以为你的眼睛不能开车。"

"确实不能。"

雪很大，温克勒伸手用雨刷器把冰都刮掉。

"但你还是要开车？"

温克勒踩下油门。开拓者开始前行。他们慢慢地开过 A 大街的停车标志，到了十字路口的地方，不过对向没有来车。温克勒转弯，右前轮撞在人行道边。于是，他倒车，打直方向盘，开回了本来的车道。

"天啊。"克里斯托弗忍不住说了一句。

温克勒找到大灯按钮按下去，大灯亮了。他们呈 Z 字形走下山坡，开过切斯特小溪，停在费尔韦德路的灯下。除雾器一直在工作。

"你在纸条上写了医院。"克里斯托弗说。温克勒没说话，听着男孩尽力稳住自己的呼吸。白雪覆盖了一切。

赫尔曼倒在桌子下，胸腔里的裂缝还在扩张，他的心脏好像被某只看不见的大手紧紧地握住：是上帝之手吗？答案似乎在他周围的空间浮动。一切都关于爱。最开始，你拥有了某种天赋，可正是因为这种天赋，你远离所有人，整个一生都在时间的边缘漂泊，不能像常人一样理解时间：看手表、查作息单，等等——你很难理解人们一整天忙忙碌碌是为了什么：早上、中午、傍晚、晚上。醒来、入睡、醒来。一切都关于家庭，血缘取代了死亡；一切也关于最艰苦的努力，关于雪。

地毯纤维钻进了赫尔曼的指甲缝。他知道——一直都知道——一切都与克里斯托弗有关。

格蕾丝骑行时，刹车垫发出尖锐的声音。她蹬车走过莱瑟姆家的车道，解开鞋子，把自行车扔在落满雪的灌木中，对着莱瑟姆家的前门使劲敲。

莱瑟姆夫人很长时间都没来开门。格蕾丝转了转门把手，又开始使劲敲。莱瑟姆夫人打开门："格蕾丝，你怎么来了？"

"克里斯托弗。"格蕾丝满脸怒气。

"克里斯托弗？他不在我这里。聚会怎么样？"莱瑟姆夫人一手捂住嘴。

格蕾丝回头看了看车道。莱瑟姆夫人眨了眨眼睛。雪落在拖鞋大脚趾的地方。"格蕾丝，你骑车来的吗？"

"我们要去找赫尔曼，"温克勒说，"你得带我去他的办公室。你还记得在哪儿吗？"

克里斯托弗看向车窗外，看着飘下的雪花。雨刮器左右使劲地摆动着。"我是说办公楼里。你能找到赫尔曼的办公室在大楼哪里吗？"

"或许吧。"男孩咬着下嘴唇。雪吹在挡风玻璃上，滑向左右两边，雨刮器把融化的雪水擦掉了。"系好安全带。"温克勒说完就变成绿灯了，他开动车子，猛地向前，差点儿撞到一辆小货车。

格蕾丝的自行车后轮离开了莱瑟姆家的车道，她继续往前，拉伤了大腿，不过她一秒就恢复过来，脚踩在车镫子上，朝德莱尼公园走去——也就是她来时的路。城市的另一端，娜莉娅坐在一辆出租车的后座，让司机开快一些。温克勒和克里斯托弗经过本森，经过第三十二号大街。如果赫尔曼在自己最后的清醒时刻，能上升到公司大楼的屋顶，能向云朵飘去，他没准儿能看到几个人不同的路线，能看到他们呈三角形的运动轨迹，能看到街道明亮的轮廓线、树叶的脉络、谜语的答案和家的样子。

温克勒把开拓者停在停车场，可油门踩得过猛，停车时整辆车猛地冲上路边，撞到了一棵小樱桃树。树苗嘎吱一声裂了，车也停了下来。大灯还亮着，两束光照着雪地。克里斯托弗原本按住王冠的手慢慢地放下来。停车场上只有赫尔曼的探路者，离开拓者大概隔了三十个车位，车前盖、保险杠和车顶上已经积了五英寸的雪。克里斯托弗刚解开安全带，温克勒就已经下了车。

大门和侧门都锁着。温克勒想走玻璃楼梯门，但也一样，怎么都打不开。男孩和温克勒一起,他站着看着温克勒,下嘴唇一直颤抖。"大卫?"

"没事的,"温克勒说,"一切都会没事的。"门的右边有一个警察徽章形状的蓝色小贴画,可这有什么关系呢?温克勒弯下腰,扫开门边地上的雪,发现一块垒球大小的岩石。他捡起石头,朝玻璃砸去。一声巨响过后是空气扑出来的声音,保护层压板下出现了成千上万条裂缝,岩石落在房间里面的垫子上。温克勒用外套袖子裹住手,伸进去,打开了门。

"克里斯托弗,哪一层?"男孩的眼睛瞪得很大。"往下?还是往上?"克里斯托弗憋回眼泪,指着左手边。

电梯太慢了,每一秒都过得很痛苦。他们两个人站在一起,外孙和外公,每个人的呼吸都很重,外套上的雪渐渐融化。叮,二层到了。叮,三层到了。

❄

娜莉娅到了航站楼,从头等舱那边插队,费尽力气才争取到一张紧急机票:安克雷奇到芝加哥,到迈阿密,到圣胡安,到圣文森特金斯顿。一千五百美元。她递上自己的信用卡。飞往芝加哥的第一航段三十五分钟后起飞。"女士,有行李吗?"没有行李。

格蕾丝骑车更小心了,刚才摔的那一下弄得她身侧湿乎乎的,沾满了雪泥。雪和沙子在刹车的卡钳上堆积。有什么东西从前院树下移动,格蕾丝赶紧大声喊了一句:"克里斯托弗,是你吗?"夜色里,落雪中,她父亲也曾梦到过同样的情景,只是梦里是她父亲大喊着格蕾丝的名字,声音回响在被洪水淹没的寂静房屋中。

克里斯托弗第一次就找对了赫尔曼的办公室。他看着温克勒,双眼湿润,但目光中透着些许骄傲。三层,电梯右手边。门锁住了。赫尔曼的腿从桌子下伸出来,鼠标已经停止了晃动。温克勒拨打了911,把话筒递给克里斯托弗。他自己爬到桌子底下,脸贴到赫尔曼嘴边。"别这样,"他小声说,"天啊,不要这样。"温克勒扯开赫尔曼的衬衫,耳朵靠近赫尔曼胸前的伤疤。

克里斯托弗现在是真的哭了,但握住听筒的双手没有颤抖。"电话响了,"克里斯托弗说,"有人快接起来了。"

13

在阿拉斯加普罗维登斯医疗中心前,救护车突然转弯,司机娴熟地把车开到一排侧门前停好。一名警察已经往这边跑过来,身后跟着一张轮床。

克里斯托弗跪在救护车里的长凳上,看着他们把赫尔曼抬出去,把输液袋挂在轮床的输液架上。温克勒伸手揽住克里斯托弗的肩。"他们要把他带进医院?"

"是的。"

"现在?"

"没错。"

医院大厅的等候室里有两张沙发、几把椅子和摆着杂志的架子。角落里还有台电视机,一直在播报西岸发生的爆炸事件。克里斯托弗紧挨着温克勒坐着,王冠已经湿透,王冠上的尖角垂向温克勒的外套。两个人就这么等着,在温克勒的脑海中,时间已分崩离析。

舒张。收缩。大厅里的某处,赫尔曼的皮肤已经破开,肋骨暴露出来。管子插了进去,灯光再次照进他的胸膛。温克勒能听到内心怦怦地跳动声,好像耳朵里塞着棉花一样,像一个男人穿着沉重的鞋咣咣地踏在永无尽头的楼梯上一样。两英里之外,格蕾丝还在夜色中大声地呼唤着儿子的名字,她骑车走在第十六大道上,朝自己的公寓走去。她会发现自己的车没了。她会看见那张纸条。她会换上更暖和的衣服。她会来的。

"大卫？"克里斯托弗声音很小，"赫尔曼姥爷没事吧？"

温克勒把男孩抱得更紧一些。空气仿佛在跳动——他能感受得到。吸入。呼出。"没错，"温克勒说，"赫尔曼什么事都没有。"

电视画面还在继续。男孩安静地坐在温克勒身边。或许睡着了吧。温克勒觉得自己视线有些模糊，心脏跳动的声音更大了。等候室里的座位上出现了好多人：圣文森特的屠夫、旅店老板南顿、爱格尼塔号的船长、九个不同的格蕾丝·温克勒，还有卡车司机布伦特·罗伊斯特，每个人的身影都很模糊，他们一言不发，但心跳声很大，怦怦怦，和温克勒自己的心跳声节奏一致，和医院大厅某处赫尔曼的心跳声节奏一致——就像南顿玻璃地板下海水吸入的声音，像十几只蛾子拍翅膀的声音。"克里斯托弗，你听到了吗？"温克勒小声地说，"你能听见吗？"

外面的风雪中，格蕾丝正朝他们赶去，极度愤怒，也极度恐惧，心一直悬在嗓子眼，后轮溅起的雪泥在她脊背上留下一条线。走过十字路口时，她身子弓得很低。温克勒也能听到格蕾丝的心跳声，那是一种回声，是一匹被拴在木桩上的马沉闷单一的踏步声，是一连串出现在麦克风里相同的数字：嘟、嘟、嘟、嘟……

格蕾丝经过的房子中，有一栋住着孀居的苏·埃文斯博士。博士拿着个盘子从卧室门口经过，卧室里有一张大双人床，最近五年是她一人独宿，再之前十五年，是她和丈夫共享的床。埃文斯博士坐在咖啡桌旁，看着桌子上千层面冒出的热气，手里拿着刀叉。雪从城中小房子的窗前飘过，丈夫留下的麋鹿头装饰还挂在壁炉上。她拿起电视遥控器，想了一会儿才按下按钮：她是在听，应该是一首歌，熟悉的旋律。她走到窗前，打开窗，只有雪落下的声音——白雪覆盖了一切，世界一片沉默。

加里也感受到了，莱瑟姆夫人也是，还有花店老板——经常说温克勒另一半非常幸运的那个——也感受到了。甚至睡梦中的克里斯托弗也能感受到吧。

外科医生将赫尔曼的心跳转变为屏幕上的数据和声音，监视器屏幕显示的物体光点一直闪动。卡默洛公寓里，娜莉娅家的电话听筒还躺在厨房地板上，重复着"挂电话"的提示音。候诊室里，温克勒看不见的合唱团向前倾身。

飞机起飞的感觉——飞行、回归。娜莉娅的心跳加速。飞机前轮抬升，之后是后轮，安克雷奇渐渐地往身后退去。娜莉娅双手放在扶手上，母亲说的话像黄蜂一样在耳朵里嗡嗡嗡——你爸爸。在她脑海的地图中，圣文森特这座小岛就是一个跳动的绿色圆盘。

埃文斯博士经常说什么来着？"大卫，我们的工作很重要，我们是要让人能看到。"

温克勒母亲那本本特利的雪晶图片书，每一页都是黑色的背景，就像一个人生活的图景，由生至死，每个人的生命历程都不一样，但结局总没有差别。

大雨中，桑迪走到汽车旅馆的停车场，看见温克勒像僵尸一样，抱着孩子、拿着钥匙，站在纽波特车门前。背后的霓虹灯标志牌一直在闪烁。温克勒那种恍惚的眼神，那种对你视而不见的样子，那种我见鬼了的神情。格蕾丝。桑迪为了女儿甚至愿意走到湖底，愿意把女儿安全带出家门。温克勒不也会做一样的事吗？难道他做的不是吗？

过了半个小时，克里斯托弗睡醒了。格蕾丝还没到。男孩从口袋中拿出自己的大魔术贴钱包，钱包里没有纸币，只是内兜里有几枚硬币。克里斯托弗从钱包中拿出了父亲的照片，看了一会儿，才递给温克勒。

这仿佛是在某次聚会上拍的，背景像是谁家的厨房。一个男人——迈克·恩尼斯——刚刚从装满冰水和啤酒罐的儿童泳池中抬起头，他动作很快，湿漉漉的头发往后甩的时候都变成了莫霍克人的发型；他的嘴带着难以置信的微笑，可能是水太凉的缘故；他的胸前潦草地写着"黄金时代"四个字，大概是谁的醉酒之作。

温克勒只觉得恩尼斯有张"铁锹脸"。他的眼眶深嵌在脑袋里,好像有两只黑色的眼睛,从头骨里面往外凝视。不过,恩尼斯确实英气逼人。还有,温克勒算是谁?有什么立场评判其他游手好闲的父亲?

"大卫?"克里斯托弗的声音里还带着困意。温克勒弯下腰。

"有些蛹里面有幼虫。我看见了。"

温克勒点了点头,实际上一直没有停下来。"很好。"温克勒回应了一句。角落里的电视机开始播放广告,男孩动了感情,嘴唇忍不住地颤抖着。

温克勒把照片递回去,克里斯托弗把它放回钱包中。

过了一会儿,护士南希端来了放着晚餐的塑料盘,还把食指比在嘴唇前,仿佛托盘里放着的是不能宣之于口的大秘密——把提供给病人的餐点给了身体健康的人。南希朝他们眨了眨眼,克里斯托弗则严肃地点了点头。盘子上的碗里有豌豆、鸡肉杂蔬汤和葡萄,还有一片裹着塑料包装的燕麦饼干。温克勒和克里斯托弗在候诊室里,把各自的托盘放在腿上。温克勒打开汤碗的盖子,从塑料袋中拿出勺子,回头看克里斯托弗,才发现男孩正闭上双眼,双手合十。

克里斯托弗轻声地说:"感谢耶稣,感谢您的善良,感谢您赐予我食物。请看顾躺在床上、浑身插满管子的赫尔曼姥爷。请保佑我的妈妈。阿门。"

两个人开始吃饭。心跳声还在温克勒耳朵里继续。

整个医院都很潮湿,格蕾丝穿着骑行的鞋滑了一下,鞋子已经湿透,沾满了泥浆,她浑身热血沸腾。冲进候诊室的格蕾丝浑身已经湿透,泥浆和雪泥沾满了她的运动衫。她穿着骑行的鞋冲过来抱起儿子,抱了很久,一边抱,一边哭,后来变成了啜泣。男孩拿着自己的饼干,往妈妈身后看,有些害怕的样子,不知道自己该不该继续吃饭。格蕾丝放下儿子,对自己的父亲说了声"谢谢",之后问道:"他在哪儿?"

黎明:大西洋展露在太阳之下,子午线巨大且无休止的阴影滑过整个半球,落在格林纳丁斯群岛东部的边缘,掠过高山,攀上芒特普莱森特的顶峰,但南顿的旅店和旅店外围的小屋还卧在阴影中。伊丽莎白港码头,大家把费利克斯放在一艘渔船上,将他的棺木推到独木舟横梁下,好让他一直待在阴凉处。岛上的诊所里,索玛和男孩子中的两个在椅子上睡着;另一个男孩子走到院子里,盯着天空;娜莉娅穿行在夜色中,已经到了北达科他州的某个地方,与天气的限制赛跑。

再过一天,在圣文森特,大家要把费利克斯放进焚烧炉中。跨过海峡的娜莉娅,差不多四年来第一次踏进父母破旧的蓝色小房子里,费利克斯的小船撂得很高,几乎要挨到了天花板,每一艘似乎都在阳光下颤抖、啜泣。船帆鼓胀,娜莉娅能感受到那里的风。殡仪馆的等候室里,三个男孩子也能感受到的,就像沐浴在黄昏中的白马,微微发光的样子,略带闪烁。在圣保罗教堂,在离娜莉娅只有半英里的地方,同一时间,朋友们逐渐在长椅上落座,牧师点燃蜡烛,地板上架起高台,整座教堂还坚挺着。索玛一定也能感觉到:她身上的有些地方也在发光,略微发白发热,化作热量和光消散。也许整个智利——散落各处的肋骨之间,破碎头骨的眼眶之中,还有失踪的那些人之中——光织就的小小网络燃烧着,锯齿状的小螺栓穿过土壤,被遗忘的牧场上微微震颤,已逝好友被带走的骨头,都在期待着这位朋友——这一刻,他们已等待了很久。

安克雷奇的午夜已过,克里斯托弗安静地待在候诊室里。他闭着双眼,双手在面前交叠,双脚够不到地板,前后踢来踢去。

妈妈跪在他面前:"宝贝,你在做什么?"

克里斯托弗的声音很轻:"为姥爷祈祷。"

楼上的手术室里,护士摘掉手套,把衣服塞进脏衣篮里。监视器有屏闪,赫尔曼双眼紧闭:镇定中,医生们是这么说的。

可能在他们眼里是镇定吧,但温克勒觉得赫尔曼是在快速移动,房间就像车厢,拖着他游走在自己的梦境中,拖着他走过在银行时成千上万个疲惫不堪的日子,带他看到他和桑迪有了孩子、养育孩子、带孩子领略世界的未来,带他看到桑迪真正离开的那天早上;他的信念、朋友、曲棍球、高尔夫等也都在梦里;接着是他的新生活,还能继续存在的生活:圣地亚哥、加利福尼亚州,太平洋海水蓝一样的加利福尼亚的天空,海水的粼粼之光一眼望不到头,还有他现在的心上人——米丝蒂——两个人开着一辆有大空调的车,沿着凹凸不平的道路往前开。大卫,那条路太有意境了,没有塑料恐龙,也没有卡通棕熊,只有复杂的微型风车,一整个瑞士村庄,窗框很小,树木低矮,窗户里透着光,还有精心制作的模型火车沿着旁轨开过,穿过手工制作的石头隧道,经过不同的沙龙——门上还挂着摆动着的微小弹簧铰链。赫尔曼击打白色高尔夫球的动作干净利索,倾斜着以完美的角度朝墙壁飞去,找到正确的位置,沿着看不见的轨迹,掉到油绿油绿的合成草皮上,以理想的轨迹滚动,最后刚好落入球洞中……

凌晨三四点了。急诊室里鸦雀无声,没有哔哔声,没有脚步声。电视里滚动播放着《家庭问答》节目,但也没开声音。克里斯托弗又在候诊室的躺椅上睡着了,膝盖下面垫着《新闻周刊》,用温克勒的外套当枕头。格蕾丝盯着自己的父亲看了好久。

她开口了:"妈妈想给你写信的。她快要离开的时候。她让我写,当时她还留着之前的地址。"她调整了一下腿上的骑行头盔,"妈妈说,哪怕你永远收不到,试试也好。她说我应该告诉你,洪水那天她带我回了家,想让邻居帮忙把大雕塑从地下室取出来。但邻居都不肯帮忙。当时,还没撤离的邻居没几个了,她还说反正一切都被水淹了。"

她骑行的鞋前后蹭着地板。"可实际上,我做不到。我动不了笔写信。我盯着白纸看一会儿就会生气,最后一个字都没写下,一封信都没寄出。"

温克勒闭上眼睛。

"雪花,"格蕾丝继续说,"妈妈跟我说过,说你就是做这个工作的。

它们都很漂亮，我从来没见过那样的东西。"

说完，格蕾丝也闭上双眼，外面的雪已经停了。其实雪已经开始融化，医院各处都在滴水，各个房间里的呼吸机都喘着粗气，滴答滴答的声音。温克勒知道了，桑迪确实打开了，她打开了信，看了我寄回来的东西。

温克勒等待着，等到格蕾丝眼睛睁不开，呼吸缓慢的时候。之后，他站起来，轻轻地穿过大厅，经过护士站、堆放着纱布和酒精布的废品筐、堆着很多毯子的推车、用窗帘隔开的空床，最后经过紧闭的门——门里面的人都在等待着各自的命运。他来到了赫尔曼的房间。床头板上的荧光灯亮着，心脏监控器发出平稳的哔哔声。

赫尔曼的样子很平静，胸口贴着六个二极管。他身体的四分之三都盖着毯子，神色镇定安宁。有一会儿，温克勒觉得赫尔曼会醒来，对自己说：大卫，你来了，能帮忙换个台吗？但赫尔曼的眼睛始终没有睁开，呼吸非常平稳。

温克勒在床边站了一会儿，之后低下头，跪下来。他双手从床边护栏伸进去，握住，搭在床边；他的脑海里只有一句话：求你了。就这一次。

窗帘没动，医院里其他病人都在睡梦中，他们身体里的细胞也在战斗，攀上修复线、改造、再生、从身体的缝合处经过。

大概有十分钟吧，格蕾丝轻手轻脚地也走了进来，站在温克勒右边。两个人都没有说话。赫尔曼的心跳监控器发出平稳的声音。格蕾丝在温克勒身边跪下来，她转过身，骑行穿的鞋与地板接触，吧嗒吧嗒的。这两个人——世界上最不虔诚的忏悔者——对着空气默念，在房间里祷告。

14

温克勒七天没上班。再次出现在店门口的他穿着皱巴巴的西装，戴着眼镜。埃文斯博士只是看了他一眼，就让他回工作岗位了。

费利克斯的遗体被带到金斯顿火化，骨灰装在一个带螺旋盖子的白色塑料容器中。娜莉娅把骨灰放在自己大腿上，坐飞机从金斯顿一路途经布里奇顿、圣地亚哥、蒙特港，最后到了大陆另一端巴塔哥尼亚的蓬塔阿雷纳斯。

整整两周之后，娜莉娅的信才寄到安克雷奇。信到的时候，温克勒让克里斯托弗打开信封，两个人坐在橙色沙发上，温克勒把信的内容大声地读了出来。

亲爱的大卫——

电话簿上说，他们把房子刷成亮色，是为了跟周围暗淡的景色作对比。但用"暗淡"这个词不是很贴切。到处都有艳丽的色彩：南美樱桃木的叶子是红色的，草原是金色的，灌木上开着深红色的花朵——我记得它们是火灌木。还有天的蓝色，不是加勒比海的靛蓝色，而是一种浅蓝色，好像用白色调和过。再说大海，麦哲伦海峡，也有自己的色彩：古银色，而且有些地方经过了抛光。

这里是春末，昆虫都在交配。昨晚吃饭的时候，一直棕色的大蛾子落在窗户上，之后飞来了一只，过了一会儿第三只也飞来了。都是雄性——它们的毛撮上有大量生物碱和信息素，它们飞走之后，我仿佛还能看见它们在纱窗上抖落的粉。

我把爸爸的骨灰带到了圣格雷戈里奥。他的堂兄何塞开车送我过去的。何塞是一名会计，我们开着他的跑车沿着无尽的碎石路往前。有几次，我都觉得胳膊要断了，但何塞还一直开，在坑坑洼洼的路上颠簸。差不多过了一个小时，我们停在了路边，周围只有绵延几英里的灌木和南美樱桃木。车熄火了，周围很安静，只有风吹过。我想这大概是爸爸之前喜欢来的地方。我问了何塞，可他只是耸了耸肩说："我也不知道，就觉得够远了。"外面风很大，我自己也不知道从车那边要走多远，所以就差不多走了两百米吧。

还没把骨灰盒的盖子全都打开，风就吹走了骨灰。何塞有几瓶奥斯特拉尔酒，我们举杯祝福了爸爸，有点儿草草了事的意思，但我觉得爸爸会喜欢这样。他的骨灰随风撒向大草原，飞过小路，飘向远方。我正看着，有只蚂蚁爬过来，敲了敲爸爸的骨灰，用大颚夹起那块灰粒带走了——把爸爸的一小部分带回了蚁穴。

我大概会在这里多待一段时间。你能帮我给豪斯曼教授打个电话吗？他应该能理解。当然，你在公寓想住多久都可以。如果可以的话，记得帮我养毛毛虫。向克里斯托弗问好。

克里斯托弗点了点头，表情严肃。"她说的是我，"男孩开口了，"克里斯托弗。"

"没错。"

"堂兄是什么意思？"

"我觉得就像是表亲。亲戚吧。"

"亲戚。"男孩看着温克勒，抬起手正了正自己的王冠。

温克勒双手拿着那封信，想折起来放回信封里。"就跟你和我一样。"

温克勒说。

"还有妈妈,"克里斯托弗回答,"还有赫尔曼。"

楼上有人冲马桶,水从墙壁中流下来。娜莉娅的小厨房里,冰箱咔嗒一声开始运转。温克勒认同克里斯托弗的说法:"没错,你、我、你妈妈,还有赫尔曼。"

八天之后,赫尔曼出院了。他已经六十六岁。这一次,银行往天花板上挂了彩纸,还往他办公室的门把手上贴了气球,每个人都签了一张贺卡。但他彻底退休了,根本没有商量的余地。赫尔曼告诉温克勒,一个男人应该知道自己什么时候退场,他正努力成为那样的男人。

之后的周六,温克勒帮赫尔曼清理了办公室,把文件装箱,清空了装有好多笔记本的抽屉,把活页夹和冰球奖杯搬下楼,之后冒着小雨把东西都搬进赫尔曼的卡车。赫尔曼的文件整齐有序,整个清理工作不过才用了一个多小时。

回家路上,赫尔曼一言未发,温克勒本想问问他,但还是觉得现在不说话比较好。

但赫尔曼什么事都没有,可以说好极了。他会使劲地握住拐杖,每天散步三次,虽然可能比以前走得慢一些,动作更生硬,后背挺得僵直,仿佛担心心脏会找到肋骨中的缝隙,会一下掉出来。但赫尔曼没有闷闷不乐。他用盐棒把一头麋鹿哄进后院;买了喂鸟器放在外面,里面总放满鸟食。他还把自己的冰鞋和守门员用到的垫子放在楼上的一个卧室中,反正温克勒再也没见过那些东西了。

此外,赫尔曼还延长了自己在拉霍亚的分时度假屋时长,多加了六周。"这是医生的要求。"赫尔曼脸上露出稍带内疚的微笑。要是温克勒在,大多数晚上,两个人都会看加人队或王牌队的比赛。米丝蒂打来电话时,赫尔曼就拿着无绳电话上楼到书房,等再下楼肯定是嘴角带笑、心不在焉的样子,像是被亲得满脸都是口红,有时候甚至都没注意到队员没把冰球打进网里。

十一月二十四日，赫尔曼启程去了拉霍亚之屋。他肩上背了个深红色的包，手里拿着黄铜推杆，心脏病、急救药药瓶在法兰绒衬衫口袋里凸出来。赫尔曼、温克勒和克里斯托弗挤在出租车后座，安全带都系好了。赫尔曼的古龙水味道很浓，他让克里斯托弗拿着自己的推杆，小男孩小心地把推杆横放在自己腿上，免得推杆头被弄脏。

离境通道里，有一名警察指挥着车辆进进出出。温克勒让出租车司机等一下，他和男孩跟着赫尔曼走到路边。

"格蕾丝也想来送你的。"温克勒说。赫尔曼挥挥手，像要挥别一切的样子。他拥抱了克里斯托弗，亲了亲他的脸颊。"宝贝，几个月后见。"

"好的。"克里斯托弗说。

天气很冷，雪在云层中酝酿。"好了，"温克勒说，"你回来的时候，我们来接你。"

赫尔曼摇了摇推杆。"大卫，再见。克里斯托弗，再见。"

温克勒和克里斯托弗看着门滑开，看着赫尔曼带着行李箱走进大厅。之后，两个人回到出租车上，司机开动车子，带他们往家走。

工作中，埃文斯博士一直在帮温克勒找房子。她说自己认识一位女士，那位女士在市中心有一个单间卧室的房子，视野不错，实木地板，屋子里有阳台，而且租金很便宜。那天晚上闭店之后，埃文斯博士开着自己的旅行车带温克勒穿过酒店区，到第一大道和F街的交叉口，之后去了船溪边上的一栋细分三层小楼。不到一小时，温克勒就签字租到了最顶层的房间。

感恩节快到了。因寒冷天气而来的人们挤满了商场：推着婴儿车的妈妈们，还有老年人。温克勒和加里把绘有火鸡图案和朝圣者图案的纸板贴在镜艺的窗户上。

"有这么一件事，"温克勒说，"有个警察拦下了一位女士，说她超速,还要看她的证件。警察这么说的:'女士,证件上说您应该戴眼镜驾车。'那位女士则说:'没事儿,我有隐形。'听完,那位警察说:'我不管你能不能隐形!反正你得吃罚单!'"

加里摇了摇头。温克勒退后一步,抿嘴笑了。

温克勒会喂毛毛虫吃树叶,给贪得无厌的甲虫喂树皮做的糊——小虫子们则会喃喃地表达着自己的感激之情。每天下午,温克勒都会到楚加奇小学门口等着克里斯托弗,他们会一起坐公共汽车到娜莉娅家,观察昆虫或用显微镜研究各种东西,有时候也去街上散步,停下来仔细看看路边的新发现。下午六七点,格蕾丝会开着开拓者过来接走克里斯托弗。

有些夜晚,温克勒独自待在娜莉娅的公寓里时,夜色中的他会忍不住想,自己去世前的几个星期中,是否会梦到自己的命运。或许他会看到树篱、罂粟田,或是大片海洋的光,或是白雪——白雪的消逝,白雪的多样性。或许他会走进一座大房子,每个房间里都有一个已经离他而去的人:费利克斯、桑迪、他的父亲和母亲。或许他什么都不会梦到,就像很多年前在海上看到的一片空白,一片虚无,周围的一切都围着他移动,可他看不到,也听不到——像是某种生物性终端,饥饿的甲虫幼虫坚定地啃噬着他身体里的迷宫。

也有可能,他会梦到自己回到了最初的公寓,回到了自己的衣柜卧室。母亲的铁熨斗从熨衣板上熨过,父亲翻看着报纸,动物的幽灵静静地穿墙而过。

15

开拓者的后座上,温克勒和克里斯托弗会一起玩经典游戏,在云朵中寻找各种形状。每次解释那些形状的时候,克里斯托弗的说法总能让温克勒惊讶:那是一条睡着的龙,尾巴盘绕在头上;那是一袋大理石,那条细细的轨迹是绕在袋子口上的绳子。

感恩节到了。一大早,克里斯托弗就送给温克勒一幅海报大小的画。画作的背景是一个大型机场,外立面上有一百多个小窗户,周围的白色空间上堆满了T型飞机。机场前面有一个黄色的椭圆形,应该是辆出租车,另外还有一个拿着高尔夫球杆的人。路边,那个人旁边有个黄头发的小男孩——温克勒知道那是克里斯托弗。小男孩牵着另一个人的手,那个人戴着大眼镜。

"这个是赫尔曼?"

"没错,"克里斯托弗非常害羞,他的指尖指着另一个戴眼镜的人说,"这个是你。"温克勒说这是自己见过的最美的画,还说会永远保存,能保存多久就保存多久。

格蕾丝在开车,心情不错——偶尔还从后视镜里看着温克勒微笑一下。她的自行车固定在车顶架上,破风向前。温克勒戴着棒球帽,克里斯托弗戴着橙色建筑纸做的王冠——王冠装饰着贴纸,还有新加固的纸板。后座上,两个人之间是全新的方刃里滕豪斯牌铁锹。

他们驶出格伦高速公路,经过陆军基地、伊格尔河和垃圾填埋场,车的前大灯透过雾气照向前方。到了天堂之门永久护理墓地附近时,蒙蒙细雨飘落下来。

格蕾丝把车停在门口,拿出骑行鞋,挨个放在仪表盘上,抬腿穿上系好鞋带。她小腿上有瘀伤,伤口胀得发亮,应该是刮腿毛时太靠近伤处的缘故。格蕾丝转过身,骑行短裤上的汗味散发出来。

克里斯托弗和温克勒坐在格蕾丝身后,像是在等着雨停。格蕾丝打开车门,一条腿伸到引擎盖上,向侧边拉伸膝盖。风从打开的门里吹进来,潮湿、凉爽。克里斯托弗把下巴搭在窗户的边缘,往外看去。

"雨滴打在屋顶上的时候总让人觉得可怕,"温克勒说,"但如果你走进雨里,就会觉得很舒服。你可以试试。"男孩的眼睛抬起来,好像在盘算这场雨是不是能让自己觉得舒服。

格蕾丝从车顶上取下自行车,把前轮的轮轴安在前花鼓上。她转动轮胎,确保确实已经安装好,之后夹紧快拆杆,固定前轮制动器。"你们慢慢来。"说完,她俯身看了看仍在后座的克里斯托弗,把自行车靠在汽车旁。她坐到驾驶位,转向后座。

"你觉得够暖和吗?"

克里斯托弗点了点头。

格蕾丝把克里斯托弗的衣领立到脖子处:"你的王冠会被弄湿。"

克里斯托弗摇了摇头。最后,双方妥协的结果是:克里斯托弗戴上了卫衣的帽子。格蕾丝拉紧帽子的束带,看着克里斯托弗旁边的温克勒。温克勒一手握着男孩的手,另一只手拿着铁锹。格蕾丝摇了摇头:"克里斯托弗,我爱你。"说完,她朝两个人微笑了一下。

格蕾丝骑车出发上山,双腿动作轻松有力,背部贴近横梁。温克勒和克里斯托弗看着格蕾丝差不多骑到山顶时转了个弯,雾气围绕着她。

温克勒捏了捏克里斯托弗的手:"要走了吗?"

男孩耸了耸肩。温克勒带着铁锹下车,从后面绕了一圈到了男孩那边。他打开车门,牵着男孩的手,往墓地大门走去。开拓者就留在身后。

办公室后面有台挖沟机,机械臂折叠着。办公室里面还是之前那个头发花白的服务员,正用笔帽清理牙缝。

"我们想买棵树。"温克勒说完,服务员点了点头,拉好雨衣上的帽子。三个人走进雨里。办公室后面大概靠着二十多棵小树苗,底部的树根都用粗麻布包裹着。

房子的另一边,一条上了年纪的大型纽芬兰犬朝他们扑了过来,克里斯托弗赶紧躲到温克勒的腿后面。但那只狗还是凑了过来,往男孩的脸上舔了一口,弄得克里斯托弗满脸口水。

"你们想要什么树?"

温克勒低头看着克里斯托弗。"你觉得要什么树?"

克里斯托弗没回答,只是伸手轻轻地摸了摸那只毛被雨水打湿的大狗:"他叫什么名字?"

"她是女孩子,"服务员说,"叫露西。露西·布卢。"

克里斯托弗站了一会儿,之后蹲下来,揽住那只很有耐心的大狗狗,抱了抱她。露西靠在克里斯托弗肩上直喘气。"真好,"克里斯托弗拍了拍露西的头,"露西真乖。"

"克里斯托弗,我们先选棵树吧,好吗?"

两个人走到放树苗的地方,每一棵都仔细地看了看,克里斯托弗一直轻声地跟露西说话,询问她的意见。最后,男孩选中了最大的那棵:是白杨树,差不多一半叶子都掉在根部,卷曲着。剩下的一百多片叶子还挂在树枝上,明黄色,在雨中轻轻地翻动。"你想选这棵?"

男孩点了点头,他的注意力都放在那棵树上,俨然小小园艺师的样子。

办公室里面的服务员做了登记。温克勒问:"你确定这个季节种白杨不会太晚?"

"没事。"

"土不会冻住？"

"现在还没有。"

"我们种在哪儿都可以？"

"墓地周围六英尺范围内。"

温克勒付了钱，把铁锹递给克里斯托弗，和服务员一起把大树苗放进一辆墓园专门为了运送树木借来的独轮车上。

"还有桶。"服务员说完，赶紧回办公室拿了两个五加仑的水桶。他把两个桶叠在一起，挂在独轮车的把手上。

两个人推着车往前走，男孩在前面拖着大铁锹一路小跑。温克勒拉着车，压过临时小路上的石头。树枝都被压了起来，大狗跟在几个人身后。

走过一半之后，克里斯托弗停下来，把帽子摘掉了。他抱了抱狗狗，摘下王冠放在狗狗的头顶。"先给你，"他拍了拍露西的侧腹，"我挖坑的时候你可以先戴一会儿。"

他们把树苗推到了桑迪的墓地处。站在那里往远处看，他们看到塔尔基特纳高高的山坡上大雨倾盆，如雪花一样落下来。温克勒站了一会儿。克里斯托弗把铁锹递过来。桑迪的墓地大概是六英尺见方，一张大床床垫大小。温克勒拿起铁锹，插进土里。

被翻起来的泥土带着苔藓和蕨类植物的味道。被切开的蠕虫粘在切口处。土壤里石头不少，但挖坑并不难。十分钟不到，温克勒就已经挖好了一个差不多大小的坑。刚挖好土，温克勒就把树苗从独轮车中抬下来，滚到坑边，拆下粗麻布。克里斯托弗帮他把树立起来。温克勒抓住树苗的树干。"直了吗？"

"我觉得差不多。"

"那就往坑里填点儿土。"

男孩拿起铁锹。他们把土回填好，使劲地踩了几脚，夯实土壤。纽芬兰犬安静地坐在一边，克里斯托弗的王冠架在她的两只耳朵之间。雨水迷蒙了温克勒的眼镜。克里斯托弗退后站好,对眼前的作品赞不绝口。

"这样就好了?"

"没错,该浇水了。"

他们穿过墓园,走到办公室旁边的接水处,往水桶里装满水。克里斯托弗开始装得太多了,温克勒得倒出来一些,这样男孩才能拖得动。水从桶边缘晃出来,两个人的靴子都湿了。他们抬起水桶,把水倒到树根处。这样接水、运水、倒水、看着水被土壤吸收的过程又重复了一遍。露西全程一直跟着。

"你觉得怎么样?"忙完一切之后,温克勒问。

"挺好的。"克里斯托弗的头发已经湿了,裤子到膝盖处都沾满了泥。风吹过来,最高处的树枝随风摆动,甩下雨滴,"我喜欢这棵树,我觉得它能长好。"

"桑迪,感恩节快乐。"温克勒说。

"感恩节快乐。"克里斯托弗也跟着说。

两个人下山了,朝大门和车走去。克里斯托弗跑起来,帽子在后面,脚落地时溅起了不少泥。他一边跑,一边喊:"露西,快来。快跟上,露西!"纽芬兰犬跟在克里斯托弗身旁,开心地叫着,王冠还是好好地架在它的耳朵上。温克勒回头看了看那棵树:直立着,树干还很细,没什么叶子,就在桑迪的墓地边,树枝向上生长。之后,他转过身,从墓碑中匆匆而过,往前追克里斯托弗。

16

十二月五日，温克勒正式搬进了新公寓。视野不错：船溪、火车后院，还能看到远处的克尼克湾。温克勒带来了为数不多的几件衣服、显微镜、蜓螺螺壳，还把克里斯托弗的画贴在巨大的空白墙面中间。

邮箱里躺着一封索玛寄来的信，带着圣地亚哥的邮戳。

亲爱的大卫——

我租了一辆本田摩托车，骑着到处走。只要你能往前迈一步，一切都会好很多。今天，我骑着摩托车去了莫内达。大部分办公室都没变化，地点也没变，当然，工作人员都换了。我看到了我曾经办公的地方。他们甚至还让我去了费利克斯之前待过的厨房。厨房已经重新装修过，但跟之前很相似。我给每个男孩子都买了一个皇宫模型，虽然是塑料的，但做工不错。明天我就用纸包好寄给他们。

我们觉得娜莉娅回美国之前会来这里看看。

我跟我朋友维奥莉塔住在一起。她的家在三十三楼，带个阳台。我们坐在阳台上，在蕨类植物的环绕下喝潘趣普——就是芬达兑啤酒。这种东西很好喝，不过我敢说，费利克斯肯定会说这是"女人喝的"，肯定还会说耽误了那些啤酒。我先喝了一瓶，结果就停不下来了，一瓶接一瓶地一直喝……

我会和维奥莉塔一起慢跑，这实在是有些搞笑，因为我们都跑得很慢。她穿着亮橙色的短裤,上衣基本什么都没穿。每次,她都要带我穿过卡斯特罗广场,因为所有有钱人都会坐在那边喝咖啡。我们俩会坐在鹅卵石上大口喘气。有的时候,有人会朝维奥莉塔吹口哨。这个时候,我就会目视前方,绝对不低头看地上。跑步的好处之一是跑完会觉得非常舒服,你洗澡的时候,肌肉里还有燃烧的热量。

但最让我高兴的是开着本田摩托在街上跑,停车计时器嘀嘀地响。抬头,看着天空,看着树木,看着屋顶向后退去,这种感觉真让我喜欢。

昏昏欲睡时,温克勒看到索玛骑着租来的轻便摩托,开过圣地亚哥的大街小巷,蜿蜒地穿过不同的街区。那座城市就像是克里斯托弗画作的精致版:山中雾气缭绕;飞机飞过葡萄园,降落在机场;游客走向岸边;高高的建筑物里,成千上万盏灯中,有的亮着,有的熄灭。

我是不是忘了说维奥莉塔有女朋友?她说这位女朋友是自己的伴侣,两个人凑成了一双鞋。她女朋友实际上叫帕梅拉,靠种植九重葛为生。其实,好几栋大楼的九重葛都由帕梅拉负责。今天,她还带我去看了:市中心有座高楼,其中一面墙上爬满了九重葛,我估计得有一百米。砖块上全都是九重葛。帕梅拉让我等一会儿,我们就等着。随着太阳的移动,阳光终于照到了建筑物的一角。这时的九重葛,从左边开始,接着到了墙面一半的位置,最后到右边,大约有二十秒的时间,每一朵沐浴在阳光中的花都仿佛被点燃了一样。

有的时候,我都不敢相信自己能活到这个年纪,能看到这样美的事物。一切过后,即便有不开心,我仍觉得生活如此美好。大卫,你说是不是?一切是不是妙不可言?

17

那天晚上，温克勒梦见了雪。他梦见自己在北边的育空地区，在无人之境大本营的小屋里。雪落在缝隙中，压在树枝上，填满了山谷。

梦里，有谁费力地从小溪处走过来。那个人从云杉林中穿过来，一边走着，一边用手拨开树枝。尽管下着雪，离得也不近，温克勒仍能判断出那是个女人——从她的步态和臀形都能看得出来。那个人背着个包，所以微微弯腰，脸被帽子挡住了。她抬脚穿行在雪地里，身后有小动物的影子闪过，大概是陪她走出树林吧：有松鼠、狐狸、两只幽灵般的北美驯鹿，甚至还有一只皮毛光滑的大型山猫。所有动物都一样，左右看看，才谨慎地走几步，如影子一样不真实。她走出树林边缘，到了草甸上。动物们都跟在后面，聚集在她身后，踩着星光，有的在空气中嗅来嗅去，有的则闻了闻她的脚印，闻了闻她曾走过的地方。

这个女人没有往门口走，而是径直走到了温克勒站着的窗边。她戴着手套的手指落在窗框上，摸着那里的白霜。温克勒自己的手也贴到玻璃上，跟着女人的手一起动。"是娜莉娅吗？"温克勒问，可他知道这个人的身材比娜莉娅更小巧，更轻盈。终于，那个女人抬起了头，看着窗户。温克勒认出了她，也明白了她脸上的笑容。

温克勒醒了，走到窗前。周围的房子都没亮着灯，非常安静。一列火车缓缓地开进铁路车场，拖着十几辆加油车的黄色机车也跟着开了进去。一场温柔的雪飘落下来，数十万片雪晶飘落在各处：火车上，港口的大油箱顶部,还有海港宁静的黑色水面。繁星变幻,地球正离太阳越来越远。

雪落在城市里;冰结在池塘中;一波又一波海水拍在码头上,哗哗作响。

致　谢

　　非常感谢全国艺术基金会、克里斯托夫·伊舍伍德基金会及慷慨授予我霍德奖学金的普林斯顿大学——感谢玛丽·霍德。我也非常感谢南恩·格拉哈姆以及独一无二的温蒂·韦伊。此外，我还要感谢以下各位：莫莉·克莱曼、埃米丽·弗兰德、亚力克西斯·加戈里亚诺、朱迪·米歇尔及艾伦·希斯科克。我要向我的兄弟们表达谢意。感谢哈尔·伊斯特曼和雅各·伊斯特曼给予我不断地鼓励。也感谢其他人：你们都在书中。更多关于雪晶的内容，欢迎访问以下网站：www.snowcrystals.net。

　　最重要的是，感谢肖娜对我无限的青睐。